Kɪᴍ Dᴀɴᴀ Kᴜᴘᴘᴇʀᴍᴀɴ jest autorką dwóch dzieł twórczej literatury faktu, *The Last of Her: A Forensic Memoir* i *I Just Lately Started Buying Wings: Missives from the Other Side of Silence*. Jest również redaktorką *You: An Anthology of Essays Devoted to the Second Person*, jak i założycielką i redaktorką wydawnictwa Welcome Table Press. Aby dowiedzieć się więcej, zapraszamy do odwiedzenia strony www.kimdanakupperman.com.

Kᴀʀᴏʟɪɴᴀ Kʟᴇʀᴍᴏɴ-Wɪʟʟɪᴀᴍs jest pisarką, redaktorką i tłumaczką pracującą w Londynie i Hamburgu.

Długa droga do domu

Powieść oparta na prawdziwych
wydarzeniach II wojny światowej

Długa droga do domu

POWIEŚĆ OPARTA NA
PRAWDZIWYCH WYDARZENIACH
II WOJNY ŚWIATOWEJ

~

KIM DANA KUPPERMAN

POSŁOWIE: RABBI ZVI DERSHOWITZ

TŁUMACZENIE: KAROLINA KLERMON-WILLIAMS

LEGACY EDITION BOOKS
MOUNT KISCO, NEW YORK

ISBN 978-1-7323497-7-3 (paperback)
ISBN 978-1-7323497-8-0 (ebook)

Długa droga do domu: Powieść oparta na prawdziwych wydarzeniach II wojny światowej,
Kim Dana Kupperman

Legacy Edition Books
www.legacyeditionbooks.org

Tytuł oryginału: *Six Thousand Miles to Home: A Novel Inspired by a True Story of World War II*
Tłumaczenie: Karolina Klermon-Williams

Misją Fundacji Pamięci Suzanny Cohen jest gromadzenie, zachowanie, publikowanie
i nauczanie historii życia mężczyzn i kobiet, którzy wykazali się wzorową siłą w obliczu
przymusowego wysiedlenia, i uhonorowanie odwagi i wielkoduszności tych, którzy wykazali
się miłosierdziem i udzielili pomocy uchodźcom, wygnańców, i ludziom prześladowanym.
Wpływy ze sprzedaży tej książki wspierają pracę fundacji.

Książka ta jest dziełem fikcji historycznej i jest oparta na prawdziwych wydarzeniach
dotyczących prawdziwych ludzi. Wszystkie imiona zostały zachowane, choć niektóre
nazwiska zostały zmienione. Dołożono wszelkich starań, aby prawidłowo odtworzyć
wydarzenia opisane w tej książce.

Projekt okładki i collage: Roger Kohn
Projekt i skład książki: Bookmobile
Zdjęcia na okładce: Image Source (dziewczynka); Iran Travel Center, Shiraz, Iran (szczyt
Damawand); Imperii Persici In Omnes Suas Provincias, Johann Baptist Homann, Nuremberg
1720, commons.wikimedia.org (mapa)

Pamięci:
Hermanna i Karoli Eisner
Juliusza i Józefiny Kohn
Soleimana i Suzanny Cohen

Ta książka jest dla ich potomków

Z nieprzerwaną wdzięcznością dla Joan i Edwarda Cohen,
dzięki których wizji i pasji ta książka mogła powstać

Aby docenić, jak drogocenne są życia, które zostały ocalone,

konieczne jest dokładne zrozumienie piekła,

z którego zostały takim cudem uratowane.

Daniel Mendelsohn, *The Lost: A Search for Six of Six Million*

Niepewność

Warszawa
Cieszyn
Lwów
Mari El
Taszkient
Marg'ilon
Krasnowodsk
Bandar-e Pahlavi
Teheran

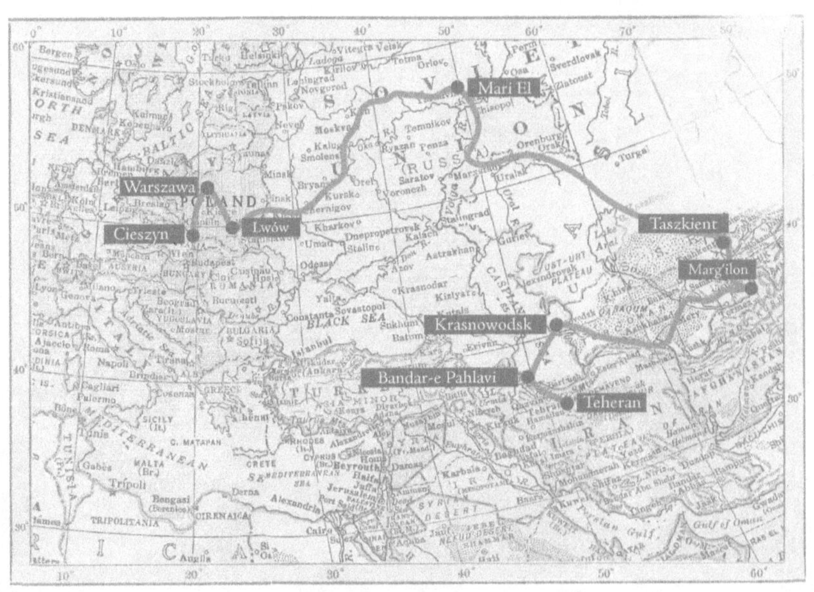

Pewnego razu, w miejscu, które nazywali domem

Był ciepły, bezchmurny poranek na początku czerwca. Powiew wiatru przerzucał strony gazety leżącej na stole, przy którym małżeństwo—razem od osiemnastu lat, z dwójką dzieci—jadło śniadanie w zwyczajowej ciszy. Jedna z nowin prasowych szczególnie zaskoczyła Józefinę Kohn. Wstrząsnęła ona jej nadzieją, że coś się wydarzy—nie, że już powinno było się wydarzyć—co wyzbędzie się tego człowieka z Austrii, który niszczył wszytko, co było jej bliskie. Normalne życie, które do tej pory znała—życie obyczajne, pełne kultury—musiało powrócić.

— Na co wszyscy czekają? — zastanawiała się. Nie było wątpliwości, że ten Hitler, ten samozwańczy *Führer*, miał złe zamiary. Był przestępcą—czy tylko ona to widziała? Od kiedy został kanclerzem w 1933 roku, piętrzyć zaczęły się świadectwa jego groteskowego upodobania do zbrodni: obozy koncentracyjne w Dachau i Buchenwaldzie, bojkoty żydowskich interesów, dekrety o segregacji—a to tylko kilka przykładów. Do tej pory wszystkie ingerencje Niemiec kosztem ich sąsiadów miały miejsce w stosunkowo bezpiecznej odległości od domu Józefiny, ale nazistowska fala antysemityzmu zdecydowanie się zbliżała. Nienawiść rosła. Elegancja nie pozwalała jej spluwać za każdym razem, kiedy aktualności w prasie czy radiu mówiły o Żydach, których zmuszano do czyszczenia ulicy szczoteczkami do zębów, albo o nowych hitlerowskich występkach w jej ukochanym Wiedniu. Tylko kiedy mąż i dzieci poszli spać, a służący zamknęli za sobą drzwi, pozwalała sobie na darcie gazet z tymi okropnymi wiadomościami.

Józefina, czy też Finka, jak nazywali ją bliscy, siadywała w kuchni i rwała te strony na kawałki z ogromną determinacją—najpierw zaginając je w wachlarz, a potem rozdzierając je wzdłuż kantów w długie paski, które układała w staranne stosy. Te stosy dzieliła potem na połówki, ćwiartki, ósemki, szesnastki, aż do najmniejszych cząstek, i układała w jeszcze mniejsze, schludne stosiki. Jej mąż, Juliusz, spał mocno i nigdy nie pytał, czym zajmowała się w bezsenne noce.

Z bezsennością Józefina przez lata radziła sobie czytając lub szyjąc. Często pisała też listy do swojej starszej siostry, Elsy—od sześciu lat owdowiałej, ale z dwójką uroczych dzieci, chłopcem i dziewczynką—mieszkającej we Włoszech. W obecnych czasach listy sióstr były pełne wiadomości o kolejnych antyżydowskich przepisach, wprowadzonych w życie nie tylko w hitlerowskich Niemczech, ale też w Polsce. W lipcu 1938 roku Elsa poinformowała Józefinę o publikacji *Manifestu rasowego*, który utorował we Włoszech drogę do wprowadzenia w listopadzie tego samego roku *leggi razziali*—przepisów, które miały odebrać Elsie i jej dzieciom ich włoskie obywatelstwo.

Pomimo europejskiej fali nacjonalizmu, Józefina pielęgnowała nadzieje o przyszłości swoich dzieci, i zwierzała się z nich Elsie. Piotr, szesnastolatek, był obiecującym sportowcem. Z pewnością mógłby iść na studia—może na prawo, albo medycynę. Miał tylko dwa lata do matury. Józefina czuła, że nauka nie jest jego mocną stroną, ale ponieważ zawód, który można wykonywać gdziekolwiek na świecie to sama korzyść, namawiała go ciągle do dążenia do sukcesu. Suzi, nieśmiała ale nad wyraz utalentowana pomimo swoich dwunastu lat, była, według Frau Camilii Sandhaus, obiecującą pianistką.

— A Camilia zna się oczywiście na rzeczy — pisała Józefina do Elsy, która sama dobrze znała słynną cieszyńską nauczycielkę. — Wyobraź sobie Suzi grającą w Wiedniu — pisała Elsa — i nas, jak popijamy sherry w Café Landtmann po koncercie . . . !

Józefina uznała później, że ambicje względem dzieci, które opisywała w ten sposób siostrze, były typowe dla ich pokolenia i środowiska, w którym obie dorastały. Muzyka i poezja zawsze kwitły dookoła Józefiny i Elsy—w ich krajach, w ich społecznościach. Te nostalgiczne skłonności na pewno w jakimś stopniu odziedziczyły też po swoich rodzicach, zasymilowanych, mówiących po niemiecku Żydach, którym dobrze się wiodło w stosunkowo stabilnych latach przed wojną. Ale i Józefina i Juliusz, a także ich rodzeństwo, dorastali w czasie tego okrutnego konfliktu. Szybko okazało się, że finezja, kultura, i ambicja—słuchanie Chopina, czytanie Szekspira, wiedza o tym, które dzieła sztuki znajdują się w których muzeach, mówienie greką i łaciną, czy nawet przedsiębiorczość, predyspozycje do interesów—nie wystarczą. Wyższe wykształcenie—stosunkowo nowa opcja dla Żydów z Europy Centralnej i Wschodniej—otworzyło drzwi do nowych profesji: prawa, medycyny, nauki. To właśnie dlatego Józefina namawiała syna do nauki.

Pracowała przy świecy. Po wielu godzinach ręcznych robótek, czytania, pisania listów, i darcia aktualnych gazet, była wreszcie na tyle zmęczona, aby pójść do łóżka. Wsunęła się pod kołdrę koło Juliusza. Francuski mały poranek, *le petit matin*. Lubiła to wyrażenie—było nie tylko interesujące, ale również optymistyczne w swojej obietnicy tego, że nawet najbledsza część dnia zmieni się ostatecznie, w coś bardziej znaczącego. Ta myśl pomagała w jej bezsenności.

Rankiem niania Helenka wstawała pierwsza. Zazwyczaj chowała wtedy książki i hafty Józefiny i odkładała do koszyka zapisane strony listów. Coraz częściej witały jednak Helenkę stosy skrawków papieru, porwane zdania, które zbierała ze stołu i wyrzucała do pieca. Na początku uważała nowe zajęcie Józefiny za dziwne, ale nieszkodliwe. Kiedy jednak stało się ono codziennym nawykiem, sama Józefina zaczęła czuć na sobie dyskretny, ale przenikliwy wzrok Helenki—niania obserwowała ją, wypatrując oznak tego, że pani domu nie czuje się dobrze.

Ci, którzy po czytaniu aktualności nie czuli się źle, z pewnością nie czytali ich z wystarczającą uwagą. Józefina nie lubiła niespodzianek. Szczyciła się swoim talentem do planowania działań, a nawet przewidywania wydarzeń, i często karciła dzieci za brak podobnej roztropności. Śledziła zatem uważnie potok wiadomości, nie zapominając nawet o artykułach z dziesiątych i dalszych stron gazet. Dzisiejsza rubryka, pozornie mało istotna w porównaniu ze sprawozdaniami o innych, bardziej przykrych wydarzeniach ostatnich pięciu lat, niemniej poważnie ją zaniepokoiła. Postanowiła zachować ten wycinek, zamiast zniszczyć go jak całą resztę.

Możliwe, że rozpoznała własne wzburzenie w brodatej, osiemdziesięciodwuletniej twarzy Sigmunda Freuda, patrzącego na nią ze zdjęcia w artykule. Wyglądał, według niej, na prawdziwie skonsternowanego sytuacją. Herr Freud był rówieśnikiem ojców i jej, i Juliusza. Sławny psychiatra, jak ona, jej mąż i ich rodziny, urodził się w małej miejscowości należącej niegdyś do dużego i potężnego imperium. Miasto rodzinne Freuda znajdowało się zaledwie czterdzieści minut na zachód od Cieszyna, a rodzina Kohnów przejeżdżała obok domu rodzinnego tego wielkiego człowieka za każdym razem, kiedy podróżowała tamtą drogą do Wiednia czy Innsbrucka. Freud był również, tak jak oni, zasymilowanym Żydem mówiącym po niemiecku, dla którego Wiedeń był kulturalną stolicą. To tam chodził do szkoły i na studia, i tam osiedlił się i założył rodzinę. Jego życie imponowało Józefinie. Podziwiała jego status, na który sam zapracował.

Józefina przypomniała sobie o tym, kiedy spostrzegła Herr Freuda w Café Landtmann na Ringstrasse w czasie wizyty u Elsy, będącej wtedy nową mężatką i mieszkającej w Wiedniu ze swoim mężem, Arturo. Tamtego wieczoru Herr Freud podniósł wzrok, kiedy Józefina przechodziła koło jego stolika i napotkał jej spojrzenie. Wydawało jej się, że mężczyzna przyglądał się jej przez całe wieki, choć zapewne trwało to tylko chwilę. Dowiedziała się później, że Freud jest introwertykiem i człowiekiem często zgorzkniałym, choć żadnej z tych cech nie dostrzegła w jego oczach.

— Ten człowiek zrewolucjonizował medycynę — powiedziała Elsa, kiedy popijały kawę tego dnia, który wydawał się teraz niezwykle odległy, w miejscu, które zanikało na horyzoncie.

— HERR FREUD WYJECHAŁ Z Wiednia — oznajmiła swojemu mężowi Józefina wyrywając stronę z artykułem ze środka gazety — i osiedlił się w Londynie.

Nawet tak wybitnemu człowiekowi nie udało się przetrwać, pomyślała. Odgłos rozrywanego papieru i jej głosu wydawał się wypełniać puste szklanki na stole do śniadania. — Podobno nie ma grosza przy duszy — Józefina zaczekała, aż Juliusz na nią popatrzy, i kontynuowała. — Julek… — powiedziała. — Mówimy ciągle o wyjeździe, ale wciąż tu jesteśmy. Czy to dobra decyzja? — zapytała. — Herr Freud czekał i teraz stracił wszystko.

Sigmund Freud był człowiekiem nowoczesnym i wykształconym, bardziej niż jej właśni rodzice, i chociaż został zrujnowany przez nazistowskie przepisy, udało mu się uciec. Czy jej rodzinie udałby się podobny wyczyn, połączenie szczęścia i wyczucia czasu? W wyrazistych rysach jej twarzy osiedlił się niepokój, a jej usta nabrały ponurego wyrazu.

Juliusz odłożył widelec i nóż. Uśmiechnął się do Józefiny w sposób, w który potrafił uśmiechać się tylko do niej, jak gdyby podzielili się właśnie osobistym żartem. Jak zawsze przed przemową wziął głęboki, lecz niemal niesłyszalny oddech i poprawił przepaskę na lewym oku, które stracił w czasie Wielkiej Wojny, jeszcze przed ich zaręczynami i ślubem. Kiedy spotkali się po raz pierwszy osiemnaście lat temu, Józefina uznała kontuzję Juliusza za dowód jego męstwa. Często próbowała sobie wyobrazić, czym było przebywanie w niewoli, przez którą przeszedł Juliusz. Był strzeżony przez rosyjskich żołnierzy, ranny i bez opieki, z uszkodzonym wzrokiem i wizją utraty oka. Nigdy nie zapytała go o to, co wycierpiał lub czego go to nauczyło. Czasami chciała, aby rozmawiali o tych sprawach, ale nigdy do tego nie dochodziło. Jakże ironicznym, myślała Józefina, było życie w takim milczeniu w czasach, w których lekarze tacy jak Freud wysławiali korzyści auto-refleksji, dając początki epoce, która miała kiedyś być znana jako „wiek analizy". To oddanie milczeniu, które od zawsze towarzyszyło jej pokoleniu, zaczynało być dla nich ciężarem, ale ani ona, ani jej mąż nie potrafili się go wyzbyć. Obecny niepokój Józefiny Kohn koncentrował się poza tym na sprawach związanych z bezpieczeństwem jej rodziny. Najbardziej obawiała się tego, że droga życiowa jej dzieci zostałaby przekierowana. W chwilach mrocznych przemyśleń przerażała ją myśl, że jej rodzinie mogła stać się nieodwracalna krzywda.

— Finka, kochanie, rozmawialiśmy o tym — powiedział Juliusz. — Jeśli wybuchnie wojna, spakujemy się i pojedziemy. Mamy pieniądze; mamy samochód. Mam środki na to, aby dostać się w bezpieczne miejsce. — To było dziwne: ani jego głos, ani twarz, nie zdradzały niepokoju, ale Józefina nie mogła zdecydować, czy pozorny brak obawy Juliusza ją uspokajał, czy wręcz przeciwnie. Jak można być w związku małżeńskim przez prawie dwadzieścia lat i nie móc, tak jak ona teraz, wyczytać niczego w głosie małżonka? A rozmawiali ostatnio o tylu sprawach—o uchodźcach z Niemiec, o błyskawicznym dojściu do władzy Hitlerza i partii nazistowskiej, o kontrolach ekonomicznych nałożonych na polskich Żydów.

— Dokąd wyjedziemy?

— A gdzie chcesz jechać?

Józefina popatrzyła na zdjęcie Freuda. Wydał się niższy niż pamiętała, i widziała w nim teraz rozbicie, którego doznaje człowiek zmuszony do opuszczenia swojego miejsca, domu, życia, które kocha. — Gdzieś, gdzie jest bezpiecznie, Julek. I mówię poważnie. — Zamilkła na chwilę zanim zanim odezwała się na nowo: — Anglia. Tam wiodłoby nam się dobrze. — W głowie Józefiny pojawiła się wizja jej rodziny siedzącej w popołudnie przy stole, raczącej się podwieczorkiem; spokój i kultura towarzyszące takiej tradycji symbolizowały to, czego jej ostatnio brakowało.

Juliusz Kohn odłożył serwetkę i wstał od stołu. — Finka, obiecuję, że nic nam się nie stanie. — Pocałował ja w czubek głowy.

Ona poprawiła jego muszkę—zawsze jej zdaniem była trochę przekrzywiona—a następnie Juliusz wyszedł do pracy. Józefina zastanawiała się, jak jej mąż mógł mieć w sobie tyle pewności w tak niepewnych czasach.

Dom na Menniczej 10 był wyciszony po śniadaniu. Józefina lubiła te poranne chwile, zwłaszcza późną wiosną i wczesnym latem, bo czas wydawał się zwalniać, a pokoje na wszystkich czterech piętrach ucichały. Słychać było ptaki i otwierane na zewnątrz okienne rolety, a światło rozmywało wszystkie krawędzie.

Lubiła pozostawać przy stole po tym, jak dzieci wyszły do szkoły a Juliusz do pracy, i wyobrażać sobie siebie dryfującą dookoła domu, z jednego miejsca w następne. Widziała swoją rękę gładzącą mahoniowe meble, swoje odbicie w owalnym przedpokojowym lustrze, zasłony w salonie tak ciężkie, że nawet gwałtowne podmuchy wiatru nie były w stanie ich poruszyć. Z kuchni dochodził aromatyczny zapach świeżego żytniego chleba. Gdyby weszła na górę do pokojów dzieci, zauważyłaby kolekcję minerałów Piotra, misternie opisaną i wyeksponowaną w szklanej gablocie, którą przywiózł mu z Krakowa dziadek. Być może światło tańczyłoby po błyskotkach rozłożonych na komodzie Suzi. Wiedziała, że na końcu korytarza, w jej sypialni, spałby zwinięty w kłębek na zielonej aksamitnej poduszce jamnik Helmut. Jak bardzo brązowy wydawał się Józefinie jej pies. W przyszłości przypominałaby sobie o jego ciepłym kolorze i wilgotnym nosie w chwilach, w których potrzebowała pocieszenia.

Kontynuowała swój fantazyjny obchód po schodach, zakręconych w spiralę, jak lubił zauważać Piotr, podobną do muszli łodzika. Następnie wyszła na zewnątrz, na Menniczą i do skrzyżowania z Głęboką, gdzie kiedyś mieszkała z Juliuszem, jego rodziną, i dziećmi. Skręciła na Zamkową w kierunku Olzy, gdzie na moście przecinającym rzekę wznosiła się Café Avion. Po dotarciu do kawiarni, zatrzymałaby się na zewnątrz. W myślach usłyszała melodię—być może Chopina, albo Debussy'ego—wylewającą się przez otwarte okno.

Z zamkniętymi oczami, Józefina kontynuowała swoją fikcyjną podróż wybrukowanymi ulicami Cieszyna, z powrotem na Menniczą i w stronę głównego rynku miasta, z fontanną pośrodku, gdzie lubiła przychodzić z Juliuszem i dziećmi, kiedy były one małe. Przeszła spokojnym krokiem koło ratusza z jego filarami i wieżą zegarową, która zawsze jako dziecku niezwykle jej imponowała, i koło stylizowanej fasady Hotelu Pod Brunatnym Jeleniem i Deutsche Haus. Na Rynku wyobraziła sobie Helenkę z koszykiem na ramieniu, oceniająca jakość pierwszych czereśni. Ratuszową, małą uliczką od rynku prowadzącą do ulicy Pokoju, doszła do budynków, w których znajdowała się szkoła jej dzieci. Siedziały one w swoich klasach, Piotr ucząc się angielskiego, Suzi ćwicząc francuski, ich kołnierzyki wilgotne od czerwcowego upału, oboje trochę rozkojarzeni tęsknotą za końcem roku szkolnego i obiecanym wyjazdem do przyjaciół w Skoczowie, za początkiem lata, wycieczkami, przyjęciami, zabawami i podróżami.

W końcu Józefina udałaby się z Ulicy Schodowej na Przykopa, gdzie wzdłuż grobli szedłby Juliusz, w drodze do dopilnowania interesu w swojej fabryce garbarskiej. Jej mąż szedł spacerem, z przyjaznym obyciem i szerokim uśmiechem, i gdyby chciała, prawie mogła sięgnąć ręką, aby poprawić jego muszkę.

NAGLE ZASZCZEKAŁ PIES. PILNOŚĆ DNIA dzisiejszego, pomyślała Józefina otwierając oczy, zawsze zaczyna się tak samo. Spojrzała w stronę okna, zastanawiając się, czy miał nadejść dzień, w którym wychyliłaby się przez portfenetr i, patrząc na Ulicę Menniczą, usłyszała tupot wojskowych butów na bruku.

Lepiej nosić niż się prosić

JÓZEFINA ZROBIŁA SOBIE PRZERWĘ—od gotowania dla uchodźców, od rodzinnych wizyt, pisania listów do bliskich. Siedząc przy toaletce w swojej sypialni i wcierając krem Nivea w swoją skórę, rozważała o wydarzeniach ostatnich ośmiu miesięcy. Bez względu na to, jak często myślała o tym wszystkim, co się działo, pozostawała zdumiona tym, jak szybko zmieniało się życie europejskich Żydów. Każdego dnia, między dziesięciorgiem a trzydzieściorgiem uchodźców przybywało do Cieszyna. Ona, jej mąż, i inni obywatele o filantropijnych pobudkach próbowali im pomóc, ale, jak Juliusz powiedział do przyjaciela, „wszystkich środków jest doprawdy zbyt mało, aby móc naprawdę pomóc." Józefina czuła, jak jej życie przyspiesza tempa, przynosząc ze sobą całkiem niepowszednią codzienność.

Wydawało się, że dopiero wczoraj ciotka Juliusza, Laura, dzwoniła ze swojego domu w Wiedniu, choć w rzeczywistości było to w listopadzie ubiegłego roku, po pogromach nazywanych *Kristallnacht*.

— Powinni to nazwać *Tränennacht* — powiedziała ciotka Laura — Nocą Łez. — Pamiątką siedemdziesięciotrzyletniej wdowy po tej nocy była złamana ręka.

Próbowałam powiedzieć policji — wyjaśniła — że mój sąsiad,

Herr Rosen, ma chorą żonę, kiedy jeden z nich uderzył mnie swoim karabinem. I tak czy inaczej aresztowali Herr Rosena.

Kiedy było już po wszystkim, setki synagog zostały spalone, 7500 żydowskich okien sklepowych rozbite (a same sklepy obrabowane), a 30 000 żydowskich mężczyzn aresztowanych i deportowanych do obozów koncentracyjnych. Józefina nie mogła zrozumieć—i nigdy nie byłoby jej dane zrozumieć—jak do tego pogromu mogło dojść. — Dlaczego nikt nie zaprotestował? — pytała samą siebie, raz za razem.

— I każą nam płacić ze tę *Kristallnacht* — powiedziała Laura, odnosząc się do grzywny miliarda marek, nałożonej na Żydów w Rzeszy dla pokrycia kosztów zniszczeń ich własnego mienia i synagog, spowodowanych zamieszkami, które podżegali głównie przedstawiciele Partii Nazistowskiej i członkowie Brunatnych Koszul i Hitlerjugend. — Jestem wdową. Jak mogą oczekiwać, że to spłacę?

Gdy ciotka Laura zadzwoniła ponownie kilka tygodni później, poinformowała Józefinę o antyżydowskich przepisach: jej możliwość poruszania się w miejscach publicznych została ograniczona. Była pewna, że jej dom zostanie przepisany na nieżydowską rodzinę. *Zarianizowany*, powiedziała, z trudem przełykając to słowo. Pomimo tego, że nawet w wieku siedemdziesięciu trzech lat Laura była kobietą o posturze wzbudzającej szacunek, Józefina usłyszała strach łamiący jej głos. A to był tylko jeden telefon od jednego krewnego mieszkającego w nowej Rzeszy.

Nivea była chłodna w dotyku, a jej zapach, świeży niczym pierwszy śnieg, przypominał Józefinie jej siostrę. Ustawy rasowe we Włoszech odebrały Elsie jej mieszkanie. Po długich negocjacjach—o ich szczegółach Józefina mogła tylko się domyślać patrząc na rozgorączkowane pismo w listach swojej siostry—Elsie udało się w końcu zapewnić sobie wyjazd do Argentyny i wyjechała w styczniu, daleko od faszyzmu we Włoszech i szaleństwa hitlerowców w całej Europie

Zachodniej. Józefina próbowała wyobrazić sobie swoją siostrę, wdowę z dwójką dzieci, jadącą do Nowego Świata, przemierzającą nie tylko ocean, ale i równik. — Czy zapakowała pudełko kremu Nivea? — zastanawiała się. I kiedy tylko odrzuciła tę myśl jako absurdalną, w jej głowie pojawiła się świadomość, że może już nigdy nie zobaczyć Elsy ani jej dzieci. Zastanowiła się, jakie były szanse przetrwania w tym świecie, takim, jakim się stawał, ale równie szybko zdecydowała pokierować swoje myśli gdzie indziej. Jednak wydarzenia, które destabilizowały jej rodzinę, i tempo, w jakim się toczyły, były niepokojące.

Cztery miesiące po strasznych pogromach *Kristallnacht*, Niemcy najechały i anektowały Czechosłowację, kraj oddzielony od Cieszyna tylko jednym miasteczkiem, przez które uchodźcy przybywali do Polski pieszo, rowerem, lub na wozie, przekraczając most na rzece Olzie. Zastając w kraju wojnę na ustach wszystkich i bliskość nazistów, większość tychże uchodźców szła dalej na wschód, chociaż niektórzy byli zbyt starzy, a i inni zbyt chorzy, aby podróżować.

— Tak to jest — Józefina myślała w tamtym czasie. — Najpierw odchodzi jedna grupa, wkrótce nadejdzie nasza kolej.

Elsa nie była jedyną osobą w rodzinie zmuszoną do opuszczenia swojego domu. Matka Juliusza wyjechała do Lwowa wcześniej tamtego miesiąca. Córka ciotki Laury, Hedwig, wyemigrowała do Londynu. Jeden z kuzynów, oficer Wojska Polskiego, został wezwany do służby i opuścił Warszawę, aby dołączyć do swojej jednostki. Kolejny kuzyn, który został deportowany z Wiednia do nazistowskiego obozu pracy, uciekł i dostał się do Szanghaju, gdzie wizy nie były wymagane. — Jesteśmy jak drobinki kurzu, rozproszone tu i tam — myślała Józefina.

Reszta kuzynostwa Kohnów mieszkała w Wiedniu, Krakowie, i Pradze. Pisała do nich wszystkich w imieniu Juliusza i rodziny, choć żadnemu z nich nie było dane nigdy się dowiedzieć, co się stało z Kohnami, a Józefina dopiero po długich latach dowiedziała się, że wszyscy z wyjątkiem trzech zginęli w czasie wojny. W swoich listach treściwie informowała rodzinę, że wraz z Juliuszem i dziećmi kierowali się do Warszawy, podobnie jak siostra Juliusza, Greta, i jej mąż, Ernst. Nie wspominała o szczegółach tego planu—chcieli zabrać z magazynu garbarni w Warszawie tak wiele towaru jak to było możliwe, sprzedać go, i zapewnić sobie przejazd do Anglii. — Powinniśmy się zebrać ponownie, jak tylko ten nonsens się skończy i życie wróci do normy — pisała do wszystkich, niepewna czy sama wierzyła w swoje słowa, ale przekonana, że koniecznym było zachowanie nadziei. Kiedy nadszedł koniec sierpnia, a wraz z nim wiadomości o zbliżającej się nieuchronnej wojnie, Juliusz przyznał ostatecznie, że nadszedł czas, aby opuścić Cieszyn.

Do tej pory, rozmowy wyjeździe prowadzili szeptem, leżąc w łóżku.

— To brzmi głupio, Finka — powiedział Juliusz — ale żeby uciekać, stracić wszystko bez walki . . . to jak zniewaga dla pamięci mojego dziadka.

Józefina rozumiała to głęboko w swoim sercu—tak jak ona, Juliusz był trzecio-pokoleniowym wnukiem w rodzinie z ponad stuletnimi więziami z Cieszynem i jego okolicami. Opuszczenie miejsca tak wypełnionego wspomnieniami, pragnieniami i spełnieniem było prawie jak pozbawienie siebie fundamentów. Józefina przypuszczała jednak, że za impulsem Juliusza do pozostania w Cieszynie kryło się coś więcej, i że było to związane z tą „wojną kończącą wszystkie wojny", jak ludzie kiedyś odnosili się do czterech lat pomiędzy 1914 a 1918 rokiem. Józefina była dziewczynką, kiedy strzał, który rozpoczął tę całą krwawą jatkę, padł w Sarajewie w czerwcu 1914 roku. Elsa była mężatką, a Arnold, ich brat, już w odpowiednim wieku, aby wstąpić do wojska. W domu—bogatym gospodarstwie rodziny—zostali tylko ona i Hans. Juliusz, którego jeszcze wtedy nie znała, był porucznikiem, i został wysłany na front. Tak jak Arnold, walczył po stronie

Austro—Węgier, imperium, które rozpadło się na państwa obecnie sojusznicze, zaanektowane, lub też czujące zagrożenie ze strony hitlerowskich Niemiec.

Józefina czytała i słyszała o przerażającym rozlewie krwi w czasie Wielkiej Wojny, która pogrążyła całą Europę, omijając jej własne życie—pomimo tego, że w Cieszynie stacjonowało wojsko. Ale sam Juliusz doświadczył wojny i został podczas niej ranny, a zatem, jak przypuszczała Józefina, przypominanie sobie o tych czasach budziło jego najgorsze lęki. Czas, który spędził w więzieniu, jak wiedziała ze skromnej ilości informacji, którą się podzielił, złagodził fakt tego, że był on oficerem. Stracił jednak oko, ponieważ jego oprawcy nie byli w stanie—czy też może nie chcieli—go uratować, co oznaczało, że przez długie tygodnie leżał w czymś, co mogło tylko uchodzić za żałosną namiastkę łóżka. Zaginął w Karpatach w listopadzie, więc bardzo również marzł w czasie pobytu w niewoli i późniejszej deportacji do Rosji. A zważywszy na braki żywności w tym okresie, musiał być również bardzo głodny. Nie chciał, aby jego rodzina musiała przez coś takiego przechodzić.

O Wielkiej Wojnie wspominał każdy, a zwłaszcza ci, którzy ją przeżyli albo w jej czasie dorastali. Teraz jednak ważnym było, aby skupić się na tym, jak ta wojna podzieliła sąsiadów i narody, podburzyła stare urazy i nietolerancję, i doprowadziła do finansowych podziałów. Wszystko szło razem ze sobą—wojna i wzrost antysemityzmu, rosnący nazizm, i nacjonalistyczne szaleństwa, które pobudzała jego siła.

— Julek, rozumiem twoje wahania w kwestii wyjazdu — powiedziała podczas jednej z ich rozmów — ale nie jestem pewna, czy cokolwiek uda nam się uratować. Gdzie tylko hitlerowcy idą, pokładają Żydów jak buty depczące źdźbła trawy. Poza tym, jeśli dotrą tutaj, do Polski, Niemcy zarianizują cały żydowski majątek. — Już kiedyś mówiła, że to nie będzie jak w czasie Wielkiej Wojny. — Nie sądzę, że będziemy mogli wrócić do domu, tak jak tobie się to udało.

Nie wiem, skąd to moje przekonanie, ale tak czuję. — Wiedziała, że i on wiedział, co miała na myśli: to okrutne cierpienie, prawie nie do zniesienia, dzieci, mężów i ojców, braci i wujów, zabranych przez schludnie umundurowanych nazistowskich żołnierzy. Całkowita destrukcja nie tylko dobytku materialnego, ale również dziedzictwa intelektualnego, naukowego, wojskowego i artystycznego. Jak mógł nie pamiętać, Józefina zapytała swojego męża, o opowieści o *Kristallnacht* Ciotki Laury, gwałcie tej nocy i jawnym złodziejstwie dokonywanym przez nazistów w krajach, na które napadli i wzięli pod okupację, przejmując żydowskie sklepy, firmy, domy i meble, gospodarstwa i zwierzęta. — Byłoby nierozsądnym to ignorować, Julku.

— Pamiętam o tym, oczywiście — odpowiedział Juliusz. — Przepisaliśmy w końcu zarządzanie garbarnią na naszych polskich sąsiadów. Ale, Finka, takie rozwiązanie miało być tylko tymczasowym środkiem ostrożności.

Józefina nie zgodziła się; była pewna, że wojna była rychła, choć nie było im dane przez jeszcze jakiś czas wiedzieć o tym, jak hitlerowcy mieli wysiedlać i mordować polskich obywateli. Po tych nerwowych rozmowach następowała cisza, a Józefina, otoczona lękiem, przez który słowa pomiędzy mężem a żoną najzwyczajniej zanikały, egoistycznie, być może, marzyła o powrocie do ich dawnego życia, przed tym wszystkim. Było to życie zaciszne i ciepłe, wypełnione śmiechem i śniegiem na górskich szczytach, i wiosną jaśniejącą nowymi odgłosami, radością kolorów lata, spokojnymi refleksjami jesieni.

— Zachowaj to w swoim sercu — mówiła sobie Józefina. — Przyda się. — Ponieważ teraz, fala antysemickiej przemocy narastająca w każdym zakątku Europy, niezmiennie odrażająca i konsternująca, zbliżała się coraz bliżej jej rodziny. Akty okrucieństwa wymierzone w Żydów były czymś, czego nie poznali do tej pory na własnej skórze, przypominała Juliuszowi Józefina. Sama również wiedziała, obserwując sposób w jaki nacjonalizm dopadał i zmieniał każdego, że fakt bycia zasymilowanym Żydem z niemieckim imieniem nic już nie znaczył. Ani też mówienie po niemiecku, czytanie niemieckiej literatury, słuchanie niemieckiej muzyki. Ani fakt, że po dwudziestu latach mieszkania w powojennym wytworze, jakim było polskie miasto Cieszyn, nadal odnosiło się do swojego miejsca zamieszkania używając jego niemieckiej nazwy—Teschen. Na stole rodziny Kohnów gościł wiedeński sznycel, strudel, i mocna kawa. Zatrudniali oni i robili interesy z ludźmi wszystkich wyznań. Wiedeń był ich kulturalną and intelektualną stolicą—a teraz to ich najukochańsze miasto, w którym nie został już ani jeden Żyd, było pod rządami hitlerowców. Czechosłowacja, kraj zaledwie za rzeką, była pod niemiecką okupacją. Żydom w ciągle rozrastającej się Rzeszy zabronione było uczęszczać do szkół i uniwersytetów, a także zajmować się medycyną lub prawem. Nie mieli dostępu do swoich pieniędzy, które zarobili tak uczciwie i zaoszczędzili w sposób tak roztropny. Obwiniano ich za wszystkie bolączki społeczne, od globalnego kryzysu ekonomicznego z początku dekady, do rozprzestrzeniania szkodników i chorób.

Te rozporządzenia i jadowitość ludzi były dla Józefiny wystarczającym powodem na opuszczenie Cieszyna. Jednak kiedy ubierała je w słowa, Juliusz wydawał się stawać jeszcze bardziej nieugięty w swojej decyzji o pozostaniu.

Do momentu incydentu w garbarni.

Pewnego wieczoru około trzech tygodni wcześniej, praktykant Juliusza, Eryk Zehngut, przyszedł do domu Kohnów po kolacji. Kilka lat starszy od Piotra, Eryk wykazywał duże zainteresowanie garbowaniem. Ojciec młodego mężczyzny, koszerny rzeźnik Jacob Zehngut, dostarczał garbarni skór wołowych. Obie rodziny mieszkały na tej samej ulicy. Eryk i jego bracia dorastali z obojgiem dzieci Kohnów. Dla Józefiny fakt, że to Eryk, a nie ich syn, Piotr, był protegowanym męża, był ulgą. Lubiła Eryka, nigdy nie wyobrażając sobie, że mieli wkrótce dzielić niepewną przyszłość.

Józefina i Juliusz siedzieli przy oknie, kiedy Helenka wprowadziła Eryka do salonu. Zazwyczaj schludne włosy młodego mężczyzny były w nieładzie. Na jego policzku rozlewał się ciemny siniak, a jego kurtka była podarta.

— Julek, kochanie — powiedziała kobieta podnosząc się z krzesła. Cień paniki w jej głosie wystarczył, aby mąż podniósł wzrok znad gazety, którą czytał. — Przyniosę trochę zimnej wody i opatrunek na tego siniaka. Eryk, pozwól mi wziąć kurtkę, żeby ją naprawić.

— Nie... nie — odpowiedział Eryk drżącym głosem — proszę nie robić sobie kłopotu, Frau Kohn.

— Eryk, nalegam — powiedziała. Zdjął marynarkę i przekazał ją Józefinie. Gdy znalazła się w jej rękach, Józefina spostrzegła plamy krwi na jej klapach. Na plecach namalowana była swastyka. Józefinie zajęło chwilę, aby uświadomić sobie, że nazistowski symbol został nakreślony czerwonym roślinnym pigmentem używanym w fabryce męża. — Juliuszu — powiedziała, podnosząc marynarkę, aby mógł ją zobaczyć. Próbowała oddychać głęboko, aby zatrzymać przypływ zimna naciskającego na jej klatkę piersiową, jakby jej wnętrze było skute lodem i pęczniało, próbując się wyrwać z jej wnętrza. Ale była w stanie tylko zaniemówić. Po złapaniu oddechu przemówiła, skupiając się na zachowaniu opanowanego tonu. — Poproszę Helenkę o pozbycie się tego i znalezienie ci nowej kurtki, Eryku.

— Usiądź, proszę — powiedział Juliusz, podnosząc się, aby nalać kieliszek brandy, podczas gdy Józefina udała się w stronę kuchni.

Gdy wróciła do salonu, przyniosła ze sobą zimny okład i małą miskę wody.

— ... należą do Hitlerjugend, jestem tego pewien — mówił Eryk.

Kilka miesięcy wcześniej informował Juliusza, że pewna liczba pracowników garbarni, których niegdyś zaliczył do swoich przyjaciół, należała do organizacji nazistowskich, w tym do Hitlerjugend.

— Czy to oni namalowali swastykę na kurtce? — zapytała Józefina.

Skinął głową. Zajmując się obrażeniami młodego mężczyzny, słuchała jego opowiadania o tym, co się stało.

Eryk zamykał fabrykę, gdy otoczyło go czterech jego współpracowników. Przebrali się oni z ubrań do pracy na popisowe *lederhosen*, białe podkolanówki i tyrolskie kapelusze ulubione przez młodych członków partii nazistowskiej w Cieszynie.

— Myślisz, że jesteś taki cwaniak, bo ten Żyd Kohn cię lubi — powiedział jeden z nich.

— Zehngut, co to za głupie imię? — zapytał inny. — To znaczy „dziesięć dobrych"! Jak twoja rodzina wybierała, to tylko do dziesięciu potrafili liczyć po niemiecku? — Wszyscy się z tego śmiali, powiedział Eryk.

— Pozbędziemy się wszystkich Żydów — powiedział ten pierwszy, robiąc krok do przodu — a zaczniemy od ciebie.

W tym momencie, jak wyjaśnił Eryk, próbował on uciec, ale jeden z mężczyzn uderzył go w twarz. Pierwszy, który wydawał się zarządzać resztą, polecił dwóm z nich trzymać Eryka, podczas gdy inny zdarł z niego kurtkę. — Był tak blisko mojej twarzy, że czułem jego parszywy oddech — powiedział Eryk.

Trzymając kurtkę, przywódca bandy skierował resztę w stronę jednej z kadzi zawierających czerwony barwnik. — Dobra, masz wybór, Zehngut: możesz namalować swastykę na marynarce czerwoną farbą i przyznać, jak głupi są wszyscy Żydzi, lub odmówić, i wtedy my użyjemy farby do namalowania swastyk na twojej gębie.

Wzrok Eryka spadł na podłogę. — Posłuchałem — przyznał cicho, tłumacząc Kohnom, że nie był w stanie powtórzyć ohydnych zniewag, do wymówienia których zmusili go czterej mężczyźni.

Józefina zaprzestała czyszczenia rany Eryka. Jej ręce drżały. Czuła ulgę, wiedząc, że Piotr i Suzanna byli w odwiedzinach w gospodarstwie u dziadka i nie usłyszeli tej historii. Kiedy spojrzała na Juliusza, zauważyła, że na jego twarzy pojawiło się zrozumienie: tego, że ich bezpieczeństwo nie mogło być już zapewnione, że już nie było w jego rękach; że nie mógł obronić swojej rodziny, domu, czy firmy. Wiedziała, że będą przygotowywać się do opuszczenia Cieszyna.

JÓZEFINA ZDECYDOWAŁA SIĘ SAMA SPAKOWAĆ jedzenie. Tego poranka, pod koniec sierpnia 1939 roku, jej mąż zajmował się ostatnimi sprawami w garbarni. Następnie Juliusz miał zawieźć rodzinę do Warszawy. Choć Józefina oczekiwała tego, ba, nawet tego chciała, czuła się zagubiona. Wszyscy służący, poza Helenką i jej siostrzeńcem Kazimierzem Mamczurem, szoferem, opuścili pracę u Kohnów. Chociaż niektórzy ludzie trzymali się nadziei o pokój, wszyscy byli zajęci przygotowaniami na wypadek wojny: kobiety gromadziły zbiory w ogródkach i przygotowywały zapasy w piwnicach. Starsi, którzy nie mogli nosić lub gotować, włączali radia, wysłuchując wiadomości, lub wymieniali się plotkami. Każde dziecko na tyle duże, aby być w stanie cokolwiek dźwigać, robiło właśnie to pod czujnym okiem starszego rodzeństwa. Niektórzy ludzie nie robili nic, sądząc, że wojna nie nadejdzie. A inni—jak ci, którzy walczyli kiedyś w Wielkiej Wojnie, ich mundury przestarzałe—widzieli w tym wszystkim tylko daremność.

Józefina myślała o swoim ojcu. Siedemdziesięciojednoletni Hermann Eisner zdecydował się pozostać w Cieszynie pomimo jej protestów. — Taki stary człowiek jak ja — powiedział — byłby tylko obciążeniem. — Poza tym, powiedział swojej córce, ktoś musiał się opiekować rodzinnym młynem i piekarnią. Józefina zmarszczyła brwi, kiedy to powiedział, wiedząc, że Niemcy firmy zarianizują, a jej ojca pozbawią nie tylko jego własności, ale prawdopodobnie również wolności. Jej starszy brat już wcześniej wyjechał, aby włączyć się do Polskiej Armii, i wiedziała też, że Hermann nie chciał, aby żona Arnolda, Milly, i ich maleńkie dziecko, Ewa, były same.

Pomimo tego, nie mogła znieść myśli o pozostawieniu ojca.

— Finka — powiedział ojciec — mogę być tutaj potrzebny. — Mówił łagodnie, poklepując ją po ramieniu. Jeśli miałby umrzeć, przypomniał jej, chciał zostać pochowany obok swojej żony. — Powinienem zaznać spoczynku razem z moją Karolą, tutaj w Cieszynie, gdzie byliśmy razem tak szczęśliwi — powiedział. Jego rozumowanie nie uspokoiło Józefiny, ale nie było sensu spierać się z ojcem, kiedy podjął on już swoją decyzję.

Dumą Hermanna Eisnera były okazałe zawinięte wąsy, o których nie był w stanie zapomnieć nikt, kto tylko je ujrzał na oczy. To dzięki nim jego zazwyczaj poważna i nobliwa twarz nabierała pogodnego wyrazu. Z wiekiem, w jego oczach zagościło starcze zakłopotanie, nadające jego wyglądowi rodzaj czułego charakteru. Józefina wiedziała, że będzie jej brak życzliwości, którą wprost emanował, i zapachu chleba, kiedy go piekł. Czuła, że będzie tęsknić za wyprawami przez rzekę na niedzielne obiady i przejażdżki bryczką, które tak bardzo kochała, wraz z Juliuszem i dziećmi. Żegnając się ze swoim ojcem, Józefina miała przeczucie, że nigdy go więcej nie zobaczy. Ale strach ten pozostał jej tajemnicą. Zamiast go ujawniać, dotknęła delikatnie jego policzka i spróbowała się uśmiechnąć, a kiedy nie mogła, odwróciła wzrok.

— Wkrótce będzie nowy rok — zauważył Hermann. — Gdziekolwiek będziemy, będziemy się zajadać jabłkami w miodzie i myśleć o sobie nawzajem.

JÓZEFINA ZLECIŁA ZADANIA HELENCE i przydzieliła domowe obowiązki Piotrowi i Suzi. — Szybko, ale uważnie — przypomniała dzieciom. — Wkrótce wyjeżdżamy. —Weszła do kuchni i zebrała żywność, łatwą do transportowania i niepsującą się: mąkę, cebulę, konserwy rybne, ziemniaki, olej, przetwory wiśniowe, sól, i cukier. Do małej skrzynki włożyła garnek, patelnię, kilka naczyń, sztućce, zapałki, i dwa ostre noże. Na koniec przygotowała jedzenie, które miało starczyć na sześciogodzinną podróż do Warszawy: młode jabłka, kwaskowate i twarde, resztki z dwóch pieczonych kurczaków, trochę sera i chleba, a także resztki mleka. Dla utrzymania poczucia obyczajowości, umieściła w koszyku z jedzeniem cztery eleganckie serwetki.

Przygotowując zapasy, Józefina myślała o niedoborach żywności z czasów Wielkiej Wojny. Nie mogła sobie przypomnieć, kiedy i w jaki sposób skończył się dostatek; w swoim gospodarstwie jej rodzina miała wszystko, czego potrzebowała, choć niedobory i reglamentacje zboża dotknęły piekarni ojca. Tak czy inaczej, mieli szczęście. W porównaniu z wiedeńskimi dziećmi, z których tak wiele było niedożywionych—a nawet po prostu głodujących—w latach wojny, Józefina i Hans należeli do tych fortunnych z dostępem do zasobów pozwalających im produkować własną żywność. Teraz, Józefina rozkładała to jedzenie do koszyków: owoce i drób z gospodarstwa, chleb z piekarni jej ojca. Zdawała sobie sprawę z tego, że jeśli pozwoliłaby się odnieść wspomnieniom, mogłaby nigdy nie być gotowa na wyjazd.

Józefina wezwała Helenkę, której solidne buty wnet można było usłyszeć na schodach.

— Tak, Frau Kohn? — Helenka nigdy nie wyszła za mąż i nie miała dzieci. Józefina podziwiała jej pragmatyczny ale i ciepły sposób zajmowania się Piotrem i Suzanną. Była wdzięczna, że mogła polegać na Helence w kwestii wykonania nawet najbardziej skomplikowanych zadań, i przy minimalnej wymianie słów.

— Będę zamykać walizkę Herr Kohna. Zawiń, proszę, całe srebro w najczystsze i największe obrusy, i włóż to wszystko do plecaka.

— Oczywiście.

Józefina wyczuła cień zmartwienia w odpowiedzi Helenki, ale nie było czasu na omawianie powagi ich sytuacji. Ona, jej mąż i ich dwoje dzieci opuszczali swój cieszyński dom, prawdopodobnie na znacznie dłużej, niż mogli sobie wyobrażać. Zbliżali się Niemcy. Opowieści, które słyszało się o hitlerowcach były, jak wyobrażała sobie Józefina, tylko początkiem większej, bardziej okropnej historii, której nikt jeszcze nie mógł sobie w pełni wyobrazić.

Józefina odwróciła wzrok, zanim ponownie przemówiła do Helenki.

— I przygotuj mi proszę mały zestaw do szycia—dobre, mocne igły, cztery albo pięć największych szpulek nici ... i małe nożyczki — powiedziała. — Dwie pary. Włóż je do mniejszej torby, którą będę mogła łatwo ze sobą nosić. Dziękuję, Helenko.

Kobieta, która troszczyła się o rodzinę Józefiny od wielu lat, skinęła głową i opuściła kuchnię. Siostrzeniec Helenki, Kazimierz Mamczur, wyniósł cięższe pakunki na tył domu i do samochodu, gdzie następnie usiadł za kierownicą, czekając. Mieli szczęście mieć ten pojazd. W przeciwieństwie do wielu uchodźców, których spotkała Józefina, którzy przemieszczali się na rowerach, lub pieszo, lub na wozach, ona i jej rodzina mieli przynajmniej wygodny sposób podróżowania.

Rękawiczki, pomyślała Józefina, wkładając ostatni koszyk do auta. Pomimo tego, że lato zmierzało ku końcowi, czuła, że rękawice mogą być przydatne. Nie mogła wiedzieć, gdzie wylądują, lub jak długo tam zostaną, ale była pewna, że przeminęłaby cała zima przed ich powrotem do Cieszyna. A poza tym, powtarzała sobie Józefina aby powstrzymać rosnącą panikę, która często towarzyszy skrajnym niewiadomym, jeśli ich plan miał się udać i dostaliby się do Anglii, tam rękawiczki z pewnością byłyby przydatne.

Zanim pozwoliła sobie na kolejne myśli o nowym wymarzonym domu za granicą, Józefina była już z powrotem w domu, udając się na górę po schodach. Dzieci zostały poinstruowane, aby spakować trzy zmiany odzieży, płaszcz, dwa swetry, jedną parę butów do chodzenia, jedną parę botków, tyle bielizny, aby starczyło na tydzień, małą poduszkę, koc, i ręcznik. Pozwolono im zabrać jedną dodatkową małą torbę z jakimikolwiek wartościowymi drobiazgami, które posiadały, choć ich matka przestrzegała, aby nie pakowały niczego niepotrzebnego. I po jednej książce każde. Kiedy zerknęła zza drzwi do pokoju Piotra, jego walizka była zamknięta, a obok niej stał mały plecak. Chłopiec siedział na łóżku, głaszcząc psa, Helmuta.

— Ale dlaczego musimy go zostawić, Mamo? — zapytał. Jej synowi brakowało jedynie kilku tygodni do ukończenia siedemnastu lat. Był wystarczająco dorosły, aby chcieć wstąpić do wojska z wujkiem Arnolda, i wystarczająco młody, aby byli w stanie temu zapobiec jego rodzice. — Tak naprawdę to jeszcze chłopiec — pomyślała Józefina.

— To nie jest pora na sentymentalność — zwróciła uwagę samej sobie. Każdy musiał się skupić. Ale wiedziała również, że nie mogła przestraszyć swoich dzieci. Bała się czasu, kiedy mogła potrzebować użyć strachu, aby pobudzić do działania, ale nie było to dzisiaj. Poza tym kochała psa tak samo, jak Piotr, i nie mogła znieść myśli o pozostawieniu go.

— Helmutowi będzie bardzo dobrze z Helenką — wytłumaczyła Józefina, utrzymując ton tak opanowany, jak tylko potrafiła. — Wiesz przecież, jak go rozpieszcza. Możemy wziąć tylko to, co każdy z nas może unieść.

— Ale ja nie potrzebuję tych wszystkich ubrań — powiedział Piotr. — Mógłbym zostawić walizkę i trzymać w zamian Helmuta, Mamo.

— Musisz nosić swoje rzeczy, Piotr. I może pomóc swojej siostrze z jej pakunkami. Posiedź z nim przez chwilę, a potem przyjdź i mi pomóż.

Właśnie wtedy, do myśli Józefiny napłynęło przysłowie, o którym Helenka zawsze przypominała dzieciom, „lepiej nosić niż się prosić”. Nabrało teraz znaczenia, o którym nigdy wcześniej nie myślała. Wkrótce, ona i jej rodzina mogli stać się bezdomni, tak jak uchodźcy, którym kiedyś pomagali. Ci wszyscy wysiedleńcy przeszli przez Cieszyn obładowani workami wypełnionymi pastami do butów, pościelą, bandażami, garnkami, mydłem. Co miało stać się z tym wszystkim? Czy byłoby to przydatne? Czy może stałoby się rodzajem obciążenia, które pozostawało tylko wyrzucić? Czy lepiej nosić, tak jak w przysłowiu, zastanawiała się Józefina, niż polegać na dobroci innych i prosić przyjaciół lub obcych o takie najzwyklejsze rzeczy?

Zerkając do pokoju Suzi, Józefina z przyjemnością odkryła, że jej córka, ładna dziewczyna w wieku lat trzynastu, skończyła pakowanie swojej walizki. Ze swoimi długimi nogami i lekko zagadkowym uśmiechem, Suzi przypomniała swojej matce sarnę. Roczną łanię, bardzo podobną do jednej w szczególności, na którą Józefina natknęła się podczas jazdy na nartach w lesie kilka lat wcześniej. Zwierzę stało nieruchomo i niewzruszenie, podczas gdy Józefina podeszła do niej i dotknęła, ściągnąwszy rękawiczkę, ciepłego pyszczka sarny.

A tutaj Suzi, jej gęste, ciemne włosy zebrane w dwa schludne warkocze, rozkładająca na miękkiej tkaninie kilka sztuk swojej biżuterii: złoty wisiorek z gwiazdą Dawida od matki Józefiny, złotą bransoletkę od ciotki Laury, i pierścionek z maleńkim rubinem od dziadka Hermanna. Jakże ukochana była Suzi jako wnuczka. O historiach tych podarunków Józefina lubiła rozmyślać w czasie tych długich nocy, kiedy nie mogła spać. W późniejszych latach, kiedy celowo nie mówiła o tym, co przydarzyło się jej rodzinie podczas wojny, żałowała tego, że nigdy nie zapisała i zachowała tych chwil, aby przynajmniej wspomnienia, jeśli już nie przedmioty, mogły zostać zachowane.

— Włóż je w bezpieczne miejsce — doradziła córce Józefina. I choć chciała wtedy powiedzieć Suzi, aby trzymała te skromne klejnoty dobrze ukryte, ale łatwo dostępne, wolała jej nie niepokoić. — Kiedy skończysz, przyjdź ze swoim bratem i pomóż mi.

I tak, Józefina znalazła się najpierw w korytarzu a potem w swojej sypialni. Walizka Juliusza leżała otwarta na łóżku, jego złożone koszule i spodnie równo poukładane. Z głębi szuflady w biurku Józefina wydobyła rękawiczki, które leżały tam od pierwszych oznak wiosny.

Józefina wybrała po dwie pary—jedną skórzaną, jedną wełnianą—dla każdego członka rodziny. Wyjęła dwie kamizelki z torby męża i włożyła w ich miejsce wszystkie rękawiczki, największe z jednej strony, najmniejsze z drugiej. Zamknęła walizkę, zawołała do dzieci, aby zniosły swoje rzeczy i dołączyły do niej w salonie, i zeszła na dół z torbą w każdej ręce.

Dźwięki z zewnątrz napływały do domu na ulicy Menniczej 10, gdzie rodzina Kohnów mieszkała od ostatnich sześciu lat. Na ulicach manewrowały między sobą konne wozy, rowery, i samochody. Przez otwarte okna przepływały zapachy maszyn i zwierząt, wymieszane dodatkowo z pikantnym zapachem kiełbas, pieczonych mięs, serów, i wypieków przewożonych przez pasażerów.

Ludzie wołali do innych ze swoich różnych pojazdów, i można było usłyszeć, jak precyzują swoje cele podróży: „Do ciotki w Krakowie". „Warszawa, tam mieszka mój brat". „Do domu mojego kuzyna w Lublinie". „Do Lwowa—moja teściowa jest stamtąd". „Do przyjaciół w Jarosławiu".

— Powinniśmy byli wyjechać zeszłego lata — pomyślała Józefina, ale równie szybko przypomniała sobie, że choć nie była w zgodzie z Juliuszem w kwestii pozostania w Cieszynie, potajemnie cieszyła ją niechęć męża do porzucenia domu, prosperującej garbarni, i miasta, w którym dorastali, zabiegali o siebie, i pobrali się, a także wychowali swoją rodzinę. Chciała, aby byli bezpieczni, tak, ale miłowała też ukojenie domowych pieleszy, ostatniego bastionu normalności w świecie, który powoli stawał się nierozpoznawalny. — Nie ma miejsca na żal — powiedziała na głos, choć tak cicho, że tylko sama usłyszała swoje słowa.

Kiedy samochód został załadowany, usiedli, czekając na Juliusza. Popijali herbatę w salonie. Helenka siedziała obok Suzi, jej ręka wokół ramienia dziewczyny. Piotr trzymał Helmuta w ramionach. Suzi była już wyższa od Helenki, który opiekowała się obojgiem dzieci od niemowlęcia. Józefina wiedziała, że będzie tęsknić za tą starszą kobietą. Przyzwyczaiła się z czasem do jej przesądów i katolickich modlitw, i była wdzięczna za jej gotowanie i subtelne wyrazy czułości, którymi obdarzała całą rodzinę. Józefina chciała też, aby Helenka mogła im towarzyszyć, ale wiedziała, że będzie ona bezpieczniejsza z daleka od żydowskiej rodziny.

— Gdy dojedziemy do Warszawy, Helenko, wyślemy Ci najwspanialszą czekoladę — orzekła Suzi.

— Kochane dziecko — odpowiedziała Helenka. Pozornie poprawiając włosy za uchem, otarła spadającą łzę. Józefina kochała ją wtedy i za to wzruszenie, i za gest, za którym je ukryła.

— Suzi, wiesz, że nie będzie czasu na zakupy — wtrącił Piotr.
— Staramy się wyprzedzić nazistów — Helmut zeskoczył na podłogę i podreptał w stronę Józefiny.

— Już dobrze, mój maleńki — powiedziała, schylając się, aby go podrapać pod brodą. — Helenka będzie cię rozpieszczać i będziesz taki gruby.

— Dobrze wiem o głupich nazistach — powiedziała Suzi.
— Chciałam tylko pocieszyć Helenkę, bo jest zmartwiona tym, że wyjeżdżamy.

Piotr i Suzi kłócili się przez ostatnich kilka dni. I choć Józefina rozumiała, że stresy ostatniego czasu czyniły wszystkich drażliwymi, te małe konflikty były męczące. Już miała zamiar ich upomnieć: Dzieci! kiedy naraz zapadła cisza. Na zewnątrz, silniki i koła, kopyta i stopy zatrzymały się jak jedno. Jak gdyby, pomyślała Józefina, ktoś chciał, w zamieszaniu pośpiesznych odjazdów do niepewnych przyszłości, zrozumieć prawdziwy powód całego tego ruchu.

Nawet mały Helmut, którego Józefina wzięła na ręce, siedział bez ruchu na kolanach swojej pani. I wtedy powód nagłej ciszy stał się jasny. Z Rynku dochodziło odległe dudnienie. Pies zawarczał.

— Sza — powiedziała Józefina.

W zbliżającym się dźwięku można było rozpoznać złowrogie

skandowanie Hitlerjugend. Ich członkowie paradowali od jakiegoś czasu po mieście, śpiewając nacjonalistyczne niemieckie pieśni.
Teraz krzyczeli antysemickie slogany i walili pałkami i patykami po
drzwiach domów i po bokach przejeżdżających wozów i aut. Od czasu do czasu, ludzki krzyk lub zwierzęce kwilenie unosiło się ponad
szum tłumu.

— Helenko — powiedziała Józefina — Zaprowadź Piotra i Suzi
do piwnicy. — Przekazała psa Piotrowi. — Słuchajcie Helenki —
przypomniała swoim dzieciom.

— Ale Mamo . . . — zaczął Piotr.

— Idź — przerwała. — Już.

Józefina słyszała zbliżający się motłoch. Wkrótce mieli minąć
jej drzwi wejściowe, na których nadprożu można było, jeśli spojrza-
ło się z bliska, dostrzec jeszcze słaby zarys śladu po mezuzie. Samą
mezuzę Juliusz usunął po pogromach *Kristallnacht* w listopadzie
1938 roku.

— Lepiej nie zwracać na siebie uwagi — wyjaśnił wtedy Józefinie.

— *Juden raus* — wyli członkowie Hitlerjugend — Żydzi,
won. — Potem skandowali: — Żydzi są naszym nieszczę-
ściem — i — Śmierć podludzkim Żydom, *Untermenschen Juden*. —
Józefina wyjrzała przez okno i ujrzała ich. Znała tych chuliganów,
od kiedy byli małymi dziećmi. Jej ojciec dawał im smakołyki, kiedy
przychodzili do piekarni ze swoimi matkami i siostrami, ciotkami
i babkami. Niektórzy członkowie ich rodzin pracowali w garbarni.
Im bardziej się zbliżali, tym czuła się wścieklejsza. — Niech powie-
dzą mi te nienawistne rzeczy prosto w twarz — pomyślała, otwierając drzwi.

Ale zatrzymali się kilka domów dalej. Wyważyli drzwi i wycią-
gnęli ze środka starszego mężczyznę—jednego z żydowskich
uchodźców, których poznała z Juliuszem, który był zbyt słaby, aby
podróżować dalej. Jeden z członków Hitlerjugend splunął na mężczyznę. Inny zerwał jego płaszcz. Kolejny wyszarpał poły jego koszuli

i zaczął ciągnąć za ich frędzle. Gdy Józefina spostrzegła chłopaka—jednego z kolegów Piotra z klasy—podnoszącego pałkę nad głową starego mężczyzny, wykroczyła na zewnątrz.

— Stop! — wykrzyknęła po niemiecku. — Hans Mentelek — powiedziała, — co ci się wydaje, że ty wyprawiasz? — Chłopak obniżył ramię, odwrócił się i spojrzał na nią gniewnym spojrzeniem. Splunął powoli, wciąż trzymając jej wzrok w swoim spojrzeniu. Jego usta wykrzywiała zjadliwość.

— Daję nauczkę staremu żydowskiemu brudasowi — odparł. Odwrócił się z powrotem w kierunku staruszka i uderzył go. Mężczyzna upadł, a tłum rzucił się na niego, kopiąc i wymachując pałkami i inną prymitywną bronią.

Zarówno Piotr, jak i Suzi, pomimo karcenia i starań Helenki, aby z nią zostali, wyszli na górę, kiedy usłyszeli podniesiony głos swojej matki i zgiełk, który po nim nastąpił. Podczas gdy Piotr wciągnął swoją matkę z powrotem do środka, Suzi zerknęła ukradkiem na zewnątrz i zobaczyła przez krótką chwilę agresywną bandę. Usłyszała płacz mężczyzny, starszego Żyda, człowieka, który był tak podobny do jej dziadka.

Helenka wciągnęła ją do domu, zamknęła drzwi i przekręciła zamek. — Kochanie — powiedziała do Suzi, która zaczęła płakać — musisz być teraz silna.

— Jedziemy po waszego ojca — powiedziała Józefina. Była wstrząśnięta, ale jej ton pozostał zdecydowany.

Opuścili dom, a kiedy zamykali drzwi, ostatnią rzeczą, jaką zobaczyła Józefina, były na wpół wypite filiżanki herbaty na stole w salonie.

Z FOTELA PASAŻERA JÓZEFINA PRZYKLEIŁA swój wzrok do dłoni ich kierowcy, Kazimierza Mamczura, i tego, jak swobodnie trzymały kierownicę. Gdy byli już w samochodzie, Helenka zasunęła okna. Nikt się nie odzywał. Suzi pociągała cicho nosem. Helmut dyszał, a Piotr w roztargnieniu głaskał go po uszach. Józefina ignorowała lepką wilgoć przyklejającą jej bluzkę do skóry. Kazimierz powoli manewrował pojazdem w dół ulicy Browarnej, a następnie Przykopa, gdzie znajdowała się garbarnia Kohnów. Zgiełk tłumu zanikał.

Kiedy dotarli na miejsce, Kazimierz wszedł do budynku, aby znaleźć Juliusza. Józefina odwróciła się do córki. — Suzi — powiedziała, ocierając łzy na twarzy dziewczynki delikatnym, ale zdecydowanym gestem — musisz przestać płakać i pożegnać się porządnie z Helenką.

— Nie pozwólmy, żeby twój ojciec zobaczył cię taką smutną — powiedziała Helenka, obejmując dziewczynkę ramieniem, całując ją w czoło i szepcząc słowa pożegnania. Zanim Helenka otworzyła drzwi samochodu, obie kobiety popatrzyły na siebie nawzajem przez najkrótszy moment. Józefina chciała, aby mieli wszyscy więcej czasu. Chciała powiedzieć, jak wdzięczna była za oddanie Helenki i hojność jej ducha, którą wykazywała w opiece nad rodziną. Chciała przypomnieć starszej kobiecie, aby była ostrożna w tym nowym świecie. Chciała ją przytulić i nigdy nie wypuścić, ale takich rzeczy się nie robiło. Zamiast tego powiedziała Helence, głosem, który prawie się łamał, że była pewna, że niebawem zobaczą się znowu.

Helenka wysiadła z samochodu i wzięła psa na ręce. Kazimierz Mamczur i Juliusz stali na zewnątrz, ściskając swoje dłonie. Kiedy tylko Kohnowie odjechali, Helenka i jej siostrzeniec wyruszyli w drogę powrotną. Józefina obejrzała się i zobaczyła ich, idących młynówką—kobieta, młody mężczyzna, i pies, najzwyklejszy widok jaki tylko jest możliwy do zobaczenia w późno-sierpniowe popołudnie. Z wyjątkiem tego, że kobieta trzymała psa na rękach, aby nie pobiegł on z powrotem za swoją panią, a trasa, którą obrali, pozwalała im ominąć agresywny tłum.

KIEDY JULIUSZ PRZEKROCZYŁ GRANICE MIASTA, Józefina opowiedziała mu o incydencie na ulicy Menniczej. Opisała go rzeczowo, aby nie wzbudzać emocji swojej dwójki dzieci. Opowiadając o wydarzeniu, zauważyła, jak jego twarz coraz bardziej się napina.

— Hans Mentelek — powiedziała Józefina. — Kiedyś, jako mały chłopiec, kupował słodkie bułeczki w piekarni — W tym momencie Juliusz skinął głową, a jego twarz rozluźnił smutek. Józefina zapytała samą siebie, czy jej mąż może coś powie, ale równie szybko zapragnęła, aby do tego nie doszło. Co dobrego mogły przynieść słowa w takiej chwili? Juliusz podał jej swoją rękę. Chwyciła ją delikatnie i przez następną godzinę jechali trzymając się za ręce.

Rodzina podróżowała w ciszy. Suzi patrzyła na okno na długie akry płaskich gruntów rolnych pomiędzy Cieszynem a Warszawą. Piotr obserwował ptaki—jastrzębia, parę bocianów, wrony—i liczył je po cichu. Mijały godziny. Juliusz jechał bez zatrzymywania. Jego muszka była poluzowana.

Józefina zamknęła oczy. — Znaleźliśmy się w najpodlejszych możliwych realiach — pomyślała — jeśli dzieci wyrastają nam na okrutnych bandytów. — Nie mogła usunąć ze swojej wyobraźni obrazu chłopaka, Hansa Mentelka, podnoszącego pałkę nad starym, znieważonym mężczyzną. Albo tego, w jaki sposób błękit oczu Hansa zmroczniał, kiedy spiorunował ją swoim wzrokiem. Nie mogła otrząsnąć się z widoku jadu, który wykrzywił mu usta, ani wspomnienia szydzących okrzyków jego kolegów. — Jak możemy kiedykolwiek tam wrócić? — zapytała samą siebie, wciąż nie potrafiąc określić, czy jej wyjazd z Cieszyna miał stać się trwałym wygnaniem, ale wyczuwając w przenikliwy sposób, że życie wszystkich ludzi, których znała i kochała miało zostać wkrótce nieodwracalnie odmienione.

Ucieczka z domu, który się kocha, jest tragedią. Miejsce, którego wzgórza i lasy odkrywałaś na nartach, czy na piechotę, którego wody cię krzepiły — stracone. Przeszłość spokojnej okolicy zamieszkanej przez obywateli godnych szacunku — wymarła. Młodzi ludzie, którzy lubili muzykę i taniec — zapomnieni. Poczucie bycia zakorzenioną w historii — nieobecne. Światło oświetlające drzewa i dostojny spokój wiedeńskiej architektury — wyblakłe. Zagubiona rzeka, jej brzegi, jej mosty. Dla Józefiny, doświadczenie wyjazdu pogorszył pokaz barbarzyńskiej nienawiści będący jego powodem. Jak mogła nie czuć rozgoryczenia? Czy kiedykolwiek miało być jej dane zaufać ponownie sąsiadom i pobratymcom? Jak miała nauczyć swoją córkę, jak być kobietą w tak niepewnym, rozpadającym się świecie? Jak jej syn miał kontrolować swój impuls do walki z tymi, którzy wyrządzają krzywdę? Józefina zastanawiała się nad tymi pytaniami, na które nie mogła odpowiedzieć, podczas gdy Juliusz jechał w kierunku Warszawy, ukochanego polskiego „Paryża Wschodu". Być może tam będzie lepiej, pomyślała Józefina, choć na nic raczej nie liczyła.

— Mam nadzieję — powiedział Juliusz, kiedy dotarli do Warszawy — że Grecie i Ernstowi udało się zarezerwować nasze pokoje. — Józefina nie brała pod uwagę żadnej innej możliwości. Co, jeśli jej szwagierka i jej mąż napotkali na jakieś kłopoty w drodze do miasta? Czy miało im się nie udać zamieszkać razem?

Juliusz wziął ją za rękę. W tym geście rozpoznała fakt, że był jej świadomy, że był jej mężem, i że martwił się o nią. Chciała uwierzyć, że zwycięży normalność, i choć ceniła jego wysiłki, aby przekonać ją do utrzymywania nadziei, widziała na własne oczy, jak wymiary uczucia niepewności wzrastały.

— Jestem pewien, że wszystko jest w porządku, Finka — powiedział delikatnie.

Juliusz podjechał pod Hotel Angielski, na rogu Trębackiej i Wierzbowej w centrum Warszawy. Hotel był trzypiętrowym budynkiem, który, jak wiedziała Józefina, mógł się kiedyś poszczycić jedną z najlepszych restauracji w mieście. W 1939 roku jego wyposażenie obejmowało gorącą i zimną bieżącą wodę, centralne ogrzewanie, telefony, łazienki, i windę. Śniadanie, obiad i kolacja serwowane były w sali restauracyjnej. Logo, zaprojektowane w stylu art-deco, było przymocowane do zewnętrznej ściany ze strony ulicy.

— To tutaj mamy mieszkać? — zapytała Suzi z tylnego siedzenia. — W Angielskim?

Były to pierwsze słowa, które wypowiedziała od opuszczenia Cieszyna. — Tylko na noc lub dwie, Suzi — odparł Juliusz. — Potem zatrzymamy się w mieszkaniu kuzyna Friedricha.

— Czy ktoś będzie próbował cię wyciągać na ulicę i bić? — zapytała Suzi. — Tak jak zrobili temu biednemu staruszkowi z sąsiedztwa?

— Wszyscy będziemy tutaj bezpieczni. I musisz nasz słuchać — odpowiedział jej ojciec.

— Suzi, posłuchaj — rzekł Piotr, opiekuńczym tonem. Wskazał na tabliczkę nad słowem „Angielski", zwracając jej uwagę na najsłynniejszego gościa hotelu, Napoleona Bonaparte, który zamieszkał w trzypokojowym mieszkaniu w tym właśnie obiekcie podczas swojej ucieczki z Moskwy w 1812 roku. — Zobacz, to miejsce jest słynne. Nie mamy się czym martwić, ponieważ duch Napoleona wystraszy hitlerowców.

Józefina, która odwróciła się ku tyłowi tuż przed momentem, kiedy jej syn się odezwał, zobaczyła Suzi wpatrującą się w podłogę. Ale na twarzy jej córki gościł również uśmiech, ten intymny, nieokreślony wyraz zamyślenia typowy dla trzynastoletnich dziewcząt. Józefina rozpoznała ten wyraz twarzy z własnej młodości. W tym momencie nie przeszkadzał jej brak powagi swojego syna i była dumna widząc, jak pomaga siostrze dostosować się do pogarszającej się sytuacji związanej z opuszczeniem domu. I choć nie mogła tego jeszcze wtedy wiedzieć, miała później zrozumieć, że jej rodzina nie opuściła niczego w tym momencie, a raczej wstąpiła na wygnanie, rzecz znajomą Żydom w ich historii, jak sobie tłumaczyła, ale tak czy inaczej obcą jej rodzinie. Ale w tym momencie w samochodzie, zaraz po dotarciu do Hotelu Angielskiego w Warszawie, Józefina widziała tylko Suzannę, jej nogi zbyt długie na tylne siedzenie, jej nienaganny strój, schludne warkocze, z czymś przypominającym cień uśmiechu na twarzy. Dziewczyna z Cieszyna, którą Camillia Sandhaus nazwała tak „obiecującą", gdy grała na fortepianie.

Następne dwa dni w Warszawie wydawały się prawie zwyczajne, choć napięcie nadawało wszystkiemu smaku nerwowego pośpiechu. W stopach Józefiny stres pulsował nieprzerwanie, i nie mogła się od tego uczucia ani uwolnić, ani o nim zapomnieć. Wypatrywała oznak niepokoju w rodzinie, ale nerwy, które ją nękały, wydawały się nie być widoczne na twarzach jej męża, dzieci, czy też szwagrostwa, które rzeczywiście przybyło bez problemów. Juliusz i Ernst zajmowali się interesem w magazynie garbarni. Józefina, Greta i dzieci kupowały zapasy.

Nieprzerwany temat wojny sprawił, że każdy stał się nieufny w stosunku do obcych. Sama Józefina zauważyła, w jaki sposób ludzie patrzyli na ortodoksyjnych Żydów, którzy skupiali się w grupkach poruszając się ulicach. Widziała, jak wpatrywali się w kogokolwiek, kto mówił po niemiecku. Słyszało się szepty: czy to jednak nie Żydzi sprowadzili gniew Hitlera i to nazistowskie cierpienie na Polaków? Czuła nieufność innych przechodniów, kiedy mijała ich na ulicy, ich wzrok szybko oceniający jej nos, włosy i oczy, nawet jeśli—i tak bardzo chciała w to uwierzyć—ich serca tego nie chciały.

Krzyk przecina niebo na wskroś

PIERWSZEGO WRZEŚNIA 1939 ROKU, mieszkańcy Warszawy znaleźli za oknami po przebudzeniu świeży jesienny poranek, taki, który zachęca do piknikowania nad rzeką, spacerowania w lesie, czy jedzenia śniadania w ogrodzie. Niebo było przejrzyste. Miasto rozbrzmiewało swoimi porannymi melodiami: właścicielami sklepów zwijającymi żaluzje, ludźmi rozmawiającymi i spacerującymi ulicą, tramwajami podpisującymi się metaliczną nutą pod tym całym utworem. Wcześnie o poranku, niemieckie samoloty przecięły promienny błękit nad Warszawą i bezlitośnie zbombardowały miasto, pomimo tego, że tego samego dnia Adolf Hitler wygłosił przemówienie w Berlinie, informując swoich obywateli, że ograniczy siły powietrzne do ataków na cele wojskowe. — Nie będę walczył przeciwko kobietom i dzieciom — oświadczył. Hitlerowska inwazja na Polskę wywołała deklarację wojny Anglii i Francji trzeciego września. Oblężenie trwało dwadzieścia siedem dni, a skończyło się przybyciem Hitlera i jego Wehrmachtu do Polski, aby przyjrzeć się swojej nowej domenie—Warszawie, leżącej w gruzach pod ich obojętnym wzrokiem i wypolerowanymi butami.

Ale zanim spadły bomby, w pokoju Kohnów w Hotelu Angielskim zadzwonił telefon. Odebrał Juliusz, a Józefina usłyszała rozogniony głos Eryka Zehnguta w słuchawce. Mówił bardzo głośno. Donosił o wiadomościach z Cieszyna: w garbarni, z której dzwonił, rozpętał się chaos. — Niemcy zaatakowały Polskę — wyjaśnił Juliuszowi, ciężko oddychając. — Wszyscy wyjeżdżają. I to w wielkim pośpiechu — Tę wiadomość o inwazji, jak wiedziała Józefina, jej mąż musiał odczuć jak świeżą ranę.

— *Herr Kohn* — powiedział Eryk Zehngut — mój brat Fred i ja jedziemy do Jarosławia, aby spotkać się z naszym bratem Beno. Ludzie mówią, że Niemcy kierują się na Warszawę.

Juliusz podziękował Erykowi przed rozłączeniem się. Naciągnął na siebie spodnie i włożył koszulę. Na muszkę nie było dzisiaj czasu.

— Finka — odezwał się, zapinając guziki koszuli. — Zabierz dzieci i powiedz Ernstowi i Grecie, że Niemcy nas zaatakowali — Józefina była ubrana zanim jej mąż zdążył zawiązać swoje buty. Choć uśmiechnął się do niej, wyczytała zmartwienie w jego twarzy. — Przyjdę do pokoju Ernsta i Grety — powiedział.

Później, Juliusz powiedział żonie, że spotkał kobietę sprzątającą hotel na schodach. — Proszę ze mną pójść — powiedział, i poszła za nim. Kiedy znaleźli się na recepcji, powiedział jej i recepcjoniście o tym, czego się dowiedział. Recepcjonista udał się na górę, aby ostrzec innych gości.

KILKA MINUT PÓŹNIEJ, W POKOJU Ernsta i Grety w Hotelu Angielskim zgromadziła się sześcioosobowa rodzina. Dorośli rozważali swoje opcje. Jeśli byliby o to zapytani później, kiedy pamiętali jeszcze ten szczególny moment, być może nadmieniliby, że okna były otwarte, a do pokoju dochodziło ćwierkanie ptaków. Że delikatny powiew wiatru niósł ze sobą nostalgiczny zapach końcówki lata. Być może powiedzieliby, że myśleli o tym, jak piękna była pogoda, i że gdyby byli wtedy w Cieszynie, spacerowaliby wzdłuż rzeki. Lub jak dziwne były wieści, jeszcze sprzed grzmotów i dymu bomb, że zaczęła się wojna, i to niedaleko od miejsca, które kiedyś było ich domem na zachodzie Polski. Albo że upadek Warszawy rozpoczął się od krzyku, który przeciął jasne niebieskie niebo.

Józefina obserwowała, w jaki sposób groza kształtowała rysy jej męża: zwarte usta, zmarszczone brwi. Musiała walczyć ze swoją własną paniką. Zamiast tego, spojrzała na dzieci, które wydawały się tak spokojne, jakby o czymś rozmarzały. Opanowało ją dziwne przeczucie, i zdała sobie sprawę, że widziała w tej chwili ostatnie momenty dzieciństwa na twarzach Piotra i Suzi.

— Musimy działać szybko — powiedział Juliusz — i iść schronić się w hotelowej piwnicy.

Wszyscy ruszyli bezzwłocznie. Józefina załadowała zapasy żywnościowe na ręce dzieci. Ona i Greta zebrały pościel. Ich mężowie mieli ze sobą swoje niezbędne rzeczy—Ernst swoją torbę lekarską, Juliusz swoją teczkę z dokumentami firmowymi i gotówką.

Kiedy Kohnowie zjawili się w hotelowym holu, pokojówka i recepcjonista zamykali właśnie drzwi i okna.

Recepcjonista wskazał drogę do schodów do piwnicy. Z pięter ponad nimi nadchodziła orkiestra pośpiesznych odgłosów: otwierane drzwi, chód przepełniony determinacją, zatrwożone głosy, nadal senne, rozmowy telefoniczne, zatrzaskiwane drzwi, kroki na schodach.

Kohnowie były pierwszymi, którzy dotarli do piwnicy. Józefina i dzieci usiadły na swojej pośpiesznie zwiniętej i złożonej pościeli.

— Papa — zapytała Suzanna — jak długo będziemy musieli tutaj pozostać?

Jej ojciec nie odpowiedział, bo nie potrafił. I wtedy Józefina zobaczyła w obliczu swojej córki zrozumienie, że niepewność miała im towarzyszyć nie tylko przez kilka następnych dni, ale tygodni, nawet miesięcy. Cisza, która nastąpiła po pytaniu Suzanny sprawiła, że w krzyżu Józefiny rozlało się uczucie chłodu, które z kolei zmusiło ją do naparcia plecami na ścianę. Był to strach, osiadający u podstawy jej kręgosłupa. Rozpoznała go, ponieważ czuła kiedyś to samo będąc małą dziewczynką. Było to lato i postanowiła iść popływać sama, aby udowodnić wszystkim, że była wystarczająco dorosła, aby stawić czoła wodzie bez nikogo innego. Ale kiedy tylko jej stopy nie mogły już dosięgnąć piaszczystego dna jeziora, Józefina poczuła ogrom i siłę wody, jej zdolność zarówno do dawania, jak i do odbierania życia. Strach osiedlił się w jej środku, gdzieś w pobliżu kości ogonowej, i przeniósł ją, zdyszaną i z łomoczącym sercem, z powrotem na suchą ziemię. Trzęsła się, a jej włosy były wciąż wilgotne, kiedy znalazła ją Elsa, i kazała jej obiecać, że nigdy nie będzie wchodzić sama do jeziora, nigdy więcej. Józefina pamiętała ciepło ciała starszej siostry, kiedy ta ją przytulała. — Już, już, Finka — powtarzała Elsa, aż strach ściskający Józefinę odpuścił, i już się nie bała.

Józefina rozejrzała się dookoła piwnicy: na prawo od schodów, beczka. W kącie, połamana tarka do prania. Greta krzątała się przy układaniu ich zapasów. Juliusz i Ernst stali blisko siebie pod oknem wyglądającym na ulicę, pogrążeni w półmroku, ale nie na tyle, aby zamaskować zmarszczki zmartwienia na ich czołach. Piotr i Suzi stali oparci o filar. Na drugim końcu pomieszczenia na stole warsztatowym ktoś pozostawił młotek i piłę. Półkę nad nimi zajmowało niewielkie radio.

Fala adrenaliny burzyła się w ciele Józefiny, przyspieszając bicie jej serca, naprężając jej smukłe mięśnie i wyostrzając jej wzrok, uczucie, którego wcześniej doświadczyła tylko podczas jazdy na nartach na stromych zboczach. Potrafiła dostrzec małe zadraśnięcia na drewnianej powierzchni beczki, zauważyć drzazgę wystającą z tarki. Warsztatowy stół znaczyła mała cętka białej farby. Króciutka, luźna nitka zwisała z jednego z guzików ciemnoniebieskiej sukienki Suzi. Kiedy skupiła się na radiu, była pewna, że mogła dostrzec smugi palców na pokrętłach. Zastanawiała się, czy jej dzieci widziały wszystko tak wyraźnie. Czy zauważyły, że ich ojciec miał na sobie garnitur, ale pominął swoją typową muszkę? Albo że bez spinek do mankietu jego rękawy powiewały poza rękawami jego marynarki? Jego łysa głowa błyszczała. Czy dzieci zauważyły, że guziki jej swetra były nieprawidłowo zapięte? Czy widziały delikatne kosmyki włosów opadające nad jej oczami? Czy ona i Juliusz, będąc ich rodzicami, wydawali im się niepewni tego, co należało dalej zrobić?

Podczas gdy Józefina wchłaniała szczegóły wyglądu piwnicy, nadeszło dwunastu innych gości hotelowych, którzy usadowili się pomiędzy pakunkami i paczkami, i poduszkami, i kocami, i jedzeniem, które mieli przy sobie. Pokojówka hotelowa umieściła na podłodze duże pudełko świec i zajęła miejsce w pobliżu beczki. Kobieta nie miała nic, oprócz cienkiego płaszcza, więc Józefina zaoferowała jej koc.

— Mój mąż — zaczęła pokojówka — pracuje po drugiej stronie miasta. Modlę się o to, żeby był bezpieczny. — Józefina przykryła kobietę kocem i dotknęła jej dłoni. — Też mam nadzieję, że tak jest — powiedziała. Zastanawiała się, jak długo będzie w stanie troszczyć się o lęki innych, lub czy sama będzie kiedyś wymagała podobnej pomocy w uśmierzaniu paniki. Do tej pory nigdy nie musiała się martwić tak naprawdę niczym w swoim życiu. Wiedziała oczywiście, czym były tęsknota i martwienie się o starszego brata, który wyjechał na wojnę. Była zaledwie małą dziewczynką podczas Wielkiej Wojny, ale już wtedy zauważyła zmianę, którą przeszła jej matka, i zastanawiała się, czy jej dzieci widziały w niej to samo, kiedy usadowili się w piwnicy.

Na ten czas goście milczeli, lecz później mieli wymieniać się krótkimi opowieściami: niektórzy przybyli do Warszawy w interesach, inni dla przyjemności. Niektórzy byli w drodze do domu po wakacjach. Kilkoro niedowierzało inwazji—kto mógłby chcieć zrujnować ten sławetny Paryż Wschodu? Ci wątpiący byli na początku sceptyczni w kwestii alarmu, ale widząc, że wszyscy inni się schronili, również to uczynili. Inni uważali, że wojna była od dawna nieunikniona. Żydowscy członkowie grupy—jeśli byli jacyś inni poza rodziną Kohnów—nie ujawnili się.

Józefina obserwowała ich przez krótkie chwile przed rozpoczęciem bombardowania. Jeden lub dwóch spoglądało ukradkiem na jej męża, człowieka, którego nie znali, i który przeprowadził jakąś rozmowę telefoniczną, a następnie poinformował o niemieckiej inwazji. Zastanawiała się, o czym myśleli, czy spoglądali na Juliusza, ponieważ brali go za swojego przywódcę. Lub czy byli potajemnie podejrzliwi w kwestii wiadomości, którą dostarczył, lub, co gorsza, jej rodziny. Nagle przestała ufać swoim zmysłom. Poczuła, że muszą być uważni i ostrożni, aby nie ujawnić, że są Żydami. Józefinie było jednocześnie zimno i gorąco. Jej serce łomotało. — Spokojnie, spokojnie, spokojnie — powtarzała sobie.

HOTELOWY RECEPCJONISTA BYŁ WETERANEM Wielkiej Wojny, podobnie jak Juliusz. Józefina zauważyła wcześniej, jak dzielili się swoimi wojennymi kompetencjami w wydajnym stylu byłych żołnierzy, którzy zdają sobie sprawę, że czasu jest niewiele. Juliusz wskazał palcem opaskę zakrywającą jego lewe oko. Recepcjonista wyciągnął lewą dłoń, na której brakowało połowy palca serdecznego.

— Podporucznik — powiedział Juliusz.

— Sierżant — odparł drugi mężczyzna.

Józefina wiedziała, że obydwaj obawiali się, na swój własny sposób i ze swoich własnych powodów, przemocy i siły niemieckiej armii.

— Zostanę na górze, przy biurku — ogłosił recepcjonista — w razie, gdyby... — ale zamilkł, zanim dokończył zdanie, aby nie wywoływać paniki wśród gości. — Będę na górze, aby odbierać telefony — poprawił się szybko i opuścił pomieszczenie.

Drzwi zamknęły się za nim, pogrążając piwnicę w ciemności. Goście wyciszyli się. Na zewnątrz dzwonił dzwon pobliskiego kościoła. Kiedy tylko dzwonienie ustało, powietrze przeciął gwizd—prawie jak krzyk, ale przytłumiony dystansem—a następnie huk eksplozji i, zaraz potem, ostry zapach siarki, po którym z kolei można było wyczuć woń czegoś palącego się, i dymu. Ziemia zatrzęsła się. Wzrok każdego obecnego w piwnicy skupił się na filarach podtrzymujących sufit.

Jeśli jedna z tych bomb uderzy w hotel, czy te kolumny wytrzymają? A może runą? Nikt nie chciał sobie wyobrażać, co by się stało, gdyby filary się zawaliły, ale Józefina wiedziała, że każdy, jak ona sama, rozważał taką katastrofę. Dziewiętnaście osób niemal jednocześnie przeszły ciarki. W czasie krótkiej ciszy po każdej eksplozji słychać było krzyki z zewnątrz. Niektóre ze starszych kobiet w piwnicy szeptały modlitwy, przeplatając różańce przez swoje palce. I znowu gwizd i eksplozja, a po huku lądującej bomby, odgłosy ludzi. Płacz, krzyk, szlochanie, kaszel, modły, wycie. Dźwięk rozbijanego szkła. Za malutkimi oknami wychodzącymi na ulicę unosił się pył. Ściany pulsowały. Sufit falował. Na Warszawę spadała furia.

— Zostaniemy tu uwięzieni — pomyślała Józefina — cała nasza gromada. Podłogi zapadną się nad nami, a my się udusimy. — Musiała zachować ten lęk w swoim wnętrzu. Koncentrowanie się na innych myślach, tłumaczyła sobie Józefina, było najrozsądniejszą decyzją w obliczu groźby zagłady, która przytłaczała ją kompletnie z każdym wybuchem bomby. Dlatego też Józefina skupiła się na przywoływaniu wspomnień o swoich dzieciach z czasów, kiedy były najbardziej beztroskie, jak gdyby chciała przekonać samą siebie w głębi serca, że możliwy był powrót do tego, co było kiedyś. Zaledwie kilka miesięcy wcześniej, Suzi i Piotr byli podekscytowani przyjęciem urodzinowym ich cieszyńskiego przyjaciela. Były ozdobna porcelana, przepiękny tort Sachera przywieziony z Wiednia, asortyment delikatnych wypieków i czekoladek, doskonale parzona kawa. Dla dorosłych—sherry i brandy. Obrusy na stole, serwetki złożone w kształt lilii, kryształowe kieliszki, srebro tylko przed chwilą polerowane. Okna były otwarte, a powietrze wypełniał zapach bzu. Józefina próbowała przywołać ich uderzającą woń, ale piwnica Hotelu Angielskiego pachniała stęchlizną. Zwęglony odór napływający z ulicy obezwładniał zapachy wszystkich kwiatów, które mogły jeszcze stać w wazonach w pokojach powyżej, czy gdziekolwiek poza tymi murami. Przykry zapach rzeczywistości wymazał wszystkie wspomnienia tego szczęśliwego momentu w Cieszynie, które próbowała przywołać.

— Coś podłego maszeruje przez Polskę — pomyślała Józefina. Bolał ją fakt, że to zepsucie, zbliżające się coraz szybciej, mówiło po niemiecku, potrafiło czytać Schopenhauera i Goethego, i z tak samo głębokim uwielbieniem jak ona słuchało Mozarta i Beethovena. Zastanawiała się, czy kiedykolwiek będzie w stanie ponownie mówić po niemiecku, nie czując jednocześnie odurzającego smrodu bomb i mdlącego zapachu ludzkiego strachu.

Kiedy bombardowanie ustało, każdy wydawał się poruszyć, jak gdyby samo pomieszczenie było zmęczone ich nieprzerwanym ciężarem. Pokojówka podniosła się, ale natychmiast zdała sobie sprawę z tego, że nie miała co robić ani dokąd pójść. Dwie z kobiet z pokojów na drugim piętrze, niezamężne siostry wracające do Krakowa z wakacji we wschodnich lasach, głośno dyszały. Zaczęły między sobą rozmawiać, ale żaden z ich tematów nie odnosił się do obecnej sytuacji. Jedna opowiadała o przepisach na gołąbki, jak gdyby powracając nagle do rozmowy sprzed tygodnia. Druga zastanawiała się, czy jej sąsiad podlewał ich warzywnik podczas ich nieobecności w domu. Jeden z mężczyzn westchnął. Inny zakaszlał. Suzi powoli rozluźniła dłoń, gniotącą do tej pory brzeg jej spódnicy. Piotr rozciągał zdrętwiałą szczękę. Juliusz chciał poprawić swoją muszkę, ale kiedy zauważył, że jej nie miał, opuścił swoje dłonie, a potem ramiona. Greta cicho płakała, a Ernst głaskał jej rękę.

Poza członkami jej rodziny, ludzie przebywający w piwnicy byli dla Józefiny Kohn obcymi, z którymi prawdopodobnie nie miałaby nigdy do czynienia w innym przypadku. Pomimo tego, byli to ludzie, z którymi właśnie przeżyła pierwszą naprawdę przerażającą chwilę w swoim życiu. We wspólnym doświadczeniu takiego strachu był rodzaj natychmiastowej bliskości. Czy kobieta z trzeciego piętra, nauczycielka z Łodzi, czuła to samo? Czy wzdychający mężczyzna podejrzewał, że Józefina i jego rodzina byli Żydami? A jeśli tak podejrzewał lub tego się obawiał, co najprawdopodobniej by zrobił? Czy siostry z drugiego piętra byłyby szczodre w dzieleniu się jedzeniem, gdyby Józefina i jej rodzina żadnego nie mieli? Pomasowała swoją szczękę, do tej pory zaciśniętą. Myślała o swojej rodzinie, która pozostała w Cieszynie i zastanawiała się, czy jej ojciec, i Milly, i mała Ewa również musieli ukrywać się w piwnicy. Czy bomby spadały teraz również we Lwowie, gdzie mieszkała jej teściowa? A co z ciotką Juliusza, Laurą, w Wiedniu? Mogła już nigdy ponownie nie zobaczyć rodziny ani swojej, ani Juliusza. Kiedy tylko zaczęła rozmyślać o tej możliwości, mięśnie jej klatki piersiowej zacisnęły się. Przez minutę nie mogła złapać oddechu. — Przestań, przestań — powiedziała do siebie, zagrzebując spanikowane emocje w świeżo odkrytych wewnętrznych pokładach opanowania.

Około godziny piątej, recepcjonista przyszedł na dół, niosąc koszyk jedzenia. Kiedy otworzył drzwi piwnicy, obfita fala przytłumionego światła rozlała się po schodach, i kiedy oświetliła jego bladą twarz, Józefina przypomniała sobie, jak piękne było niebo tego poranka. Jakże daleki wydawał się teraz ten zwiastun wspaniałego dnia. Recepcjonista zdjął swoją służbową marynarkę. Jego koszula była przemoczona do suchej nitki. Przez jego włosy przebiegały pasma pyłu gipsowego. Położył jedzenie przed gośćmi i zaprosił ich do jedzenia.

— Na górze nie została ani jedna szyba — odezwał się, mówiąc przede wszystkim do Juliusza, i choć jego głos był nie więcej niż szeptem, Józefina usłyszała go. Pomimo wszystkiego, ton mężczyzny był opanowany.

Samozapłon

Kohnowie przeprowadzili się do mieszkania kuzyna Juliusza, Friedricha, na ulicy Bałuckiego — tak, jak planowali. Friedrich był młodym oficerem Wojska Polskiego i został wysłany do służby. Przed inwazją, kiedy wojna była jeszcze tylko ewentualnością, zaproponował Juliuszowi i jego rodzinie, aby skorzystali z jego mieszkania, czystego i umiejętnie wyposażonego. Nikt nie mógł przewidzieć, co miało się stać z tym młodym człowiekiem, że zostanie on zamordowany—kulą w tył głowy—w serii masowych egzekucji polskich oficerów wojskowych, które miały stać się znane jako zbrodnia katyńska. Te morderstwa miały się wydarzyć w przyszłości, której Józefina i jej mąż nie potrafili sobie jeszcze wyobrazić— przyszłości, w której mieli być rozdzieleni, a Juliusz aresztowany i uwięziony przez sowiecką tajną policję, czyli NKWD, tę samą organizację, która miała stać się odpowiedzialną za zabicie Friedricha.

Gdyby ucieczka z Cieszyna do Warszawy nie była przepełniona desperacją, krótki urlop w mieszkaniu Friedricha mógłby wydawać się miłą okazją do relaksu w wielkim mieście, kulturalną wycieczką z rodzaju tych, które Józefina i jej mąż organizowali jako młode małżeństwo, zanim rodzinna garbarnia przyniosła im dobrobyt, który pozwolił im zatrzymywać się w eleganckich hotelach w czasie swoich podróży. W tych wczesnych dniach swojego małżeństwa byli wciąż wystarczająco żądni przygód i ciekawi świata, aby chcieć czegoś innego niż spokojne życie w urokliwym śląskim mieście o nazwie Cieszyn u podnóża Beskidów. Teraz, Józefina—trzydziestodziewięcioletnia matka dwojga dzieci—wyjrzała przez okno na Bałuckiego, małą ulicę, noszącą imię dziewiętnastowiecznego galicyjskiego pisarza, który wspominał o tematach żydowskich w wielu swoich nowelach. W roku 1901, cierpiąc z powodu licznych chorób, Michał Bałucki popełnił samobójstwo w krakowskim parku. Ostatnie chwile życia tego człowieka wydawały się Józefinie trafnie pasować do druzgocąco poważnego nastroju panującego w jej kraju trzydzieści osiem lat później.

Po pierwszym września, do stolicy Polski przybyło więcej uchodźców. Rozproszyli się oni po Warszawie, uciekając przed nadchodzącymi hitlerowcami. Szli pieszo, przez Most Poniatowskiego; na rowerach przez Elektoralną; i jadąc na swoim dobytku na przeładowanych wózkach ulicą Filtrową. Wielu pobożnych Żydów miało ze sobą sidury i zwoje Tory ze swoich synagog. Samochody były szybko porzucane—benzyna była prawie niemożliwa do zdobycia i, jak przewidywał Juliusz, pojazdy były świetnymi celami dla hitlerowskich pilotów. Uchodźcy wciskali się do piwnic i klatek schodowych z warszawskimi ludźmi, którzy zostali wysiedleni i te schronienia już zajmowali. Za każdym razem, kiedy zawalił się budynek, ludzie przenosili się do innej piwnicy lub klatki schodowej. Po pierwszych kilku dniach, przestało się nosić ze sobą wiele; rzeczy obciążały i mogły zabić. A miejsca do pomieszczenia wszystkich szukających schronienia było coraz mniej.

Czekając w kolejce po chleb, Józefina przysłuchiwała się rozmowie Suzi z dwunastoletnim chłopcem. — Moi rodzice zmarli wczoraj — powiedział. Jego głos był bezbarwny, jego twarz bez wyrazu. Mówił, że żałował, że przywiązał swojego psa do pieca, jak polecił jego ojciec. — Za każdym razem, gdy spadła bomba, pies się podrywał i uderzał w głowę — wyjaśnił chłopiec. Podczas przerwy w bombardowaniu, jego matka poprosiła go, aby napełnił wiadro ze zbiornika w sąsiednim budynku. Był w połowie dziedzińca, gdy cień niemieckiego samolotu zabarwił ziemię pod jego stopami na czarno. Kiedy spojrzał w górę, mógł nawet zobaczyć ładunek wybuchowy, spadający na dom, i rzucił się do ucieczki. — Bardzo dobrze biegam — powiedział, a Józefina odwróciła się, aby na niego spojrzeć. — Wygląda na normalnego chłopca — pomyślała.

— Pobiegłem aż na Wolę — powiedział. Był już szczęśliwie po drugiej stronie miasta, kiedy postanowił wrócić. Próbował tego przez wiele godzin. Ale coś — Bóg, diabeł, nie wiem — orzekł—mówiło mu, że to zły pomysł. — Żałuję, że przywiązałem psa — powiedział ponownie.

Każdy mógł opowiadać o koszmarach oblężenia: końskich trupach gnijących na ulicach, nieustającym pochówku zmarłych. Kobietach na porodówce z ich noworodkami, przenoszonych do piwnicy szpitala, gdzie było mniej szkła, pyłu i niebezpieczeństwa. — Co wróży — ktoś zapytał — urodzenie się w taki sposób?

Fasady budynków odpadały, obnażając ich wnętrza, ich zawartość w nieładzie: przekrzywiony obraz na ścianie salonu, stojąca pod nim sofa chwiejąca się na jednej nodze, której upadek przez dziurę w podłodze był nieuchronny. Tam łóżko, pośpiesznie rozebrane z pościeli, chylące się niebezpiecznie w stronę przepaści, gdzie kiedyś była ściana. Całe kuchnie w przeróżnych stanach nielogicznego nieładu: zlewozmywaki z nogami sterczącymi z okiennych futryn, połówki pieców, samotny garnek jeszcze na palniku. Wanna w przedpokoju.

Dwóch mężczyzn niosło szafę, jedyne, co im pozostało, po gruzach, w drodze do... cóż, nikt nie wiedział, gdzie. Długo po Warszawie i oblężeniu, i wszystkim, co potem nastąpiło, długie lata po zakończeniu wojny, i nawet kiedy była już bezpieczna w Anglii, w swoim domu w Londynie, Józefina miała koszmary o swoim odbiciu w lustrze na drzwiach szafy. Bezlitośnie jasne, gorące słońce świeciło na nią w tych przerażających snach, w których stała na szczycie kopca szarego gruzu, szczątków budynków, które stały, nienaruszone, zaledwie kilka godzin, dwa dni, tydzień wcześniej. Wszystko miało ziemisty odcień: twarze ludzi, ich ubrania, niebo. W tle tańczyły obrazki z oblężenia: dziewczynka, lat nie więcej niż dziesięć lub jedenaście, schylająca się nad starszą, martwą siostrą, której twarz była zalana krwią i której ręka zaciśnięta była na jej klatce piersiowej. Psy i koty, domowe pupile, skradające się blisko każdego cienia, na które natrafiły. Na jednej z ulic, mały biały terier znalazł schronienie wewnątrz szkieletu konia, z którego obrano już mięso. Szczury, myszy, i robaki, pozbawione swoich kryjówek, przemykające ulicami w biały dzień. Kobiety z zakrytymi głowami, stojące przed gruzami kościoła i modlące się. Dzieci z poduszkami przywiązanymi do głowy, które miały chronić je przed spadającymi odłamkami. Mężczyźni i chłopcy kopiący rowy i groby kiedy tylko niebo było wolne od latającego niemieckiego postrachu. Starszy pan, mówiący cicho. Miał ton profesora i zachowanie przypominające ojca Józefiny. — Każdy chce ocalić swoje własne życie — powiedział mężczyzna. — Cała ludzka wartość, godność? Unicestwione.

W CZASIE OBLĘŻENIA, MYŚLI O przyszłości w głowie Józefiny ograniczały się do przetrwania każdej godziny, minuta za minutą, aż do następnego ranka. A z każdym dniem warunki pogarszały się. Jak pisał po wojnie Miron Białoszewski, „pogarszanie doprawdy nie miało końca. Zawsze okazywało się, że może być jeszcze gorzej. I jeszcze gorzej". Tym samym Józefina podchodziła do każdego nowego wyzwania ze skupieniem, które uformowała decyzja o odpuszczaniu—na przykład czasu, lub prostych wyborów, które były częścią codziennego, normalnego życia (co jeść lub w co się ubrać), lub oczekiwania, że podstawowe potrzeby zostaną spełnione (jak kąpiel, sen, jedzenie). Kiedy zaczynała śledzić te aspekty, każdy dzień stawał się gorszy od poprzedniego. A w niepewnych godzinach i dniach, tygodniach i miesiącach i latach, które miały nadejść, kiedykolwiek usłyszała doniesienia o aresztowaniach, wiadomości o zesłaniach, pogłoski o rozstrzelaniach lub innych niewyobrażalnych zbrodniach, czuła, że szanse jej rodziny na pozostanie w jednym kawałku zmniejszyły się z każdą minutą.

— Nie możemy zostać w tym mieście — wyszeptała w kilka godzin po ich przybyciu do mieszkania Friedricha przy ulicy Bałuckiego. Kiedy nad tym rozmyślała, znalazła w swojej kieszeni złożony artykuł prasowy o Sigmundzie Freudzie wyjeżdżającym z Wiednia, pamiątkę, którą zachowała, choć nie była już w stanie powiedzieć, dlaczego ją ze sobą zabrała. Dzień, w którym czytała artykuł, wydawał się niewiarygodnie odległy. Chciała coś powiedzieć Juliuszowi, który stał przy oknie na warcie, ale zamiast tego mówiła o wyjeździe. Nie była pewna, dlaczego myślała o jednej rzeczy, a mówiła o innej. — Wiem, wiem — przyznała — Dopiero przyjechaliśmy . . .

Juliusz podszedł do niej i położył dłoń na jej policzku. Stał bardzo blisko i Józefina widziała prawie niezauważalne postrzępienie w gumce jego opaski na oko. — W porządku, Finka — powiedział. — Zgadzam się. Musimy opuścić Warszawę.

Szwagier Juliusza, Ernst, czuł się zobowiązany do pozostania i zaoferowania swoim lekarskich umiejętności rosnącej liczbie rannych w mieście. — Chcę zostać tutaj z mężem — orzekła siostra Juliusza, Greta.

Józefina podziwiała Gretę, choć wiedziała, że to strach, a nie ofiarność, zdecydowały o pragnieniu jej szwagierki do pozostania z mężem. Greta bała się wszystkiego—co było szczególnie osobliwe w świetle odwagi jej brata, Juliusza, którą wykazywał w obliczu wszelkich przeciwności losu, od małych niedogodności do spraw życia i śmierci. Józefina nie była też pewna, czy Juliusz robił to, co powinien, próbując przekonać Ernsta i Gretę, aby z nimi wyjechali. Opiekowanie się i kierowanie czteroosobową rodziną było wystarczająco trudne. — Dzięki Bogu — pomyślała wtedy Józefina — że dzieci są wyrośnięte. Widziała niektóre uchodźczynie niosące swoje wychudzone niemowlęta. Ich twarze były przygniecione ciężarem rozpaczy. Ale Ernst był zdeterminowany do pomocy rannym w Warszawie. Decyzja została podjęta: Juliusz, Józefina i dzieci mieli wyjechać. Ale dokąd? Z pewnością nie mogli jechać na zachód—ta część Polski była już pod niemiecką okupacją. Wielu uchodźców udawało się na południe, w kierunku Bułgarii i Rumunii, rezerwując przejazdy statkami płynącymi do Palestyny przez Turcję. Niektórzy udali się na Węgry, inni na Litwę. Droga do Lwowa przez Lublin była nadal otwarta. Józefina pomyślała, że byłoby rozsądnym udać się do Lwowa i dołączyć do jej teściowej, Ernestyny, i paru krewnych Ernsta, którzy tam mieszkali. Juliusz znał garbarza o imieniu Salczman niedaleko Lwowa, z którym robił kiedyś interesy.

— Być może uda mi się zarobić trochę pieniędzy — powiedział do żony. Zanim opuścili Cieszyn, siostra Milly, Margaret, pożyczyła im trochę gotówki, która teraz zaczęła się kończyć. Ceny były zawyżone, a o podstawowe towary było trudno. Nie mieli ani waluty, ani kredytu. Mieli biżuterię, ale do sprzedania tylko w krytycznej sytuacji. Po raz pierwszy, odkąd wyszła za Juliusza, Józefina musiała martwić się o pieniądze i zastanawiać się, jak zapewnić dochody swojej rodzinie.

Krążyły pogłoski o mobilizacji Armii Czerwonej. A jeśli Niemcy zaatakowali Lwów, orzekł Juliusz, musieliby udać się na południe. Żadne z nich nie mogło przewidzieć, że Hitler i Stalin zawarli potajemny pakt o podziale Polski. Nie mogli sobie również wyobrażać koszmarów, które obie mocarstwa planowały dla ludzi mieszkających na ziemiach, który miały stać się znanymi jako ziemie skrwawione.

Jakby tych komplikacji było mało, benzyna stała się niedostępna, co oznaczało, że nie mogli zabrać swojego samochodu, choć na szczęście mieli wystarczająco dużo paliwa, aby wyjechać z samego miasta.

— Może udałoby się — zasugerowała Józefina — zamienić samochód za możliwość przejazdu do Lwowa? — Juliusz uśmiechnął się do niej w tym momencie, i zobaczyła, że był zadowolony z jej zaradności. Józefina miała ten moment na długo zapamiętać. Juliusz z pewnością pomyślał już o planie, który zasugerowała, co oznaczało, że nawet w najbardziej napiętej sytuacji był na tyle życzliwy, aby pochwalić ją za pomysł, który dla niego był oczywisty. — Wiem dokładnie, kogo o to zapytać — powiedział.

Fritz Kosiński od lat pracował w składzie garbarskim Kohnów w Warszawie i pracował kiedyś z ojcem Juliusza, Emerichem. Był na tyle stary, aby przestać pracować, ale chciał pozostać aktywny. Poza tym był rodzajem człowieka—lojalnym i oddanym—którego na świecie było zbyt mało, jak zawsze mawiał Juliusz. Uczciwy, godny zaufania i ciężko pracujący, Kosiński posiadał wóz i konia. Mieszkał ze swoją żoną, Teresą, tuż za miastem, po wschodniej stronie Wisły. Bardzo się cieszył, mogąc im pomóc, poinformował Juliusz po ustaleniu wszystkiego.

— FUTRA — PRZYPOMNIAŁ JULIUSZ swojej żonie, zanim opuścili mieszkanie kuzyna. Mówił o dwóch płaszczach pozostawionych u kuśnierza do naprawy. — Nie mamy czasu ich odebrać. A poza tym, na całej Marszałkowskiej są barykady. Nie przedostaniemy się.

Nietypowo jak dla niej, Józefina tylko na wpół słuchała męża. Zamiast tego, odtwarzała po raz kolejny w swojej głowie rozmowę, którą przeprowadziła dzień wcześniej z pewnym rolnikiem. Stał on ze swoją krową przed amerykańską ambasadą na Ujazdowskich i sprzedawał mleko. Jakby to była najbardziej normalna rzecz na świecie. Józefina, Greta i dzieci miały szczęście napotkać rolnika, zanim utworzyła się nieunikniona kolejka. W czasie oblężenia kolejki po jedzenie w Warszawie były faktem notorycznym; na bochenek chleba czekało się godzinami. Miejsca w kolejce nie opuszczało się nawet wtedy, kiedy nadlatywały bombowce. Jednak jedzenia miało wkrótce tak czy tak zabraknąć. I wody. Ale właśnie wtedy pojawił się rolnik ze swoją krową.

Mężczyzna mówił szeptem, dojąc krowę. Józefina musiała się pochylić, aby go usłyszeć. Powiedział jej, że gniazdo bociana na jego stodole zostało zestrzelone przez jeden z niemieckich samolotów. W noc po wróżbie nieszczęścia, jego stodoła się spaliła.

— Samozapłon — wyszeptał ochryple. — Nieszczęście i pech na długi, długi czas.

Józefina dała mu dwa złote, i choć wyraził wdzięczność szczerym i prawie bezzębnym uśmiechem, czuła się beznamiętnie i posępnie.

Kiedy więc Juliusz wspomniał o futrach, Józefina nie myślała o zimie. Nie myślała o tym, że do końca lutego mogli już bardzo niewiele posiadać, lub że futra mogłyby się przydać za pięć miesięcy. Zamiast tego, zastanawiała się nad przeświadczeniem rolnika o samozapłonie stodoły. Podobnie jak Juliusz, Józefina ufała nauce. Nieprawidłowo suszone siano mogło samo się zapalić. Wiedziała o tym. Ale rolnik, jak wielu mieszkańców wsi, których spotkała, wierzył w to, co matka Józefiny nazwała *bubbe—meiseh*, zabobonami. Zastanawiała się, czy takie przesądy były tylko samospełniającymi się proroctwami, czy może przesłaniami, na które trzeba było uważać. A jeśli to ostatnie było prawdą, kto tak naprawdę wysyłał te wiadomości?

— Finka? — powiedział Juliusz i Józefina zdała sobie sprawę, że powtarzał jej imię. Była rozgrzana i zdezorientowana, jakby budziła się z dziwnego snu. — Finka, powiedziałem, że oddam kwitek na futra Margaret.

Skinęła głową. — Tak, Julku, oczywiście — odparła. Siostrze jej bratowej Milly, Margaret, która mieszkała tutaj w Warszawie. Gdzieś. Józefina nie mogła sobie przypomnieć nazwy ulicy.

Jej mąż siedział przy małym biurku w mieszkaniu swojego kuzyna i wyciągnął z teczki kartkę papieru i swoje najlepsze pióro.

„Niniejszym upoważniam panią Margaret Komarek do odebrania futer zgodnie z kwitem tymczasowym nr 062", napisał po polsku. Dodał datę i swój podpis. Z portfela wyciągnął pokwitowanie wydane przez kuśnierza Maksymiliana Apfelbauma, pracującego przy ulicy Marszałkowskiej w Warszawie, dokąd w kwietniu zabrał swój płaszcz z foczej skóry obszyty wydrą i astrachanowy płaszcz Józefiny. Złożył dokument i pokwitowanie razem i schował je do portfela. Potarł skórę kciukiem—nawyk, którego nabył w ciągu swoich dwudziestu lat pracy jako garbarz.

Na wyciągnięcie ręki

Juliusz wywiózł swoją żonę i dzieci z Warszawy nocą, kierując się do małej wsi, gdzie mieszkali Kosińscy. Żadne z nich nie mogło wiedzieć, że miał to być ostatni raz, kiedy będą razem podróżować prywatnym samochodem, całą rodziną. Józefina czuła, że w tej podróży było coś ostatecznego, ale nie mogła do końca wyjaśnić, co. Tak jak jej mąż i dzieci, siedziała w samochodzie w ciszy. Wiedziała, że Juliusz martwił się, że zabraknie im benzyny. — Może będziemy mieć znowu trochę szczęścia — pomyślała, próbując rozwiać własne obawy.

Teresa i Fritz Kosińscy powitali ich w swoim małym, ale wygodnym i czystym domu. Pan Kosiński powtarzał Juliuszowi, że planował pilnować ich samochodu tylko do czasu, kiedy cały ten nonsens z Niemcami się zakończy i Kohnowie będą mogli wrócić do domu. Sam nie potrzebował samochodu; miał konia i wóz, i to mu wystarczało. Nie chciał zapłaty, powtarzał. — Mam już wszystko, czego potrzebuję — powiedział, wskazując na swoją żonę.

Kohnowie zamierzali opuścić dom Kosińskich tak szybko, jak było to możliwe, ale okoliczności zmusiły ich do dłuższego pobytu. Jak mówi stare żydowskie przysłowie, „Człowiek planuje, Pan Bóg się śmieje". Możliwe, że to powiedzenie nie przypadłoby Juliuszowi do gustu. Nie był człowiekiem religijnym, choć nauczył się podstawowych modlitw hebrajskich będąc chłopcem. Jako zasymilowany Żyd, wierzył w metodę empirycznego dowodzenia, która zasadniczo nie dostarczyła mu wystarczających dowodów w kwestii istnienia Boga. Ale ponieważ jego dziadkowie byli pobożni, bardzo pragnął poczucia bezpieczeństwa, które zapewniało utrzymywanie tradycji. Chciał mieć wiarę w Boga, ale nie wiedział, jak wierzyć. Przynajmniej tak to tłumaczył Józefinie podczas ich zalotów. Nigdy więcej o tym dylemacie nie wspominał, aż do dnia, w którym wrócił z Warszawy po upadku pierwszych bomb na miasto.

Józefina wiedziała, że doświadczenia męża z czasów Wielkiej Wojny nauczyły go spodziewać się nieoczekiwanych okoliczności. Dzięki temu nie był szczególnie zaskoczony, kiedy ujrzał zakres szkód. Wiedział, jakie zniszczenie niosły ze sobą te bomby i pociski. Lecz kiedy ujrzał rany i zgony spowodowane zmiażdżeniem, i oparzeniami, i uduszeniem, i dewastację szpitali i budynków mieszkalnych, był tak zszokowany, jak wyjaśnił żonie, że zatrzymał się i zaklinał Boga, by ten nie dopuścił do tego, aby taki koniec spotkał jego rodzinę. — Nie wiem, kogo innego można prosić o taką opiekę — przyznał Józefinie. Ona też nie wiedziała. Zasady walki wojskowej, które znał jej mąż, zmieniły się diametralnie. Na skrzydłach Messerschmittów latających nad Polską przybyła nowa era wojny.

Teraz był w piwnicy, pomagając Panu Kosińskiemu naprawić skórzaną uprząż. Józefina była w kuchni z dziećmi. Myła naczynia ze śniadania i rozważała trudną sytuację swojego narodu i rodziny. Na początku miesiąca, Niemcy najechały na Polskę. Trzeciego września, Wielka Brytania i Francja wypowiedziały wojnę Niemcom, choć ich wojska jeszcze nie przybyły. Szóstego, Juliusz siedział przy biurku w pokojach swojego kuzyna przy ulicy Bałuckiego i pisał notatkę upoważniającą Margaret, siostrę Milly, do odebrania futer. Czy to następnego dnia poszedł z Piotrem, aby spróbować ją dostarczyć?

Czy może minęły dwa dni? Józefina nie mogła przypomnieć sobie tej konkretnej sekwencji wydarzeń.

Ale wiedziała, że próby dostania się gdziekolwiek w Warszawie oznaczały nieprzewidywalne objazdy i opóźnienia. Wyprawy były przerywane przez bomby i pociski. Jeśli coś akurat próbowało się na mieście załatwić, kiedy zaczęły spadać bomby, trzeba było znaleźć najbliższą piwnicę lub klatkę schodową, a jeśli to schronienie było zajęte, trzeba było szukać dalej. Wszyscy pełnosprawni mężczyźni byli w każdej chwili zobowiązani do pomagania w niekończącym się wykopywaniu rowów i grobów. Juliusz i Piotr zostali wezwani do takiego zadania, będąc w drodze do Margaret z notatką o futrach. Polski żołnierz nadzorujący prowizoryczny grób wręczył im łopaty.

— Kopcie — nakazał. Ojciec i syn pracowali do momentu, kiedy zabrzmiał alarm lotniczy. Pobiegli ukryć się do pobliskiego okopu, wykopanego wcześniej przez innych mężczyzn. Poszli trasą okrężną, aby wrócić do mieszkania na Bałuckiego. W rezultacie, za każdym razem, kiedy spadały nowe bomby, trafiali oni po drodze do różnych piwnic i klatek schodowych. Notatki nie dostarczyli. Wydarzyły się również inne rzeczy uniemożliwiające im wykonanie tego konkretnego zadania:

Dowiedzieli się, że Hotel Angielski został zbombardowany.

Poszli tam, aby to sprawdzić, i nie mogli odnaleźć Grety i Ernsta.

Wiele ulic w Warszawie było nieprzejezdnych.

Linie telefoniczne zostały zerwane.

Niemcy byli tuż za miastem.

Margaret, siostra Milly, nie wiedziała, gdzie byli, a oni sami nie mogli do niej zadzwonić.

Kiedy mogli już wyjść na zewnątrz, ich celem było opuszczenie Warszawy.

Juliusz wyciągnął notatkę dla Margaret i pokwitowanie na futra z portfela. — Włóż je gdzieś — poprosił Józefinę. — Któregoś dnia . . . — zaczął, a następnie zamilkł.

GDY PRZYBYLI DO KOSIŃSKICH, JÓZEFINA ogromnie się cieszyła, widząc ich skromny drewniany dom na skraju małego pola ziemniaczanego. Niemcy posuwali się naprzód w rekordowym tempie. Słychać było grom frontu. Bombardowanie było bezustanne. Każdego dnia w radiu, Prezydent Warszawy Stefan Starzyński wzywał obywateli do obrony stolicy. Nazywał Hitlera barbarzyńcą. Kopał okopy i nigdy nie opuścił swojego miasta. Jaki czekał go koniec? To było pytanie, które Józefina zaczynała sobie zadawać coraz częściej. Czy miał zostać zastrzelony w Warszawie? Czy zginąć w nazistowskim obozie pracy? Nie mogła sobie wyobrazić innych opcji, i ta niezdolność rozpoznawania niczego oprócz straszliwych końców bardzo ją niepokoiła.

W okresie pomiędzy pierwszym dniem wojny a przybyciem Kohnów do Kosińskich, Juliusz powiedział żonie, że ona i dzieci muszą nauczyć się szybko dostosowywać się do nowych i trudniejszych okoliczności. Mówił z rzadką mu stanowczością, a nagłość, którą wyrażały jego słowa sprawiła, że Józefina słuchała go z najwyższym skupieniem.

— Musicie spróbować przewidywać wszystkie konsekwencje podejmowanych działań i wyborów, przygotować swoje umysły do wybrania właściwej drogi — powiedział poważnym tonem. Ona sama i Suzanna, przypomniał Józefinie, mogły nosić tylko po jednej rzeczy, plecaku, którego nigdy nie powinny porzucać. On i Piotr musieli również mieć ze sobą małe noże, ale dobrze ukryte. Powinni nosić wiele warstw odzieży— zapowiedział Juliusz. W ich torbach powinny się znaleźć: koc, rękawiczki, skarpetki, bandaże, świece, zapałki, aspiryna, alkohol, igła i nici, papier i pióro, kiełbasy, i tyle żywności w puszkach, lub suszonej, ile może było zmieścić. — Dwie puste puszki dla każdego. Sztućce. I każdy kawałek sznura, jaki uda ci się znaleźć. — Cenne przedmioty mieli zaszyć w różnych ubraniach.

Józefina powinna mieć przy sobie większość pieniędzy i biżuterii, ponieważ gdyby miała być od niego oddzielona, zawsze mogła się wykupić, doradził. Szczególnie u chłopów, których przesądny charakter mógł być nieprzewidywalny, i którzy potrafili być twardzi w obejściu. Ich ubóstwo, wyjaśnił Juliusz Józefinie, czyniło ich chętnymi do udzielania pomocy w zamian za pieniądze. — Nie lubię myśleć w ten sposób, Finka — dodał. — Ale od ludzi należy spodziewać się najgorszego w czasie wojny. — Uważaj — ostrzegał — ponieważ mogą oni bardzo szybko przejść na drugą stronę, jeśli ta oferuje im więcej pieniędzy. Przestrzegł ją przed rosyjskimi żołnierzami, przypominając jej o pogłoskach, że ci nadchodzili ze wschodu. — Są okrutni i prostaccy — powiedział. —A kobieca cnota nie oznacza dla nich nic.

Józefina myła naczynia w kuchni Kosińskich. Straciła rachubę dni. Nie było gazet. Słuchała radia, kiedy tylko mogła, szukając Poloneza nr 3 Chopina, nadawanego wielokrotnie w Radiu Warszawa, aby zapewnić Polskę i jej obywateli, że miasto jeszcze nie uległo. Lubiła słuchać głosu Prezydenta Starzyńskiego, który z czasem stał się bardziej ochrypły, lecz pozostawał krzepiący.

W nocy pierwszego września—jakże dawno to się teraz wydawało—zarówno ona, jak i Juliusz zwrócili się do swojej córki używając jej pełnego imienia, Suzanna, zamiast Suzi. Józefina poczuła zdumienie, zdając sobie teraz sprawę, że zarówno ona, jak i Juliusz poczuli ten sam odruch. Tak jakby mogli tylko własną wolą przenieść córkę w stan dorosłości dzięki porzuceniu jej zdrobnionego imienia. Była zbyt młoda na wojnę, rzecz jasna, ale zbyt dorosła, aby być traktowana jak dziecko. Poza tym, co bardzo cieszyło Józefinę, Suzanna stanęła na wysokości zadania. W sposób opanowany i zdecydowany, Suzanna dorosła. Nie prosiła o nic i zawsze oferowała pomoc. Była spostrzegawcza w stosunku do ludzi i swojego otoczenia i szybko się uczyła. Jeśli popełniła błąd, pracowała dwa razy ciężej, aby uniknąć jego powtórzenia. Teraz, Suzanna miała nauczyć się sztuki odczytywania obcych ludzi. Kiedy ufać, a kiedy podejrzewać. Jak być taktowną w sytuacjach kryzysowych. A obowiązek nauczenia jej tego należał do Józefiny. Zastanawiała się, co zrobiłaby jej własna matka. I co doradziłaby, jeśli jeszcze by żyła. Karola Eisner zmarła cztery lata wcześniej, i Józefina pragnęła, bardziej niż czegokolwiek innego w tej chwili, aby móc sięgnąć po słuchawkę i z nią porozmawiać.

Zanim mogła zacząć wyobrażać sobie rady swojej matki na tę właśnie chwilę, Józefinę przywrócił do rzeczywistości niedaleki odgłos samolotu. Suzanna naprawiała marynarkę swojego brata przy kuchennym stole. Piotr nakręcał zegarek. Józefina wyjrzała przez okno i zobaczyła słaby zarys lekkiego bombowca. Zbliżał się w ich kierunku. Smukły kadłub samolotu zdobył mu przydomek *Fliegender Bleistift*, czyli Latający Ołówek. Te samoloty latały nisko i szybko. Były tak smukłe, że polscy żołnierze mieli kłopoty z trafieniem w nie bronią przeciwlotniczą. W lekkich bombowcach była czwórka załogi: pilot, bombardier i dwóch strzelców. Strzelali do wszystkiego i każdego. Zrzucali materiały wybuchowe na świątynie, szkoły, szpitale i fabryki. Nikt nie był bezpieczny, kiedy zjawiały się Latające Ołówki.

— Piotr, Suzanna — przemówiła Józefina głosem głośniejszym, niż planowała. Natychmiast podnieśli się od stołu, a Piotr miał już w ręce klamkę drzwi do piwnicy w podłodze spiżarni. — Idźcie — powiedziała. — Zaraz będę.

Ale coś było nie tak: Teresa Kosińska nie powróciła po wyjściu z domu. Józefina poczuła mdłości, przypominając sobie ich rozmowę, która miała miejsce zaledwie dwadzieścia minut wcześniej. — Byłoby miło zjeść dziś ziemniaki — powiedziała starsza kobieta do Suzanny, poprawiając kosmyk włosów, opadający na oczy dziewczyny.

— Ja po nie pójdę — zaoferowała Suzanna.

— Jesteś kochana, dziecinko, ale mnie przyda się trochę świeżego powietrza —odpowiedziała pani Kosińska.

I wyszła z kuchni.

Strzelcy Latających Ołówków ostrzeliwali teraz kobiety na polu ziemniaków za domem. Kobiety biegły, aby się ukryć, porzucając koszyki i łopatki na ziemi. Z tej odległości Józefina nie była w stanie rozpoznać ich twarzy, ale potrafiła sobie wyobrazić jak trudno było im oddychać, i jak ciężkie były ich nogi. Bicie jej własnego serca przyspieszyło i poczuła w ustach metal i sól, smak strachu. Jak można strzelać do kobiet kopiących ziemniaki? I gdzie był Juliusz? W piwnicy, z panem Kosińskim, tak jest, to tam był, pomagając naprawić skórzaną uprząż. Ale kiedy samolot zawrócił, Józefina zrozumiała, że tym nazistowskim bestiom nie wystarczyło jedynie rozproszyć te kobiety, niwecząc ich zbiory. Strzelcy strzelali dalej, raz za razem. Teraz słyszała krzyk kobiet. Józefina zauważyła mężczyznę, który wyłonił się z jednego z sąsiednich domów, trzymając w jednej ręce coś, co wyglądało jak muszkiet, a w drugiej zaciśniętą pięść, którą pograżał w stronę nieba. Ale niemiecki samolot już odleciał, pozostawiając za sobą pięć kobiet leżących na polu.

Józefina otworzyła drzwi piwnicy. Kiedy tylko spróbowała się odezwać, zdała sobie sprawę, że cały czas wstrzymywała oddech. Jej gardło było tak suche, że ledwo zdołała wezwać Juliusza i pana Kosińskiego. — Dzieci — poleciła — zostańcie tam, gdzie jesteście.

Kiedy mężczyźni dotarli na górę, wskazała na pole za oknem. — Latający Ołówek... — zaczęła, ale Pan Kosiński był już na zewnątrz, zanim zdążyła skończyć. — Pięć minut... — powiedziała do Juliusza, potrząsając głową — w ciągu pięciu minut... wszystko może się skończyć. — Czuła się ogłupiona tym, co zobaczyła. Nie chciała uwierzyć, że prawdziwy żołnierz mógł wystrzelać kobiety na polu. Matrony i babcie i młode matki. Kobiety próbujące wykarmić swoje rodziny. Jej córka mogła być z nimi. — Tylko pięć minut — powtórzyła.

Józefina była zdezorientowana szokiem tego, czego była świadkiem. Oto Juliusz, trzymający ją delikatnie za ramiona i patrzący jej prosto w twarz. Nie mrugał. Ona również nie. Skupianie się na znajomej twarzy Juliusza uspokoiło ją.

— Finka, powinnaś usiąść — powiedział. Nalał jej szklankę wody. — Wypij to. Ja pomogę panu Kosińskiemu. — Wyszedł. Józefina opuściła się na najbliższe krzesło. Jej ręce drżały. Wiedziała już, w sposób, którego nie potrafiła wyjaśnić, że pani Teresa Kosińska była wśród tych zabitych na polu ziemniaczanym.

Pan Kosiński, Juliusz i Piotr wykopali grób tej nocy, po tym, jak alarm został odwołany. Józefina i Suzanna stały na krawędzi otworu, podczas gdy mężczyźni opuścili panią Kosińską do środka, zawiniętą w prześcieradło. Następnie, wszyscy stali nieruchomo w ciemności i milczeli. W lesie za polem pohukiwała sowa. Świeżo obrobiona gleba pachniała głęboko jesienią.

— Żadna modlitwa nie ma sensu — powiedział w końcu pan Kosiński.

Następnego dnia, wczesnym porankiem, artyleria była głośniejsza niż kiedykolwiek do tej pory. Kohnowie i pan Kosiński siedzieli przy stole kuchennym. Właśnie skończyli śniadanie składające się z chleba i herbaty.

— Front jest tak blisko, prawie na wyciągnięcie ręki — powiedział Juliusz.

Józefina miała nigdy nie zapomnieć tych słów. Oddawały one wiernie to, jak co sama czuła w stosunku do wojny—że było to coś jednocześnie zbyt bliskiego i zbyt dobrze znanego. Stała przy zlewozmywaku myjąc naczynia i myśląc o pani Kosińskiej, która upiekła chleb, który właśnie zjadła ze swoją rodziną. Zaledwie dzień wcześniej, Teresa stała przy tym blacie kuchennym wyrabiając ciasto, pulchna kobieta o czarnych włosach siwiejących nieco przy skroniach i ciemnych oczach. Musiała być bardzo urzekająca jako młoda kobieta, pomyślała Józefina. Być może dlatego, że nie miała własnych synów ani córek, Pani Kosińska natychmiast polubiła Piotra i Suzannę. Częstowała ich resztkami słodyczy, które zdołała nabyć przed ciągłymi niedoborami. — I tak po prostu jej nie ma — pomyślała Józefina.

— Mamo — odezwała się Suzanna, zajęta wycieraniem talerzy i wyglądaniem przez okno nad zlewem. — Spodziewamy się kogoś?

Józefina wyjrzała przez okno i zobaczyła samochód. Dostrzegła dwie sylwetki—nazistowskich żołnierzy, jak przypuszczała ze względu na kształt i glanc ich hełmów. Pojazd zbliżał się szybko. Kohnowie odłożyli wszystko, co robili, i skierowali się do piwnicy. Obserwując sposób, w jaki się poruszali—szybko i świadomie—można było zauważyć połączenie instynktu i długich ćwiczeń. Kiedy znaleźli się na dole, Józefina usłyszała, jak pan Kosiński przykrywa drzwi w podłodze spiżarni plecionym dywanikiem, który utkała jego żona, prawdopodobnie którejś długiej zimy w szybko zanikającym spokoju dawnych dni. Z kieszeni fartucha Józefina wyciągnęła grube szmatki, które przekazała mężowi i dzieciom. Miały one stłumić kaszel. Aby nie kichać, Juliusz doradził wcisnąć język w podniebienie, choć wiedział, że strach łatwo zapobiegłby wydawaniu jakichkolwiek odgłosów. Porady i szmatki miały tylko odwracać ich uwagę. Stali w piwnicy i nasłuchiwali. Najpierw słyszeli tylko szuranie butów pana Kosińskiego, chodzącego po kuchni. — Pewnie odkłada wszystko na swoje miejsce — pomyślała Józefina, a potem ogarnął ją niepokój. Co, jeśli żołnierze zauważą pięć naczyń suszących się obok zlewu, a nie jedno? Co by się z nimi stało, gdyby zostali złapani? Jak długo wytrzymałby Pan Kosiński przed wydaniem Żydów, których ukrywał się w swojej piwnicy, zbrodni, za którą mógł zostać natychmiast zabity? Jej strapienie przerwał dźwięk kolby karabinu uderzającej w drzwi kuchenne tak mocno, że na rodzinę opadł kurz z krokwi sufitu piwnicy. Pierś Józefiny podniosła się z jej głębokim wdechem. Juliusz chwycił ją za rękę. Oczy Suzanny rozszerzyły się w strachu. Piotr przyciągnął ją do siebie.

— *Mach auf!* — krzyknął mężczyzna. — Otwierać.

Znowu kolba karabinu uderzyła w drzwi. I znowu małe drobinki kurzu spadły przez deski podłogowe. Żołnierz krzyknął ponownie.

Zaraz po dźwięku skrzypiących otwieranych drzwi usłyszeli tuż nad swoimi głowami odgłos, który wydają dobrej jakości buty z olejowanej skóry z nowymi podeszwami uderzające w podłogę. Józefina wykryła odgłosy co najmniej dwóch osób. Potem wylała się nawałnica rozkazów odszczekiwanych przez jednego z nazistów. Domagali się od pana Kosińskiego żywności. Mówili, że go zabiją, jeśli nie da im wszystkiego, co ma w swojej spiżarni.

— To my jesteśmy teraz waszymi panami, głupi Polaku — powiedział jeden z nich po niemiecku. Józefinę bolał fakt, że rozumiała—ba, nawet kochała—język tego imbecyla, który obrażał ich życzliwego gospodarza. Usłyszała odgłos szurających krzeseł odsuwanych od stołu. Próbowała wyobrazić sobie, w jaki sposób siedzą, jeden przechylając się do tyłu na krześle, drugi pochylając się nad stołem. Może z łokciami na blacie. Postukiwali butami, zwiększając tempo, jakby chcieli przyspieszyć całą sytuację. Potem szybkie kroki pana Kosińskiego, wypełniającego najpierw jedną, potem drugą skrzynkę. Józefina zamknęła oczy i zobaczyła go, niosącego jajka, masło, chleb, ziemniaki, jabłka, cukier i herbatę. A z półek spiżarki, wszystkie pięknie ułożone słoiki z przetworami, które przygotowała jego żona.

— Zabierz je do samochodu, ty głupi Polaku — rozkazał jeden z żołnierzy. Kiedy pan Kosiński wyszedł, żartowali o tym, jak planowali go powoli uśmiercić. — Wykrwawić go jak świnię — stwierdził drugi. Obaj się zaśmiali. Kiedy wrócił, zażądali, aby przygotował dla nich herbatę.

Józefina prawie jęknęła. Im dłużej żołnierze pozostawali na miejscu, tym bardziej prawdopodobne było, że odkryją jej rodzinę. Jej kolana drżały. Położyła dłonie na kolanach i skupiła się na pozostaniu w bezruchu.

Usłyszeli, jak pan Kosiński chodzi tam i z powrotem, od pieca do zlewu do pieca. Dźwięk napełnianego czajnika. Zaczął iść w kierunku drzwi, kiedy jeden z żołnierzy odepchnął krzesło i wstał. — Dokąd się wybierasz, człowieczku?

Głuchy odgłos. Pan Kosiński zajęczał, ale odpowiedział. — Po herbatę, którą załadowałem do waszego samochodu — powiedział, jego niemiecki całkiem dobry, czego prawdopodobnie nie oczekiwał żołnierz, który wrócił na swoje miejsce.

— W porządku, kurduplu — orzekł. — Zaliczyłeś test. Nie próbowałeś zachować herbaty dla siebie. Dzisiaj cię nie zabiję — Żołnierz zaśmiał się.

Słysząc rozmowę w kuchni nad nimi, Józefina była na skraju nudności. Podniosła szmatkę do ust, aby ta pochłonęła wszystkie możliwe dźwięki.

Drugi żołnierz zaczął się śmiać, ale wnet przestał. Wstał z krzesła z takim impetem, że się przewróciło. — Chyba nie będziesz ich potrzebował — stwierdził, a następnymi dźwiękami, które usłyszeli, siedząc skuleni w piwnicy, były strzały, i rozbijana i rozrzucana porcelana. — Możesz już zapomnieć o herbacie, ty głupi Polaku — powiedział żołnierz.

Suzanna wzięła gwałtowny oddech, ale w hałasie strzelaniny i rozbijanej porcelany żołnierze nic nie usłyszeli. Piotr podał jej swoją rękę, a ona mocno ją chwyciła i zacisnęła oczy. Józefina widziała, że Suzanna starała się stłumić wszystkie dźwięki. Nad nimi, kawałki porcelany roztrzaskiwały się upadając na podłogę, brzęcząc jak monety. Pani Teresa Kosińska przez lata oszczędzała na zakup tych naczyń. Józefina nie mógł znieść myśli, że wszystko, czego dorobiła się ta kobieta, było przekreślane. Zastanawiała się, jak sama zniosłaby widok nazistów terroryzujących Juliusza, czy dzieci.

— Nie słyszałem, żebyś podziękował mojemu koledze, kurduplu — odezwał się pierwszy żołnierz, ale zanim pan Kosiński zdążył powiedzieć, że porcelana nie była mu już potrzebna, że nie miało to znaczenia, ponieważ jego żona była martwa, i chyba lepiej, aby jego życie też się skończyło, Józefina wraz z rodziną usłyszeli kolejny głuchy odgłos uderzenia, jęk, i potworny odgłos ciała upadającego na podłogę.

Hitlerowcy roześmieli się, opuścili kuchnię i uruchomili samochód. Kiedy odjeżdżali, jeden z nich krzyknął: — Dziś nie spalimy twojego domu. Miej lepiej dla nas zaopatrzenie, gdy wrócimy.

NA DOLE W PIWNICY, JÓZEFINA spojrzała na swoje dzieci. Suzanna, której normalna postura była źródłem jej wielkiej dumy, leżała osunięta koło brata. Ręka Piotra obejmowała ramiona jego siostry, i Józefina bardzo pragnęła, aby jej gardło nie było tak suche, aby mogła się teraz odezwać i pochwalić syna. Jej mąż, jak wiedziała, pozostałby niepocieszony. Podczas makabrycznej konwersacji odbywającej się nad ich głowami, Józefina obserwowała, jak twarz Juliusza stawała się bardziej burzliwa, niż kiedykolwiek widziała. Wiedziała, że za chwilę będzie się zajmowała kontuzjami pana Kosińskiego. Siniaki i obrzęki bolałyby do zagojenia, w przeciwieństwie do ran psychicznych, których doznali Juliusz i pan Kosiński. Zobaczyć człowieka, któremu odebrano coś tak ważnego, jak jego godność, było rzeczą przerażającą.

Usuwając się z drogi

JÓZEFINA PRZEBIEGŁA PALCEM WZDŁUŻ zagiętego brzegu papeterii z Hotelu Angielskiego w swojej kieszeni. Zabrała ją z szuflady biurka tuż przed momentem ich wyjazdu.

Myślała wtedy, aby napisać do swojego ojca i Milly w Cieszynie, ale nie było do tej pory czasu na korespondencję. Teraz siedziała na konnym wozie pana Kosińskiego, coraz bardziej niechętna do informowania kogokolwiek o tym, jak i gdzie podróżowała. Józefina nie chciała myśleć o tym, co przytrafiło się członkom jej rodziny czy bliskim przyjaciołom. Nie chciała mówić ojcu, że szwagier i siostra Juliusza, Ernst i Greta, zaginęli. Nie chciała, aby Milly wiedziała, że jej siostra Margaret, której od jakiegoś czasu nie widziała, mieszkała—jeśli w ogóle jeszcze żyła—w mieście leżącym w gruzach. I choć było to praktycznie niemożliwe, nie chciała więcej myśleć o wszystkim, czego była świadkiem, ani o rzeczach, które usłyszała.

Zmierzch ustąpił miejsca nocy. Poruszali się naprzód. Józefina siedziała z Piotrem i Suzanną w tylnej części wozu. Dzieci bacznie obserwowały niebo, wypatrując wszelkich samolotów. Wkrótce miało zrobić się ciemno—podróżowali nocą po nowiu księżyca, co oznaczało gorszą widoczność, a tym samym mniejsze prawdopodobieństwo bombardowania. Dzieci patrzyły na gwiazdy, a Piotr rozpoznawał konstelacje, objaśniając je swojej siostrze. A potem ona i jej córka spały, obie w pozycji pionowej, opierając się o siebie. Była to pozycja, z którą Józefina i jej dzieci miały się dobrze zaznajomić przez najbliższe miesiące, a potem lata, podczas wspólnej podróży przez Lublin do Lwowa i do Związku Radzieckiego i z powrotem, przez Azję Środkową, w większości bez jej męża, choć nie mogła tego jeszcze wiedzieć.

Juliusz siedział obok pana Kosińskiego, który trzymał wodze i łagodnie ponaglał swoją klacz. Pan Kosiński przecierpiał śmierć swojej żony, złamane żebro i siniaki, ale po kilku dniach nalegał, aby zawieźć Kohnów do Lwowa, tak, jak uprzednio zaplanowali. Martwił się nie tylko o ich bezpieczeństwo—dał również obietnice pomocy w przejeździe innym uchodźcom. Teraz on i Juliusz rozmawiali półgłosem. Józefina nie była w stanie zrozumieć, o czym rozmawiali, choć od czasu do czasu słyszała słowa takie jak „nazistowskie" i „rodzina" i „bombardowanie", wymawiane nieco głośniej i z odrobiną modulacji. Zauważyła, że marynarka jej męża zaczynała się rozluźniać. Myśl, że można było tak osłabnąć w przeciągu kilku tygodni, deprymowała Józefinę.

Pan Kosiński odebrał innych pasażerów, wyjeżdżając ze wsi. Razem z nimi na wozie podróżowała kobieta i jej trzech śpiących chłopców. Dziewczyna w wieku Piotra siedziała w rogu za Juliuszem, jej kolana podciągnięte pod podbródek. Być może była rok lub dwa młodsza lub starsza, ale podobnie jak oboje dzieci Józefiny, dziewczyna została zmuszona, by dorosnąć z dnia na dzień. Siedziała na wytartym wełnianym płaszczu i maleńkim tobołku, ubrana w brudną i podartą sukienkę, poszarpane pończochy cętkowane kurzem, i jednego buta. Jej bosa stopa była owinięta brudnymi szmatami, kolana pokryte strupami, a warkocze rozpuszczone. Jej wzrok był wbity w podłogę, nawet kiedy nie spała.

Gdyby dziewczyna miała walizkę i gdyby wszyscy byli w pociągu, podróżując w czasie pokoju—zaledwie kilka tygodni wcześniej— a nie pod przymusem wojny, być może w torbie dziewczyny byłyby zapakowane piękne sukienki. Może nawet strój kąpielowy i rakieta tenisowa. Wyglądałaby schludnie w białych tenisówkach. Może czytałaby *Przeminęło z Wiatrem*, starając się naśladować dorosłych mężczyzn i kobiety w Polsce, którzy czytali tę książkę tuż przed wybuchem wojny. W jakże innym świecie żyli. Wszystko wydawało się wtedy błyszczeć, od twarzy dziewcząt po konewki w rogu ogrodu. Teraz jedyny blask, jaki dostrzegali, był na hełmach, butach i samochodach hitlerowców. Wszystko inne pokryte było pyłem, a policzki ludzi, ich usta, wykrzywiało udręczenie. Oczy, kiedyś jasne nadzieją nowych dni i przyszłości, zaczynały zaciemniać wyczerpanie i lęk. Wkrótce, choć Józefina nie mogła wtedy tego przewidzieć, głód i pragnienie miały stać się bezustanną męczarnią i przyćmić ich oczy jeszcze bardziej. Sześć tygodni temu, jej syn byłby chętny, by porozmawiać z dziewczyną w jednym bucie. Teraz, wszystko, co mógł zrobić, to starać się unikać jej spojrzenia.

Zimnokrwisty, krępy koń pana Kosińskiego bębnił kopytami, a wóz toczył się za nim na drodze. Trójka śpiących dzieci lekko podskakiwała na wybojach. Suzanna przysunęła się bliżej do Piotra i położyła głowę na jego ramieniu. Przynajmniej teraz się nie kłócili. Józefina czuła się zawstydzona faktem, że musiało dojść do wojny, aby zmienili swoje zachowanie. Droga była zatłoczona uchodźcami starymi i młodymi, głównie Żydami różnych narodowości i Polakami. Niektórzy byli ranni lub chorzy. Posuwali się z trudem, jechali na rowerach, siedzieli na wozach. Ich ruch podnosił kurz na drodze. W dłoniach ściskali tobołki, każdy z nich z konieczności uszczuplony. — Co zobaczymy, zanim dojedziemy do Lwowa? — zastanawiała się Józefina. — Gdzie będziemy bezpieczni? — Było tak wiele pytań, a musiała się nauczyć żyć bez odpowiedzi.

Tego pięknego wrześniowego wieczoru powietrze było spokojne i rześkie. Józefina Kohn zamknęła oczy. — Tylko minutkę — powiedziała sobie, poddając się kołyszącemu ruchowi wozu i ociężałości, wywołującym senność. Ale nawet sny nie były bezpieczne, i równie szybko wróciła w swoim wyobraźni do koszmaru Warszawy, maszerując wzdłuż szeregu obrazków, jak gdyby znajdowała się w muzeum jakichś makabrycznych atrakcji. Chłopiec, nie więcej niż dziewięcioletni, pokryty od głowy do stóp popiołem, niósł kanarka w klatce i wspinał się powoli po wzgórzu gruzu. Książki w sklepowej wystawie przewrócone ze stojaków. *Mein Kampf* Hitlera leżała na boku, ale nie było widać, na której stronie była otwarta, i Józefinę oburzył sam widok tego tomu. W innym sklepie—wspaniała biżuteria. Czy kobiety kiedykolwiek jeszcze miały nosić bransoletki i perły, i operowe rękawiczki? W kolejnym sklepie stał kryształowy wazon, nieuszkodzony, podczas gdy budynek tuż obok stał w gruzach. Hotel Bristol, w którym zatrzymywała się wraz z Juliuszem podczas przedwojennych wizyt w Warszawie, stał samotny i nieuszkodzony, a wszystkie budynki wokół niego były obrócone w dobrze znane wysokie sterty szarych gruzów.

Rolnik doił swoją krowę przed amerykańską ambasadą. Jej okna były wybite, a flaga podarta. Mleko było słodkie i ciepłe. Wszyscy cały czas biegli, kryjąc się. Kościół po drugiej stronie ulicy, w miejscu, w którym stali dzień wcześniej, następnego dnia stał się dymiącym kopcem gipsu i drewna. Drzewa stojące obok niego przetrwały— taki mały cud. Niebo było tak niebieskie. Chłopiec z kanarkiem w klatce. Świszczące bomby. Dym w oddali. Rolnik dojący swoją krowę na ulicy przed ambasadą. Samoloty zaciemniające niebo. Mleko, tak ciepłe i słodkie, śmietanka na jego powierzchni. Pomarszczona dłoń rolnika.

Tuż przed świtem, Józefina obudziła się, słysząc krzyki. Wszyscy na wozie pana Kosińskiego odwrócili się, aby obserwować scenę. Pomiędzy uchodźcami poruszającymi się pieszo wybuchła sprzeczka.

— To wszystko się dzieje przez tych Żydów — orzekła głośno młoda kobieta, wskazując na grupę ortodoksyjnych Żydów, którzy zatrzymali się, aby pomodlić się przy boku drogi. Kobieta nie mogła mieć więcej niż dwadzieścia pięć lat, jak przypuszczała Józefina, a już zarażona była czymś, co potrafiło doprowadzić do mordowania innych ludzi.

— Jesteś ignorantką, Mario Wóźniak — odezwał się mężczyzna idący w pobliżu. Szczupły i w okularach, miał na sobie pomięty garnitur. W ręku niósł sfatygowaną skórzaną teczkę.

— A ty kim jesteś, żeby tak do niej mówić? — zapytał inny mężczyzna. Zbudowany był jak komoda—ciężki i prostokątny. Józefina zauważyła jego agresywność i to, jak pasowała ona do jego muskularnej budowy. — To lubią hitlerowcy — pomyślała — silnych zbójów.

— Myślisz, że jesteś od niej lepszy? Masz więcej racji? — naciskał mężczyzna, podnosząc głos.

Szczupły mężczyzna odsunął na bok. Zdjął okulary i zaczął je metodycznie wycierać chusteczką. Wszyscy poszli dalej, w tym Maria Wóźniak i jej obrońca, pozostawiając go za sobą. Stał tam przez długi czas. — Usunął im się z drogi — zaobserwowała Józefina. Było to coś, co ona i dzieci mogą musieć pewnego dnia uczynić. Być może prędzej, niż sobie tego życzyła.

— Był moim nauczycielem historii — usłyszała przemawiającą Marię Wóźniak Józefina — i myśli, że wie wszystko.

— Do diabła z nim. Do diabła z historią — stwierdził mężczyzna. — A poza tym masz rację. To wszystko jest przez Żydów. Przez nich — powiedział głośno, wskazując na inną grupę ortodoksyjnych Żydów idącą razem.

Splunął na ziemię, podniósł kamień i rzucił nim w grupę. Kamień uderzył kobietę w ramię. Józefina zauważyła grymas bólu na jej twarzy.

Piotr był już gotowy się podnieść. — Dość — zaczął, ale ręka ojca była już na jego ramieniu, zanim zdążył się poruszyć.

— Nie, synu — powiedział Juliusz. — Nie czas na to.

— Piotr, proszę cię — odezwała się Józefina. — Słuchaj ojca.

Na szczęście nikt nie usłyszał Piotra ani nie zauważył wyrazu odrazy na jego twarzy.

Maria Wóźniak i jej obrońca śmiali się. — Nawet nie płaczą — powiedziała kobieta. — Może to prawda, co mówią o nich Niemcy, że nie są ludźmi. — Roześmiała się.

Chociaż pragnęła zwrócić parze uwagę, Józefina wiedziała, w mniej niż miesiąc od wybuchu wojny, że lepiej było zajmować się swoimi sprawami. Pamiętała opis *Kristallnacht* ciotki Laury: — Sąsiedzi! To byli moi sąsiedzi! — powtarzała Laura, mówiąc o ludziach, którzy stali i patrzyli, jak majątek był niszczony, mężczyźni aresztowani, kobiety upokarzane. Józefina wiedziała, jak chemia nienawiści potrafiła przekształcić gromadę ludzi w tłuszczę. Dowód tego rozpoznała w śmiechu Marii Wóźniak, przenikliwym w swoim zarozumialstwie. Wokół niej było zbyt wielu zmęczonych ludzi niosących zbyt wiele na swoich barkach przez zbyt długi czas. Po zakończeniu tego dnia, Żydówka, która została uderzona kamieniem, miałaby siniaka na ramieniu. Ona i jej rodzina prawdopodobnie czuliby upokorzenie bycia celem agresji. I choć Józefina nie mogła wiedzieć, jak bardzo lubelskim Żydom miało być dane cierpieć, to, przynajmniej tego poranka, członkowie tej konkretnej rodziny udali się do domu w całości.

Na następnym skrzyżowaniu, które prowadziło do wioski, kobieta z trójką dzieci zeszła z wozu. Mówili coś o rodzinie w tych stronach. Ludzie zaczynali przenosić się z dróg na pola, gdzie planowali się schronić, gdyż robiło się coraz jaśniej i nieuniknione bombardowania miały ponownie się rozpocząć. Panu Kosińskiemu udało się nabrać prędkości i pozostawić w tyle Marię Wóźniak i jej obrońcę.

— Mamo — odezwała się dyskretnie Suzanna — Jeśli, będąc Żydem, wie się, że ludzie chcą krzywdzić Żydów, dlaczego nie zgolić brody albo kupić inny kapelusz? Albo przynajmniej ubrać się inaczej, rozumiesz, żeby inni nie widzieli, że się jest Żydem?

Kolejne pytanie bez odpowiedzi. Albo przynajmniej pytanie, którego Józefina na pewno nie była w stanie przetworzyć w chwili obecnej.

— To bardzo skomplikowane — odpowiedziała.

— Jeśli ktoś chciałby mnie zabić za bycie Żydówką i zapytał cię, czy nią jestem, co byś powiedziała? — Suzanna była wyraźnie przejęta tym tokiem rozumowania.

Kątem oka Józefina dostrzegła obserwującego ją Piotra, czekającego na odpowiedź na pytanie siostry. Nadal był w złym humorze, ponieważ uniemożliwiono mu wzięcie udziału w przepychance z obrońcą Marii Wóźniak wyglądającym jak bandyta. Suzanna była pochylona w kierunku Józefiny, która wzięła dłoń córki do ręki i w roztargnieniu badała ją wzrokiem. Delikatne palce, paznokcie krótkie i starannie opiłowane, skóra wciąż gładka i miękka—Suzanna miała ręce dziewczyny, która nigdy nie wykonywała żadnej pracy fizycznej. Młode dłonie, które kiedyś Józefina wyobrażała sobie ozdobione pierścionkami, trzymające filiżanki herbaty, niemowlęta, książki, teatralne lornetki.

— Zapakowałam rękawiczki na te dłonie — pomyślała Józefina.

— Mamo, co byś powiedziała? — nalegał Piotr.

Dotarli do Lublina. Ulice były puste. Pogoda była wciąż dobra i okna większości ludzi byłyby w normalnych warunkach otwarte, ale teraz żaluzje były zaciągnięte, a zasłony wewnątrz zasłonięte. Pan Kosiński wiózł ich do karczmy należącej do kuzyna, któremu ufał. Tam mieli się najeść i odpocząć przed wyruszeniem w kierunku Lwowa pod osłoną nocy.

Józefina zerknęła na dziewczynę z jednym butem, która była wciąż na wozie, i która nie odezwała się ani jednym słowem podczas całej jazdy. Jej głowa opadła na bok, a oczy były zamknięte. — Ta biedna, opłakana dziewczyna już teraz jest wyczerpana — pomyślała Józefina. Zastanawiała się, jak będzie sobie radziła, jeśli sytuacja się pogorszy. A ponieważ Józefina utrzymywała się we wszystkim na bieżąco, wiedziała, że sprawy będą się pogarszać.

— Nie pozwoliłabym nikomu skrzywdzić żadnego z was — powiedziała do swoich dzieci.

Do Lwowa

Do Lwowa dotarli po trzech nocach podróży. W swoich dniach świetności, miasto kamiennych lwów było zamożną i elegancką metropolią, gdzie przez wieki różne kultury mieszały się ze sobą, handlowały, osiedlały się i kłóciły. Kiedyś nazywał się Leopolisem i Lembergiem, a po wojnie miał być znany jako L'viv. Jako historyczne centrum Galicji, Lwów był domem Polaków, Ukraińców, Niemców, Ormian i trzeciej co do wielkości populacji Żydów w dawnej Polsce.

Kohnowie przybyli o świcie. Miasto było w chaosie. Wojsko Polskie toczyło walkę—z hitlerowcami od zachodu, i Sowietami od wschodu. Lwów został ciężko zbombardowany przez armię Hitlera w pierwszych tygodniach września. Panował zamęt: ukraińscy nacjonaliści przyjęli nadejście Niemców, z którymi utrzymywali już potajemne relacje, z otwartymi ramionami. Ci nieliczni Ukraińcy, którzy byli oddani Bogu albo też ludzkiej przyzwoitości, ukrywali Żydów i Polaków. Duża liczba Żydów nie tylko czuła ulgę z powodu przybycia Armii Czerwonej—niektórzy współpracowali nawet z Sowietami. Ci nieprzychylni komunistom—a więc większość polskich Żydów—stali się ich ofiarami. Polacy nie witali żadnej z armii.

Józefiny nie interesowały te polityczne lojalności, choć zdawała sobie sprawę, że musiała na nie uważać. Dwukierunkowa inwazja na Polskę była niczym innym jak kolejną zdradą. Jedyną rzeczą, której chciała, była gwarancja bezpiecznego wyjazdu ze swojego kraju, ale szanse na to malały z każdym dniem.

Pan Kosiński zatrzymał swój wóz przed budynkiem przy ulicy Kotlyarskiej, gdzie mieszkała matka Juliusza z bratem Ernsta, Emilem, i jego żoną i córką. Juliusz podał dłoń panu Kosińskiemu, i Józefina zauważyła, że obaj mężczyźni trzymali się w uścisku dłużej niż zazwyczaj. Obudziła Suzannę i Piotra, zabrali swoje rzeczy i pożegnali się. Milcząca dziewczyna bez imienia i z jednym butem pozostała na wozie. Józefina miała nadzieję, że pan Kosiński się nią zaopiekuje.

Wzeszło słońce. Juliusz zapukał do drzwi. Po kilku minutach otworzyła je starsza kobieta. Jej białe włosy były przykryte kolorową chustą.

— Tak? — zapytała, przyglądając się warstwom odzieży Kohnów i plecakom, które mieli na sobie.

Juliusz wyjaśnił czego chcieli łamanym ukraińskim i starsza kobieta zaprosiła ich do środka. Zamknęła drzwi na rygiel. Józefina i jej rodzina stanęli w środku ciemnego przedpokoju i nieśmiało się przedstawili. Kobieta—na imię jej było Liudmiła—zaprowadziła ich do schodów i wskazała ręką.

— *Wierchnij powierch* — powiedziała, wskazując drogę w górę.

— Ostatnie piętro — wyjaśnił Juliusz swojej rodzinie.

Każdy z trzech pokoi na trzecim piętrze budynku był wynajmowany przezinną rodzinę. W pokoju na końcu korytarza znaleźli Ernestynę Kohn, która czuła i zdumienie, i ulgę, jednocząc się ponownie ze swoim synem, synową, i wnukami. Józefina od razu zauważyła, że jej teściowa straciła na wadze. Kiedy zobaczyła, co służyło jej jako kuchnia—niemal pusta półka nad malutką kuchenką naftową i małą miednicą—zrozumiała dlaczego. Zauważyła też, że tylko jedno z czterech małych łóżek było pokryte kocem.

Emil z rodziną wyjechali z Lwowa przed kilkoma nocami, do Dobczyc, niedaleko Krakowa, wyjaśniła Ernestyna. — Emil rozpaczliwie chciał uciec od żołnierzy Armii Czerwonej — wyjaśniła. Lydia, ich córka, powiedziała później Józefinie Ernestyna, miała tylko czternaście lat, i martwili się o jej bezpieczeństwo. — Finka, powinnaś obciąć włosy Suzi na krótko — szepnęła Ernestyna.

— Tak, Mamo, tak — odparła Józefina — ale jutro.

Następnego ranka Suzanna siedziała na krześle pod małym oknem, czekając, aż jej włosy zostaną obcięte. Jej twarz była wilgotna od łez, które próbowała ronić na osobności. Józefina nienawidziła tej chwili i wszystkiego, co sobą reprezentowała. Nie tylko musiała przekształcić swoją córkę w chłopięcą wersję samej siebie, ale była zobowiązana wyjaśnić Suzannie, jak nieprzyjemnie niektórzy mężczyźni—a w szczególności niektórzy mężczyźni w czasie wojny—potrafili się zachować. Nie była to rozmowa, którą Józefina chciała przeprowadzać, ale taka, która, jak sama wiedziała, musiała się odbyć, w delikatnie wyważonych słowach, aby nie siać zbyt wiele strachu. Czekała, aż Juliusz i Piotr opuszczą pokój.

— Musisz starać się wyglądać tak nieatrakcyjnie, jak tylko możliwe — wyjaśniła Józefina — bardziej jak chłopak niż dziewczyna.

Suzanna skinęła głową, choć jej posępny wyraz twarzy ujawniał jej niezadowolenie.

— Suzi, jesteś piękną dziewczyną — odezwała się Ernestyna. — To nie twoje włosy sprawiają, że jesteś tak urzekająca. Natomiast te długie włosy mówią każdemu to, że jesteś kobietą.

— Powiem bez ogródek, moja córko — powiedziała Józefina, plotąc włosy Suzanny — mężczyźni gwałcą kobiety, zwłaszcza w czasie wojny . . . krótkie włosy i ubieranie się jak chłopiec to po prostu środki ostrożności. — Kończąc warkocz, wiedziała, że nie było żadnych gwarancji. Podniosła nożyczki. Przecięcie grubej masy ciemnych włosów wymagało trochę wysiłku. Jeśli będą mieli szczęście, pomyślała Józefina, może uda im się sprzedać włosy ścięte z głowy jej córki za dobrą cenę.

Następnie Józefina i Suzanna dołączyły do Juliusza i Piotra w Café de la Paix w centrum miasta. Kawiarnia była miejscem, gdzie uchodźcy spotkali się ze sobą. Wszyscy zapłacili po złotówce za filiżankę kawy i miejsce, i niebawem ucieszyli się, widząc pracownika Juliusza, Eryka Zehnguta. Miał swoją własną historię ucieczki z zachodniej Polski. Wraz z swoim bratem Fredem mieli szczęście, bo udało im się dostać do ostatniego transportu opuszczającego Cieszyn. Niemcy zbombardowali pociąg, kiedy stał w Oświęcimiu, mieście znanym później jako Auschwitz. Bracia udali się do Jarosławia, gdzie spotkali się z kolejnym bratem, Beno. Przed wyjazdem z domu wysłali do przyjaciół w Jarosławiu kilka drewnianych kufrów pełnych srebra i innych kosztowności.

— Nasi rzekomi przyjaciele zaprzeczyli, jakoby te kufry były nasze — powiedział Eryk.

W obliczu szybko posuwających się hitlerowców, bracia udali się na wschód, do Lwowa. Zabierając ze sobą konia z wozem wypełnionym amunicją na polecenie Wojska Polskiego, Eryk i Fred podróżowali nocą, a odpoczywali w dzień. W lesie niedaleko Grodka Jagiellońskiego zatrzymali się, by coś jeść. Świst i huk niemieckich bomb przestraszył konie, które uciekły i zostały zabite, wyjaśnił Eryk, wraz z wieloma polskimi żołnierzami, również obecnymi w tym lesie. Wreszcie, po trzydziestodwukilometrowym spacerze z dala od lasu, dotarli do Lwowa.

Eryk i jego brat zatrzymali się w pokoju przy ulicy Kazimierzowskiej. Jego wujek Henryk mieszkał z kuzynami w kolejowej noclegowni po drugiej stronie miasta.

— Słyszeliśmy, że naziści spalili synagogę w Cieszynie — poinformował Eryk. — W sobotę, trzynastego.

Józefina zbladła. Jej ojciec lubił odwiedzać synagogę w szabatowe poranki. Miała nadzieję, że został wtedy w domu z Milly i dzieckiem.

— W budynku nie było nikogo — dodał szybko Eryk. Kiedy przemówił, krążenie powróciło do twarzy Józefiny.

Do pierwszego października, albo też cztery tygodnie po tym, jak Kohnowie opuścili Cieszyn, Polska przestała istnieć. Dopiero później dowiedziano się o potajemnym układzie między Niemcami Hitlera a Związkiem Radzieckim, który podzielił Rumunię, Polskę, Litwę, Łotwę, Estonię, i Finlandię, na niemieckie i sowieckie „strefy wpływów". Kiedy tydzień wcześniej oddziały Armii Czerwonej wkroczyły do Lwowa, Józefina załatwiała jakąś sprawę na mieście, kiedy ujrzała żołnierzy maszerujących ulicą Grodecką. Byli brudni, zmęczeni i nieuśmiechnięci. Myli buty w kałużach i używali gazet znalezionych na ulicach do skręcania papierosów. Wyroili się na miasto, kupując wszystko co było w sklepach, nawet artykuły, których nie znali. Następnego dnia, ściany i budynki były poobklejane plakatami, których przesłanie było zarozumiałe i wyraźne: „Rządy polskich panów się zakończyły. Armia Czerwona wyzwoliła Polskę".

W ciągu tygodnia od przybycia Armii Czerwonej Lwów całkowicie się zmienił. Okupanci usunęli kamienne lwy—najukochańszy symbol miasta—z ratusza. Ciężarówki i ciągniki rozjechały chodniki, trawniki i drzewa. Przez głośniki nadawano materiały propagandowe. Zapach smoły, który przesiąkał obuwie żołnierzy, mieszał się z zepsutym odorem śmieci rozkładających się na ulicach. Ludzie przestali nosić kolorowe lub wykwintne ubrania; mężczyźni przestali nosić krawaty, a kobiety nakryły głowy chustami. Wyglądając jak proletariat, mniej ryzykowało się bycie zatrzymanym na ulicy przez milicjantów.

Uchodźcy dalej codziennie przybywali do Lwowa, i Kohnowie dostrzegli w nich znajome twarze z Cieszyna. Przynosili ze sobą historie z rodzinnego miasta: hitlerowcy zesłali pełnosprawnych

Żydów do obozu pracy nad Sanem. Rodziny żydowskie zostały wyeksmitowane z domów, a ich firmy przejęte przez Niemców i Polaków. Synagogi zostały zniszczone. Hitlerowcy zbeszcześcili nawet cmentarz, gdzie pochowany był dziadek Juliusza, nestor rodziny, Sigmund Kohn. Życie żydowskie w Cieszynie było eliminowane, donosili znajomi.

Jesień szybko przeszła w zimę. I, równie szybko, nadszedł nowy rok, 1940. Z każdym kolejnym tygodniem, możliwości opuszczenia tego nowo anektowanego terytorium sowieckiego zanikały. Józefina zmieniła swoje nadzieje na bardziej realistyczne i skupiła się na przetrwaniu z jednego dnia na następny. Coraz bardziej przyzwyczajała się do widoku swojej córki z obciętymi włosami, ubranej w spodnie i luźną kurtkę. Trzy kobiety podjęły się pracy szwaczek, naprawiając mundury dla sowieckich oficerów i haftując sukienki i bluzki dla ich żon. Siedziały przez długie godziny przy małym stole w ich małym pokoju. Ernestyna nuciła fragmenty oper—głównie Mozarta— podczas pracy. Czasami recytowała wiersze—Rilke, albo Goethe. Suzanna gotowała zupy na maleńkim piecu i sprzątała. Józefina doręczała gotową odzież i przynosiła nowe zamówienia.

Piotr pracował dorywczo z bratem Eryka Zehnguta, Fredem. Juliusz zwerbował Eryka do pomocy w potencjalnych interesach. Ustalili, że pojadą ciężarówką wraz ze znajomym Eryka, aby odwiedzić pana Salczmana, który posiadał garbarnię w Złoczowie, mieście oddalonym o siedemdziesiąt dwa kilometry na wschód od Lwowa. Podróż była skomplikowana przez ciągle rosnącą liczbę osób poruszających się po okolicy i brak benzyny. I przez żołnierzy Armii Czerwonej stacjonujących wzdłuż dróg, aby przepytywać i aresztować tych, którzy próbowali kursować pomiędzy różnymi częściami nowo zaanektowanych terytoriów radzieckich.

— Dokąd się wybieracie? — zapytał jeden z tych żołnierzy, kiedy Juliusz i Eryk byli tuż za granicami miasta Lwowa.

Był wysoki, a jego mundur zbyt krótki na jego kostkach

i nadgarstkach. Jego głos był głęboki, a blond włosy ścięte na krótko. Nie golił się od kilku dni. Juliusz, który wiedział, że powinien okazać uległość temu młodemu żołnierzowi, odpowiedział, wpatrując się w swoje buty. Później opowiadał Józefinie, jak był zaskoczony odkrywając, że jego dobrej jakości skórzane buty wytrzymały kurz i chaos ich ostatnich podróży.

— Papiery, już — powiedział żołnierz tonem pełnym pogardy i nowo nadanego autorytetu.

Juliusz i Eryk wręczyli mu swoje dowody. Juliusz obserwował żołnierza, gdy ten je badał, i uświadomił sobie, że dokumenty były odwrócone do góry nogami. Mężczyzna był analfabetą, a udawał, że było inaczej. To czyniło go jeszcze bardziej niebezpiecznym od kogoś, kto potrafił czytać; w każdej chwili mógł zdecydować się wyładować swoje frustracje na ludziach lepiej wykształconych. Juliusz wstrzymał oddech.

Eryk również zauważył przekręcone dokumenty i szybko wyciągnął przed siebie rękę z małym plikiem rubli.

— Możecie przejść — oznajmił żołnierz. — Ale upewnijcie się, żeby następnym razem mieć odpowiednie pozwolenia. — Jego nieogolona twarz i jasnoniebieskie oczy dodawały jego poważnemu wyrazowi twarzy niemal niepasującej do niego młodzieńczości.

Chociaż w Złoczowie nie było żadnych perspektyw na interesy, zanim wyjechali, Eryk Zehngut, najstarszy syn koszernego rzeźnika z Cieszyna, kupił w złoczowskiej fabryce boczku skrzynkę smalcu, który sprzedał z zyskiem, kiedy powrócili do Lwowa. Eryk nie wymyślał dla siebie usprawiedliwień, po prostu robił to, co mógł, aby przeżyć, i choć Józefina była zasmucona, słysząc o osłabieniu żydowskich wartości i praktyk, kiedy Juliusz powiedział jej o przedsięwzięciu Eryka, wiedziała, że codzienne przetrwanie było ważniejsze—nie tylko dla jej rodziny, ale dla kontynuacji całego narodu żydowskiego.

Od czasu do czasu przychodził list od bratowej Józefiny, Milly, która pozostała w Cieszynie pod hitlerowską okupacją. Jej mąż, Arnold, pisała, znalazł się na Węgrzech jako cywilny uchodźca. Udał się tam z końcem sierpnia, kiedy stało się jasne, że nigdy nie uda mu się dotrzeć do Krakowa, gdzie znajdowała się siedziba dywizji Wojska Polskiego. Arnold wraz z grupą innych mężczyzn zostali przekierowani i zmuszeni do przekroczenia Karpat. Trzymał się jak tylko potrafił, pisała Milly. Przynajmniej nie był na froncie. Józefina zrozumiała, co jej bratowa sugerowała między wierszami—że sytuacja mogła być znacznie gorsza, gdyby Arnold dotarł jednak do Krakowa. Hermann był w dobrym zdrowiu, dodała Milly, i chodził codziennie do młyna. Ani od Ernsta, ani Grety nie dotarły żadne wiadomości. Mała Ewa była pulchniutka, co oznaczało, że była zdrowa i dobrze karmiona. Helenka i jej siostrzeniec Kazimierz dbali bardzo dobrze o Helmuta, więc nie było potrzeby się o to martwić. A następnie Milly nakreśliła tekst pierwszej strofy „Pieśni Solwejgi" Edvarda Griega, którą zarówno ona, jak i Józefina, niezmiernie lubiły:

> Zima może minąć, a wiosna zniknąć
> Wiosna zniknąć
> Lato również zniknie, a potem cały rok
> A potem cały rok
> Ale to wiem na pewno: powrócisz
> Powrócisz
> I tak, jak obiecałam, znajdziesz mnie, jak czekam tutaj,
> Czekam tutaj.

ŻYCIE TOCZYŁO SIĘ DALEJ. JÓZEFINA pisała listy. Kiedy nie mogła spać, leżała nieruchomo i słuchała oddechów swojej rodziny. Juliusz golił się każdego ranka i wychodził na miasto, starając się zarobić na życie. Dzieci były posłuszne i pomocne. Byli w stanie jeść razem rodzinne kolacje, choć w małym pokoju na Kotlyarskiej było ciasno. Jej teściowa robiła wszystko, co mogła, choć na Ernestynie dały się poznać ślady cierpienia spowodowanego ciągłą udręką mieszkania daleko od domu, z coraz bardziej kurczącymi się zasobami. Przynajmniej pod okupacją, powtarzała sobie Józefina, próbując zaakceptować swoje nowe realia, nie spadały bomby.

Iluzja normalności, którą zapewniała taka rutyna, prysnęła pewnej nocy pod koniec stycznia. Józefina właśnie zapadła w sen. Gdy w budynku rozległo się natarczywe walenie we frontowe drzwi, Józefina obudziła się z zapartym tchem, jakby jej serce złapało jej klatkę piersiową z wewnątrz.

— Diabła obudzicie takim łomotem — wykrzyknęła Liudmiła, ukraińska gospodyni Kohnów. Jej poirytowany ton niezupełnie pasował do jej babcinego wyglądu. — Już idę — powiedziała.

— Juliuszu — odezwała się Józefina nalegającym szeptem. — Obudź się. — Otworzył oczy. — Ktoś jest na dole, u drzwi — powiedziała, mając nadzieję, że nie mówiła zbyt głośno. Jakimś cudem, dzieci nadal spały. Jednak Ernestyna usiadła na łóżku i owinęła swoje ramiona kocem. Jej oczy wydawały się większe niż zwykle, ponieważ jej twarz bardzo schudła. Juliusz podniósł się z małego łóżka. Józefina podniosła się i obserwowała go, kiedy szybko się ubierał.

Juliusz przyciągnął ją do siebie. — Finka... — wyszeptał do jej ucha, ale zaprzestał, kiedy usłyszeli echo męskich głosów mówiących po rosyjsku dochodzące od drzwi wejściowych. Następny, jak wyobrażała sobie Józefina, byłby odgłos butów na schodach.

— Kohn, Ilia Emiritovich — usłyszeli męski głos nawołujący z dołu.

— Woła mnie — powiedział Juliusz do swojej żony. — Idę — odpowiedział po rosyjsku, i dźwięk ich kroków ustał.

Poczuła nagle wdzięczność, że żołnierze byli zbyt leniwi, aby wspinać się po schodach.

— Zamknij drzwi na rygiel — nakazał Juliusz, ściskając dłoń Józefiny — i ukryj Suzannę pod łóżkiem, jeśli usłyszysz, że idą na górę. — Pocałował swoją matkę w policzek i wyszedł z pokoju.

Żołnierze wyprowadzili Juliusza z domu. Liudmiła zbeształa ich pod nosem po ukraińsku, i Józefinie wydawało się, że słyszała, jak gospodyni splunęła, zanim zamknęła drzwi na klucz.

Józefina już kiedyś wyobrażała sobie i obawiała się momentu aresztowania jej męża, po tym, jak ona i jej rodzina po raz pierwszy osiedlili się na ulicy Kotlyarskiej prawie cztery miesiące wcześniej. Oprócz kontemplowania najgorszych możliwych scenariuszy, Józefina przyzwyczaiła się do wielu innych nowych rzeczy od czasu ucieczki z Cieszyna: spadających bomb; zdemolowanych budynków; i bezkresnego pyłu składającego się z cząstek gipsu, kamienia, popiołu. Do ludzi w bandażach i w bólu, krwawiących, wyjących, szlochających. Braków żywności i długich kolejek; braku przestrzeni, zużytej odzieży. Żołnierzy patrolujących ulice. Ludzi zabieranych z ulicy. Rażącego odoru strachu. Ale aresztowanie własnego męża? Wiedziała, że to może się stać, i bała się tej możliwości, ale nie mogła przewidzieć, jak zareaguje, kiedy jej mąż faktycznie zostanie zabrany w środku nocy. I gdy tylko zniknął, poczuła coś, co mogła jedynie nazwać mrocznym przeczuciem. Mogła nigdy więcej nie zobaczyć Juliusza. To uczucie pęczniało w jej klatce piersiowej i ściskało jej gardło. Józefina przestrzegła samą siebie przed pozwoleniem sobie na ulegnięcie splecionym razem ciężarom lęku i rozpaczy.

Jak jednak mogła żyć dalej bez Juliusza? To on był człowiekiem, który rozważał ich opcje, który nigdy nie podnosił swojego głosu, który zawsze próbował pozostać trzy kroki przed katastrofą i któremu, aż do tej nocy, udało się zapewnić swojej rodzinie bezpieczeństwo i utrzymać ją w komplecie. Obiecywał jej, że przeżyją i przekonywał, że mieli szczęście. Sprawił, że uwierzyła, że to życie, w którym nędza, bezdomność i cierpienie stawały się jedynymi pewnymi rzeczami, ostatecznie się polepszy. Przekonał ją, że rozsądek powstrzyma Hitlera, że radziecki atak na ich kraj był jakimś nieporozumieniem. Jego wiara w dobro ludzkości podnosiła ją na duchu.

Zanim odgłosy żołnierzy zdążyły zaniknąć, Józefina zamknęła drzwi. Stała w bezruchu, czekając na powrót ciszy. Jej mąż został zabrany, choć wydawało się, jakby po prostu rozpłynął się w powietrzu. Pokój był zimny, a koce cienkie, ale była ubrana, jak zawsze, w warstwy. Ani zimna, ani ciepła, jej ręce były bezsilne, a kolana prawie się pod nią uginały. Ale dalej stała, podczas gdy jej teściowa biadoliła po cichu, wpatrując się nieobecnym wzrokiem we wnętrze pokoju. Dzieci spały. Słuchała ich oddechów, wdech, wydech, wdech, wydech, i jej własne bicie serca spowolniło się, kiedy zaczęła skupiać się na swoim oddychaniu. Przeszukała wzrokiem pokój, jej oczy już w pełni przyzwyczajone do ciemności i potrafiące rozróżnić nieostre zarysy ludzi i przedmiotów w pokoju. Piotr i Suzanna leżeli skuleni w swoich łóżkach. Śniąc, miała nadzieję Józefina, o czymś innym niż to koszmarne życie. W rogu najbliższym maleńkiego pieca, trzy cienkie koce nakrywały teściową Józefiny, Ernestynę, która w końcu się położyła. Obok niej pod oknem był mały stół, przy którym za dnia siadały i szyły trzy kobiety. Józefina zauważyła wiadro stojące na podłodze, drewnianą skrzynkę wypełnioną warzywami. Plecaki zapakowane niezbędnymi rzeczami zostały umieszczone przy łóżkach, na których spali ona, Juliusz i dzieci. Józefinie zrobiło się słabo, kiedy spostrzegła plecak męża i usiadła na krawędzi cienkiego materaca. Nadal czuła ciepło Juliusza. Objęła rękami jego poduszkę i ułożyła się w małym wgłębieniu w materacu, gdzie jeszcze niedawno leżał jej mąż. Podciągnęła na siebie koc. Z czasem miała nauczyć się spać bez niego u swojego boku. Z czasem miała nauczyć się przemieszczać pomiędzy dwoma stanami umysłu: jednym przeczulonym i nieufnym, a drugim bezładnym i celowo pozbawionym emocji. Te metody były jej obroną, i obie zrodziły się z tej chwili i jej skrajnie totalnej i niemiłosiernej boleści. Ale tego wieczoru Józefina nie mogła wiedzieć o niczym, co miało nadejść później. Tego wieczoru miała tylko szybko ulatniający się zapach męża i pustkę w sercu.

Ktoś musiał donieść na Juliusza. Nie było dowodów na to, że popełnił jakąkolwiek zbrodnię, ale sowiecka tajna policja, NKWD, miała broń i rozkazy. Nie wymagała ona żadnych dowodów. O tym właśnie myślała Józefina o poranku w kilka tygodni po aresztowaniu męża, kiedy wysłała Eryka Zehnguta do więzienia na Brygidkach, aby doręczył Juliuszowi koszulę i spodnie, które uprała i wyprasowała.

Wyobrażała sobie Eryka maszerującego wzdłuż brukowanej Kazimierzowskiej do długiego kamiennego budynku, który kiedyś był klasztorem, a teraz więzieniem. Kołnierz jego płaszcza byłby wywinięty do uszu. Przypuszczała, że myślał, że ta misja była daremna. Tak bezcelowa jak dzień, który Józefina spędziła przed sędzią śledczym, prosząc o wizytę u męża.

— W naszym kraju — powiedział sowiecki sędzia — kiedy mąż zostaje aresztowany, żona składa pozew o rozwód i szuka nowego. — Józefina poczuła jego spojrzenie rewidujące jej nieumyte, ale nadal ciemne i schludne włosy. Wiedziała, że miał przed sobą kobietę, która widziała dużo, dużo lepsze dni. Być może miał jej za złe oznaki wygodnego życia, którym do tak niedawna się cieszyła. — Koniec końców, proszę pani — dodał sędzia — to błaganie i upraszanie się w imieniu więźnia może doprowadzić tylko do tego, że sama pani do niego dołączy.

Jej syn wyczuł, że jej starania w imieniu ojca mogły narazić rodzinę na niebezpieczeństwo. Podobnie jak dwudziestoletni Eryk Zehngut, Piotr stał się mężczyzną z dnia na dzień w wieku siedemnastu lat. Wszyscy uchodźcy—a było ich tysiące w niegdyś majestatycznym i dawniej polskim mieście—wiedzieli, że radzieccy żołnierze mogli pojawić się i aresztować ich w środku nocy. Kiedy powinni byli spokojnie spać, co nie było im już dane. Każdy wiedział, że NKWD aresztowało absolutnie bez powodu. To Piotr zasugerował, żeby Eryk, a nie Józefina, przyniósł wypraną odzież do bram więzienia. W rąbki ubrań wszyła cenne banknoty, które dokładnie poskładała i wyprasowała na płasko. Jej ręce pracowały szybko i pewnie. Później te umiejętności bardzo się Józefinie Kohn przydały.

Ubrania i pieniądze nigdy nie dotarły do Juliusza. Pomimo tego,

Józefina wysyłała Eryka z małymi paczkami dwa razy w tygodniu. Wiedziała, że jeśli będzie udawać, że jej mąż otrzymuje to zaopatrzenie, ona sama pozostanie bardziej skoncentrowana i zdolna do przetrzymania czegokolwiek, co miało nadejść. Myślenie o tym, co miało się wydarzyć, było dla każdego natarczywą zagadką. Niepewność co do przyszłości—czy to następnej godziny, czy następnego roku— przesiąkała każdy dzień. Ludzie byli ciągle nerwowi, lękając się powiedzenia czegoś, co mogło zwrócić niepożądaną uwagę NKWD na nich lub na innych.

To jednak nie niespokojne szepty były powodem aresztowania Juliusza. Eryk powiedział Józefinie, że podejrzewał Gugika, komunistycznego aktywistę, który pracował w fabryce skóry Kohnów w Cieszynie. Był on w Złoczowie, kiedy Juliusz i Eryk odwiedzali tam garbarnię pana Salczmana. Gugik, z gęstymi brwiami i głośnym śmiechem. Człowiek, który jedynie irytowałby ich wszystkich, gdyby wojna nie odwróciła ich życia do góry nogami. Kiedy wszyscy mieszkali jeszcze w Cieszynie, komunizm, choć nielegalny w Polsce, był jedynie ideą w zakamarkach umysłów niektórych ludzi. Gugik był zwyczajnym tchórzem, wyjaśnił Józefinie Eryk. I miał rację—tylko ktoś, kto jest przerażony, donosi na inną osobę bez powodu.

W ciemnym chłodzie lwowskiego poranka, Józefina rozmyślała o tym Gugiku. Co popchnęło go do donosu na Juliusza do sowieckiej tajnej policji? Czy to zazdrość nim motywowała? Czy zdawał sobie sprawę z tego, jakie problemy spowoduje jego czyn? Józefina nie mogła sobie wyobrazić, jakim człowiekiem musiał ktoś być, aby zgłosić się do NKWD i powiedzieć im, że jego były pracodawca był wrogiem stanu. Potrząsnęła głową, jakby chciała uwolnić coś w swojej pamięci. Czy to ojciec Gugika zorganizował wiele lat temu protest mieszkańców ulicy Przykopa w Cieszynie przeciwko nowemu budynkowi garbarni? I jakie to miało teraz znaczenie? Zaledwie parę dni temu, stary znajomy z Cieszyna siedział w Café de la Paix, a jego ciałem wstrząsały dreszcze. Doniósł Józefinie, że naziści planowali usunąć cały sprzęt z garbarni Kohnów i wysłać go do garbarni Spitzer—Sinaiberger w Skoczowie. — Nazywają to racjonalizacją — wyjaśnił mężczyzna. — Czasami arianizacją.

— Ja to nazywam kradzieżą — odparła dosadnie Józefina. Przez krótki moment czuła się pewna wymiaru swojej siły i faktu, że zapewnić miała ona przetrwanie jej rodziny. Energia—zarówno fizyczna, jak i psychiczna—której wymagała jazda na nartach lub gra w tenisa lub wielogodzinne pływanie była czymś, co niegdyś brała za rzecz oczywistą. Niszczyła ją długa, ciężka zima i bezustanna niepewność. Ale kiedy mężczyzna wypowiedział słowo „racjonalizacja", Józefina poczuła, jak jej umysł wyostrza mieszanka furii, dumy i zdrowego rozsądku. Jeśli ktoś miałby zaprosić ją wtedy—choć pomysł był rzecz jasna absurdalny—do gry w tenisa, to wygrałaby mecz. Nie była pewna, co napędzało tę nagłą wściekłość—panika czy odrętwienie, dwa stany, które umożliwiły jej przeżyć do tej pory te długie, długie godziny nieobecności Juliusza. Złapała się wtedy uczucia gniewu i trzymała go ze wszystkich sił.

W nieznanym kierunku

PO ARESZTOWANIU JEJ MĘŻA, JÓZEFINA wiedziała, że pobyt jej rodziny we Lwowie był ryzykowny. Prawie nie spała. Kiedy jej się to udawało, koszmary gwałtownie ją budziły. Suzanna, której ręce były zazwyczaj stabilne, cały czas kłuła się w palce podczas szycia. Cienie pod oczami Piotra wyglądały tak, jakby ktoś rozmazał węgiel na jego twarzy. Ta zima, która przejęła kontrolę nad ich umysłami i ciałami, była jeszcze bardziej brutalna przez braki dobrej żywności i opału. W końcu się skończyła, ustępując miejsca eksplozji wiosny— a teraz był początek lata. Nie było wieści o Juliuszu, a kiedy minęło kilka miesięcy, nie oczekiwali już żadnych wiadomości. Na terenach okupowanych przez Związek Radziecki informacjami o więźniach nikt ochotniczo się nie dzielił. Przepisy i normy były egzekwowane niekonsekwentnie, a prośby w imieniu więźniów pozostawały nie-wysłuchiwane.

Matka Juliusza, Ernestyna, która stała się jeszcze bardziej chudsza i blada, prawie się nie odzywała. Siedziała na łóżku, kuląc się pod kocami. Kiedy Józefina patrzyła na nią, żałowała, że nie odebrała z Juliuszem ich futer w Warszawie.

Do ogrzewania używali „komet" wykonanych z litrowych puszek

przywiezionych w ich plecakach w czasie, kiedy Juliusz był z jeszcze nimi, w Warszawie.

— Ludzie na wsi używają ich do ogrzewania i gotowania — wyjaśnił Juliusz, przebijając otwory w puszkach za pomocą gwoździa i mocując u góry pętlę z drutu o długości jednego metra. — Kiedy trzymamy świecę i dziarsko kołyszemy puszką — powiedział — powietrze wchodzi przez otwory i podtrzymuje ogień.

Można było używać różnych rodzajów paliwa—patyków, liści, torfu, siana, łodyg roślin, nawet suszonego obornika. Wilgotny mech zebrany z pni drzew podtrzymywał ogień komety przez całą noc. Dym z takiego mchu, obiecywał Juliusz, odstrasza węże i owady.

— Jeśli kiedykolwiek będziecie musieli spędzić noc na zewnątrz — dodał, puszczając żartobliwie oczko do swojej córki — Machajcie nią żwawo, a wasza kometa ożyje. — Podczas przemowy Juliusza, Piotr i Suzanna uśmiechali się w sposób, w jaki robili to, gdy byli młodsi i nadal wierzyli w rzeczy takie, jak magia.

— W innych czasach, w innym kraju — pomyślała teraz Józefina. Wydawało się, że jego męża brakowało już od lat, chociaż słaba resztka jego zapachu pozostała na poduszce, w którą płakała, tak cicho, jak tylko mogła, każdej nocy.

Pod koniec lutego, Józefina dowiedziała się o pierwszych zesłaniach z okupowanej przez Sowietów Polski do wschodnich rejonów ZSRR. Niedawno przybyły mężczyzna z Białegostoku przemawiał do uchodźców zebranych wokół stolika w zatłoczonej Café de la Paix, gdzie Józefina, Eryk Zehngut, a często jego wujek Henryk, zbierali się, aby podzielić się wiadomościami. NKWD, opowiadał mężczyzna, zebrało tysiące ludzi w środku nocy i załadowało ich do krytych wagonów długich, zielonych rosyjskich pociągów.

— Ojcowie zostali oddzieleni od rodzin — powiedział mężczyzna. — Dzieci płakały, kobiety krzyczały. Napakowali zbyt wielu ludzi. Zamknęli ich jak zwierzęta. Słyszałem, jak błagają o łyk wody, o więcej powietrza. Żołnierze odpędzali każdego, kto próbował pomóc.

— Za co zostali aresztowani? — zapytał Eryk Zehngut.

— Jak to za co? — odezwał się Henryk. — Ludzi aresztuje się za nic.

Przekraczanie granic na terytoriach Związku Radzieckiego uznawane było za przestępstwo, choć wielu ludzi skazanych za takie wykroczenia podróżowało z miejsc, które do niedawna były częścią Polski, do innych, niegdyś polskich, miejscowości. Bycie członkiem organizacji oporu było przestępstwem. Przemyt był przestępstwem. Posiadanie własności prywatnej było przestępstwem. Odmawianie przyjęcia sowieckiego paszportu lub pracy w nowym reżimie było przestępstwem. Nieusprawiedliwiona nieobecność w pracy była przestępstwem. Zabranie chleba z restauracji, aby nakarmić swoje dzieci, było przestępstwem. Ubieganie się o bycie przemieszczonym do okupowanej przez Niemców części Polski było przestępstwem. A oprócz tego również oskarżenia o udział w antyradzieckiej agitacji (krytykowanie komunizmu lub Stalina; wychwalanie Niemców; przebywanie w niewłaściwym pokoju, słuchając niewłaściwej osoby w niewłaściwym czasie) lub bycie „elementem społecznie niebezpiecznym", które obejmowało sprawowanie ważnej pozycji zawodowo lub bycie współmałżonkiem lub dzieckiem wroga stanu.

— To byli osadnicy — kontynuował mężczyzna z Białegostoku. — Ale Sowieci nazywają ich kułakami. Są uważani za wrogów ludu.

Wrogowie ludu. Było to również oskarżenie przeciwko Juliuszowi. Ponieważ był właścicielem fabryki, w oczach komunistów był uważany za kapitalistę, a tym samym za wroga proletariatu. Józefina nienawidziła tego wyrażenia.

— Dokąd ich zabierają? — zapytał Eryk.

Nikt nie wie dokładnie — odpowiedział mężczyzna, — ale według pogłosek, które słyszeliśmy, są wysyłani daleko, do obozów pracy na Syberii.

W tym momencie grupa przy stole zapadła w milczenie. Wszyscy znali takie opowieści uchodźców i uważnie wysłuchiwali tych, którzy otrzymywali listy od rodzin lub przyjaciół wysłanych do obozów pracy. W swoich listach zesłańcy opisywali pracę—często z nieodpowiednimi narzędziami i prawie zawsze bez odpowiedniej odzieży—od wschodu do zachodu słońca. Prosili o pieniądze, jedzenie, odzież, lekarstwa. Nie mieli nic. Wszelkie skargi, którymi starali się podzielić, były zaczerniane przez cenzorów.

Syberia: kiedy Józefina usłyszała to słowo, zaczęła wyobrażać sobie, co znaczyło ono w rzeczywistości, próbując wyjść naprzeciw swojemu strachowi przed zesłaniem w głąb Rosji. Strachowi przed umieraniem tam, nie pamiętając nawet, czym było życie. Albo przed tym, że Juliusz zostanie zesłany do jej granicy najbardziej wysuniętej na wschód. Nazwa przywoływała odosobnioną i bezlitosną krainę, lód, śnieżyce, blade srebrzyste słońce na monotonnym i rozległym niebie. To było miejsce, w którym niedźwiedzie spacerowały w gęstych lasach, w którym wiatr wył nad stepami.

— Dobrze, dobrze, wystarczy tych smutnych rozmów — odezwał się Henryk Zehngut, kiedy zauważył spojrzenie Józefiny z drugiego końca stołu. Mężczyzna z Białegostoku wyszedł.

Wujek Eryka od zawsze podziwiał Juliusza. Józefina była wdzięczna za życzliwość Henryka w przerwaniu rozmowy. Zazwyczaj była w stanie kontrolować swoje uczucia w takich momentach, ale wiadomości o deportacjach wypuściły ze stalowego potrzasku jej determinacji strach, który zacisnął się wokół jej wnętrzności i utrudnił jej przełykanie.

Dwunastego kwietnia obchodzili czternaste urodziny Suzanny w mieszkaniu Henryka Zehnguta. Przyjęcie było skromne, ale apartament w kolejowej noclegowni miał prawdziwą kuchnię. Henryk częstował zupą, rybami, mięsem, i ziemniakami, tak jak w każdy piątek wieczorem. Nastrój był odświętny. Suzanna zapaliła świece szabatowe, a Józefina z radością spostrzegła uśmiech na twarzy swojej córki. Zawsze zaradnemu Erykowi udało się zdobyć mąkę, jajka i smalec, i Józefina upiekła mały tort. Jako prezenty Suzanna otrzymała mydło, ołówki i skarpetki. Piotr wraz z bratem Eryka, Fredem, recytował wiersze Adama Mickiewicza. Jeden z kuzynów Eryka grał melodie na gitarze.

Ulegając namowom Henryka, Józefina, Ernestyna, i dzieci zostały u niego na noc. — Jest za późno — powiedział. — Jest godzina policyjna. A poza tym, nawet bez godziny policyjnej jest zbyt późno, żeby kobiety były poza domem.

Józefina miała później zrozumieć, że coś—zbieg okoliczności? szczęście? boska interwencja?—działało w noc przyjęcia. Podczas gdy wszyscy spali, wtuleni w siebie nawzajem w małym mieszkaniu Henryka, oficerowie NKWD i żołnierze Armii Czerwonej zajmowali się gromadzeniem tysięcy mieszkańców Lwowa, głównie żon i dzieci mężczyzn, którzy zostali aresztowani już wcześniej. O czwartej rano, wszystkich obecnych w mieszkaniu Henryka obudziły odgłosy zamieszania dochodzące z pobliskiego dworca kolejowego—płaczące dzieci, żołnierze wykrzykujący rozkazy po rosyjsku, ciężarówki i wozy jeżdżące w tę i we w tę.

— Wydaje mi się, że odbywa się deportacja — powiedział Henryk. — Najlepiej, jeśli będziemy bardzo cicho.

Każdy w mieszkaniu nałożył swój płaszcz, zebrał swoje rzeczy i usiadł po cichu w ciemności. Byli poważni i nieruchomi, a blade światło wiosennego poranka rozjaśniało i uwyraźniało ich twarze. Do godziny siódmej, zgiełk dochodzący z dworca kolejowego ucichł, zastąpiony odgłosami normalnego dnia—tramwajów, wózków, butów na chodniku, szczekania psów, piania koguta w oddali. — Gdyby ktoś budził się teraz, mógłby pomyśleć, że to zwykły dzień — pomyślała Józefina.

Kiedy Kohnowie powrócili do swojego pokoju w mieszkaniu przy Kotlyarskiej, gospodyni Liudmiła poinformowała ich, że ludzie z drugiego i trzeciego piętra zostali zabrani we wczesnych godzinach porannych.

— Wasz pokój również przeszukali — dodała.

„ZESŁANIE" STAŁO SIĘ CZĘSTO POWTARZANYM słowem w tamtych czasach. Jeśli rozmawiało się z kimkolwiek, kto przeżył Wielki Terror lat 1937–1938 w Związku Radzieckim, „aresztowanie", „zesłanie" i „egzekucja" były słowami potocznymi. Co dwudziesty człowiek został aresztowany, a każdego dnia zabijano 1500 ludzi. Józefina słuchała jednego uchodźcy z okupowanej przez Niemców Polski za drugim, opowiadających, że hitlerowcy pogardzali Żydami i Polakami w równej mierze. We Lwowie, celami Sowietów byli Żydzi, Polacy i Ukraińcy. Groźba zesłania czaiła się w ludzkich myślach, popychając ich do nieufności, zamknięcia w sobie i donosów. Kiedyś, łamanie się z kimś chlebem zazwyczaj oznaczało wyraz zaufania. Teraz, jeśli miało się wystarczająco dużo chleba, aby się nim dzielić, robiło się to tylko z tymi, którym już się ufało.

Bez względu na to, czym się zajmowała, Józefina nie była w stanie rozwiać złowrogiej myśli o zesłaniu w nieznane miejsce. Czy nie wystarczało, że jej mąż został zabrany? Że ona i jej dzieci i teściowa żyli tylko nieco lepiej niż najbiedniejsze dusze, które sama kiedyś wspomagała jałmużną? Kiedy znalazła się na tej drodze myślenia, rozpacz była jedynym możliwym następstwem. A ponieważ Józefina Kohn nie pozwalała sobie na użalanie się nad sobą i ponieważ nie była kobietą, która akceptowała utratę nadziei, zdecydowała się przygotować swoją rodzinę na najgorsze.

Tuż po fali zesłań, która odbyła się w połowie kwietnia, Józefina przeniosła swoją teściową w inne miejsce. Ernestyna nie przetrwałaby zesłania, tego Józefina była pewna. Zabrała ją do Brzuchowic, miejsca oddzielonego od centrum Lwowa o około sześć i pół kilometra. Grupa sióstr w małym klasztorze należącym do Zakonu Św. Bazylego zgodziła się przyjąć i zaopiekować się matką Juliusza. Gdy zakonnice powitały Józefinę i jej teściową, Ernestyna była przez chwilę zdezorientowana, ale prawie natychmiast na jej twarzy pojawił się uśmiech. Serce Józefiny łamał widok matki Juliusza tak kruchej, roztargnionej, i tak niknącej w oczach. Ernestyna była kiedyś kobietą szanowaną w swojej rodzinie i społeczności. Była zaradna, inteligentna, dobroduszna, pokorna, pracowita, życzliwa i wielkoduszna. Ich pierwsze spotkanie odbyło się przy herbacie, późnym niedzielnym popołudniem, zimą. Józefina jeździła wcześniej rano na nartach, a jej policzki były muśnięte słońcem i mrozem. Rozmawiały, ożywione, o chlebie i interesach garbarskich, operze i teatrze, wiedeńskich wypiekach, jeździe na nartach i tenisie. — Widzę, dlaczego mój Julek jest tak tobą oczarowany — przyznała później Ernestyna. — Nie boisz się cieszyć się życiem.

A teraz stały tutaj, daleko od domu. Ernestyna była ostatnim wspomnieniem po Juliuszu, a teraz Józefina miała zostawić ją z obcymi ludźmi.

— Mamo — powiedziała delikatnie — będę do ciebie pisać. Będziesz tu bezpieczna i będzie ci ciepło. — Józefina pocałowała swoją teściową w policzek i pogłaskała jej dłoń. Wypuściła ją ze swojej ręki, a jedna z zakonnic zabrała Ernestynę i zaprowadziła ją do środka.

Siostry bazylianki nie poprosiły o żadne pieniądze. Ludzie o prawdziwej wierze, pomyślała Józefina, są zawsze najbardziej wielkoduszni. Zastanawiała się, czy wśród dobrych sióstr mógł znajdować się którykolwiek z *Łamed wowników*, trzydziestu sześciu bezimiennych świętych podpierających los świata swoimi ramionami. Jej matka opowiedziała jej historię o zagadkowych Cadykach, choć w wersji Mamy sprawiedliwi byli zawsze mężczyznami. Nikt nie miał wiedzieć, kim byli, nawet oni sami, i dlatego zostali nazwani *nistarim*. Józefina lubiła wyobrażać sobie, że mogli być kimkolwiek—mężczyzną lub kobietą, osobą starą lub młodą, bogatą lub biedną, Żydem lub nie—Żydem. Według niej, jedynym sposobem, aby walor lub cecha mogły pozostać całkowicie niewidoczne, była możliwość, że mogły się one przejawiać w każdym.

Józefina napisała listy, których nie chciała pisać kilka miesięcy wcześniej, kiedy byli w Warszawie, a potem z niej uciekali. — Pomimo wszystkiego nie tracimy nadziei — wyznała swojemu ojcu i Milly — że wraz z wiosną, ten cały interes się zakończy i wrócimy do domu. Bylibyście dumni z Piotra i Suzi — pisała — którzy oboje są już tak wyrośnięci. — Nie przyznała swojej rodzinie, że włosy Suzanny zostały obcięte na chłopca, lub że ubrania Piotra wisiały na nim i były już za krótkie, lub że matka Juliusza nie pamięta już niczyjego imienia. Nie wspomniała również o własnych zmartwieniach, stałym bólu w brzuchu, krwawiących dziąsłach. Jeśli chodzi o Juliusza, doniosła po prostu, że, o ile wiedziała, był w dobrym zdrowiu i otrzymywał paczki, które wysyłała każdego tygodnia przez Eryka Zehnguta. Nie przyznała, że nie tak dawno temu strażnicy przestali przyjmować paczki w więzieniu na Brygidkach, albo że obawiała się, że jej mąż został zesłany lub, co gorsza, stracony. Nie mogła też wiedzieć, a tym samym nikomu powiedzieć, że Juliusz był wciąż w Lwowie, trzymany w Więzieniu Zamarstynowskim. — Chciałabym umieć zażartować i powiedzieć wam, jak bardzo się cieszymy spędzaniem czasu w tym pięknym mieście — napisała Józefina w jednym liście do swojej siostry, Elsy — ale to nie są wczasy.

Brakowało im pieniędzy, podobnie jak wszystkim innym uchodźcom. Eryk Zehngut, który sprzedawał mydło lub cokolwiek innego był w stanie wyprodukować lub znaleźć na czarnym rynku, zaproponował, że przedstawi Józefinę komuś, kto kupiłby jej kosztowności.

Eryk zorganizował spotkanie z rosyjskim funkcjonariuszem, którego kiedyś spotkał, człowiekiem, którego żona gustowała w wytworności. Mężczyzna był jakimś ważniakiem w Partii Komunistycznej, któremu w jakiś sposób udawało się mieć pieniądze na zbyciu. Był w pozycji, która pozwalała mu na odsprzedawanie rzeczy, które kupił na czarnym rynku, po bardzo wygórowanych cenach.

Józefina przypuszczała, że brał łapówki. Korupcja wręcz szalała w tym nowym światowym ładzie.

Józefina czekała na niego w Café de la Paix. Siedziała przy stoliku w rogu, praktycznie, bo ukryta w cieniu. Mężczyzna nazywał się Leonid Petrow. Był wszystkim, czym Józefina pogardzała: rozczochranym, skąpym biurokratą, nieogolonym i o nieświeżym oddechu. Jego palce były tłuste, a wyraz twarzy chciwy. Suzanna włożyła Gwiazdę Dawida, złotą bransoletkę i pierścionek z rubinem w jego wilgotne dłonie, ukryte pod stołem, gdzie nikt nie mógł widzieć, jak łamały prawo.

— Nie ma nic innego? — zapytał. Jego niemiecki nie był perfekcyjny, a kiedy mówił, przez jego policzki przebiegały drgawki.

Józefina sięgnęła do wnętrza jej płaszcza, gdzie wszyła specjalną kieszeń. Wyczuła spoczywające tam perły, ich krzepiącą gładkość. Złożony kiedyś z dwóch sznurów o operowej długości z szafirowym zapięciem, naszyjnik należał najpierw do pra-prababci matki Józefiny i był przekazywany przez każdą kobietę w rodzinie jej najstarszej córce. Matka Józefiny nie wierzyła w faworyzowanie żadnej z jej dziewcząt. Podzieliła naszyjnik na części, zamówiła dodatkowe identyczne zapięcia i dała każdej córce po sznurze, kiedy te wychodziły za mąż. Józefina nosiła te perły do opery, symfonii, teatru. Kiedy na piersi czuła ciężar naszyjnika, gładkich, chłodnych pereł na swojej szyi, a swoją ręką w rękawiczce trzymała Juliusza pod ramię, czuła, że wszystko było tak, jak być powinno.

Siedząc w kawiarni Café de la Paix w okupowanym przez Sowietów Lwowie, z obcym, prostackim mężczyzną, którego spocone dłonie trzymały biżuterię jej córki, Józefina poczuła dotkliwie, jak opaczny stał się świat. Perłowy naszyjnik nie był ekstrawagancją. Był raczej symbolem, który pozwalał dziewczętom w rodzinie pamiętać o kobietach, które je poprzedzały, a później, gdy same stały się matkami, przekazać dziedzictwo pamięci. Co miało stać się z tymi wspomnieniami? zastanawiała się. Czy żona Petrowa miałaby do nich dostęp? Czy zniknęłyby one razem z naszyjnikiem?

Kiedy mieszkali w Cieszynie i nadarzyła się okazja, aby wyciągnąć perły z ich aksamitnego pudełka, Józefina lubiła wyobrażać sobie Suzannę ubraną w ślubne koronki i jedwab, satynowe wstążki koloru kości słoniowej wplecione w jej ciemne, błyszczące warkocze zawinięte wokół jej głowy, na jej ustach lekko sardoniczny lecz również nieśmiały uśmiech. Tutaj w kawiarni, kiedy wyciągnęła naszyjnik z ukrytej kieszeni płaszcza, Józefina widziała tylko swoją matkę, i jej matkę przed nią. — To nie jest czas na życie przeszłością — pomyślała, świadomie wymazując wszelkie ślady czułostkowości. Ich przyszłość, tak niepewna, zależała od tych pereł. Opuściła naszyjnik w czekające dłonie Petrowa.

Nie zapłacił jej ceny, którą wynegocjował wcześniej Eryk Zehngut, ale Józefina nie wiedziała o tym, dopóki nie wróciła do swojego pokoju i, w słabnącym świetle zimowego popołudnia, policzyła wilgotne banknoty rubli, które wcisnął jej do ręki pod stołem. Zwlekał z wycofaniem ręki na tyle długo, że Józefina przesłała mu lodowaty uśmiech. Ale Petrow nie był jedyną osobą, która oszukała w tej transakcji. Zanim przybyła do kawiarni, Józefina wsunęła do buta swoją ślubną obrączkę, która miała być częścią sprzedawanego zestawu, ale którą zdecydowała się w ostatniej chwili zatrzymać.

Potem, Józefina i Suzanna zaszywały pieniądze w swoje płaszcze. Cerowały skarpety. Piotr polerował i podzelował ich buty i zapakował do ich plecaków małe puszki, łyżki, ich komety, wełniane ubrania. Udało im się uzbierać kostki cukru, kiełbasy, herbatę, zapałki, nici, jodynę, aspirynę i mydło. Kiedy szli spać, mieli na sobie po dwie pary wszystkiego: bielizny, koszul, spodni, swetrów. Ich rękawiczki były schowane w kieszeniach ich płaszczy, zabezpieczone długą linką. Józefina powtarzała sobie, że ona i jej dzieci będą gotowi, kiedy przyjdą żołnierze.

— ALE NIKT — POMYŚLAŁA, gdy stukanie w drzwi wreszcie nadeszło w ciemnych godzinach trzydziestego czerwca 1940 roku — nigdy nie jest tak naprawdę na coś takiego przygotowany.

Choć każdy dzień po aresztowaniu Juliusza pięć miesięcy temu wydawał się niewiarygodnie długi, wydawało się, jakby to było zaledwie kilka dni temu, a nie miesięcy, kiedy Józefina zabrała Ernestynę do Brzuchowic. Czas wymykał się jej na każdym kroku i miała kłopoty z pamiętaniem, co kiedy się wydarzyło.

Żołnierze Armii Czerwonej śmierdzieli wódką i tytoniem. Byli nieogoleni.

— *Dwadcat minut* — warknął jeden z nich. — Dwadzieścia minut.

Józefina i dzieci byli gotowi w pięć. Żołnierze zaczęli wpatrywać się w Suzannę, ale Józefina rozbiła szklankę, aby odwrócić ich uwagę.

— *Glupaja żenścina* — powiedział jeden z nich. — Głupia kobieta. Józefina podniosła kawałki szkła. — *Izwinitie* — wymamrotała pod nosem. — Przepraszam. — Ale wiedziała, że odwróciła ich uwagę, a jej plan się udał. — Mądrzejsza niż ty — pomyślała.

Na zewnątrz czekał samochód ciężarowy, prawie wypełniony. Józefina, Suzanna i Piotr wcisnęli się w przestrzeń dla jednej osoby. Niektóre z kobiet wewnątrz były przerażone. Inne wyglądały na zrezygnowane. Twarze dziewcząt były nieobecne, a ich wzrok zatrwożony. Mężczyźni byli głównie starzy. Niektórzy z chłopców byli młodzi, a inni, jak Piotr, stawali się mężczyznami. Kobiety z małymi dziećmi zajmowały się nimi, uciszając je i kołysząc, delikatnie upominając.

Zmierzch długiego dnia

Koniec czerwca do połowy lipca 1940 roku,
w pociągu kierującym się na wschód,
w głąb Związku Radzieckiego

Józefina słyszała, że rosyjskie pociągi były długie i złowieszcze, a ich wagony przepełnione. Nie była jednak przygotowana na to, co ujrzała po przybyciu na stację. Dziesiątki krytych wagonów—większość używanych do transportu bydła lub ładunków—stało na szynach, niektóre z nich już załadowane. Peron był zatłoczony ludźmi, wózkami i pakunkami. Kobiety wyły, a dzieci płakały, podczas gdy NKWD oddzielało mężów i ojców od swoich rodzin. Żołnierze krzyczeli, losowo zabierając ludziom walizki, paczki z żywnością, a czasami nawet buty. Józefina i jej dzieci zostały wepchnięte w centrum tego chaosu . Złapała je za dłonie tak mocno, że jeden z jej palców zdrętwiał. Kazano im czekać przed jednym z krytych wagonów, którego drzwi były zaryglowane. Gdy żołnierze otworzyli go, w środku było już co najmniej dwadzieścia osób— mężczyzn, kobiet i dzieci. Stłoczyli się oni u wejścia, aby nabrać powietrza, błagając o wodę, prosząc, aby ich wypuścić. Fetor przyprawiał o mdłości. Przechodnie i pracownicy kolei wrzucali chleb, kiełbasę, papierosy i aspirynę do wagonów, kiedy ich drzwi otwierały się na przyjęcie nowej partii zesłańców. Józefina poczuła, jak żołnierze podnoszą ją i wpychają do środka wagonu. Potem przyszła kolej na dzieci. Kolejne dziesięć osób zostało wepchniętych do środka, zanim drzwi zostały zamknięte.

Minęło kilka minut, zanim jej oczy przyzwyczaiły się do ciemności wewnątrz wagonu. W środku podłogi była dziura, i Józefina zrozumiała, że tam mieli się załatwiać. Przy samym dachu wagonu były dwa maleńkie zakratowane okna, które nie oferowały żadnego wytchnienia od gorąca i braku powietrza, ale przez które w nocy napływało zimne powietrze. Smród był gęsty i zjełczały.

— Mamo — zaczęła Suzanna cichym, wyschniętym głosem, ale nie dokończyła swojego zdania. Co tak naprawdę można było powiedzieć? Józefina nie mogła znaleźć słów, które miałyby jakiś sens. Przypomniała sobie początki tego wszystkiego, kiedy siedzieli w piwnicy Hotelu Angielskiego i zatęskniła za swoimi towarzyszami z tamtego miejsca. Jakże inny był tamten moment, jej zmysły wyostrzone przez niebezpieczny przypływ adrenaliny. Jak bezpośredni: atak, samoloty zrzucające bomby, fart znalezienia odpowiedniego schronienia, gdzie mogli przynajmniej usiąść i pooddychać. A to: rozejrzała się, wstęgi wczesnego światła dnia wpadające do środka przez okienne kraty i oświetlające ponure twarze reszty pasażerów wagonu... to był smak piekła. Być ścieśnionym tak blisko nieznajomych w ciemnym zaduchu. Zamkniętym bez wody. Można było stracić tutaj swój umysł. Ale Józefina natychmiast pozbyła się tej myśli. — Nie ja, nie teraz — powiedziała samej sobie.

Ich strażnicy zapewniali im tylko najskromniejsze racje szarej zupy—jeśli to nawet zupą można było nazwać—podawane w małych, zatłuszczonych pojemnikach. Wody praktycznie nie było, pomimo naglących błagań pasażerów wagonu. Odpowiedzią strażników na te prośby były ciosy lub szydercze komentarze. Brak powietrza i przestrzeni wewnątrz wagonu były przytłaczające. Latryna była praktyką upokorzenia. W nocy, wszelką ulgę chłodniejszego powietrza napływającego do wagonu anulował brak możliwości położenia się, aby usnąć.

Józefina myślała o wszystkich pozostałych wagonach tego pociągu, z których każdy był wypełniony, jak przeczuwała, mężczyznami, kobietami i dziećmi, którzy, tak jak ona, zostali pozbawieni jakichkolwiek nadziei o stawianiu oporu. Lub o godności. Wszyscy walczący o to, aby nie dać się rozpaczy. Czuła, że sama tę walkę mogła przegrać w każdej chwili.

Kilka godzin po ich uwięzieniu w wagonie, Józefina zdecydowała, że kluczową rzeczą było pozostać świadomym upływu czasu. Wyciągnęła długą nić ze swojego płaszcza i obiecała sobie, że będzie zawiązywać na niej węzełek z początkiem każdego dnia. Dzięki temu, kiedy pociąg ruszył, wiedziała, że minęły już dwa dni. Wiedziała, że kierują się na wschód, ponieważ obserwowała również kąt światła wpadającego do wagonu przez małe, okratowane okno przy dachu.

Podczas gdy pociąg przyspieszał, zesłańcy w wagonach budzili się ze swojego zbiorowego odrętwienia. — Jedziemy — wyszeptał jeden albo dwóch. — Niedługo będziemy na miejscu — powiedziała łagodnie do dziecka kobieta. Od czasu do czasu słychać było jęki niektórych kobiet. Józefina słuchała szeptanych modlitw, rozpoznając w nich wyznaniową logikę zarówno swojej matki, jak i Helenki. Słowa ją koiły, ale sama milczała. Jak Bóg mógł przetrwać, zastanawiała się, jeśli wszystko, co święte, zanikało w świecie zmienionym przez wojnę?

Niemowlę zapłakało; jego matka zaczęła błagać pasażerów wagonu o jedzenie.

— Chcę dać jej trochę cukru — szepnął Piotr.

— Tak, Synku, tak — odpowiedziała Józefina. — Oczywiście.

Suzanna już zdążyła zaprzyjaźnić się z sześcio— czy siedmioletnią dziewczynką, której starsza siostra, dziewczyna w wieku lat czternastu lat, była wyczerpana i zasnęła, opierając się o swoich sąsiadów.

Oboje dziewcząt podróżowało samotnie, oddzielone od rodziców na dworcu kolejowym.

— Dawno, dawno temu — powiedziała łagodnie do dziecka Suzanna — była sobie księżniczka o imieniu Kasia. Tak jak ty. — Oczy dziewczynki rozszerzyły się. — I zaprzyjaźniła się z magicznym bocianem, pod którego skrzydłem spała. — Suzanna otworzyła ramiona tak szeroko, jak tylko mogła, aby otulić Kasię. Kciukiem wytarła z policzka dziewczynki smugę brudu.

Dwa węzły w nici później, Piotr zaproponował, aby skonstruowali—z zachowaniem najwyższej ostrożności—dziurę w suficie wagonu, do którego można będzie wepchnąć szmatę. „Będzie padać", wyjaśnił, „i będziemy mogli wysysać wodę, którą nasiąknie szmata". Zesłańcy nie wiedzieli jeszcze, że żołnierze rozstrzelaliby ich za ten występek, gdyby został on odkryty. Choć nawet gdyby wiedzieli, udręka ich pragnienia popchnęłaby by ich do podjęcia takiego ryzyka. Jak szczęśliwie być matką chłopca, którego pomysłowość może nas uratować, pomyślała Józefina.

Pięć węzłów w nici później, uświadomiła sobie, że najgorsze zawsze jest przed tobą, kiedy jesteś zamknięty w zatłoczonym, dusznym radzieckim wagonie dla bydła, w drodze w nieznane. Dwie ze starszych kobiet w wagonie zmarły na atak serca. Trzy dni minęły, zanim ich ciała zostały usunięte przez strażników, ogołocone z wszystkich kosztowności i wyrzucone w pola za torami. *Tak, jak wyrzuca się bezużyteczny przedmiot*, pomyślała Józefina. Niemowlęta w wagonie, dręczone głodem, pragnieniem i przemoczeniem, na które nic nie można było poradzić, płakały, płakały i płakały; po dziesięciu węzłach w nitce, umilkły. W jedenasty dzień, jeden z mężczyzn stracił zmysły, bijąc się pięściami w głowę i krzycząc, i dopiero po tym, jak pociąg zatrzymał się, a ludzie w wagonie protestowali głośno przez wiele godzin, przybyli żołnierze i go zabrali. Dokąd—nie wiedział nikt. Kiedy zawiązała czternasty węzeł, Józefina zastanowiła się, czy jej determinacja—aby pozostać przy życiu i przy zdrowych zmysłach, aby liczyć dni—osłabłaby, czy się pogłębiła. Każdemu węzłowi w nitce odpowiadała inna tragedia. Patrzyła, jak światło życia wygasało w oczach mężczyzn, kobiet i dzieci, z którymi dzieliła te żałosne kwatery.

Węzeł numer szesnaście odpowiadał piętnastemu lipca według liczenia Józefiny. Tego dnia, pociąg zatrzymał się.

CZĘŚĆ II

Ziemia niczyja

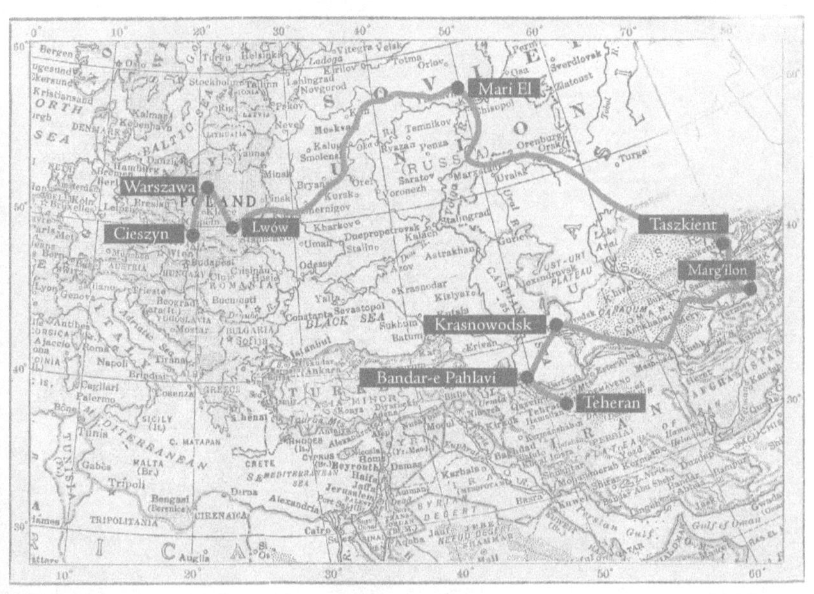

Ciemna strona księżyca

Gdy pociąg się zatrzymał, dźwięk hartowanego, piszczącego metalu obudził obdartych zesłańców. We wnętrzu wagonu czuli ciepło nocy i zapowiedź uporczywych dni późnego lata, gorących i dusznych. Nie mogli jeszcze wiedzieć, że listopadowe wiatry zapowiadające zimę były siłą, z którą należało się liczyć. Wszystkim, czego chcieli, kiedy długi, olbrzymi pociąg znieruchomiał, było świeże powietrze. Ta kraina miała ich nauczyć wszystkiego o pogodzie i jej bezlitosnych skrajnościach, ale te lekcje miały przyjść dopiero później.

Więźniowie wysiedli z pociągu. Suzanna miała pewność, że poczuje ulgę, kiedy opuści wnętrze wagonu, jego fetor, ścisk i ciemność. Zamiast tego poczuła dziwne pragnienie pozostania w środku, które wydawało się tak znajome. A poza tym, nie było dobrego powodu, aby stać w ciemności na tej rozległej ziemi bezprawia. Jej ruchy były mechaniczne i słabe od głodu i zmęczenia, które stępiły początkowy szok deportacji. Wszyscy pozostali, którzy wytoczyli się z wagonu, byli oszołomieni. Choć nie mogła ich zobaczyć, ponieważ jej oczy wciąż przystosowywały się do nowej sytuacji, Suzanna słyszała ich ruchy i jęczenie, i mogła ich również wyczuć, od zapachu, który później mogła rozpoznać wszędzie.

Mała dziewczynka Kasia i jej siostra znajdowały się w pobliżu

Suzanny, która stała blisko swojej matki. Wystarczająco blisko, aby usłyszeć, jak mama zaczyna mówić — Uważajcie — ale jej wargi, gardło i język były zbyt suche, aby wypowiedzieć jakiekolwiek prawdziwe słowa.

Suzanna słyszała każdy rozkaz warczących żołnierzy, każdy szloch, gwałtowny wdech i szept stłumiony pragnieniem, nadchodzące ze strony zesłańców, i obserwowała ich twarze nabierające ostrości: setki mężczyzn, kobiet i dzieci wychodzących z wagonów, przemokniętych, umorusanych i osłabionych, zastanawiających się, tak jak ona, co ich czekało.

Jej myśli, choć nie rozumiała dlaczego, powędrowały do Helenki. — Nigdy nie kupiłam tych czekoladek, które jej obiecałam — pomyślała Suzanna i prawie natychmiast samą siebie skarciła: — Nie wolno myśleć o słodyczach. Nie wolno myśleć o domu. — Czułość Helenki należała do przeszłości, którą można by czule wspominać, lecz nie w tym momencie. Kieszenie dziadka Hermanna nie miały być już źródłem cukierków lub monet; jego szorstkie lecz łagodne ręce piekarza nie miały już trzymać dłoni Suzanny. Miało już nie być przejażdżek bryczką, ani niedzielnych kolacji, ani ciepłych bochenków chleba. Świeżej pościeli z wprasowanymi w nią zapachami słońca i górskiego powietrza. Czystych i ładnych sukienek. Lekcji fortepianu z Madame Camillią, która pachniała jak lawenda i która utrzymywała perfekcyjną posturę. Spacerów z koleżankami i ich starszymi siostrami nad rzekę lub do Studni Trzech Braci, lub do fontanny na Rynku. Rodzinnych wizyt lub wyjazdów, kuzynowskich tajemnic, słodkiego uczucia, które przechodziło ją, kiedy śmiała się głośno z kimś bliskim. Cieszyna, miasta jej urodzenia, już nie było, a dom był tylko wspomnieniem, podlegającym erozji i, ostatecznie, utracie.

Suzanna spędziła ostatnie dziesięć miesięcy myśląc o wszystkim, co znała, a czego teraz już nie było. Najważniejszą rzeczą, która została zniszczona, było jej poczucie przynależności do dużej i zawsze obecnej rodziny, której miłość podtrzymywała ją na duchu. Te myśli zachowywała dla siebie, ślubując, że nigdy o nich nikomu nie powie. Rozumiała, dlaczego ważniejsze było to, by myśleć jedynie o swoich następnych krokach, z każdą nową godziną. Niebezpieczeństwo, wszechobecne niebezpieczeństwo komplikowało nawet najmniejsze zadanie. Po tym wszystkim, tak, później... otoczy ją cała rodzina, codzienność stanie się znowu spokojna, a ona będzie cieszyć się życiem. — Będzie jakieś „później" — pomyślała, wciskając stopy w ziemię. Ktoś powiedział słowo „tajga", i Suzanna zdała sobie sprawę, że stoi na tym niemal nieskończonym, zalesionym terenie, który widziała kiedyś na mapie w szkole. Przypomniała sobie, jak uczyli się o gęstym, borealnym rosyjskim lesie, największej tajdze na świecie, która rozciągnęła się przez prawie 6000 kilometrów od Oceanu Spokojnego za Ural.

W swoim zmęczeniu Suzanna powtarzała sylaby: tajga, tajga, tajga, i zanim się spostrzegła, w jej głowie rozlała się melodia. Jeden z mazurków Chopina. — Jeśli skrzypce są instrumentem najbardziej zbliżonym do ludzkiego głosu — lubiła mówić Madame Camillia — to fortepian oddaje dźwięk wody. — A Chopin—ach, on był naprawdę kompozytorem deszczu. — Jej nauczycielka fortepianu miała na myśli opady deszczu w Polsce, zrozumiała w tej chwili Suzanna, uderzając czubkami butów w ziemię i odtwarzając melodię w swojej głowie. Madame Camillia z pewnością myślała o kroplach deszczu—na bruku i na dachach, na drzewach i na powierzchni rzek. Te wilgotne nuty nokturnów były jak deszcz, który słyszy się w nocy, kiedy okna są otwarte, i Suzanna rozmarzyła się, myśląc o wszystkich wspaniałych utworach, których mogła pewnego dnia się nauczyć. Rozejrzała się dookoła, ale nie spostrzegła żadnych budynków, nic, prócz wydeptanej ścieżki na tle krajobrazu, który połykał deszcz swoją wielką, suchą paszczą. Jakże tęskniła za górskim powietrzem w domu, za letnimi deszczami, burzami, a nawet przemaczającymi do suchej nitki ulewami.

～

KIEDY OCZY SUZANNY PRZYZWYCZAIŁY SIĘ do bycia na zewnątrz, zobaczyła, gdzie stała. Mama i Piotr byli za nią. Ona, jej matka, i jej brat, i wszyscy inni z pociągu, stali na kompletnym odludziu: po ciemnej stronie księżyca, jak ktoś to później nazwał. Otaczały ich mroczne lasy. Poczuła sosnowy zapach cienia, taki, który zapowiadał obecność grzybów.

Jeden z sowieckich mężczyzn nakazał wszystkim usiąść. — Przyjedzie po was transport — ogłosił żołnierz. Kiedy ktoś zapytał, kiedy, odpowiedział obojętnym głosem. — Jutro lub pojutrze. — Był całkowicie niezainteresowany zesłańcami. Suzanna zastanawiała się, jakie było do tej pory jego życie, czy była w nim jakakolwiek życzliwość. A jeśli miał dzieci, czy nie troszczył się o nie? Jak można było mieć dzieci i stać się osobą, która nie płacze, kiedy głoduje niemowlę, lub kiedy ono umiera, lub gdy jego matkę wygina rozpacz?

Ludzie z pociągu ścisnęli się tak, jakby nadal byli zamknięci wewnątrz wagonów. — Nie jesteśmy już uchodźcami — powiedziała do siebie Suzanna, przypominając sobie, w jaki sposób jeszcze przed tą koszmarną podróżą pociągiem ludzie wyrażali się o niej, jej rodzinie, i wszystkich innych Żydach, którzy uciekli z Niemiec, Austrii, Czechosłowacji i Polski. W radiu, w gazetach—zanim naziści lub Sowieci przejęli to, co było transmitowane lub drukowane, wiadomości dotyczyły często „problemu uchodźców", odnosząc się do Żydów, którzy zostali zmuszeni do ucieczki z hitlerowskich Niemiec lub terytoriów nowo okupowanych przez nazistów. Ale teraz byli zesłańcami, bez schronienia, pozbawionymi przystani, stojącymi pod niekończącym się niebem, a jedynym źródłem ich światła były gwiazdy i blask księżyca przebijający się przez chmury. Wzięła Mamę za rękę. Suzanna wiedziała, że jej matka już przeanalizowała ich otoczenie i teraz dyskretnie wyliczała, co może się teraz wydarzyć. Obserwowała swoją matkę przez długi czas, przyglądając się, jak radziła sobie ona ze stałym napływem obcych ludzi i dziwnymi, często okropnymi rozmowami przeprowadzanymi z nimi. Suzanna próbowała zapamiętać, jak się zachowywać, kiedy dorośli wokół ciebie zachowywali się z okrucieństwem, lub w sposób, którego nie mogłaś wyjaśnić. Czyli tak, jak wszyscy żołnierze—z których większość była dorosłymi mężczyznami, choć niektórzy nie byli dużo starsi od Piotra—zachowywali się podczas podróży pociągiem do tego miejsca.

W Cieszynie, rodzice Suzanny byli najważniejszymi ludźmi, jakich znała. Tata odpowiadał za fabrykę i za mężczyzn, którzy w niej pracowali. Mama była odpowiedzialna za dom, rodzinę, dzieci i psa, a nawet innych dorosłych, takich jak Helenka, jej siostrzeniec Kazimierz, i inni ludzie, którzy pracowali w ich domostwie. Jej rodzice uczyli wszystkich, co robić i jak, i ludzie tak robili. Ale tutaj, w świecie wojny, Suzanna widziała, jak jej rodzice tracą wszystko. Oprócz aresztowania i uwięzienia ojca, koniec ich wolności był największą z ich strat.

Mama i Tata tego nie zauważyli, ale Suzanna zerkała spod kołdry, kiedy jej ojciec ubierał się w noc, w którą aresztowali go żołnierze. Widziała sposób, w jaki strach sprawił, że jego twarz wyglądała równocześnie na zdecydowaną i przegraną. Słyszała, jak Mama płakała w poduszkę długo po tym wydarzeniu. I uważnie obserwowała, kiedy jej matka odpowiadała innym dorosłym—żołnierzom i partyjnym urzędnikom—patrząc w podłogę, podczas gdy ci szorstcy Sowieci mówili jej, co ma robić. Nigdy o tym nie rozmawiały, ale Suzanna wiedziała, że Mama grała wtedy pewną rolę. Zrozumiała też, że umiejętność udawania, którą posiadała jej matka, miała ich w przyszłości chronić. Jej ojciec, trzymany we lwowskim więzieniu, zapewne odpowiadał tym samym ludziom w ten sam sposób. Te przedstawienia dezorientowały Suzannę, więc milczała—ta dziewczyna, która słuchała i obserwowała, i rozważnie myślała o swoich słowach i tonie.

Pilnujący ich mężczyźni mówili po rosyjsku. Nosili broń. Niektórzy mieli psy: nie małe, przyjazne psy, takie jak Helmut, ale duże, głodne psy, które szczekały, pokazując swoje wielkie, ostre zęby.

Większość tych mężczyzn była zaniedbana, ich mundury prosiły się o naprawę, i wielu pachniało wódką i wilgotną wełną.

— Nie oceniaj ludzi, którzy mają mniej — mówili zawsze dziadkowie Suzanny. Więc mimo tego, że żołnierze byli prostaccy i brudni, pomimo że nie szanowali jej matki lub innych dorosłych zesłańców, którzy w większości byli od nich starsi, mimo że byli milsi dla swoich agresywnych psów niż dla ludzi, Suzanna starała się nimi nie pogardzać. Poza tym, jak stwierdził Piotr, to ci, którzy nie cuchnęli—noszący wyprasowane spodnie i płaszcze z błyszczącymi guzikami; ci, którzy palili drogie, wcześniej skręcone papierosy— byli najgroźniejsi.

Brat Suzanny stał się mężczyzną z dnia na noc. Miał teraz swoje opinie—o wojnie, o wojsku, hitlerowcach i komunistach, i o dwóch mężczyznach, o których wszyscy zawsze rozmawiali, Adolfie Hitlerze i Józefie Stalinie. Kiedy Piotr mówił, jego głos był gorący, jego ręce gestykulowały w powietrzu. Brzmiał prawie jak ich ojciec, kiedy Tata i wujek Ernst rozmawiali o interesach lub o polityce po kolacji. Oboje mężczyźni palili cygara i pili brandy w gabinecie. Mama i Ciocia Greta siedziały w salonie, sącząc sherry z maleńkich kieliszków, z Helmutem zwiniętym w kłębek na małej poduszce przed kominkiem. W takie wieczory Suzanna grała na fortepianie. Piotr przeglądał atlasy lub fotografie odległych miejsc, coś, co często robił z babcią Ernestyną. Siadali razem na głębokich poduszkach jej kanapy w sobotnie wieczory i niedzielne popołudnia. Suzanna często głaskała miękką tkaninę szalu babci. Piotr kochał zdjęcia mostów i wielkich, szerokich rzek i ośnieżonych gór. Teraz, jej brat chciał być żołnierzem, jak kiedyś Tata. Ale ich rodzice nie pozwolili mu na wstąpienie do wojska śladem wujka Arnolda, albo ucieczkę z warszawską Armią Krajową, której podejmowali się inni młodzi mężczyźni. Któregoś poranka, Tata wziął go na bok i porozmawiał z nim, surowym głosem i z poważną miną. — Musisz opiekować się swoją siostrą i matką — wyjaśnił Tata.

Suzanna wcisnęła stopy w ziemię. Wyprostowała plecy i powoli wdychała chłodne nocne powietrze przesiąknięte sosną. Co w tej chwili myślał jej brat? Czy, tak jak ona, sporządzał właśnie w swojej głowie listę wszystkich rzeczy, o których musiał starać się nie pamiętać? Stał po drugiej stronie ich matki. Był wysoki i szczupły, jak gdyby wyrzeźbiony z jednego długiego, twardego mięśnia. Zarys brody przyciemniał jego twarz, ukształtowaną odrobiną mocniejszych rysów Mamy i złagodzoną szerokim uśmiechem po Tacie, a w nim zaproszeniem do śmiechu i cieszenia się chwilą, uśmiechem, który ojciec nosił na twarzy przed wojną, zanim nerwy zmarszczyły jego brwi i usta w wyraz stałej ostrożności. Piotr obserwował żołnierzy spod krawędzi swojej czapki, gburowatych mężczyzn noszących broń, spluwających pomiędzy słowami, które wykrzykiwali. Ze sposobu, w jaki zmarszczone były jego brwi, można było powiedzieć, że był wyraźnie zaniepokojony tym, co miało stać się dalej. Obserwował żołnierzy i, tak jak Suzanna, starał się przewidzieć to, co było nieuchronne w ich bliskiej choć niepewnej przyszłości: dalszy głód i pragnienie, większy dyskomfort, brutalne traktowanie, brak ochrony przed żywiołami. Śmierć z pewnością odwiedziłaby tę grupę spowieranych i nieszczęśliwych ludzi, do której Suzanna należała teraz wraz ze swoją najbliższą rodziną. I zauważyła wtedy posępnie, że gdyby byli gdziekolwiek indziej, chichotałaby na widok wyrazu twarzy jej brata i mówiła mu, że wygląda jak głuptas. Ale tutaj nie było—i nigdy nie miało być—niczego, co można uważać za śmieszne. Jak bardzo Suzanna pragnęła śmiać się ponownie, czuć się wolna i wystarczająco bezpieczna, aby móc żartować, wystarczająco lekka, aby się uśmiechnąć.

— Żołnierze mówią o transporcie — podszepnął Piotr.

Był pierwszym z nich, który zaczął rozumieć i mówić po rosyjsku. Ta językowa zdolność miała przyczynić się kiedyś do ich przetrwania.

Mama ścisnęła rękę Suzanny. Suzanna odpowiedziała ściskając

dłoń Mamy. Był to rodzaj komunikacji, którego często używała jako mała dziewczynka, choć stojąc tutaj w ciemności pośrodku rosyjskiego pustkowia czuła się znacznie starsza niż jej czternaście lat.

Lekki powiew wiatru przyniósł nagle owocowy zapach, przypominający Suzannie o lasach w domu. W jej głowie rozkwitło wspomnienie ostatniego festynu, który odwiedziła razem z rodzicami i bratem. Byli w Cieszynie. To był czerwiec, już bez kwiatów magnolii, z powoli więdnącymi bzami. Wojna jeszcze się nie rozpoczęła.

Piotr również uczestniczył w przyjęciu. Ubrany w garnitur i krawat, wyglądał bardzo przystojnie, bardziej dojrzale niż siedemnastolatek. Dziewczęta w jego wieku rumieniły się czarująco, ilekroć z nimi rozmawiał. Suzanna miała na sobie nowiutką białą bluzkę i długą spódnicę, zaciśniętą w pasie. Jej matka pozwoliła jej użyć trochę Vol de Nuit Guerlaina za jej uchem. Perfumy mieszały się z wilgotnym powietrzem wczesnego górskiego lata, i zapach ten był czymś, za czym nie spodziewała się, że będzie tak tęsknić. Jej włosy były zaplecione w dwa warkocze. Starszy chłopiec o imieniu Fritz uśmiechnął się do niej z drugiego końca pokoju, a kiedy Suzanna zauważyła go, przebiegła palcami po złotej bransoletce na swoim nadgarstku, i poczuła się bardzo ładna. Bransoletka była prezentem od ciotecznej babci Laury. Jej pudełko było wypełnione bladoróżową bibułą.

Suzanna dotknęła swojego nadgarstka, przypominając sobie przyjęcie. Szkoła niedawno się wtedy skończyła, i choć wszyscy mówili, że Niemcy to, a Czesi tamto, że Polska nigdy nie upadnie, Suzanna marzyła o rzeczach, które teraz wydawały jej się absurdalne: o letniej wycieczce w góry; o recitalu, który planowała Madame Camillia; o tym chłopcu, Fritzu; o robieniu wiśniowego dżemu i wiśniowych naleśników zwanych palaczinkami razem z Helenką; o weekendach spędzanych na pomaganiu dziadkowi Hermannowi w piekarni. Teraz jej włosy były krótkie i nosiła spodnie i zbyt duże ubrania, które na nią nie pasowały. Jedyną muzyką, którą usłyszała, były melodie, które przywoływała w swojej głowie. Zastanawiała się, czy kiedykolwiek ponownie otworzyłaby pudełko lub rozpakowała prezent zawinięty w bibułę. Takie drobiazgi wydawały się teraz tak nieosiągalne, jakby były niezwykłym luksusem... a przecież był to kiedyś normalny stan rzeczy. Suzanna nie odważyła się przypomnieć sobie o tym, jak wspaniale smakował dżem w palaczinkach Helenki lub rozsmarowany na ciepłym chlebie Dziadka Hermanna, lub o maśle, które dziadek lubił kupować u znajomego rolnika. Od wspomnienia tych prostych przyjemności łzy napłynęły do jej oczu tej pierwszej mrocznej nocy na rosyjskim odludziu. Żadnych ścian— jedynie sylwetki zesłańców, ściśnięte razem tak ciasno, że drżeli oni jak jedno wielkie ciało. Żadnej podłogi—tylko ziemia. Żadnego dachu—jedynie wielki baldachim niezliczonych gwiazd na najciemniejszym niebie. Żadnych łóżek, poduszek, zegarów, chleba.

Nie wiedziała, która była godzina, ani jaki dzień dokładnie. Znała porę roku, i pamiętała, że niedługo miał nadejść koniec lata. W ich dawnym życiu oznaczało to powrót do szkoły. Ale także święta. Suzanna pomyślała o tym, w jaki sposób mierzono czas w jej rodzinie: wszystko rozpoczynało się jesienią, kiedy witali nowy rok. Zawsze czekała z niecierpliwością na Rosz Haszana, na rodzinny spacer nad rzeką i opróżnianie kieszeni do wody. Potem Dziadek Hermann zawsze zabierał ją do piekarni, gdzie piekli okrągłe bochenki chałki. Nie chciała myśleć o tym, jak słodki był miód na chlebie i na jabłkach—taka myśl mogłaby wywołać zbyt mocną tęsknotę. Suzanna pomyślała zatem zamiast tego o ukojeniu, którą znaleźć można było w podniosłej melodii Kol Nidre w czasie nabożeństwa w Jom Kippur. Zimą nie mogła się doczekać, aby rozpalić świece menory w Chanukę. Ale z wszystkich świąt obchodzonych przez jej ludzi i rodzinę, Suzanna najbardziej kochała wspaniałe uroczystości Pesach na wiosnę.

Przypomniała sobie o jednym sederze w szczególności. Musiało to być po śmierci wujka Arturo, kiedy Ciotka Elsa i jej dzieci, Maddalena i Corrado, przyjechali do Cieszyna na święta. Zadaniem

Suzanny było doglądanie, ażeby w szufladach nie zostało ani trochę chamecu, co robiła z największą powagą. Maddalenie zostały przydzielone szafki. Suzanna uwielbiała tę starszą dziewczynę, marząc o tym, by mieć ją za siostrę. Obie dziewczyny pracowały razem w kuchni, rozmawiając po cichu o stylach sukienek, kinie i muzyce.

Mama i Ciocia Elsa otworzyły wszystkie okna, aby wpuścić do środka świeże wiosenne powietrze. Zapakowały w tobołki pościel i ubrania, które miały zostać ofiarowane na cele charytatywne. Piotr i Corrado byli odpowiedzialni za polerowanie zimowych butów, które wszyscy mieli nadzieję wkrótce schować i zastąpić wiosennym obuwiem. Juliusz z półki w szafie wydobył pudełko Hagad. Suzanna i Maddalena nakryły stół, który zawierał prawidłowo poskładane serwetki, rozkładając na nim stołowe srebra i Hagady.

I jedzenie: aromatyczny zapach pieczącej się jagnięciny. Ziemniaczany kugel, specjalność Babci Ernestyny. Robienie macy z Dziadkiem Hermannem i Wujkiem Arnoldem. Tamtego roku przyjechał również Wujek Hans. Nie czekał ani przez chwilę, aby zakasać rękawy i pomóc w przygotowaniu jabłek, które należało posiekać z orzechami włoskimi i suszonymi figami na charoset. Mieszanka ta została ułożona na talerzu sederowym z pozostałymi pięcioma tradycyjnymi potrawami—marorem, pieczonym jajkiem, karpasem, chazeretem i kością. Ten ostatni element Tata zawsze nabywał w sklepie rzeźniczym Jacoba Zehnguta.

Wspomnienia Suzanny przerwał krótki, ale gwałtowny szmer dochodzący zza drzew otaczających porębę, na której znajdowali się zesłańcy. Jak na zawołanie, zesłańcy zareagowali na leśny odgłos zdławionymi szeptami, zaniemówieniem, szmerami. Równie szybko zamilkli, w momencie opróżnionym, jak mogło się wydawać, z własnego oddechu. Suzanną zawładnęła tęsknota za jej ojcem. Martwiła się, że nigdy ponownie nie poczuje leśnego zapachu jego wody kolońskiej Fougère Royale, nigdy nie zobaczy jego modnej, choć często przekrzywionej muszki, albo nawet jego przepaski na oku, która wzbudzała niekończące się pytania, kiedy była małym dzieckiem.

— Dlaczego nosisz tę opaskę? — zapytała, kiedy miała około ośmiu lub dziewięciu lat.

Zamiast odpowiedzieć zagadką lub żartem, aby wykręcić się od pytania—jak to zwykle zrobił—jej ojciec odpowiedział zwyczajnie.

— Straciłem oko. Pokazywanie tej części mojej twarzy zmuszałoby innych na patrzenie na coś nieprzyjemnego. A to mogłoby przeszkodzić im w zobaczeniu tego, kim naprawdę jestem.

Suzanna żałowała, że nigdy nie zobaczyła twarzy ojca bez tej opaski, nawet raz. Powiedziałaby mu, że był kimś więcej niż człowiekiem, który stracił oko. Gdyby Tata była teraz tutaj, czułaby się bezpieczniej. Może nawet sprawiłby, że uśmiechnęłaby się. Mama nie musiałaby wszystkiego pilnować. Piotr nie marszczyłby swoich brwi. Ale ojca tu nie było. Suzanna nie mogła myśleć teraz o nim, ponieważ pustka spowodowana jego nieobecnością mogła spowodować, że osunęłaby się na ziemię. Kiedy żołnierze sowieccy przyszli i go zabrali, była bardziej przerażona niż w dniu, kiedy pierwsze bomby spadły na Warszawę. Odgłos tych czerwonoarmiejców wzywających imię jej ojca był tak samo zatrważający jak chowanie się w piwnicy, kiedy przyszli hitlerowcy, pobili pana Kosińskiego i zniszczyli wszystkie filiżanki jego żony.

Wrażenia ostatnich dziesięciu miesięcy zmieszały się w jej głowie: Kulenie się w piwnicy Hotelu Angielskiego w Warszawie i zepsuty zapach strachu, podczas gdy na zewnątrz wybuchały bomby a cząstki pyłu wibrowały w przestrzeniach pomiędzy ścianami i filarami. Pożegnania z ludźmi, o których wiedziała na pewno, że nigdy więcej ich nie zobaczy—z Helenką, której próby ukrywania łez były niezwykle subtelne, ale Suzannie wydawały się jak zbliżenie na filmowym ekranie; z Ciocią Gretą, której usta stale kurczyły się w jęk płaczu; z Wujkiem Ernstem, który nosił tę samą koszulę i krawat przez pięć dni; z Babcią Ernestyną, która stała się tak chuda i wyciszona.

Suzanna przypomniała sobie mały pokój w Lwowie, gdzie ona, jej matka i babcia zajmowały się szyciem przy słabym świetle dochodzącym z małego okna. To w tym pokoju widziała Tatę po raz ostatni, oglądając go z ukrycia, kiedy żegnał się z jej matką. Każda z tych chwil wydawała się przesiąknięta niedowierzaniem i przeczuciem katastrofy. Widziała siebie wyraźnie, jak siedzi na wozie w drodze do Lublina, obserwując, jak jej ojciec przykłada chusteczkę do swojego karku. Elegancja, a jednocześnie rezygnacja w jego geście sprawiły, że Suzanna poczuła się słaba. Kiedy była jeszcze małą dziewczynką i nadal podnosił ją na ręce, lubiła wyciągać złożoną chusteczkę z kieszeni na piersi jego marynarki, kiedy wydawało jej się, że nie patrzy. Ale zauważył to zawsze i kiedy udawał zagniewanie, Suzanna chichotała.

Kiedy była mała, Suzanna płakała, gdy jej ojciec wyjeżdżał do pracy—a wyjeżdżał często—do Warszawy, Lwowa, Krakowa, Pragi, Wiednia, czasami do Paryża czy Londynu. Ale zawsze, kiedy wracał, przywoził ze sobą małą błyskotkę albo coś słodkiego, lub nową zabawkę. Po upomnieniach Mamy, aby przestała płakać, i radzie Helenki, aby zamiast tego próbowała zgadnąć, jaki podarunek Tata przywiezie, łzy Suzanny ustawały. Ale bólu jego braku nigdy udało się stłumić. Z wiekiem, jej prezenty od Taty stały się kapeluszami lub rękawiczkami, lub pięknymi wstążkami do włosów. Ukrywał te podarunki w swojej walizce i kiedy tylko przybył do domu, otwierał ją i rozpoczynał jej rozpakowywanie, podczas gdy Suzanna stała w drzwiach sypialni rodziców, przyglądając mu się.

— Ojej — mówił wtedy — Zapomniałem przywieźć prezentu dla mojej małej Suzi. Co według ciebie powinienem zrobić?

— Oj tato, chyba bardzo się starzejesz, jeśli tak zapominasz — odpowiadała Suzanna.

Udawał wtedy, że jest wiekowym podróżnikiem, który nie pamiętał nawet swojego własnego imienia. A Suzanna zawsze wybuchała śmiechem.

Juliusz zaczął grzebać w torbie: — Gdzie jest moja kanapka? — powiedział, jakby miał ją w walizce, a Suzanna śmiała się coraz bardziej. — Aha, znalazłem ogórka! — po czym odwracał się, szarmancko pochylony, i wręczał córce jej podarunek—zakupiony, zapakowany i zawinięty w mieście, z którego właśnie wrócił.

— Rozpieszczasz ją, Julek — powiedziała kiedyś Mama.

— Finka, dziecko powinno być rozpieszczane — odparł Tata. — Powinno cieszyć się swoim życiem.

Suzanna usiadła na twardej ziemi, trzymając rękę matki. Nie było widać żadnego pociągu, który miałby ich zabrać w inne miejsce, ani nawet zatłoczonych ciężarówek czy konnych wozów. Nadszedł czas, aby porzucić wszystkie ukochane wspomnienia, iść krok po kroku, słuchać matki, i przyglądać się światu tak, jak robili to Mama i Piotr, w równej mierze z nieufnością, lękiem, i ciekawością. — Cieszyć się życiem — pomyślała Suzanna—to przyszłoby później. Musiało.

O świcie na ponury kłąb zesłańców spadł lekki deszcz, czysty i chłodny. Józefina wydobyła z plecaka małą puszkę i wystawiła ją, aby zebrać wodę deszczową. Odchyliła głowę do tyłu, podniosła twarz w kierunku nieba i przetarła swoją skórę, aż poczuła się w miarę czysta. Jej dzieci zrobiły to samo.

— Nikt nie przyjedzie — odezwał się mężczyzna. — Umrzemy z głodu. Zapomną o nas. Umrzemy i zgnijemy dokładnie w tym miejscu. — Był człowiekiem wychudzonym—niewola wyniszczyła wszystkich mężczyzn. Różnice w ich szczupłości sugerowały długość i rodzaj więzienia, które musieli przetrwać przed załadowaniem do pociągów. Po wojnie, rozmawianie o tym, jak zesłańcy byli ładowani do krytych wagonów, jakby nie byli lepsi od świń czy krów, miało stać się truizmem. Ale w tamtym czasie, takie traktowanie było czymś obcym dla ludzi, którzy właśnie przybyli do Związku Radzieckiego.

Mężczyzna, który przemawiał, stracił przedni ząb, a przez jego twarz przebiegały drgawki. W pierwszych dniach w wagonie opowiadał on wielokrotnie, jak doszło do jego oszpecenia. — To człowiek z NKWD mnie aresztował — zaczął. — Pobił mnie i wybił mi zęba. — Opisał wielką dłoń tego człowieka, ozdobioną tatuażami i ciężkim sygnetem, który odebrał innemu więźniowi. I zbieg okoliczności, który sprawił, że metalowa część tej skradzionej biżuterii spotkała się z jego zębem—a także dźwięk, jaki wydała...

Nazywał się Herr Auerbach. To Józefina poprosiła go, aby był tak miły, aby przestać powtarzać tę historię, czy nie widział, że trwoży dzieci? Złagodniał wtedy, prawie do łez. Potem powiedział Józefinie o tym, że był z Krakowa, o jego żonie, córce rebego, ale szczegóły ich rozmowy teraz jej umykały. — Poza tym, takie rzeczy nie są już ważne — pomyślała Józefina.

— O, Panie, uratuj nas, proszę — wykrzyknęła kobieta. — Co ja zrobiłam, mój Boże, aby umrzeć tutaj na tym odludziu?

Józefina spojrzała na dzieci. Piotr wpatrywał się w ziemię, aby ukryć niesmak, który na jego twarzy wywołał wybuch kobiety. Nie tolerował już tego, co nazywał pokazami przesadności. Suzanna gasiła swoje pragnienie—otwarte usta, twarz odchylona ku niebu, oczy zamknięte. W normalnych warunkach, Józefina nie pochwaliłaby takiego zachowania, ale biorąc pod uwagę okoliczności, postanowiła to odpuścić. W tym momencie, jawna irytacja jej syna i łapanie deszczu rozdziawionymi ustami przez jej córkę były po prostu nowymi metodami istnienia w świecie, w którym dobre obyczaje zostały zastąpione barbarzyństwem wojny.

Spojrzała na Herr Auerbacha, a potem na lamentującą kobietę.

Józefina zatęskniła nagle za swoim Julkiem, bólem tak głębokim, że myślała, że może zapaść się w nicość, tutaj na miejscu, wraz z lipcowym pyłem i jego zapachem mokrego deszczu, gdzieś bardzo daleko od domu. — Nie — powiedziała sobie — nie możesz się temu poddać. — I tak właśnie Józefina Kohn zamknęła na klucz wszystkie wspomnienia tego, co było kiedyś jej domem, i wyrzekła się wszelkiego komfortu, który takie myśli mogły przynosić. Dopóki nic się nie zmieni, powiedziała sobie, nie mogła sobie pozwolić na sentyment związany z czymś, czego już nie było. To oznaczało, że zatraciła również Juliusza, że jego śmiech i czuła niezawodność i bezwarunkowa dobroć również zginęły. Wszystkim, co miało znaczenie było to, gdzie dokładnie się znajdowała, i co musiała zrobić, aby sama przeżyć i utrzymać przy życiu dzieci, z godziny na godzinę.

— Zamiast pogarszać sytuację, powinien pan zbierać deszcz do picia — powiedziała Józefina do Herr Auerbacha. — Kto wie, kiedy znowu dostaniemy wodę. — Celowo nie wspomniała o żywności, która, co było jasne, nie była do nich w drodze.

W tym momencie wszyscy zesłańcy odwrócili głowy i spojrzeli na nią. Albo, jak przypominała sobie później, na wskroś przez nią. Wszystko, czego chciała, to ich nie widzieć. Ich oczy były już zapadnięte, a usta posępnie wykrzywione. Miała nadzieję, że jej twarz nie wyglądała tak, jak ich, ale wątpiła, że mogła wyglądać inaczej. Rozpoczęła się zbiorowa akcja, poszukiwanie czegoś, w co można było złapać lekko padający deszcz. Nie wszyscy mieli puszki, ale każdy miał coś—mały talerz lub miskę, złożone dłonie—a ci, którzy posiadali naczynia, ułożyli je na twardym podłożu, na którym siedzieli, zaniedbani, wyczerpani, bezradni, nieobecni, i prawie pozbawieni nadziei. Ich twarze odwróciły się ku niebu.

Kiedy w końcu przyjechały ciężarówki, zesłańcy zdążyli już pochować pięć osób. — Pochówek — pomyślał Piotr — nie był właściwym słowem, ponieważ nie mieli łopat i nie mogli wykopać żadnych grobów. Poczuł nagle silną tęsknotę za swoją babcią Ernestyną i ich regularnymi pielgrzymkami na cmentarz żydowski przy ulicy Hażlaskiej w Cieszynie. Tam pochowani byli jego pradziadkowie, Sigmund i Charlotte Kohn. Tam, Ernestyna nadzorowała porządki wokół nagrobków tych pracowitych, zamożnych i dobroczynnych

Kohnów. „Sigmund" — to było drugie imię Piotra, którego później czasem używał jako swojego pierwszego imienia, pisanego po polsku—Zygmunt. Za każdym razem, kiedy je pisał, Piotr był dumny, pamiętając swojego prawego pradziadka, człowieka, który pozostawił spuściznę nie tylko swojej rodzinie, ale również wspólnocie.

— Był dobrym człowiekiem, dobrym teściem — powiedziała wnukowi Ernestyna. — Uczciwym i szanowanym. Zapracował na to, aby móc oczekiwać wiele od swoich dzieci. — Nie była kobietą wielomówną. Kiedy mówiła, ci, którzy ją znali słuchali z uwagą. We Lwowie pod koniec przestała mówić w ogóle. W głowie Piotra, babka wkroczyła w długi okres całkowitej ciszy. Co mogła teraz robić pod opieką sióstr w Brzuchowicach, gdzie ją zostawili? Czy jadła ciepłe posiłki i spała w czystej pościeli? Był pewien, że nigdy jej już nie zobaczy. Dlaczego nigdy nie pomyślał, aby zapytać ją, jak spędziła dzieciństwo? Albo jak spotkała jego dziadka, Emericha, który wymawiał kadisz każdego roku nad grobem nestora rodziny?

To nie był cmentarz. Nie było tu obrzędów, całunów, trumien, żadnych nagrobków. Śmierć znaczyła na tej ziemi śmierć, rodzaj nieludzkiego, zwierzęcego końca. Połączenie ciężkiej nędzy i zdelegalizowania religii wywoływało prymitywne zachowania. Ciała zmarłych zostały pozbawione wszelkiego okrycia o jakiejkolwiek wartości i pokryte garściami brudu wygrzebanymi z ziemi gołymi rękami. Piotr pomógł pokryć zmarłych najlepiej, jak potrafił. Stał obok i wysłuchiwał, jak jego więzienni towarzysze wymawiali swoje krótkie modlitwy po polsku, ukraińsku, jidysz, hebrajsku. Podobnie jak Sowieci, trzymający ich w niewoli, Śmierć wszędzie im towarzyszyła i nie dyskryminowała. Niemowlęta, które znajdowały się w wagonie od początku podróży, nie przetrwały. Ich małe ciałka zostały wyrzucone z pociągu; twarze ich matek wykrzywione bolęścią. To było tak, jakby te kobiety były z popiołu, myślał Piotr, a gdyby potrzeć ich zarys, rozpadłyby się.

— Kto umrze następny? — zastanawiał się.

Spojrzał na ludzi, z którymi podróżował przez te ostatnie dwa tygodnie: dziadków, ludzi młodych, jak on i Suzi, ale głównie mężczyzn i kobiet, którzy byli w wieku ich rodziców. Chłopi i miastowi, rolnicy, nauczyciele, kupcy, pielęgniarka, rabin i ksiądz, członkowie rodziny ludzi, którzy zostali aresztowani za wszelkiego rodzaju wykroczenia, wszelkiego rodzaju narodowości i wiary, wszyscy zjednoczeni pod etykietą „wróg państwa sowieckiego". W wagonie niektórzy modlili się; inni milczeli; wielu rzadko się odzywało; inni gadali i czasami krzyczeli. Wielu nie spało; jeden lub dwóch chrapało; inni płakali przez koszmary tylko po to, aby odkryć, że życie na jawie było gorsze od jakichkolwiek nocnych wyobrażeń.

Razem wycierpieli upokorzenia zesłania: zatłoczony wagon, brak powietrza, brak prywatności, solone ryby podawane przez żołnierzy, które wywoływały pragnienie, którego intensywność trudno jest sobie wyobrazić. Razem słuchali płaczu niemowląt, a potem wycia matek, kiedy ich dzieci umilkły. Razem czuli odór śmierci, która zabrała bardzo młodych, bardzo starych, i nawet kogoś w wieku jego matki. Razem dzielili się zapasami zapakowanymi we wszystkim, co mieli na sobie, napchanymi do kieszeni, rzuconymi im przez obywateli Lwowa tuż przed zamknięciem drzwi wagonu. Razem zrozumieli te małe akty hojności jako makabryczne pożegnanie. Razem mówili sobie nawzajem, że niedługo zostaną uwolnieni, a potem słuchali jak jeden po drugim tracił zmysły i bredził o tym, że wszyscy zginą, zamknięci w tym zapomnianym przez Boga miejscu. Razem milczeli, a potem szlochali. Razem dzielili się szmatą wepchaną w dach wagonu, kiedy nabierała wody deszczowej. Razem cieszyli się powietrzem lub światłem wpadającym przez jedyne maleńkie okienko, okno, przez które na zmianę obserwowali krajobraz przekształcający się w majestatyczną panoramę. Kraina Boga, pomyślał Piotr. Miejsce, które Bóg dotknął jeden raz i nigdy nie wrócił, opuszczając je, pomyślał później.

Żołnierze zapędzili ich do ciężarówek. Niektórzy z zesłańców zostali wysłani do obozów dalej na wschód, ale ciężarówka, w której znaleźli się Piotr i jego rodzina, potoczyła się po koleinach na północ. Przysłuchiwał się rozmawiającym żołnierzom i, po kilku wzmiankach słowa *Mariskaja*, ustalił, że była to nazwa miejsca, w którym się znaleźli. Później Piotr dowiedział się więcej o republice na północnym brzegu Wołgi, którego rdzenni mieszkańcy, ludzie Mari, byli przedmiotem sowieckich prześladowań.

Dziewczynka o imieniu Kasia było nadal z nimi; przykleiła się do Suzanny, która dokładała wszelkich starań, aby utrzymać dziecko w czystości i odwrócić jego uwagę od tego, co działo się dookoła. Siostra Kasi została oddzielona od ich grupy, a ich pożegnanie było tragiczne. Młodsza dziewczynka płakała bez końca, aż jeden z żołnierzy Armii Czerwonej z cuchnącym oddechem przybliżył swoją twarz do Suzanny i powiedział jej, że lepiej, żeby uciszyła tego bachora. Suzanna otuliła dziecko w swoich ramionach i gaworzyła do niej, podczas gdy ciężarówka mijała wysokie drzewa. Każda z tych dziewcząt, zdecydował Piotr, była dzielna na swój własny sposób.

W oddali wyły wilki. Huczały sowy. Uchodźcy podnosili głowy, kiedy zwierzęce odgłosy wybrzmiewały echem w ciemnym lesie, gdzie wznosiły się nad nimi drzewostany świerku, sosny i modrzewia. Przez gęsty baldachim zieleni niebo było ledwo widoczne.

Jechali przez wiele godzin, aż nakazano im wyjść i ponownie czekać na miejscu. Zesłańcy czekali kolejną noc i dzień, aż przyjechały konne wozy. Stare klacze ciągnące wozy zbudowane były z samych kości; ich oczy były zmętnione wyczerpaniem. Gdyby Piotr miał broń, zastrzeliłby je w akcie miłosierdzia. Rozważał nawet próbę przekonania do tego jednego z żołnierzy, młodego człowieka w jego wieku, ale zmienił zdanie, kiedy zobaczył, jak sowieccy mężczyźni przypatrywali się jego siostrze. Trzeba mądrze wybierać swoje potyczki, jak zawsze mówił jego ojciec. Do tej pory Piotr nie rozumiał tak naprawdę znaczenia tego wyrażenia. Było ironią, jak myślał wcześniej, żeby w czasie wojny można było wybierać swoje pole walki. Ale teraz ironia została wyeliminowana z życia. Wszystko było nieskomplikowanie i absurdalnie przerażające.

Wozy toczyły się naprzód, jeszcze dalej w kierunku północnym. Kiedy nadeszła północ, całe tałatajstwo wrogów stanu dotarło do obozowiska pod strażą żołnierzy Armii Czerwonej.

Przyzwyczaicie się

Koniec lipca 1940 roku, maryjski obóz pracy,
Republika Mari El

WAGONY ZATRZYMAŁY SIĘ, poskrzypując. Strażnicy zaczęli krzyczeć, kiedy zesłańcy zbliżyli się do wysokiej drewnianej bramy oddzielającej obóz pracy od lasu. Józefina nagle oprzytomniała, budząc się nie z prawdziwego snu, ale odurzenia spowodowanego zmęczeniem i głodem. Zrobiła bilans swojego otoczenia. Na tablicy nad drzwiami wysokiej bramy napisane były cyrylicą słowa, i Józefina wydedukowała, że były jakimś hasłem o tym, że praca w Związku Radzieckim jest honorem i obowiązkiem. Inni zesłańcy zostali tutaj sprowadzeni na różne sposoby, pilnie strzeżeni: na piechotę, na wozie, w ciężarówkach. Byli tu mężczyźni, kobiety, a nawet kilkoro dzieci, w tym wiele w wieku Kasi lub młodsze. Niektórzy więźniowie wyglądali na oszalałych, inni na będących na skraju upadku. W takim miejscu wszyscy patrzyli na siebie nawzajem. Nawet powietrze wydawało się elektrycznie naładowane nieufnością i napięciem. Najlepszym sposobem przetrwania, rozumowała Józefina, było wyglądanie na silną, nigdy na słabą lub potrzebującą, i bycie przebiegle przedsiębiorczą. Nie chciała jednak zniżyć się do poziomu przestępców, więc postanowiła utrzymać swój kompas moralny tak, aby zawsze wskazywał we właściwym kierunku.

Byli błogosławieni szczęściem; nie każdemu udało się zachować swój dobytek. Józefina nie chciała pozwolić sobie na wierzenie w cuda do czasu, aż przetrwają ten szczególny aspekt wojny. Miała nadzieję, że ich zesłanie było rzeczywiście tylko aspektem, punktem na nieznanej jeszcze osi czasu, którą miała wieńczyć inna egzystencja, rozgrywająca się w czasie pokoju, życie, w którym jej rodzina miała powrócić do znanej sobie egzystencji. Lub przynajmniej czas pokoju, w którym ktoś przyznałby, jak krzywdzącym był fakt, że ona i jej dzieci zostały aresztowane za przestępstwo którego nie tylko nie popełniły, ale o którego istnieniu nawet nie wiedziały. Biorąc pod uwagę rzeczywistość tego, gdzie się znaleźli, cudem było, że i ona i dzieci mieli nadal swoje plecaki, buty, i znoszone, ale mimo to starannie połatane płaszcze. W obszyciach ich ubrań zaszyte były pieniądze. Zegarek, który Juliusz podarował Piotrowi na szesnaste urodziny został schowany w ukrytej kieszeni, którą Józefina doszyła do swojego płaszcza, a jej ślubna obrączka była bezpieczna w jej prawym bucie—dwa artefakty innego życia z jej mężem, którego los pozostawał nieznany. Byli wyczerpani, głodni i przerażeni, ale wolni od chorób. Zaradność Piotra w wagonie złagodziła niewielką część cierpienia wszystkich innych. Opiekowanie się Kasią odwracało uwagę Suzanny od rzeczywistości i przypominało innym, że mimo wszystko można było pozostać człowiekiem. Udało im się czegoś uniknąć, choć Józefina nie była pewna, czego. Jedynym, co mogła robić było bycie przytomną, kiedy musiała być czujna, i spanie, kiedy potrzebowała odpoczynku. Głód otępił jej umysł, którego jasność z trudem utrzymywała.

Po wykonaniu rozkazu opuszczenia ciężarówek, stanęli w środku miejsca, które nazywano zoną, płaszczyzny gołego, płaskiego gruntu, na którym wybudowane były baraki. Szef obozu, potocznie zwanego sowchozem, mówił po rosyjsku; inny mężczyzna tłumaczył to, co mówił, na polski. Sowiecki mężczyzna powtarzał komunistyczną ideologię: Praca była lekarstwem na ich zbrodnie, wyjaśniał im gorliwie, „środkiem do transformacji". Niepracowanie—cóż, jeśli nie chciało się siebie zmienić, takie podejście zostało uznawane za sabotaż i karane. Podczas gdy przemawiał, Józefina badała jego twarz. Jego skóra była zniszczona i nie wyglądał niemiło, pomimo propagandy, której ich poddawał—ich, którzy byli bliscy osunięcia się na ziemię. Wydawał się typem człowieka, któremu można było się przypodobać za pomocą uczciwych środków lub czynów. W przeciwnym razie, rzecz jasna, mógł być rodzajem, który przyjąłby łapówkę. Było równie możliwe, że aresztowałby każdego, kto próbowałby się wkupić w jego łaski, lub kpił z idei, że ktokolwiek miałby być traktowany inaczej. Pomimo wszystkich cnót Związku Radzieckiego, które wychwalał, brzmiał na zmęczonego, co sprawiło, że wydawał się życzliwy, przynajmniej dla Józefiny. Było jednak już trudno rozpoznawać charakter lub intencje obcych. Gdyby był tak życzliwy, wszyscy leżeliby w czystych, szpitalnych łóżkach, powracając do zdrowia po prawie trzech tygodniach na skraju śmierci głodowej. Zamiast tego, tłumaczył zesłańcom— których nazywał zekami, lub więźniami—że mieli trzy dni na odpoczynek przed zgłoszeniem się do pracy.

— A czym będzie wasza praca? — zapytał, i natychmiast odpowiedział samemu sobie na to pytanie. Silniejsi będą pozyskiwać drewno, aby pomóc budować wielki i potężny Związek Sowiecki. Słabsi spośród nich będą ścinali i zbierali krzaki. Wyjaśnił, że zostaną podzieleni na brygady, i że będzie od nich oczekiwane, że wyrobią dzienny przydział o nazwie „normy", oraz że będą odpowiednio karmieni. Czego nie powiedział, rzecz jasna, to to, że prawie nikt nie był w stanie osiągnąć tych norm, co oznaczało, że niemal każdy otrzymywał po 400—500 gramów „chleba" na cały dzień, i bardzo cienką zupę trzy razy dziennie. Dystrybucja żywności, powiedział, była racjonowana na „kotły", a te różniły się między sobą pod względem tego, jak blisko wyrobienia normy ktoś się znalazł. Karne kotły były wydawane tym, którzy nie pracowali zadowalająco i tym samym osłabiali swoją brygadę—nie wspominając już o całym obozie. Kotły te składały się z 285—400 gramów „chleba" i jednego posiłku będącego zupą najgorszej jakości. — Pracujecie, aby jeść — powiedział bezceremonialnie. Mieli pracować od szóstej rano do szóstej wieczorem. Nie wyjaśnił, że będą budzeni o czwartej nad ranem, liczeni przed porannym posiłkiem, zabierani do lasu, zabierani z powrotem do obozu po zachodzie słońca, i ponownie liczeni przed i po wieczornym posiłku. Ale powiedział, jak dobroduszną była decyzja państwa, aby zwolnić ich z pracy, jeśli temperatury spadną poniżej —60°C, lub jeśli będą mieli gorączkę dochodzącą do 39 stopni. Mieli cieszyć się jednym dniem odpoczynku co dziesięć dni, i tego dnia mieli się kąpać, oddawać swoją odzież do dezynfekcji, i uczestniczyć w spotkaniach, na których mieli się uczyć o heroicznym proletariacie. Wszystkie małe dzieci w obozie miały uczęszczać do szkoły. Zakazane było praktykowanie jakiejkolwiek religii i rozmowy o powrocie do domu. Tutaj był ich dom. Maryjski Obwód Autonomiczny. Arktyczny las zwany tajgą. Gdzie komary i pluskwy również głodowały. A wilki czekały. Gdzie pogoda i spartańskie warunki hartowały robotników.

— Ale nie martwcie się — powiedział — przyzwyczaicie się. — Tłumacz dodał: — A jak nie, to umrzecie.

JÓZEFINA ZDAŁA SOBIE SPRAWĘ z tego, jak ważnym było bardzo szybkie zabezpieczenie swojego miejsca w barakach. Musieli zaciekle strzec swoich rzeczy, ponieważ bez zapasów, które udało im się zachować, nie przetrwaliby w tym miejscu. Przyciągnęła dzieci do siebie. Do jej podopiecznych należała teraz Kasia, leżąca w ramionach Suzanny, głodna i wycieńczona.

Piotr był najbardziej biegły w rozumieniu i mówieniu po rosyjsku, więc Józefina wydelegowała mu zadanie porozmawiania z szefem obozu. — Piotr — powiedziała przyciszonym głosem — weź to ze sobą. — Dyskretnie wcisnęła mu w rękę złożony sturublowy banknot, który wcześniej wydobyła z rąbka swojego płaszcza. — Daj mu to — wyszeptała — w zamian za lepsze miejsce do spania. Powiedz mu —

— Nie martw się, Mamo — odpowiedział jej syn. — Wiem, co mam powiedzieć.

Kierownik skończył objaśniać zasady i zaczął się przygotowywać do przydzielenia nowym przybyszom ich miejsc zakwaterowanie w barakach. Piotr zbliżył się do przodu i zajął pierwsze miejsce w kolejce bez przyciągania niczyjej uwagi lub protestu. Józefina obserwowała go, kiedy zwrócił się do mężczyzny. Gdyby byli gdziekolwiek indziej, w bardziej cywilizowanych okolicznościach, mogła czuć olbrzymią dumę, ale teraz obserwowała swojego syna z pustym wyrazem twarzy, odwracając wzrok, aby nie wyglądać na zbyt gorliwą, zbyt oczywistą, zbyt zdesperowaną. Była zadowolona—jej syn przemawiał tak, jak robiłby to jego ojciec, w sposób nierzucający się w oczy, ale zdecydowany, a także uprzejmy. Kiedy szef obozu spojrzał w stronę Józefiny, spojrzała na ziemię, mając nadzieję, że mężczyzna odbierze ją jako osobę skromną. Ale spojrzeli sobie w oczy przez najkrótszą chwilę, a kiedy to zrobili, mężczyzna odwrócił wzrok. Piotr z powodzeniem wynegocjował dla nich lepsze miejsca w barakach.

Lepsze, rzecz jasna, względem warunków niemożliwych do wyobrażenia, ale dla Józefiny, Suzanny, i Kasi, to *lepsze* oznaczało górne łóżko w rogu w pobliżu pieca, na końcu pokoju, naprzeciwko prymitywnych drzwi, przez które latem do środka dostawał się kurz, a, kiedy przyszła zima, chłód. *Lepsze* oznaczało—i był to znak, że mężczyzna mógł być przyzwoitym człowiekiem—przydział tkaniny sieciowej, która miał chronić je przed komarami, których w tych gęstych lasach było bez liku. *Lepsze* załatwiło również butelkę nafty do smarowania desek, aby zatrzymać pluskwy. I w końcu, *lepsze* oznaczało siano do obłożenia twardych desek, na których miały spać. Lub próbować spać.

Pluskwy męczyły innych zesłańców zakwaterowanych z nimi, co najmniej dwudziestu w ich części baraku. Jęczeli oni i drapali się i jęczeli jeszcze więcej, aż z ich oczu lały się łzy. Jeden zaczął bełkotać coś pod nosem—początki gorączki szaleństwa, jak po cichu nazywała ją Józefina. I w ten sposób podzieliła się cenną naftą ze swoimi sąsiadami. Gest ten gwarantował jej pewną ilość szacunku i być może jakąś przysługę w przyszłości, która mogła oznaczać różnicę między życiem a śmiercią.

Leżała na sianie, a jej twarz była pokryta kawałkiem siatki, który przyczepiła do wełnianej czapki zapakowanej kilka miesięcy wcześniej na dno jej plecaka, kiedy Juliusz był jeszcze z nimi i kiedy mieszkali w pokoju w Lwowie. Przetrwanie: Józefina Kohn rozmyślała nad tym słowem, słowem, na które wcześniej nie zwracała szczególnej uwagi, choć jej mąż dał jej parę wskazówek dotyczących praktycznych sposobów przygotowania się na to, co mogło nadejść. Słuchała go, posłusznie ucząc się, jak pomieścić jak najwięcej w małej torbie, jak nosić artykuły pierwszej potrzeby przy sobie. Ostrożność i nauka Juliusza, które na początku wydawały się być przesadzone, okazały się teraz przydatne. We Lwowie, przetrwanie było świadomym działaniem, które polegało głównie na radzeniu sobie w taki sposób, aby nie zostać odkrytym przez NKWD, jednocześnie przygotowując się psychicznie i fizycznie na bycie przez nich aresztowanym. Przed tym, w Warszawie i w podróży, przetrwanie było konceptem arbitralnym—było się albo w złym, albo dobrym miejscu, kiedy spadały bomby, albo kiedy zjawiali się hitlerowcy. W pociągu, który przywiózł ich do tajgi, przetrwanie było połączeniem szczęścia i determinacji. Lecz tutaj, w tym leśnym obozie, gdzie zima z całą pewnością miała przybyć prędzej i być surowszą niż jakakolwiek znana Józefinie, tutaj przetrwanie było sprawą materialną. Zależałoby w całości od posiadania możliwości spożywania wystarczającej ilości kalorii i znoszenia pogody, szkodników, i nieuniknionych chorób będących rezultatem wspomnianych warunków. Wraz z falą demoralizacji, która mogła pochłonąć twoje zdrowie psychiczne w każdej chwili.

Jednym stałym czynnikiem ich przetrwania w ciągu ostatnich dziesięciu miesięcy, uświadomiła sobie Józefina—tym, co odwracało bieg losu na ich korzyść, kiedy ich życie wisiało na włosku—było miłosierdzie innych ludzi. Przypomniała sobie teraz o tych dobroczynnych osobach: panu i pani Kosińskich. W myślach zobaczyła rozbite filiżanki i spodki porozrzucane na podłodze ich nieskazitelnie czystej kuchni. Józefina pomyślała o dziewczynie z jednym butem na wozie pana Kosińskiego i o tym, co mogło się z nią stać. Czy zatrzymał ją ze sobą? Czy uciekła? Czy oboje ukrywali się teraz razem, ranni—lub, co gorsza, martwi? We Lwowie, ukraińska gospodyni, wprawdzie poważna i mało mówiąca, zapewniła im czyste, ciepłe pomieszczenie za rozsądną cenę. Nigdy na nich nie doniosła. Eryk, Henryk i Fred Zehngut podzielili się odrobiną Cieszyna i dobrej woli, które przywieźli ze sobą na swoje wygnanie, i nie oczekiwali niczego w zamian. Siostry w Brzuchowicach, ich czarno— białe habity powiewające w ruchu, przyjęły do siebie matkę Juliusza, Ernestynę. Ludzie na lwowskim dworcu kolejowym—całkowicie obcy, ze swoim własnym życiem, troskami i marzeniami—zmiłowali się nad zesłańcami i dali im własne skromne racje chleba, kiełbasy, papierosów i aspiryny. Oprócz kierownika, którego pomoc została zakupiona za pieniądze, kto w tym obozie pomógłby im przetrwać?

Urządzili się najlepiej, jak potrafili. Józefina szybko zapadła w głęboki sen. Lecz zanim zasnęła, obiecała sobie, że nigdy nie przyzwyczai się do tego podrzędnego sposobu życia, w którym Sowieci byli już wprawieni. Do którego, jak oczekiwali, więźniowie przystosowują się lub umrą. — Opuścimy to miejsce — przyrzekła sobie.

Sny oferowały niewiele ukojenia. Niepokoje tłumione w ciągu dnia ujawniały się w wyrazistych koszmarach: w jednym z nich, Józefina była zamknięta w wagonie, całkowicie sama. W innym, dookoła wybuchały bomby, podczas gdy pociąg posuwał się na wschód. Jedna strona wagonu była całkowicie otwarta, odsłaniając miejskie i wiejskie krajobrazy—jeden po drugim—w tlących się gruzach. Kiedy pociąg w końcu się zatrzymał, Józefina znalazła się w Cieszynie. Miasto było nietknięte. Był piękny, wiosenny dzień, i ludzie byli na zewnątrz, ubrani jak na jakąś szczególną okazję. Uradowana, wyskoczyła z pociągu. Jej ojciec i brat Arnold stali na peronie. Milly trzymała małą Ewę. Nawet Helmut był tam, drepczący w jej kierunku i machający ogonem. Ale gdy Józefina podeszła do swoich krewnych i próbowała się z nimi przywitać, zdała sobie sprawę, że nie mogli jej ani widzieć ani słyszeć, ponieważ już nie żyła. Przeszli tuż obok niej, a kiedy to zrobili, uświadomiła sobie, że trzymała Juliusza za rękę, i że jego też nie widzieli, co oznaczało, że on też był martwy. Próbowała do nich zawołać, ale z jej ust nie dobiegł żaden dźwięk. Poszła za nimi, tylko po to, aby odkryć, że byli w drodze na pogrzeb—jej i Juliusza.

— Opuścili dom w samochodzie, a wrócili w trumnach — powtarzał jej ojciec.

— Nie, Tato — próbowała powiedzieć — jestem tutaj! — ale słowa utkwiły w jej gardle, i zakrztusiła się tak mocno, że obudziła się.

Przez krótki moment Józefina była pewna, że była w domu, że wznoszący się i opadający oddech obok niej należał do Juliusza. Ale wtedy zdała sobie sprawę z tego, że były to Suzanna i Kasia śpiące obok niej, wtulone w siebie. Zrozumiała dokładnie, gdzie była i jak się tam znalazła. Jej rozczarowanie zamieniło się w ból serca, tak niepohamowany, że omal nie pochłonął jej całej. Śmiało — powiedziała sobie, kiedy nie była już w stanie zatrzymać przytłaczającego ją smutku — płacz długo i mocno. Ale to będzie ostatni raz, kiedy wylewasz łzy.

Licząc błogosławieństwa

Lato ustąpiło jesieni, z jej oszronionymi nocami i porankami. Jesień była krótka w tym kraju, zaczynała się od deszczu i błota, i kończyła na listopadowych wiatrach przynoszących zimę. Józefina i dzieci mieli szczęście — przybyli na miejsce, kiedy las obfitował w jagody, i wiedzieli, które grzyby, rosnące równie obficie, były jadalne. Mieli szczęście posiadać adekwatne obuwie, być ciągle przy życiu i w stosunkowo dobrym zdrowiu. Kiedy nadeszła zima, nikt nie był na nią gotowy, nawet zeki, które miały szczęście posiadać płaszcze i buty. Robota trwała bez zmian, choć więźniowie byli zwolnieni z pracy lub wychodzenia na zewnątrz kiedy temperatura spadła do —60°C. Choroby czyniły spustoszenie wśród więźniów. Opieki medycznej, lekarstw i zaopatrzenia najczęściej brakowało.

Piotr nigdy wcześniej nie pracował fizycznie, ale był sprawny. Podobnie jak jego ojciec, był doskonałym pływakiem i skoczkiem, i grał w tenisa. Jeździł na nartach, tak jak jego matka. Chodził po górach, wspinał się na drzewa i jeździł na rowerze. Z wyjątkiem trzech tygodni spędzonych na podróży do obozu, w każdy dzień od ich nagłego wyjazdu z Cieszyna wykonywał serię gimnastycznych ćwiczeń dla utrzymania formy. We Lwowie, choć niektóre artykuły spożywcze stawały się coraz trudniejsze do zdobycia, można było jeść, jeśli nie dobrze, to przynajmniej wystarczająco. Zanim Juliusz został aresztowany, zabrał syna na bok i doradził mu, aby zachował swoją siłę.

— Jeśli Rosjanie zabiorą cię w niewolę — powiedział jego ojciec — musisz się starać, aby mieć w brzuchu jedzenie.

Piotr skinął głową z powagą. Posłuchał rady ojca i jadł, kiedykolwiek jedzenie było dostępne. Chciał być najlepszym synem i bratem, jakim mógł być. Miesiące spędzone we Lwowie były próbą. Piotr był najedzony, wyćwiczony i czujny. Nauczył się języka nowych zarządców miasta i obserwował zachowanie żołnierzy nowego reżimu. Gdy zabrali jego ojca, Piotr zaopiekował się matką, babką i siostrą. A co było być może rzeczą najważniejszą, nauczył się wybierać mądrze swoje potyczki, słuchać dyskretnie, bez przyznawania się do podsłuchiwania, mówić bez wydawania zbyt wielu informacji, i oceniać konsekwencje swoich działań w sposób tak strategiczny, jak to było możliwe.

Ale jego prawdziwy pokaz, test jego umysłowych i fizycznych umiejętności, nie odbył się jesienią, latem czy wiosną tam, gdzie kiedyś była Polska, ale zimą, tutaj, w otuleniu tajgi w obozie drzewnym Maryjskiego Obwodu Autonomicznego. Główną pracą był tutaj zbiór drewna. Piotr miał mieć szansę udowodnić, że jest najlepszy. Na szczęście, przywódca jego brygady, Władimir Antonowicz, wydawał się go lubić. Być może, zastanawiał się Piotr wiele lat później, widział on w nim gorliwość do przodowania, cechę, którą Piotr miał kiedyś rozpoznać w swoich własnych synach.

Brygadier zabrał Piotra na bok w ich pierwszy dzień w obozie.

— Jesteś bardzo silny — orzekł mężczyzna — może nawet wystarczająco silny, aby przekroczyć normę. Więcej jedzenia dla ciebie. Lepiej dla całego obozu.

Pierwszego dnia pracy w lipcu, w głębi gęstego lasu, Piotr poddał ocenie drzewa: głównie sosna i świerk, ale także brzoza, i rzadziej, dęby i wiązy. Pomiędzy wycieczkami w Beskidy, gdzie wraz z rodziną jeździł na nartach, zdobywał szczyty i zbierał grzyby i jagody, a wycieczkami ze szkolnymi przyjaciółmi do wschodnich lasów Polski, Piotr zdołał wykształcić w sobie nos do kory i igieł, szyszek i liści, soków i żywicy. Zanotował, gdzie były grzyby. Mech był tutaj obfity—ten rodzaj mógł być palony w komecie, małym przenośnym piecu, który nauczył go konstruować jego ojciec. I było nawet kilka rodzajów mchu, które można było jeść. Sosnowe igły, bogate w witaminę C, miały stać się ważną częścią ich diety. Komary były problemem, ale jego matka przymocowała do jego wełnianej czapki kawałek siatki, którą naciągnął na twarz. Piotr wiedział, że inne zeki zazdrościły mu tego, co miał i, aby załagodzić ich zawiść, pracował ciężko, szanował starszych mężczyzn, i pomagał kiedy tylko mógł tym, którzy potrzebowali pomocy.

Więźniom tego obozu nakazano ścinanie głównie wysokich sosen, które miały być użyte jako słupy telegraficzne, a potem telefoniczne, w całym Związku Radzieckim. Każda brygada składała się z kilku zespołów: dwóch mężczyzn wycinało olbrzymie drzewa piłą kabłąkową. Kolejny zespół wykopywał pozostałe pnie łopatami. Kolejny miał za zadania ścięcie gałęzi. Mężczyźni używali narzędzi, które były w większości uszkodzone, w złym stanie lub popsute, i które spowalniały, a czasami utrudniały pracę, i prowadziły do urazów na ciele. Oddzielna brygada kobiet zbierała, sortowała, oraz wiązała i załadowywała ścięte gałęzie. Powalone drzewa były odwlekane na dwa sposoby: Pchane, po jednej długiej kłodzie naraz, lub ciągnięte przez kilka dwu— i trzyosobowych zespołów za pomocą metalowych łańcuchów owiniętych wokół wysokich pni, pod którymi umieszczane były kołki umożliwiające przetaczanie olbrzymich pni. Łańcuchy, wiele z nich z zardzewiałymi ogniwami, często pękały, powodując czasami wypadki śmiertelne. Długie ciężarówki transportowały drzewa do bazy przy torze kolejowym. Tam, inni więźniowie układali kłody w konstrukcję, przez którą krążyło powietrze, susząc drewno. Gigantyczne kłody były układane w stosy o wysokości prawie dwóch metrów Po ukończeniu dwunastu godzin pracy, wszyscy więźniowie wracali na nogach do obozu.

Po pierwszych dniach pracy w lesie, Piotr był wyczerpany jak nigdy wcześniej. Jego matka i siostra były pracowite i bardzo się starały. Chociaż żadna z nich nie narzekała, Piotr wiedział, że nie radziły sobie z tempem i rodzajem pracy. Obie chudły w oczach. Ich dłonie były czerwone od zbierania i wiązania gałęzi (Józefina nalegała, aby wszyscy zachowali swoje rękawiczki na nadciągającą zimną pogodę.) Obie wyglądały, jakby lekki wiatr mógł je przewrócić. Kiedy nadeszła zima, wszyscy wiedzieli, że sprawy tylko się pogorszą. A dziewczynka Kasia była bardzo słaba. Zwolniona z pracy z powodu jej młodego wieku, polegała na innych, aby zostać nakarmiona, co oznaczało, że dzielili się swoimi cennymi przydziałami, które same nie wystarczały na wyżywienia jednej osoby.

W pierwszym dniu wolnym od pracy, Piotr poszedł do swojego brygadiera, Władimira Antonowicza, z propozycją. Miał trochę pieniędzy, powiedział starszemu mężczyźnie, które mogły zostać użyte do zakupienia kilku nowych narzędzi, lub przynajmniej materiałów, którymi mogli naprawić to, co mieli. Gdy tylko dostaliby odpowiednie wyposażenie, poprowadziłby brygadę w wyzwaniu przekroczenia normy, i staliby się, jak to nazywali Sowieci, stachanowcami. Aleksiej Grigoriewicz Stachanow słynął z wydobycia 102 ton węgla—normy razy czternaście—w niecałe sześć godzin w sierpniu 1935 roku. Jego niesamowita wydajność dała początek Ruchowi Stachanowskiemu, rodzajowi konkurencji popularnej w obozach, fabrykach i obozach pracy korekcyjnej, która gwarantowała wysokie plony produkcyjne. Oprócz chwały oddania czegoś z powrotem Związkowi Radzieckiemu, jak dowiedział się Piotr, nagrodą był wzrost przydziału żywności, od prawie niczego do pomiędzy 730g a 1.2 kilo chleba, zupy i kaszy, i albo ryby albo białej bułki w nocy.

Władimir Antonowicz uśmiechnął się. — Jesteś przedsiębiorczy, Piotr Ilicz — powiedział, zwracając się do Piotra jego rosyjskim imieniem. — Dużo inicjatywy. Chodź, coś ci pokażę.

Zabrał Piotra do małego magazynu i nakazał strażnikowi go otworzyć. Wewnątrz rozrzucone były wszystkie narzędzia dostępne w obozie, jak i galimatias części, uchwytów, ostrzy, nakrętek i śrub.

— Zorganizuj ten bałagan i napraw, co możesz — powiedział Władimir Antonowicz. W razie potrzeby pojadą do Joszkar-Oła, stolicy regionu, aby kupić nowe narzędzia, obiecał. — Zachowaj na razie swoje pieniądze — dodał brygadier.

Wnętrze szopy wyglądało, jakby wielokrotnie przeszedł przez nie huragan, ale Piotr nie pokazał na twarzy swojego szoku. Chociaż nigdy wcześniej nie negocjował z dorosłym człowiekiem, nie mówiąc już o robieniu tego w obcym języku z brygadierem w radzieckim obozie pracy, zawsze obserwował, jak jego ojciec prowadził interesy. Wiedział, że jego twarz musiała pozostać bez wyrazu, ale również okazywać uwagę, i że miał jednocześnie używać mocnego i zdecydowanego tonu, kiedy przemawiał. Nie mógł wydawać się słaby, ale musiał sprawiać wrażenie uczciwego, ba, nawet szczodrego.

— Być może zadowoliłoby obywatela naczelnika Władimira Antonowicza przydzielenie mojej matce i siostrze pracy przy szyciu — zasugerował Piotr, zanim brygadier odszedł. Upewnił się, żeby się nie pomylić i nie zwrócić do brygadiera jako „towarzysza", czego więźniom nie wolno było robić. — Obie, obywatelu naczelniku — wyjaśnił — są znakomitymi szwaczkami. — Mogłyby robić wszystko, w tym nowe podbicia do butów i płaszczów, pokrycia na sienne materace, poszewki na poduszki. Mogłyby naprawiać podartą odzież i skarpetki, i haftować. Jego matka miała nawet trochę jedwabnych nici. Z nadejściem zimy, powiedział Piotr, jeśli wszystkim w ich brygadzie byłoby cieplej, być może normy mogły zostać przekroczone. Jego siostra mogłaby również zajmować się małymi dziećmi i sprzątać kwatery komendanta obozu. To uchroniłoby ją przed tymi mężczyznami w obozie, dla których dziewczęca cnota nic nie znaczyła. A jeśli komendant by chciał, jego matka mogłaby nawet dla niego gotować.

Władimir Antonowicz roześmiał się głęboko. Piotr poczuł, jak jego twarz zaczyna się rumienić, ale nadal utrzymywał kontakt wzrokowy.

— Bardzo przedsiębiorczy! — orzekł starszy mężczyzna.

SUZANNA MARTWIŁA SIĘ O KASIĘ, która stała się cicha i zamknięta w sobie. Dziewczynka bardzo bała się być sama, ale nie było wyboru, musiała pozostać w baraku w ciągu dnia. Poranne sprawdzanie obecności miało miejsce o czwartej. Zanim Suzanna wychodziła na posiłek, a następnie do pracy, budowała małe gniazdko wokół dziecka, używając siana z „materaca". Marzyła o tym, aby mieć książkę lub ołówek i kawałek papieru, aby dać Kasi. Zamiast tego, codziennie nakazywała dziewczynce, aby pozostała w łóżku. Dała jej prostą lalkę, którą sama wykonała ze starej chusteczki i garści słomianej pościeli. Następnie Suzanna wkładała do kieszeni płaszcza dziewczynki część swojej porcji chleba z poprzedniego wieczoru i drogocenną kostkę cukru z kurczących się zapasów w swoim plecaku.

— Wrócę później — szeptała do ucha Kasi. — Obiecuję.

Więźniowie jedli w *stołowoj*, prymitywnej sali jadalnej, której ścian nie zdobiło nic, nawet jeden z wszechobecnych portretów Józefa Stalina, które można było zobaczyć w większości oficjalnych miejsc w całym Związku Radzieckim—choć Suzanna nie miała doświadczyć żadnego z nich przez jakiś czas. A kiedy w końcu zobaczyła zdjęcia Stalina, była zdziwiona. Jak ktoś, kto przypominał cierpliwego dziadka, mógł postępować z takim brakiem poszanowania dla godności swojego ludu?

Pierwszy „posiłek" dnia składał się z wodnistej zupy i niezadowalającej porcji tego, co nazywano „chlebem"—namokniętej, kwaśnej, czarnej miazgi pośpiesznie wymieszanej i nie w pełni wypieczonej.

W śniadaniu nie było nic relaksującego, ale więźniowie zwlekali z podniesieniem się z ławek—tak długo, jak mogli—aby móc siedzieć zamiast stać na nogach. Zimą, siedzieli tak długo, jak mogli, próbując pozostać w cieple. Po nakarmieniu, było im wolno skorzystać w wychodka, jeśli nie użyli już *paraszy*, cuchnącego wiadra stojącego w każdym baraku. A potem ustawiani byli w szeregi formacji poza barakami do sprawdzenia obecności, bycia przeliczonymi, często dwa razy, i aby maszerować do pracy. Kiedy wracali wieczorem, były ponownie liczeni, czasami dwa razy. Karmiono ich i dawano godzinę na poruszanie się na terenie obozu. Potem byli ponownie liczeni i zwalniani do swoich baraków. Czasami pędzono ich na zewnątrz na ponowne przeliczenie, nawet jeśli zdążyli się już ułożyć na swoich pryczach.

Jej matka radziła, aby nie rozmawiali o niczym konkretnym z ludźmi, których jeszcze nie znali. Ponieważ nie była pewna, o czym w ogóle mówić, Suzanna trzymała się na uboczu, choć czuła na sobie wzrok innych więźniów. Była wysoka, z nienaganną posturą od wszystkich lat nauki gry na fortepianie, jazdy na nartach, i podążania za przykładem swojej matki. Wyglądała na osobę starszą niż była, może nawet bardziej twardą przez swoją krótką fryzurę i warstwy chłopięcych ubrań, które nosiła. I choć skromność uniemożliwiała Suzannie nazywanie siebie ładną, pozostawała ona, pomimo obciętych włosów i szybko gasnącej młodzieńczej świeżości, zauważalnie czarująca.

Suzanna została połączona w parę z młodą dziewczyną Mari z Ufy, której na imię było Natalia. Była trochę starsza od Suzanny i trochę młodsza od Piotra. Aresztowana za jakieś wykroczenie z artykułu numer 58 sowieckiego kodeksu karnego, dotyczącego działań kontrrewolucyjnych, dziewczyna została skazana na pięć lat pracy karno-wychowawczej. Niższa od Suzanny, Natalia była bardziej płaska i umięśniona. Nosiła jasno wzorzystą chustę na głowie. Pod spodem, zamiast włosów, jej skórę pokrywał jasnobrązowy meszek.

— Przyjechałam z więzienia w Kazaniu — wytłumaczyła Suzannie Natalia akcentowanym rosyjskim. — Tam ogolili moją głowę.

Suzanna chciała powiedzieć starszej dziewczynie, że jej włosy zostały ścięte we Lwowie, kiedy jej babcia była jeszcze na tyle świadoma, aby coś takiego zasugerować. Ale potem przypomniała sobie ostrzeżenie matki, aby uważać na to, co wyjawia się innym.

— Pasuje ci — odpowiedziała zamiast tego. Dziewczyna Mari uśmiechnęła się. Zdążyła już stracić kilka zębów. Ale ciepło w jej twarzy było nie tylko autentyczne, było czymś, czego Suzanna bardzo pragnęła. Tęskniła za życzliwymi twarzami. A z domu w Cieszynie znała ich wiele, przyzwyczajając się do częstotliwości codziennych uśmiechów i delikatnych wyrazów twarzy.

Natalia była zwinna i mocna i dobra w przygotowywaniu i noszeniu wiązek gałęzi obcinanych z powalonych drzew. Suzannie dobrze szło sprawne i mocne wiązanie ich. Pracowały razem, zazwyczaj w milczeniu. Kiedy jadły swój południowy posiłek—kolejną porcję chleba i wodnistą papkę z gryki—siadały na pniu, który jeszcze nie został wykopany.

— Ta dziewczynka, którą się zajmujesz— to siostra? — zapytała Natalia.

— Kasia? — Suzanna potrząsnęła odmownie głową, ostrożnie żując ostatni kęs chleba.

Dziewczyna Mari znowu przemówiła.

— Córka?!

Suzanna uśmiechnęła się. — *Niet, niet* — odpowiedziała — Nie. — Prawie zachichotała, ale nie chciała przyciągać uwagi przywódczyni kobiecej brygady, która, choć sprawiedliwa, była człowiekiem ostrym i o żelaznej woli. Zanim Suzanna mogła wyjaśnić, w jaki sposób Kasia stała się jej podopieczną, musiały wrócić do pracy, zbierając, wiążąc i nosząc ostre gałęzie, zbierając, wiążąc i nosząc, i tak w kółko, aż nawet małe uśmiechy, którymi dzieliły się nawzajem, były już zbyt dużym wysiłkiem. Pod koniec dnia przeliczano efekty pracy więźniów. Brygada Suzanny znów nie spełniła oczekiwań, ale osiągnęła poziom najmniejszego kotła, unikając tego karnego. Tylko jedna brygada była bliska wykonania normy, i była to drużyna Piotra.

Więźniowie powlekli się z powrotem do obozu. Słońce rzucało dramatyczne cienie pośrodku lasu, i Suzanna zrozumiała, dlaczego ktoś mógłby myśleć, jak dziewczyna Mari powiedziała jej kilka dni wcześniej, że ten gaj drzew był święty. Po sprawdzeniu obecności dozwolona była jeszcze jedna wizyta w wychodku przed posiłkiem, a po zjedzeniu przychodziła kolej na kolejne przeliczenie i powleczenie się do swoich baraków i łóżek. Większość mężczyzn rezygnowała często z wizyty w latrynie i szła prosto do kolejki po jedzenie. Im bliżej było się początku kolejki, tym szybciej dostawało się do kotła z zupą, a tym samym miało się większą szansę, aby dostać trochę tłuszczu, który wypływał na powierzchnię zupy.

Natalia była silna od życia spędzonego na ciężkiej pracy na świeżym powietrzu. Pochodziła ze świata naturalnych rytmów—narodzin wiosennych zwierząt, siewu i zbiorów, polowań i zbieractwa. Była zaznajomiona z żywymi istotami lasu: leczniczymi i jadalnymi roślinami i grzybami; zwyczajami dzikich stworzeń lasu; wiedziała, jak wybudować schronienie w czasie burzy; gdzie znaleźć miód i jak go zebrać. Jej wysokie kości policzkowe, uwyraźnione z powodu jej wychudzenia, były częścią jej wyniszczonej, ale niegdyś rzadkiej urody. Z wyjątkiem chusty na głowie, Natalia nosiła więzienne szmaty. W radzieckich więzieniach, człowiek był zmuszony zamienić własną odzież na zawszone, podarte i poplamione szmaty. Suzanna nigdy nie zapytałaby, w jaki sposób Natalii udało się zachować tę chustę; nie była w stanie wyobrazić sobie samej siebie odmawiającej przestrzegania nakazów strażnikom NKWD. Mama mogła odmówić posłuszeństwa. Jej ojciec i Piotr również. Ale samej siebie nie wyobrażała sobie mówiącej „nie" żadnej władzy, a już na pewno komuś wybuchowemu, z karabinem w ręku. Przed wojną nigdy nie była świadkiem tej bardzo osobistej przemocy, którą zobaczyła w ciągu ostatnich dwunastu miesięcy— przemocy Hitlerjugend, nazistów, NKWD, żołnierzy Armii Czerwonej. Ale co zaskoczyło ją najbardziej to stopień, do którego Sowieci przyzwyczaili się do takiego traktowania. Aresztowania należało się spodziewać. Wszyscy byli aresztowani lub zsyłani: Ukraińcy, Litwini, Niemcy, Polacy, Żydzi, rdzenne ludy plemienne, poeci, ekonomiści, lekarze, prawnicy, rolnicy, chłopi, zatwardziali przestępcy. Nawet heroiczny proletariat i ludzie wierni komunizmowi przez całe życie kończyli w obozach. Nikt nie unikał bycia ofiarą donosu lub prawdopodobnego aresztowania, tortur, i deportacji. Obozy pracy były uznawane za edukacyjne; po odpracowaniu swojego wyroku, człowiek miał wychodzić jako „zresocjalizowany" radziecki obywatel, gotowy do udziału w kolektywistycznym społeczeństwie. Suzanna słyszała także historie Natalii i innych więźniarek o okrutnych atakach i torturach, rzeczach, o których starała się zapomnieć, lecz nie mogła. Perspektywa bycia obiektem takiej brutalności przerażała ją, i modliła się, aby mieć odwagę, aby to przetrwać, jeśli miało jej się to kiedykolwiek przydarzyć.

Natalia, dziewczyna niewiele starsza od Suzanny, taką odwagę posiadała, i to dlatego wciąż miała swoją chustę. Znała jej wartość i niezbędność, a walka o nią była tym, co Tata nazywał walką mądrze wybraną. Chusta była gruba i bardzo duża, rozmiaru małego koca, i często używana w ten sposób. Owinięta wokół twarzy, chroniła przed komarami i meszkami; wokół szyi, zapobiegała bólowi gardła; na głowie, zachowywała ciepło. Natalia mogła jej używać jako temblaka do kontuzjowanego ramienia, lub do noszenia rzeczy. Ale być może w głównej mierze, kolorowa tkanina Mari—jej czerwienie i róże, skandaliczne na tle szarości starych łachów i zmęczonych cer—przypominała, że Natalia pochodziła od czegoś innego.

— Twoja chusta jest bardzo piękna — powiedziała delikatnie Suzanna. Piękno daje nam nadzieję, pomyślała.

Natalia uśmiechnęła się w ten słodko—gorzki sposób, którym czule wspomina się utracone więzi. — Należała do mojej mamy.

DWOJE DZIEWCZĄT—JEDNA Z ZACHODU, DRUGA ze Wschodu— siedziały na twardej drewnianej ławce przy stole w *stołowoj* i jadły zupę. Suzanna pomyślała o wszystkim, co musiało się wydarzyć, aby znalazła się w takim miejscu i spotkała dziewczynę taką jak Natalia. Gdyby nie było wojny, jej rodzina nie uciekłaby na wschód i została potem zesłana, czy kiedykolwiek spotkałyby się ze sobą? Lub gdyby nie była Żydówką urodzoną w Polsce, której rodzice mówili po niemiecku? Jak inna byłaby sytuacja, gdyby Natalia nie pochodziła z rodziny mówiącej wschodnim językiem Mari? Lub gdyby rewolucja rosyjska nigdy się nie wydarzyła, a Sowieci nie wpadliby na pomysł „resocjalizacji" ludów ziem Mari i tych jeszcze bardziej odległych? Suzanna pomyślała o Józefie Stalinie, człowieku, którego imię Rosjanie obawiali się wymawiać, ażeby nikt na nich nie doniósł za mówienie czegoś, co mógł powiedzieć tylko wróg stanu. Co, gdyby zamiast tego zdecydował się on zostać poetą, kowalem, czy hortologiem? Do skrzyżowania historii i indywidualnego życia, uświadomiła sobie, prowadziły niewielkie, prawie niezauważalne detale.

Jej zadumę przerwało sprawdzenie obecności. Wraz z innymi podniosła się ze swojego miejsca i udała w stronę drzwi, a potem na zewnątrz, gdzie stanęli i zostali policzeni przed odesłaniem do baraków. Wszystko jest liczone, pomyślała Suzanna: ilość chleba i zupy, które jedli, godziny, w których pracowali i spali i zajmowali się sobą, praca, którą wykonywali, możliwości odpoczynku, do jakich mieli dostęp, kąpiele, które brali, waga paczek, które mogli otrzymywać, liczba listów, którą mogli wysyłać, stopień gorączki lub temperatura zewnętrzna, która zwalniała ich z pracy, lata, na które byli skazani.

Suzanna stała i czekała. Mogli liczyć, ile tylko chcieli. Tylko jedna rzecz się liczyła: wiara, że pewnego dnia opuszczą to okropne miejsce, pomimo rady, którą słyszeli od wszystkich—że „powinni się przyzwyczaić". Czekając na swoje imię, Suzanna obiecała sobie, że będzie liczyć inne rzeczy, kiedy nie będzie już zekiem, więźniem Związku Radzieckiego. Będzie liczyć płatki stokrotek, gwiazdy na nocnym niebie, nuty w nokturnie Chopina, kroki od łóżka do kuchni. Będzie liczyć swoje dzieci, wnuki, i prawnuki. Suzanna nigdy nie będzie musiała liczyć błogosławieństw, które zostały jej dane, ponieważ będą one—jak zdecydowała, kiedy strażnik wywołał jej numer, i udała się do baraku—tak obfite, że zupełnie nie do policzenia.

Zimowy wiatr i wilki

Kasia stękała, przewracając się z boku na bok. Jej jęki obudziły Suzannę. Małe okienko koło ich łóżka zeszklił szron. Na zewnątrz, światło księżyca w pełni na całkowicie bezchmurnym niebie przebiegało przez pokrytą śniegiem zonę i baraki. Cienie drzew chwiały się gwałtownie z wiatrem, który pogwizdywał w każdym pęknięciu w ścianach i trząsł oknami i drzwiami. Ziemię pokrywały małe kopce śniegu, niczym kawałki waty cukrowej. Suzanna podejrzewała, że była trzecia, może wpół do czwartej. Dotknęła czoła Kasi—było gorące.

— Mamo — szepnęła Suzanna.

Józefina wzięła głęboki oddech i odchrząknęła.

— Mamo, ona jest rozpalona od gorączki.

Józefina podniosła się i podparła. Sięgnęła ręką, aby dotknąć czoła Kasi. Powiedziała Suzannie, że dziewczynka mogła mieć nawet czterdziestostopniową gorączkę. Ale o tej godzinie wszyscy spali, oprócz strażników w wieży. I nikt nie byłby na tyle szalony, aby ich prowokować próbując przekroczyć zonę i dostać do lecznicy w środku nocy.

Suzanna wzięła Kasię na ręce i wytarła rękawem pot z czoła

dziecka. Teraz dziewczynka zaczęła mieć dreszcze i cichutko pojękiwać. Jej usta były tak suche, że Suzannie wydawało się, że słyszała, jak pękają.

— Aspiryna — powiedziała jej matka. — Masz jeszcze w plecaku?

Nie miała. Mama usiadła na posłaniu i zaczęła przegrzebywać swoje rzeczy, tak cicho jak tylko potrafiła. Nic nie znalazła. Wszystko, co mogły zrobić, to starać się ukoić dziewczynkę i czekać.

Kasia wyszeptała coś, czego ani Suzanna, ani jej matka nie potrafiły zrozumieć. Mama myślała, że dziewczynka bredziła. Ale dla Suzanny brzmiało to, jakby Kasia mówiła *zimowy wiatr i wilki*. Majaczyła w gorączce. Suzanna kołysała ją, od czasu do czasu przyciskając delikatnie swój rękaw do czoła dziecka. Kasia mocno drżała, szepcząc dziwnym, zachrypniętym głosem.

Sygnał pobudki, zazwyczaj głos młotka uderzającego w drąg zawieszony przy kwaterach strażników, miał wybrzmieć za około godzinę, i wtedy, być może, mogłyby zabrać dziecko do lecznicy. Do tego czasu, Suzanna robiła wszystko, aby utrzymać Kasię w cieple. Kiedy ktoś ulegał chorobie, jego ozdrowienie było z reguły mało prawdopodobne. Już kilka kobiet z ich brygady i baraków złapało zapalenie płuc, udało się do lecznicy, i nigdy z niej nie wróciło. Jedyną osobą, o której Suzanna wiedziała, że przetrwała chorobę, była dziewczyna Mari, Natalia. Użyła ona rzeczy znalezionych w lesie, aby przygotować lekarstwa. Może ona potrafiłaby pomóc. Ale z taką prośbą również trzeba było zaczekać, aż wszyscy się obudzą.

Jedna z wielu niepisanych zasad w koszarach dotyczyła snu. Tak wiele rzeczy uniemożliwiało odpowiedni odpoczynek: szkodniki; koszmary, po których człowiek trząsł się lub szlochał, albo siedział przemoknięty potem i drżący; pusty i nigdy niesyty brzuch; i uporczywy ból obejmujący całe ciało spowodowany głodem, zimnem, strachem i wyczerpaniem. Nie wspominając o tym, że godziny pracy czasami po prostu się nie kończyły, ponieważ siła robocza obozu musiała wyrobić niemożliwe normy. Suzanna i Józefina miały szczęście. Ponieważ Piotr niezmiennie przekraczał normy, był w stanie negocjować w ich imieniu—w styczniu zostały wynagrodzone tak zwanymi „lekkimi" pracami, o których marzyli wszyscy więźniowie, do których należały obowiązki administracyjne i kuchenne, lub inne zadania niewymagające olbrzymiego wysiłku.

Zdolności krawieckie Józefiny szybko doprowadziły do jej awansu na jedną z czołowych szwaczek w obozie; naprawiała zużytą odzież zeków, cerowała ich skarpety i wyszywała numery więzienne na kurtkach i płaszczach. Zestawy przyborów do szycia, które Helenka przygotowała w przeddzień wygnania Kohnów—mocne igły ze stali nierdzewnej i asortyment nici—stały się jednym z najcenniejszych zasobów, jakie posiadali. Suzanna pracowała w obozowej pralni. Pomagała również matce w szyciu. Dla Olgi Iwanowny, kobiety odpowiedzialnej za ich brygadę, Suzanna załatwiała różne sprawy. Obejmowały one czekanie za nią w kolejce, kiedy nadchodziła poczta, aby odebrać listy lub paczki adresowane do członkiń jej brygady; naprawianie podszewek kurtek, zanoszenie i odbieranie ubrań z suszarni. O cokolwiek jej brygadierka poprosiła, Suzanna to wykonywała. Bez żadnej skargi lub grymasu.

Suzanna czuła, że Olga ją ceni, pomimo tego, że nie była w stanie przyznać się do tego poczucia wdzięczności. Tacy musieli być brygadierzy, tłumaczyła sobie dziewczyna. Twardzi, ale rozsądnie usposobieni. Pewnego ranka, kiedy Suzanna pucowała podłogę baraku, nucąc jakąś melodię, Olga weszła do środka, aby zabrać swoją czapkę przed odejściem z innymi kobietami do pracy w lesie.

Stanęła nad Suzanną. — Byłam kiedyś skrzypaczką — powiedziała Rosjanka. — Nie jestem taka stara, na jaką wyglądam.

KASIA ZAKWILIŁA, SPROWADZAJĄC SUZANNĘ z powrotem do rzeczywistości tego poranka i jego wyzwania, które, tak jak każde z nich przez które już przeszły i każde, które miało nadejść, ona i jej matka były zmuszone podjąć z bardzo niewieloma środkami do swojej dyspozycji. Na razie mogły trochę pospać. Mama wróciła pod swoje nakrycie. Suzanna podejrzewała, że już zasnęła.

— Cii, cii — szeptała, kołysząc dziecko na rękach, aż obie zapadły w sen. W pośpiesznym śnie, takim, którego doświadcza się, śpiąc bardzo krótko we wczesnych godzinach porannych, Suzanna znalazła się w domu na Menniczej 10 w Cieszynie. Wiedziała, w sposób, w jaki wie się to w snach, że nic nie było prawdziwe. Była w swoim pokoju. Okno było otwarte, a wieczorne powietrze oziębiało ją, ale w przyjemny sposób. Helmut stał w drzwiach merdając ogonem, co oznaczało, że Mama była niedaleko. Helenka siedziała obok łóżka Suzanny. Miała na sobie płaszcz, rękawiczki i kapelusz. Jej ogromna skórzana torebka stała na podłodze. Helenka przed chwilą płakała, ale teraz opowiadała Suzannie historię. Jej słowa tłumiło jej pociąganie zatkanym nosem.

Zabrzmiał sygnał pobudki, budząc kobiety w barakach i sprowadzając Suzannę natychmiast do rzeczywistości. Niektóre kobiety pojękiwały, inne ziewały. Niewielu udawało się zejść ze swoich prycz bez wydawania jakiegoś dźwięku, od krótkich burknięć przez prychnięcia do pocierania razem dłoni. We wszystkich brzuchach burczało, pomrukiwało, lub grzmiało. Kobiety ubrały się szybko—szły spać ubrane w spodnie, swetry i płaszcze, jeśli je posiadały—i najwyżej poprawiały swoje ubrania i naciągały na stopy walenki, filcowe botki do kolan, noszone przez wszystkich zeków. Kasia, nadal w głębokim stanie gorączkowym, drżała. Suzanna trzymała ją i osuszała nieprzyjemnie pachnący pot z jej czoła. Mama już opuszczała się ze swojej pryczy i witała ich brygadierkę, Olgę Iwanowną.

— Obywatelko naczelniczko — powiedziała jej matka — Kasia jest bardzo chora. Prosimy o pozwolenie na zabranie ją do lecznicy.

Wszystkie kobiety usłyszały prośbę Mamy. Obróciły się, niczym jedno ciało, aby spojrzeć na Suzannę i chore dziecko. Ich wzrok spadł na dziewczynkę jak oskarżenie. Podatność na choroby zakaźne była wysoka w obozach. Można było umrzeć od gorączki.

— Już, już — szeptała Suzanna, kołysząc Kasię.

— Możecie wziąć dziecko do lecznicy po sprawdzeniu obecności — odpowiedziała Olga Iwanowna.

Gdyby nie była posłuszną osobą, która nigdy nie podważała autorytetu dorosłych, być może Suzanna westchnęłaby w rozczarowaniu. Ale westchnięcie w złym momencie, w zimowy poranek—zwłaszcza jeśli wykonane w obecności wszystkich kobiet w baraku—tylko zirytowałoby Olgę Iwanownę. Była, koniec końców, kobietą odpowiedzialną za dobrostan i dyscyplinę całej brygady. Suzanna, jej matka i Kasia były częścią tej brygady, nawet jeśli ona i Mama miały przywilej lżejszych prac, a Kasia nie pracowała. Ze uwagi na ich specjalne lżejsze przydziały pracy, miały one zagwarantowane większe kotły, a ponieważ ich obowiązki wykonywane były w obozie, były bardziej chronione przed skrajnymi warunkami pogodowymi. Ale cierpiały one również rodzaj odizolowania przez posiadanie tych pożądanych przez wszystkich posad, ponieważ prawie wszystkie pozostałe zeki patrzyły na nie z góry.

Toteż Suzanna nie westchnęła w rozczarowaniu czy irytacji; nigdy nie okazywała paniki ani strachu. Ale w jej głowie, gdzie nikt nie mógł obserwować ani podsłuchiwać, mogła myśleć, co tylko chciała, nawet jeśli nie mogła wyrazić tego, co myślała lub czuła. — Tak naprawdę — pomyślała — Kasia powinna iść do lekarza od razu. To widać wyraźnie.

Nie było jednak tak, że lekarz na pewno by jej pomógł—lub był w stanie pomóc. Do jego dyspozycji było niewiele lekarstw, a łóżka w lecznicy były zazwyczaj zapełnione. Praca jego i jednej pielęgniarki, która mu pomagała, polegała głównie na dbaniu o umierających. Ale przynajmniej, pomyślała Suzanna, Kasia będzie mogła odpocząć w prawdziwym łóżku w dużo cieplejszym budynku lecznicy, i zjeść gorącą zupę. Nie byłoby jej też w baraku, co zmniejszało szansę, że one również zachorują.

— Dziękuję, obywatelko naczelniczko — powiedziała Józefina.

Natalia, ubrana i gotowa na śniadanie, udała się w stronę ich prycz i wspięła na górę, aby zobaczyć dziewczynkę, która oblana była teraz chłodnym potem, drżąc i trzęsąc się w ramionach Suzanny.

— Potrzymam ją, ty się ubierz — powiedziała do Suzanny.

Suzanna szybko naciągnęła na siebie płaszcz i walenki, wdzięczna za życzliwość jej koleżanki.

— Gdyby tylko było cieplej — powiedziała Natalia.

Suzanna zrozumiała bez dalszych słów, że Natalia miała złe przeczucie, jeśli chodziło o chorobę Kasi. Prawie nikt, kto zachorował zimą, nie przeżywał. Ale teraz, teraz mogła zrobić coś dobrego. Sięgnęła do plecaka. Wyciągnęła ostatnią kostkę cukru i wcisnęła ją w dłoń Natalii. Po sprawdzeniu obecności, Suzanna miała udać się do lecznicy, a następnie do pralni, sprzątając pokoje dyrektorów obozu, załatwiając sprawy Olgi Iwanowny. Miała spędzić swój dzień w różnych ogrzewanych pomieszczeniach. Natalia miała wyjść w mróz i las, aby pracować.

W SWOIM BARAKU, PIOTR NACIĄGNĄŁ skórzane buty na swoje walenki. Jak każdego zimowego poranka, mróz był... cóż, po co nawet próbować go opisywać? Był jak druga skóra, a tym samym niemożliwy do przezwyciężenia. Cała uwaga skupiała się na znalezieniu ciepła. Po zapięciu butów, narzucił na siebie płaszcz, pod który obozowa podszewka została wszyta precyzyjnymi i mocnymi szwami jego siostry. Piotr owinął ręce cienką warstwą łachmanów, a następnie nałożył na nie rękawice, o zapakowaniu których jego matka pamiętała w dniu, w którym opuścili Cieszyn.

Ten dzień wydawał się tak daleki. Rzadko myślał o domu, ale kiedy to robił, Piotr czuł wyjątkowy gniew przewalający się po jego pustym brzuchu. Nienawidził hitlerowców za zmuszenie jego rodziny do ucieczki z ich domu, ich miasta, kraju. Niemcy udawali, że byli wykształceni i wyrafinowani, ale tak naprawdę byli barbarzyńcami. Historie uchodźców dawały wyraźnie do zrozumienia, że nazistowscy żołnierze byli tak samo nieokrzesani, jak którykolwiek niewykształcony gbur w Armii Czerwonej. Rodzice, dziadkowie, ciotki i wujkowie Piotra gustowali w niemieckiej kulturze—jej literaturze, muzyce, jedzeniu. Ale on dorósł w nowej Polsce. Nauczył się języka, historii, literatury i muzyki tego kraju. Uważał się za Polaka.

Zimno tego poranka w połowie lutego nie interesowało się narodowymi lojalnościami. Jak choroba i śmierć, skradało się do wszystkich nie dyskryminując. A dzisiaj zimno było rekordowe, być może nawet poniżej —60°C, co oznaczało potencjalne zwolnienie z pracy. Piotr nie przyznałby tego nikomu, ale zaczynało go męczyć oczekiwanie prowadzenia swojej brygady w zadaniu przekraczania norm. Piotr pomyślał o Aleksieju Grigoriewiczu Stachanowie, tym ludowym proletariackim bohaterze, który do niedawna był naśladowany. Czy było prawdą, że ten operator młota pneumatycznego przekraczał normę czternastokrotnie? A jeśli była to prawda, a nie tylko radziecka propaganda, czy Stachanowa nużyło kiedykolwiek bycie takim dobrym robotnikiem?

Twarz Stachanowa pojawiła się na okładce magazynu *Time* w 1935 roku. Kuzynka Piotra, Hedwig Auspitz, która mówiła biegle po angielsku, często przywoziła używane egzemplarze magazynu aby podzielić się nimi z dziećmi jej ulubionego pierwszego kuzyna, Juliusza. Piotr był trzynastoletnim chłopakiem, gdy ten właśnie numer magazynu został wydany. Przez lata trzymał go w małej skrzynce pod łóżkiem, która zawierała inne pamiątki jego chłopięcych lat—pióra zebrane w lesie, kamienie z brzegu rzeki, wiersze napisane przez jego ojca w szkolnych latach, i monetę z 1914 roku, wybitą profilem Feldmarszałka Arcyksięcia Friedricha, Księcia cieszyńskiego. Magazyn leżał wśród tych skarbów, schowany w brązową kopertę, w której przybył, adresowaną do Hedwig, która mieszkała wtedy w Wiedniu. Coś w twarzy Stachanowa przemawiało do Piotra. Jego przechylona czapka. Jego nieśmiejący się uśmiech.

Przekraczanie norm oznaczało rzecz jasna przywileje dla Piotra, wśród nich lepsze przydziały żywności nie tylko dla niego, ale dla jego kolegów z brygady. Jego ciężka praca pomagała zagwarantować, że jego matka i siostra pozostaną przy swoich lżejszych posadach, a tym samym będą się cieszyć większymi porcjami jedzenia i większą szansą na przetrwanie. Tak więc nie mógł pozwolić sobie na bycie znużonym pracą; oczekiwania jego brygady nie mogły go męczyć. Co najważniejsze, musiał wytrwać dla dobra swojej rodziny.

Tego lutowego poranka ubrał się szybko. Miał udać się ze swoim brygadierem, Władimirem Antonowiczem, aby sprawdzić jedyny termometr w obozie. Ta krótka wyprawa wymagała objazdu do kwater strażników przed poranną zupą. Może temperatura byłaby wystarczająco niska, aby zwolnić ich z pracy. Zeki nie miały wolnego dnia już od długiego czasu. Może dziś mieliby szczęście.

Na szczęście więźniowie nie mogli liczyć nigdy. Była to lekcja, której Piotr musiał uczyć się na nowo za każdym razem, kiedy żywił nadzieję, że jego dzień obecnością zaszczycić mógł uśmiech losu. Fartem było wyspać się bez bycia niepokojonym przez szkodniki. Fartem była noc bez koszmarów. Fartem było, kiedy sprawdzanie obecności nie było kilkakrotnie powtarzane. Fartem było, kiedy nikt nie ukradł ci twojego marnego dobytku. A szczególnym fartem było posiadanie walenek i prawdziwych skórzanych butów i pozwolenia, aby zatrzymać obie pary, co nie zdarzało się często w innych obozach.

Zeki tłumnie opuściły baraki i udały się do jadalni, gdzie stanęły w kolejce, czekając, aż kucharz o zszarzałej twarzy i surowym wzroku nałoży do ich metalowych misek wodnistej zupy. Piotr i jego brygadier przekroczyli zonę w milczeniu, rozcierając swoje dłonie, tupiąc stopami po zamarzniętej ziemi i poruszając się w szybkim tempie. Przybyli do kwater strażniczych, gdzie zebrali się inni brygadierzy i gdzie rozgrywała się jakaś akcja, z tego, co było słychać, grożąca eskalacją. Termometr był rozbity; na ziemi połyskiwały odłamki szkła. Na zewnątrz zebrani byli strażnicy i różni brygadierzy, którzy byli w trakcie kłócenia się o to, czy przyrząd się zepsuł, czy został zniszczony. Piotr nie odważył się powiedzieć, że alkohol używany w zewnętrznym termometrze nie zamarzłby, chyba że temperatura wynosiłaby —114 °C. A nawet wtedy, byłoby mało prawdopodobnym, żeby termometr po prostu samoistnie pękł. Było bardzo zimno, ale nie aż tak. Władimir Antonowich polecił mu iść do *stołowoj* i odebrać swój przydział jedzenia. Sam miał tutaj pozostać, aby zobaczyć, w jaki sposób spór zostanie rozwiązany. — Możesz wziąć mój poranny przydział — powiedział do Piotra. Oddawanie swoich porcji jedzenia przez brygadierów czołowym robotnikom było powszechną praktyką.

Przed *stołowoj*, Józefina, Suzanna, i reszta ich brygady czekały na swoją kolej, aby wejść do budynku. Wejście było dozwolone tylko wtedy, kiedy wszyscy członkowie brygady byli obecni, choć brygadierzy i ich zastępcy mogli być nieobecni i upoważnić innego zeka do odebrania swojego przydziału. Piotr podszedł do nich, a jego matka poinformowała go, że Kasia jest chora i że miała udać się do lecznicy po sprawdzeniu obecności. Rzecz jasna, dodała Józefina, będą musiały coś dać w zamian lekarzowi i pielęgniarce.

Piotr i jego matka przyzwyczaili się do komunikowania się skróconym i nieskomplikowanym językiem sprawozdań. Żaden zek nie miał nigdy czasu—ani na rozmowy, ani na odnawianie znajomości, ani na myślenie. Józefina skończyła, informując syna, że mężczyźni z jego brygady byli już w *stołowoj* i odbierali swoją zupę. Piotr skinął głową, a ona słabo się uśmiechnęła. Piotr podszedł bezpośrednio do drzwi i wynegocjował wstęp u strażnika. Odebrał swoją porcję i drugą, przeznaczoną dla Władimira Antonowicza, a następnie usiadł, aby zjeść przy zatłoczonym stole. Dzień zaczął się wprawdzie nieciekawie, ale miał szczęście mieć dwie poranne porcje jedzenia. Piotr był młodym i wysokim mężczyzną, a im wyższym się było, tym więcej kalorii się potrzebowało. Zwłaszcza, żeby móc pracować w takim mrozie.

Zmartwienie na twarzy jego matki nie pozostało przez niego niezauważone. Wprawdzie jej sprawozdanie zostało dostarczone bez emocji, ale jej posępne spojrzenie i wyraz twarzy ujawniały problemy, których już teraz się spodziewała. A prawdą było, że nie była to przesadna reakcja. Piotr widział, jak mocni i młodzi mężczyźni umierali z powodu chorób, które byłyby jedynie drobnymi zimowymi dolegliwościami, gdyby nie głodowali oni cały czas i nie marzli, zaniedbani i przepracowani.

Poranna zupa była cienka i prawie całkowicie pozbawiona tłuszczu. Na powierzchni miski unosił się rybi ogon. Dookoła pływała połówka ziemniaka. Luksusem w misce Piotra była kluska robiona z mąki, element zarezerwowany tylko dla kotłów najlepszych brygad. Przydział chleba, rozprowadzany w barakach, był również większy niż u innych. Dzień wcześniej, Piotr i jego brygada ścięli więcej drzew niż którykolwiek oddział obozowy.

JAK ZAWSZE PRZYSZŁA PORA NA sprawdzenie obecności. Jednak istniały pewne rzeczy, na które zeki mogły liczyć, pomyślała Suzanna: pobudkę każdego ranka; zimno zimą, gorąco latem, szkodniki przez cały rok; pośpiech, aby ustawić się w kolejce przed *stołowoj* tylko po to, aby stać i czekać; marne śniadanie, które ledwo łagodziło stałe uczucie głodu; i, tuż przed długim dniem pracy, pierwsze sprawdzenie obecności.

Tego lutowego poranka, wydawało się, że sprawdzanie obecności nigdy się nie skończy. Strażnicy ciągle się mylili i musieli zaczynać liczenie od początku. — Może zamroziło im mózgi — pomyślała Suzanna, poruszając palcami w butach i rękawiczkach—pocieranie rąk czy tupanie było zabronione w czasie sprawdzania obecności. Zeki były zmuszone stać nieruchomo w szyku bez względu na pogodę, w śniegu czy palącym słońcu, podczas gdy strażnicy ich przeliczali.

W końcu liczenie zostało zakończone. Suzanna i inne *pridurki* musiały czekać w zonie, podczas gdy otwierane były bramy. Dopiero po wyjściu większości więźniów mogły rozejść się do swoich różnych obowiązków.

Suzanna i jej matka wróciły razem do baraku. Kasia była zlana kwaśnym potem. Ściągnęły jej ubranka, które Mama spaliła w małym piecyku w ich baraku. Suzanna szybko zawinęła dziewczynkę w koc, i wraz z Józefiną zabrała ją do lecznicy.

Lekarz potwierdził to, co Suzanna i jej matka podejrzewały, i czego się obawiały—Kasia miała ostry przypadek zapalenia płuc; kiedy Józefina zapytała o lekarstwa, pielęgniarka roześmiała się.

— Naprawdę myślałyście, że mamy tutaj takie rzeczy? — zapytała kobieta.

Ponieważ temperatura Kasi była ciągle wysoka, dziewczynka wymagała częstego nacierania alkoholem. Jej pościel trzeba było zmieniać i prać. Jeśli jej apetyt miał przetrwać początek infekcji, trzeba było ją nakarmić. Kiedy Suzanna zaproponowała, że zaopiekuje się Kasią po zakończeniu swojego dnia pracy, jej matka nie zaprotestowała. Gdyby jedna z nich nie zaopiekowała się dzieckiem, nikt by tego nie zrobił. Pielęgniarka i lekarz byli pochłonięci opieką nad innymi beznadziejnie chorymi więźniami z obozu. Oni również mieli normy do wypracowania.

Po około godzinie udało im się obniżyć gorączkę Kasi i podać jej wodę. W końcu zasnęła. Jej głowa, pokryta przepoconymi loczkami, była ułożona na poduszce, luksusie, którego większość zeków nie znała. Suzanna i jej matka opuściły lecznicę. Każda z nich skierowała się do swojego miejsca pracy.

— Suzanna Iliiniczna, jesteś spóźniona — powiedziała kierowniczka pralni, kiedy Suzanna zjawiła się obok jednej z pustych misek w budynku. Kobieta, Anna Federowna, była ciężka w swoim tonie i postawie, ale Suzanna wiedziała, że była osobą uprzejmą i sprawiedliwą.

— Przepraszam, obywatelko naczelniczko — odpowiedziała. — Miałam pozwolenie, aby zabrać Kasię do lecznicy.

— Jest bardzo chora? — zapytała kobieta. Kasia zauroczyła już wszystkie kobiety w pralni, nawet te najbardziej zatwardziałe.

Suzanna skinęła głową. — Chorowała przez całą noc — przyznała. Następnie znalazła wiadro i wyszła z powrotem na zewnątrz, kierując się w kierunku pompy wodnej. Był to kiepski dzień na pranie, zbyt zimny, ale jakiś problem znajdował się zawsze—czy pogoda, komary i meszki, czy też osłabienie od ciągłego głodu— a to, co musiało być zrobione, musiało być zrobione. W drodze po wodę, Suzanna przypomniała sobie swój sen z początku dnia. Z Helenką siedzącą obok jej łóżka. Wspomnienie snu przywołało wspomnienie prawdziwej sytuacji, kiedy Helenka opowiadała jej pewną historię, ludową bajkę, którą powtarzała tak często, że Suzanna zapamiętała ją w całości. — Dawno, dawno temu, była sobie mała dziewczynka o imieniu Zosia — brzmiał początek opowieści.

W tej historii, Zosia wracała do domu z targu we wsi z fartuchem pełnym kapusty. Mieszkała w głębi lasu, a droga do domu trwała bardzo długo. Po kilku godzinach postanowiła odpocząć pod starą lipą. Kiedy oparła się o jej pień, poczuła nagle, że coś poruszyło się w jej fartuchu i bardzo się przestraszyła. — Cóż to może być? — zastanawiała się Zosia. Już miała upuścić całą kapustę na ziemię, kiedy poczuła, że coś ciągnie ją od tyłu za spódnicę. Kiedy spojrzała w dół, zobaczyła olbrzymiego wilka stojącego tuż obok. Był pięknym okazem zwierzęcia, umięśnionym i pokrytym grubym futrem. Było ono białe niczym mleko. Spojrzał na nią swoimi bursztynowymi oczami. Potem warknął i pokazał zęby. Zanim Zosia zdążyła krzyknąć, tłusty, potworny szczur wyskoczył z jej fartucha i umknął w zarośla. Wilk pobiegł za nim i oboje zniknęli w ciemnym lesie.

Suzanna napompowała wiadro pełne wody i pomaszerowała z powrotem do pralni. Helenka zawsze ją zapewniała, że wilki nie były złymi stworzeniami, pomimo tego, że tak malowały je bajki— w rzeczywistości były zwierzętami wielkodusznymi i inteligentnymi. Może dlatego Mama tak bardzo lubiła Helenkę, pomyślała Suzanna, ponieważ obie tak szanowały psy, zarówno udomowione, jak i dzikie.

W BAJCE ZOSIA POBIEGŁA DO domu. Kiedy przybyła do małej chatki, w której mieszkała, jej babcia siedziała przy kominku, łuskając groszek.

— Babciu — powiedziała dziewczynka. — Mam ci do opowiedzenia dziwną historię — i opowiedziała babci o wilku i szczurze.

— Masz szczęście, że wilk zjawił się w tym momencie — stwierdziła babcia. — Szczur był diabłem w przebraniu i bez wątpienia chciał ci wyrządzić jakąś szkodę.

Helenka zawsze lubiła robić krótką pauzę przed ujawnieniem morału bajki. Suzanna słyszała jej głos, którego każda sylaba i intonacja były jej tak bliskie, a jednocześnie tak bardzo teraz dalekie.

— Chodzi o to, Suzi, że czasami wilk może wydawać się straszny i zły, ale tak naprawdę może ci przyjść z pomocą — wyjaśniała Helenka. — Nie oceniaj więc nikogo po jego wyglądzie.

Podczas gdy woda grzała się na małym piecyku w pralni, Suzanna rozmyślała o wilkach. Wszystkie zeki słyszały wycie dochodzące z lasu, ale prawie nigdy nie widywali wilków na własne oczy. Końcem listopada, wilk został jednak zauważony za wysokim drewnianym ogrodzeniem otaczającym obóz. Strażnik strzelił do niego z wieży, okulawiając zwierzę, które odeszło, utykając, i zostawiając za sobą ślad krwi. Wszyscy polscy więźniowie obwiniali strażnika za nawał nieszczęść, które nastąpiły po wydarzeniu. Od myszy, które zjadły w jedną noc całe zapasy mąki, do tygodnia nieprzerwanego deszczu i błota, albo paczek zgniecionych w transporcie—wszystkie te niepowodzenia zostały spowodowane przez tego głupiego strażnika, który albo z nudów, albo ze złośliwości, zranił wilka. Na skutek tego, komendant obozu wydał obwieszczenie: nie wolno było strzelać do dzikich zwierząt dla rozrywki.

Suzanna obserwowała, jak inne kobiety w ciemnej i zaparowanej pralni tarły, wyciskały i wywieszały pranie. Inne *pridurki* były głównie starszymi kobietami, które nie były już w stanie harować w trudnych warunkach na świeżym powietrzu. Wiele z nich miało już za sobą wiele lat pracy w lesie. Suzannę zdumiewał fakt, że udało im się ten okres przeżyć. Każda z nich była skazana za naruszenie artykułu 58. Każda z nich, jak Suzanna, miała kiedyś inne życie, dom, łóżko, stół, przy którym jadła. Może niektóre miały nawet ogrody lub konie, albo lubiły długie spacery ze swoimi psami. Czy bały się wilków, czy je kochały? Jakie bajki opowiadały swoim dzieciom lub wnukom? Suzanna obiecała sobie, że opowie Kasi historię o wilku i diable zaraz po swoim powrocie do lecznicy. W międzyczasie, było mnóstwo prania do wyszorowania, wyciśnięcia, i powieszenia. Wody do napompowania i doniesienia. Pieca do ogrzania. Pościeli do złożenia.

Kasia nie zdążyła usłyszeć bajki. Kiedy Suzanna w końcu wróciła do lecznicy tego dnia w połowie lutego w 1941 roku, stan dziecka się pogorszył, i znowu trawiła je gorączka. I choć Suzanna opiekowała się nią z matczyną czujnością—przecierając ją alkoholem, zmieniając jej pościel, przyciskając szmatkę zanurzoną w wodzie do ust dziewczynki—Kasia zmarła.

Suzanna nie była zaskoczona, kiedy sama zachorowała, choć później starała się zapomnieć o tym strasznym okresie. Przez kilka tygodni wiła się w gorączce na szpitalnym łóżku w lecznicy, i przez parę dni była zupełnie nieprzytomna. — Silna polska dziewczyna — powiedziała o Suzannie pielęgniarka, kiedy ta przeżyła, co było rzadkością. Jej płuca były na trwałe pokryte bliznami. Wiele lat później, Suzanna cierpiała na ataki zapalenia płuc, z których kilka było tak poważnych, że wymagały hospitalizacji. Podczas tych nawrotów choroby, które nazywała porą śmierci Kasi—a, po cichu, zimą wiatru i wilków—myślała o małej dziewczynce, którą kochała, ale której życia nie mogła ocalić.

Wiosna była krótka i błotnista. Choć Suzanna wyzdrowiała, oddychała z większym trudem i szybciej się męczyła. Lato i jego nagły upał przyniosły zieleń, a czasami nawet jedno lub dwa warzywa. Praca trwała dzień w dzień. Mówiono, że więźniowie mieli szczęście— w tym obozie wolno im było otrzymywać listy i paczki. I, od czasu do czasu, Józefina znajdywała paczkę od Milly, który zawierała co tylko mogła ona zdobyć w tym czasie wielkich niedoborów żywności— kiełbasę, jedwabne nici, kawałki tkaniny, a raz nawet cytrynę, która wywołała sensację wśród obozowego szefostwa, którzy, jak twierdzili, od lat nie pili przyzwoitej filiżanki herbaty. Wiadomości o wojnie nadchodziły w kawałkach—w listach, których zawartość umknęła cenzorom; z nowo przybyłymi więźniami przysłanymi z innych obozów i osad; od *pridurków*, które pracowały w biurze komendanta i zdołały podsłuchać raportów transmitowanych przez radio. Nikt nie wiedział, w co wierzyć. Stale nasilająca się wojna oznaczała tylko jedno dla zeków: więcej pracy, wyższe normy, mniej jedzenia, więcej zgonów. Świat poza ZSRR był bardzo daleko, ale był również w twoim brzuchu.

I WTEDY NIEMCY NAPADLI NA Związek Radziecki. Lecz zanim Józefina i jej dzieci dowiedziały się o tym, Juliusz Kohn stał się już jedną z pierwszych ofiar, zamordowany przez Sowietów zanim hitlerowcy dotarli do Lwowa, ciała jego i innych więźniów pozostawione tam, gdzie upadły. Nie miało być im dane poznać jego losu. A gdyby dowiedzieli się o tym, co się z nim stało, zdecydowaliby się nigdy o tym nie mówić.

Za kratami kończy się świat

JULIUSZ KOHN CZEKAŁ NA SWOJE STRACENIE wraz z setkami innych więźniów. Żaden z nich nie wiedział, dlaczego mają zostać zabici, ale wszyscy słyszeli pogłoski o niedawnej hitlerowskiej inwazji na ZSRR. Kilka dni wcześniej byli więźniami. Dzisiaj mieli umrzeć. Czekając na swoją kolej w jednej z przejściowych cel więzienia numer 2, Juliusz przypomniał sobie pewien dzień, dawno temu, kiedy jego ojciec zabrał go wraz z jego siostrą do Tiergarten Schönbrunn, wiedeńskiego zoo, aby zobaczyć pierwszego słonia urodzonego w niewoli. Juliusz miał jedenaście lat, Greta osiem.

Jak większość ludzi mieszkających w Cieszynie, Juliusz nigdy wcześniej nie widział prawdziwego słonia. Lub prawdziwego nosorożca. Albo prawdziwych tygrysów. W jego domu na zachodnim brzegu Olzy, dni kręciły się wokół rodziny i obowiązków, nauki i interesów. Dom lat dziecinnych Juliusza, trzypiętrowy budynek przy Hocheneggergasse 15, znajdował się na rogu. Był to prosty budynek ozdobiony skromnymi ornamentami.

W letnie popołudnia Ernestyna Kohn lubiła siedzieć z dziećmi w salonie i oglądać tomy książek. Juliusz nie mógł się doczekać tych chwil. Jego matka gustowała w atlasach i w poezji, a także w fotografiach, które to tomy kolekcjonowała podczas regularnych wizyt w księgarni Zygmunta Stuksa po drugiej stronie rzeki, i przez sieć członków rodziny, którzy wysłali jej pocztówki i broszury. Istotnie, tuż przed wyprawą do zoo, matka Juliusza pokazała jemu i Grecie słynną XVI—wieczną akwafortę Albrechta Dürera przedstawiającą nosorożca o imieniu Ganda, którego życie dobiegło nagłego końca w katastrofie statku w rejsie do Rzymu. Przeczytała im wiersz Rilkego o panterze w paryskim zoo. Jedna z jej fraz, „i nie ma świata prócz prętów tysiąca", przemówiła teraz do Juliusza w sposób, którego nie mógł się spodziewać. Historie tych zwierząt, uwięzionych na swoich wybiegach i pożeranych wzrokiem przez tłumy, były historiami ludzkiej hańby, wyjaśniła swoim dzieciom Ernestyna.

Ale Juliusz był chłopcem w okresie, kiedy mężczyźni podejmowali się podróży do Indii, Afryki, obu Ameryk, i zamarzniętych biegunów północnego i południowego. Pragnął zobaczyć egzotyczne zwierzęta, a, nawet bardziej, wybrać się w podróż do ich odległych siedlisk. Słuchał i rozważał opinie matki o łapaniu i wystawianiu na pokaz dzikich stworzeń, ale wciąż marzył o tym, aby takie zwierzęta zobaczyć. A ponieważ nikt nie planował zabrać go do Serengeti w Afryce czy Gangesu w Indiach, musiało mu wystarczyć zobaczenie słonia w zoo.

Jego wujek Eugen rozumiał ciekawość Juliusza. Jako zagorzały kawaler bez dzieci, Eugen uwielbiał bratanka, rozpalając jego wyobraźnię opowieściami Anglika, Rudyarda Kiplinga, którego tłumaczył z angielskiego dla rozrywki. Autor ten, jak Eugen wyjaśnił Juliuszowi, był człowiekiem godnym podziwu, ponieważ żył w dwóch światach. Było to coś, czego Juliusz nie zrozumiałby tak naprawdę aż do zakończenia Wielkiej Wojny, kiedy Cieszyn, byłe księstwo imperium Habsburskiego, został podzielony pomiędzy dwoma krajami, przecięty na pół, i nazwany Cieszynem po stronie polskiej, i Českým-Těšínem po stronie czeskiej. Po roku 1920, odwiedziny u krewnych, którzy mieszkali po drugiej stronie rzeki, oznaczały przekroczenie nie tylko mostu, ale również nowo utworzonej granicy.

Juliusz tęsknił za swoim Wujem Eugenem, dymem jego fajki, i ciężkimi meblami w jego biurze adwokackim w budynku przy ulicy Głębokiej 54. Za wszystkimi ręcznie obrabianymi skórzanymi tomami prawa na wysokich półkach. Tęsknił za palcami jego wujka, splamionymi tuszem, i jego pasją do popołudniowych ciast i kawy. Juliusz uwielbiał go odwiedzać, zwłaszcza, kiedy Wujek Eugen czytał mu te wspaniałe opowieści Kiplinga, który mieszkał w Indiach, i którego opowieści o tym, skąd nosorożce dostały swoją skórę, i lampart swoje plamki, urzekały Juliusza.

Ale słoniątko Mädi było cztery godziny na zachód od Cieszyna, w Wiedniu. Było sensacją, szczegółowo opisaną przez ciotkę Laurę w ostatnim liście z jej domu w cesarskim mieście. — Jej nowość — pisała — przechodzi wszelkie oczekiwania.

Ciotka Laura: Juliusz nie chciał myśleć o tym, co się z nią stało. Pozostała w Wiedniu, gdzie już przed rozpoczęciem wojny było tak wiele problemów. Cóż z niej była za kobieta: okrągła jak bajgiel, lubił żartować jej mąż, co zawsze doprowadzało bratanice i bratanków do chichotów, choć samo kuzynostwo czuło się pokrzepione jej ciepłem. Juliusz i Greta byli równie oczarowani córką Laury, Hedwig, która, o ile pamiętał, wyjechała do Londynu w roku 1939, przed atakiem hitlerowców. Było bardzo trudno zapamiętać wszystkie detale—na przykład tego, gdzie wszyscy byli, kiedy rozpoczęło się bombardowanie. Jak wyglądałby świat, gdyby nie został nikt, kto pamiętałby, co się stało z innymi? Ale Laura, Laura była w Wiedniu kiedy uciekli z Cieszyna... powiedziała, że nie może wyjechać. Powiedziała, że sobie poradzi. Podziękowała Juliuszowi za pieniądze, które jej wysłał.

— PROSZĘ, OJCZE — BŁAGAŁ jako chłopiec, po usłyszeniu opisu zwierzęcia Cioci Laury — zabierz nas proszę do Wiednia, żeby zobaczyć słoniątko. — Juliusz nie ośmielił się spojrzeć na matkę, zagłębioną w lekturze ostatniego listu swojej bratowej, prawie niezauważalnie potrząsającą głową w chwilach, w których natknęła się na jedną z plotek, które Laura dopisywała do listu dla przyjemności dorosłych.

Z drugiego końca pokoju, Juliusz czuł rozczarowanie swojej matki spowodowane jego determinacją, aby zobaczyć słonia, ale ten impuls niemal go obezwładniał. Greta pociągnęła ojca za rękaw i powiedziała, że ona również chce iść do zoo i zobaczyć słonia. — Chodzę za tobą jak mały cień, Julek — powiedziała. Jej ciemne oczy były już rozpalone pewnym ogniem, który dwadzieścia lat później zobaczył w swojej córce, Suzannie.

Juliusz zastanawiał się teraz, jak radziła sobie jego Suzi, i czy jego syn, Piotr, opiekował się nią. Myślał o swojej siostrze, Grecie i jej mężu, Ernście. Przetrwali czy zginęli? Jeśli zginęli, czy zostali pochowani? I gdzie? Dodał te niewiadome do długiej listy rzeczy, których nigdy nie miało być mu dane wiedzieć, spisu, który próbował ignorować, ponieważ kiedy zaczynał myśleć o wszystkim, czego nigdy miał się nie dowiedzieć, czuł się pokonany.

Swoją drogą, Ernst miał rację: nieważne, ile pieniędzy zainwestowali w swoim kraju lub wspólnocie, lub jak wysokie mieli wykształcenie, lub jak doskonale mówili po niemiecku; niezależnie od ich służby wojskowej dla cesarstwa, czy przynależności do nieżydowskich organizacji społecznych, dalej byli Żydami. A zatem, jak wyraził to Ernst, ludźmi niepotrzebnymi. Niepotrzebnymi! Tak, było to prawidłowe słowo, choć Juliusz sprzeczał się ze swoim szwagrem tej nocy, której on go użył. Greta, siedząc przy ogniu, z głową pochyloną nad jakimś szyciem, wymamrotała pod nosem — Być może powinniśmy byli nauczyć się lepiej modlić.

Juliusz nauczył się modlić w więzieniu. Pewnego wieczoru stanął patrząc w kierunku na wschód i wyrecytował Szemę. Był zaskoczony, kiedy okazało się, że wciąż pamięta modlitwę. Powróciły święte słowa, tak wyraziste, jak kiedy usłyszał je po raz pierwszy wypowiedziane w synagodze w rodzinnym mieście. Wujek Ferdinand, jeden z braci jego ojca, zabrał go do świątyni jako chłopca. Juliusz był skrępowany, nie wiedząc, co ma robić. Stał wśród grupy mężczyzn. Trzymał sidur, ale nie umiał czytać hebrajskiego ani go nie rozumiał.

W TEJ PIERWSZEJ CELI W więzieniu na Brygidkach—szerokiej na trzy i pół kroków, długiej na dziewięć—Juliusz pozostał przez kilka tygodni. Najpierw z dziesięcioma innymi, potem dwunastoma. Mężczyznami, kobietami i dziećmi. Wszyscy oni wyskubywali wszy ze swoich ubrań, co na początku przyprawiało go o mdłości, ale z czasem, jak każdy w tych okropnych pomieszczeniach, Juliusz zaczął robić to samo. Jedna prycza. Jedno okno, przez które nie wolno im było wyglądać. Jedno wiadro. Brak prywatności. Tej pierwszej nocy, jego jedynym pragnieniem było krzyczeć. Zmiażdżenie tego impulsu wydawało się niewykonalne. Od momentu, kiedy wepchnięto Juliusza do maleńkiej celi, wiedział, że oszaleje, jeśli nie będzie kontrolował swojego umysłu. Więc czemu nie zwrócić się w końcu do Boga, który, aż do tego momentu, był ulotnym pojęciem, które częściej gasło niż istniało, jak świeca przed otwartym oknem?

O co modli się człowiek, który miał wszystko, a potem stracił to w przeciągu dwudziestu czterech godzin? Jak się modli, jeśli nie modlił się wiele wcześniej? W co wierzy? Czy Bóg go przygarnie i pocieszy, jeśli taki człowiek zwróci się do niego w rozpaczy? Po wypowiedzeniu Szemy, Juliusz najpierw modlił się o pomyślność dla tych, którzy mu byli najdroższi: aby nie spotkał ich ten sam los, co jego. Modlił się, aby jego rodzinie udało się przedostać do Anglii, czego tak bardzo pragnęła Finka. O bezpieczeństwo jego żony i córki. Aby jego syn, Piotr, miał na tyle przytomności umysłu, aby działać, jeśli pojawiłoby się niebezpieczeństwo. Później Juliusz modlił się o inne rzeczy: aby zakończyło się cierpienie kolegi z celi. Aby ustały krzyki torturowanego więźnia, który wył niczym zwierzę. Aby wszy zostały rozgromione. O widok nieba. O więcej powietrza, więcej ciepła, więcej jedzenia. O łyk wody.

Czasami modlił się o samą wiarę.

Niekończące się oczekiwanie w zatłoczonej celi—a na co tak naprawdę czekali, często pytał samego siebie—było, ostatecznie, nieprzerwanym korowodem dni i nocy, przerywanym przez przesłuchiwania i tortury. Chwilę wytchnienia więźniowie otrzymywali bardzo rzadko, kiedy strażnicy wyprowadzali ich, aby mogli skorzystać z latryny. W tych bezcennych chwilach, gdy więźniom przyznano przywileje korzystania z toalety, to kobiety więźniarki szeptały do nich dla dodania im otuchy, kiedy mijali się w korytarzu: — Będzie dobrze — mówiły. — Zobaczycie. Wszystko będzie dobrze. Tylko się nie poddawajcie. Nigdy.

Teraz, stojąc w celi i czekając, aż nadejdzie jego kat, Juliusz przypomniał sobie ten dzień w ogrodzie zoologicznym w Wiedniu. — Czy słonie modlą się? — zastanawiał się podczas ostatniej godziny swojego życia.

Szare niczym błotnista kałuża, słoniątko Mädi chwiało się na swoich nóżkach niczym drzewo w czasie wichury. Jej uszy wyglądały jak olbrzymie, miękkie płatki niewyobrażalnego kwiatu, jej oczy zaspane po obiedzie z mleka mamy. Greta rozpłakała się, kiedy ją ujrzała i nie przestała, dopóki nie zasnęła tej nocy w ramionach Ciotki Laury. Juliusz nie rozumiał, dlaczego jego siostra nie mogła znieść widoku słoniątka.

— Greta, popatrz na jej trąbę, jak jej używa do poznawania rzeczy przez dotyk. Spójrz na jej ogon, jak odgania nim muchy — powiedział, próbując przekonać ją do zignorowania oczywistej tragedii niewoli zwierzęcia. Ale jego siostra tylko rozpłakała się jeszcze bardziej. A kiedy nie udało mu się jej uspokoić, Juliusz spojrzał na

Mizzi, matkę słonicę, i myślał nie o smutku, który rozpoznał w jej oczach, ale o deszczowych chmurach i błyszczących liściach kauczukowców, i o przygodach, jakie mógł przeżywać na ziemiach, po których wędrowały takie zwierzęta.

Takie myśli wypełniały jego głowę, kiedy był chłopcem… powrócenie do tych wspomnień, kiedy czekał na swoją kolej, aby umrzeć, było dziwnym rodzajem ulgi. Przez ostatnie osiemnaście miesięcy—najpierw na Brygidkach a teraz tutaj, w Więzieniu Zamarstynowskim—rozpacz, a nie idealizm, rządziła długimi dniami, z których każdy był niekończącą się serią upokorzeń. Mieszkał w dusznych pomieszczeniach wypełnionych złamanymi mężczyznami, kobietami i dziećmi, z których wszyscy byli bliscy omdlenia od ogromnego głodu, który zżerał ich od środka. Każdy z nich przyzwyczajony był do otwartej amoralności ludzi, których kiedyś nazywali przyjaciółmi, sąsiadami lub rodakami. Lata chłopięce Juliusza należały do innego miejsca i czasu, z których oba już nie istniały, wspomnień, które nie miały już jakiegokolwiek znaczenia, ponieważ nie mogły być przekazane następnemu pokoleniu, aby ono je zachowało lub zakwestionowało. Juliusz ubolewał wtedy nad swoim synem, Piotrem, który miał nigdy nie poznać swojego ojca jako mężczyzny, ponieważ nigdy nie byłoby im dane być mężczyznami w tym samym czasie.

Wydawało mu się, że czuł obok siebie słoniątko Mädi, kiedy kroki jego kata rozległy się echem w więziennym korytarzu. Gdyby tylko mógł się przenieść, jak za dotknięciem czarodziejskiej różdżki, w ten moment, kiedy po raz pierwszy zobaczył słoniątko. Żałował, że nie mógł powiedzieć swoim dzieciom, ile nauczył się pomiędzy tamtym dniem a dzisiejszym. Gdyby Juliusz prowadził pamiętnik, jego syn i córka mieliby zapis jego życia. Ale był oczywiście zbyt zajęty, zbyt wiele podróżował. Ledwo udawało mu się znaleźć czas na przeczytanie książki. Dzieci znałyby tylko rzeczy powierzchowne: Że kiedyś pisał poezję. Że grał w tenisa i był funkcjonariuszem

w komitecie organizacyjnym swojego klubu. Zarabiał wystarczająco dużo pieniędzy, aby mieć służących i samochód. Miał łysinę i nosił opaskę na oku. Był osobą, która lubiła odwiedzać przyjaciół i zapraszać ich do siebie. Że był kiedyś członkiem Niemieckiego Stowarzyszenia Teatralnego. Ale oni—a tak naprawdę nawet Finka—mogli nigdy się nie dowiedzieć, że umarł w Więzieniu Zamarstynowskim we Lwowie, albo tego, czy cierpiał, albo dlaczego został zabity. Z całą pewnością nigdy nie wiedzieliby, co to robi z mężczyzną, kiedy widzi on przerażenie na twarzy żony, albo słyszy stłumione szlochy swojej matki, kiedy żołnierze sowieccy przychodzą o najciemniejszej godzinie nocy, aby go aresztować. Lub że modlił się w tym momencie, niezdarnie, bo nie modlił się, odkąd był chłopcem uczącym się Szemy:
— Proszę, Adonai — mówił cicho — pozwól moim dzieciom przespać tę chwilę, nie pozwól im zobaczyć mojego aresztowania. — Lub że ze wszystkich rzeczy, za którymi tęsknił, teraz nieobecny głos jego żony i śmiech jego dzieci w ich domu w Cieszynie bolały go najbardziej. Nigdy nie wiedzieliby, czy wierzył w Boga czy w sprawiedliwość, ani o tym, w czym znajdował piękno.

Twarz Finki. Jej ręce. Jej sylwetka, kiedy przecinała warstwy świeżego śniegu swoimi nartami. Zapach ciemnych, gęstych włosów jego córki, kiedy podnosił ją, aby mogła przypatrzeć się ostentacyjnie pięknym majowym kwiatom kasztanowca. To, jak Piotr mrużył oczy, kiedy patrzył na gwiazdy w letnią noc, szukając konstelacji, które znał—tutaj Wielki Wóz, tam Pas Oriona. Jak Piotr dokuczał swojej siostrze, Suzi, tak jak Juliusz dokuczał kiedyś Grecie. Ciepły, znany zapach pierogów Helenki dochodzący z kuchni w zimowy wieczór.

— NASZE ŻYCIE BYŁO TAK wygodne przed wojną — powiedział pewnego wieczoru jeden ze współwięźniów Juliusza, a propos niczego, tuż zanim został wyciągnięty z celi i nigdy już nie wrócił.

Wygodne życie: Wieczór przed jego zaręczynami, kiedy Juliusz po raz pierwszy objął Finkę, z delikatnym zapachem jakiegoś kwiatu za jej uchem. Trzymał ją za rękę pod bezami, pił szampana i cieszył się kurtuazjami rodziców, zawsze pełnych nadziei i podekscytowanych perspektywą zaręczyn. Józefina: ta kobieta nie przekraczała jedynie progów, a raczej wchodziła do każdego pokoju zamaszystym, dumnym krokiem, jak cesarzowa wracająca z polowania. Nie była nigdy po prostu głodna, zmęczona, szczęśliwa czy wypoczęta—zamiast tego, umierała z głodu, lub ze zmęczenia, tryskała energią, albo przepełniała ją rześkość ducha. Józefinie zostało nadane bardzo właściwe imię, lubił jej mówić. — Moja cesarzowa — żartował czasami. Nawet po ich konkurach—długich szabasowych popołudniach na sofie z końskiego włosia, pod czujnym okiem jej praktykującej matki, Karoli Eisner, i bardziej wyrozumiałym okiem ojca, Hermanna— Juliusz czuł się szczęściarzem, mogąc poślubić taką kobietę. Mówił jej, że został pobłogosławiony, choć Finka protestowała, uśmiechając się jednak delikatnie. Po urządzeniu się w rodzinnej rezydencji Kohnów przy ulicy Głębokiej, Finka zorganizowała wyjazd na inscenizację *Don Giovanniego* Richarda Straussa w Wiedeńskiej Operze. — Czyż ta Elizabeth Schumann nie była po prostu zachwycająca w roli Zerliny? — zapytała, kiedy jedli w Café Tivoli, i —czy nie byłoby wspaniale mieszkać w pobliżu słynnej Ringstrasse?

Lecz jego żona nie była wcale niezadowolona z perspektywy dzielenia z Juliuszem i jego wujkami czteropiętrowej kamienicy w śląskim miasteczku—Małym Wiedniu, jak go wszyscy nazywali—w miejscu, które stało się Polską. Spędzała czas na wędrówkach po pobliskich Beskidach, jeździła na narty do Innsbrucku, grała w tenisa, i organizowała proszone kolacje dla swoich przyjaciół i rodziny.

W okresie letnim wyjeżdżali w zacisze wzgórz Skoczowa, gdzie poznali wiedeńskiego malarza, Sergiusza Pausera. Juliusz zlecił artyście namalowanie portretu swojej rodziny w połowie lat 30. Kiedy Finka pozowała dla Pausera, potrafiła siedzieć w całkowitym bezruchu przez wiele godzin. Takie pozowanie było duże trudniejsze dla Juliusza i dzieci. Obrazy zostały powieszone w domu na ulicy

Menniczej i wywołały sensację wśród rodziny i przyjaciół. Juliusz przypomniał sobie teraz stylizowany wizerunek Finki stworzony przez malarza: owiniętej w brązową sukienkę, z żółtą chustą z Paryża na szyi, przechylonym czerwonym beretem na głowie, i pasującą marynarką na jej ramieniu. Jej postura wyrażała majestatyczne opanowanie. Jej wyraz twarzy był poważny, prawie melancholijny, a spojrzenie nieco odległe. Malarz uchwycił pewną nostalgię w sposobie, w jaki Finka patrzyła poza ramy obrazu, spojrzeniem, który Juliusz widział na jej twarzy kilka lat wcześniej, kiedy siedziała w ogrodzie na tyłach domu po doglądnięciu róż. Popołudniowe światło zmiękczyło rysy jej twarzy i sprawiło, że wydawała się jak nie z tego świata, ale w jej oczach widoczny był smutek, którego wcześniej nie widział. Czy była po prostu nowoczesną kobietą na skraju wyczerpania, i czy właśnie to uchwycił Pauser? Czy może wyobrażała już sobie smutną przyszłość, która ich czekała?

Finka miała rację, tak jak Ernst. Powinni byli opuścić Polskę w 1938 roku, kiedy mieli wciąż czas i pieniądze. Powinni byli posłuchać ostrzeżeń. Powinni byli przywiązywać do tych rzeczy uwagę. Juliusz przypomniał sobie nagle rozmowę z żoną pewnego poranka, o Sigmundzie Freudzie, choć nie mógł odtworzyć szczegółów tego, o czym mówiła. Powinien był podjąć działanie tego dnia. Ale co dawało rozmyślanie o niepodjętych decyzjach? W pytaniach „a co, gdyby" nie było ukojenia, jedynie żal. A poza tym, Juliusz i Finka dokonali wielu wyborów, ponieważ mieli nadzieję—lub przynajmniej on sam ją miał—że nikt z jakimkolwiek poczuciem przyzwoitości nie pozwoli Hitlerowi zwyciężyć. Nadzieja była w obecnych czasach zanikającym konceptem; żywienie jej oznaczało wiarę w coś więcej, niż materialny świat i ego; być może w Boga. Kiedy to, co było nieuniknione, wreszcie się stało—hitlerowcy wmaszerowali do Cieszyna, niemieckie bomby spadły na Warszawę, Sowieci przejęli Lwów, a pomoc Francji i Anglii nie zmaterializowała się—ich nadzieja została, rzecz jasna, zniszczona. On i Finka, jak wszyscy, których znali, i którzy znaleźli się w tej samej sytuacji, starali się po prostu tak, jak mogli.

JULIUSZ POCZUŁ SŁONY SMAK NA ustach i zaskoczyło go to, jak bardzo był spocony, kiedy dotknął swojej twarzy. Czuł żelazny zapach krwi i fetor przerażenia unoszący się nad wyczerpanymi mężczyznami i kobietami, którzy czekali na śmierć tak jak on. Jeden strzał za drugim, dźwięk wymęczonych westchnień, stłumione jęki i ciała upadające na podłogę. NKWD przeniosło więźniów do piwnicy więzienia, a jego cela miała być następna.

Iwan Szumakow, zastępca dyrektora Wydziału Śledztw NKWD we Lwowie, pojawił się przed żelaznymi kratami. Patrząc na listę, wymawiał imię i nazwisko oraz numer identyfikacyjny każdego więźnia. Robił to z poważnym wyrazem twarzy, jakby sylaby, które tak starannie wypowiadał należały do imion jego własnej rodziny. Kiedy tylko więzień podchodził do przodu, żołnierz u boku Szumakowa kierował w jego stronę swój pistolet i strzelał, w sposób tak systematyczny, jak fabryczny robotnik mocujący nit. Zastępca dyrektora zaznaczał wykonane zadanie ołówkiem przy każdym nazwisku.

— Kohn, Ilia Emiritowicz — zawołał.

Szumakow był nawet przystojny, w ten twardy, sowiecki sposób. Wysoki, barczysty, ogolony. Brązowe oczy. Ciemne włosy, krótkie i skrupulatnie przeczesane. Jego mundur był bez skazy, i możliwe, że nawet niedawno wypolerował guziki swojego płaszcza. Ale jego buty były opryskane krwią. I w tym momencie Juliusz zauważył, że jego oczy były przekrwione, jakby dopasowane do wszystkiego.

W pierwszych dniach i tygodniach, które Juliusz spędził w Więzieniu Zamarstynowskim, to właśnie Iwan Szumakow go przesłuchiwał. Siedzieli godzinami w małym, zatęchłym pokoju. Nieosłonięta żarówka rzucała ostre światło na obskurne betonowe ściany. Juliusz był nie tyle ubrany, co nakryty szarymi szmatami. Oficer NKWD miał na sobie nieskazitelnie białą koszulę i spodnie z kantem tak ostrym, że można było się o niego skaleczyć. Jego mundurowa kurtka, ozdobiona medalami, wisiała na haku, i ta mała odrobina normalności wydawała się Juliuszowi w jakiś sposób nie na miejscu, bardziej niż cokolwiek innego.

Szumakow powoli podwinął rękawy. Podniósł się, aby umyć ręce w małym zlewozmywaku w rogu. Pozostawił kran odkręcony przez dłuższą chwilę. Dźwięk płynącej wody był zniewagą dla każdego więźnia w Zamarstynowskim, gdzie możliwość kąpieli praktycznie nie istniała, a pragnienie ugasić można było bardzo rzadko. Szumakow wyszorował ręce skrupulatnie niczym chirurg. Następnie wytarł je, wziął krzesło, zatarł swoje dłonie, i odsłonił talerz zawierający jego kolację, kurczaka i ziemniaki, stojący na stole. Zaczął jeść swój posiłek, podczas gdy Juliusz siedział i patrzył. Kiedy Szumakow skończył kroić i przeżuwać, co, jak wydawało się Juliuszowi, wykonywał z przećwiczonym opanowaniem, odłożył widelec i nóż, złożył serwetkę i zaoferował swojemu więźniowi dwa tłuste skrawki chrząstki i kości.

Juliusz odmówił. Jego strażnik umieścił talerz na podłodze, wyciągnął z kabury swój rewolwer i przyłożył jego lufę do skroni Juliusza.

— Na ziemię. Jedz, ty nędzny psie — rozkazał Szumakow. — Albo, jak Bóg mi świadkiem, znajdę twoją żonę i dzieci i przyprowadzę je tutaj, aby zobaczyły, jak z tobą kończę. — Podniósł papiery, które leżały na stole obok jego talerza i zbadał je. — Żona: Josefa. Dzieci: Piotr Zygmunt i Suzanna. — Zatrzymał się, pozwalając, aby sylaby odbiły się echem w głowie Juliusza. — Suzanna: czy to nie znaczy czasem . . . róża? — dodał zastępca szefa.

Słysząc te słowa, Juliusz uległ. Spędził długie, długie godziny z Szumakowem, który zadawał mu w kółko te same pytania: — Dlaczego pojechałeś do Złoczowa? Gdzie są twoje pieniądze? Kim są inni wrogowie stanu w twojej grupie? Dlaczego nielegalnie przekroczyłeś granicę? — Nielegalne przekraczanie granicy było oskarżeniem używanym przez Sowietów przeciwko ludziom próbującym przekroczyć granice, które granicami nie były przed sowiecką okupacją Polski.

Na powtarzające się pytania Szumakowa, Juliusz powtarzał te same odpowiedzi: — Pojechałem do Złoczowa, aby zobaczyć, czy można tam robić interesy. Nie mam już pieniędzy. Nie jestem wrogiem stanu. Kiedy przybyłem do Lwowa i wyjechałem do Złoczowa, oba miasta były jeszcze częścią Polski.

Na dźwięk słowa Polska, Szumakow zacisnął pięść, a potem swoją szczękę, i Juliusz szybko nauczył się mówić o „miejscu, w którym kiedyś mieszkałem", aby unikać konsekwencji swoich słów. Młodszy Sowieta szukał każdej okazji, aby uderzyć więźnia w twarz, albo zmusić go do stania lub robienia przysiadów lub czuwania bez snu, lub aby odebrać mu przydział jedzenia. Następnego dnia, i następnego, i każdego następnego dnia, które zaczęły się wydawać jednym wyjątkowo długim dniem, Szumakow zadawał te same pytania i słuchał tych samych odpowiedzi Juliusza, aż do jednego popołudnia, kiedy, obserwując, jak przesłuchujący go oficer zmiażdżył palcem muchę, Juliusz Kohn, syn Emericha, został złamany. Choć to, co mówił, nie było prawdą, przyznał się do winy. Tak, powiedział Szumakowowi, był przemysłowcem i wrogiem stanu, który nielegalnie przekroczył granicę, aby obalić wielki i potężny Związek Radziecki.

Jego przesłuchującego nie zadowoliło to wyznanie. I, przez krótką chwilę, Juliuszowi wydawało się, że dostrzegł, jak niepewność nadała oczom Szumakowa nowego wyrazu, zastępując złowrogą pustkę widoczną u mężczyzn i kobiet, którzy przedłożyli swoją wolę stalinowskiej maszynie. Między dwoma mężczyznami zapadła cisza.

Juliusz zdecydował się ją przełamać. Wyczuł okazję, w taki sam sposób, w jaki potrafił czytać ludzi, z którymi robił interesy. — A poza tym, przyznałem się — pomyślał, czując wreszcie ulgę od ciężaru ciągłego zaprzeczania. — Obywatelu naczelniku, skąd jesteście? — zapytał Zastępcę Dyrektora Przesłuchań.

— Z saratowskiej oblastii, na Wołdze — odpowiedział Szumakow półgłosem. — Gdzie Niemcy zostali zaproszeni przez Katarzynę Wielką do uprawiania roli bardzo dawno temu.

Mężczyźni więcej nie mówili. O wyznaczonej godzinie, sekretarz przyniósł herbatę Zastępcy Dyrektora, który popchnął swój kubek w stronę Juliusza. I prawie jak każdy porządny gospodarz, Szumakow zaoferował mu miskę cukru i pozostał na swoim miejscu, choć jego nowo zrelaksowany wyraz twarzy nie pasował do idealnej wojskowej postawy, którą przez cały czas utrzymywał. Juliusz posłodził słabą, czarną herbatę i wypił ją powoli, zanim został eskortowany z powrotem do swojej celi. To był ostatni raz, kiedy dwoje mężczyzn się widziało.

Aż DO DZISIAJ.

— Kohn, Ilia Emiritowicz — zawołał żołnierz. Szumakow podniósł wzrok znad listy.

— Tutaj — odpowiedział Juliusz Kohn, syn Emericha.

Pożegnalne podarunki

Nowiny ze świata były dla zeków rzeczą rzadką i często wyrywkową. Przy ściśle monitorowanej komunikacji w okupowanej przez nazistów Polsce (teraz nazywanej Generalnym Gubernatorstwem), i cenzorach, którzy w ZSRR byli aktywni od zawsze, wiadomości docierające do odległych miejsc Związku Radzieckiego były pozbawione precyzyjności i aktualności. Z tego powodu, choć Józefina wiedziała o ataku hitlerowców na ZSRR w czerwcu, nie miała żadnych wiadomości o losach męża. Minęły dwa miesiące, zanim dowiedziała się, że z powodu inwazji Stalin połączył siły z Aliantami, i kolejny miesiąc, zanim usłyszała o amnestii, która gwarantowała natychmiastowe uwolnienie polskim obywatelom, którzy zostali zesłani, a następnie uwięzieni po ataku Sowietów. Zwolnienie więźniów zostało wynegocjowane w celu utworzenia Wojska Polskiego na radzieckiej ziemi, ale te wiadomości dochodziły do nich w kawałkach, i były albo kwestionowane, albo nigdy nie doręczane.

Amnestia, pomyślała Józefina, kiedy usłyszała to słowo, była kolejnym odrażającym radzieckim absurdem. Pochodzące od greckiego słowa oznaczającego zapomnienie, było zniewagą, tak jak nazistowskie określenie kradzieży żydowskiego mienia: „arianizacja".

Żaden z polskich obywateli aresztowanych i zesłanych przez Sowietów nie popełnił przestępstwa, które wymagałoby ułaskawienia, rozgrzeszenia, czy przebaczenia, z którymi kojarzyła się idea amnestii. Józefina miała później się dowiedzieć, że to polski dyplomata, który przygotował pismo, użył słowa „amnestia" zamiast bardziej odpowiedniego „zwolnienie", ale nie było czasu na robienie zmian w dokumencie przed jego podpisaniem w sierpniu 1941 r. Mimo wszystko, to wiadomość o amnestii, a nie słowa, których w niej użyto, była najważniejsza dla tych, którym miała ona pomóc, choć dla wielu więźniów została ona ogłoszona za późno, lub nigdy nie dostarczona. Niektórzy dowiedzieli się o niej we właściwym momencie, ale nie mieli środków, aby odpowiednio działać. Duża liczba komendantów obozowych nie przekazywała po prostu żadnych informacji, które mogłyby zakłócić pracę, a tym samym normy obozowe, a te niefortunne zeki, do których wiadomość o amnestii nigdy nie dotarła, pozostały w niewoli.

Wiadomość została dostarczona więźniom maryjskiego obozu pracy w sposób, który sugerował, że pozostanie na miejscu było lepszym rozwiązaniem niż wyjazd. Według oficera NKWD, który dostarczył wiadomość, polscy obywatele, którzy zostali internowani, musieli pamiętać, że będą potrzebować dokumentów i transportu, które wymagały i pieniędzy, i zezwolenia na podróż. Niebezpieczeństw dla podróżujących było w czasie wojny wiele, zwłaszcza dla kobiet i dziewcząt, ostrzegał złowróżbnie. Tak jakby życie w obozie pracy przymusowej z bezwzględnymi strażnikami i zatwardziałymi, brutalnymi przestępcami nie było niebezpieczne, myślała Józefina, słuchając przemowy mężczyzny.

— I gdzie mógłby zamieszkać dawny zek? — pytał, upewniając się, że chętni do wyjazdu zesłańcy wiedzieli, że będą postrzegani z podejrzeniem gdziekolwiek się udadzą. Koniec końców, przypomniał im, to nie była Polska—nie było tutaj zajazdów ani hoteli. — Tutaj to zresztą głównie chłopi — stwierdził. Nie powinni zapominać, że było mało prawdopodobnym, aby przeciętny obywatel radziecki przyjął do siebie byłych więźniów lub podzielił się tym, co miał. Kto wie, o jakie zbrodnie podejrzewaliby zeków? Przestępców nikt nie lubi, zwłaszcza takich, który nie zostali całkowicie zresocjalizowani i zreformowani. I nikt nie chciał chyba ryzykować bycia aresztowanym, a właściwie aresztowanym ponownie. Może lepiej zostać w obozie i poczekać na zakończenie wojny? — Czy bycie częścią wielkiego Związku Radzieckiego nic dla was nie znaczy? — zapytał.

Józefina liczyła w głowie w języku angielskim, zwyczajem, którą przyswoiła sobie, aby tłumić wściekłość i nudności towarzyszące komunistycznym lekcjom propagandy, które musiała znosić. Był tak pewny siebie, ten oficer NKWD ze swoim wąsem i grubą szyją. Kiedy przemawiał, spojrzała w kierunku bram oddzielających zonę od świata leżącego poza granicami tego tragicznego obozu pracy. W jej głowie uformował się jeden cel: przejść przez te bramy z synem i córką. Nie musiała przekonywać Piotra do włączenia się do Wojska Polskiego; jej syn chciał się zaciągnąć, jeszcze zanim uciekli z Cieszyna. Stał się on człowiekiem, który utrzymywał je przy życiu swoją ciężką pracą. Józefina wiedziała, że będzie z niego dobry żołnierz. A nawet jeśli nie udałoby im się dostać do centrum rekrutacji dla wojska, mogli opuścić to zimne miejsce i udać się gdzieś dalej na południe, gdzie było cieplej. Słyszała od innych zeków w obozie maryjskim o kołchozach, dużych gospodarstwach kolektywnych w radzieckiej Azji Środkowej, gdzie ludzie mieszkali i pracowali. Wojna, rozumowała, musiała kiedyś się skończyć. Wszędzie—nawet w niewyraźnej myśli o innym miejscu—było lepiej niż tu, gdzie teraz byli, zwłaszcza, że choroba upośledziła zdrowie Suzanny. Kolejna zima, obawiała się Józefina, mogła okazać się dla jej córki śmiertelna.

JÓZEFINA BYŁA GOTOWA NA POZOSTAWIENIE daleko za sobą pryczy, na której spała od sierpnia 1940 roku. Był gotowa na opuszczenie baraku trapionego przez szkodniki. Była gotowa zostawić za sobą swój materac wypełniony sianem, sprawdzanie obecności, *stołowoj*, reżim, strażników, zonę. Była gotowa odejść przed pogorszeniem się zimy i kolejną turą zgonów. Była gotowa od sierpnia 1941 roku, kiedy po raz pierwszy zostali poinformowani o amnestii.

Zanim jednak wolno im było wyjechać, Józefina musiała rozwiązać dwa problemy, o jednym z których byłaby nieświadoma, gdyby nie interwencja innego *pridurka*. Vera Adamowa była sekretarką komendanta obozu. Ona i Józefina często były w tym samym czasie w budynku administracyjnym. Wprawdzie nie można było powiedzieć, że były dobrymi przyjaciółkami, ale Józefina podziwiała Rosjankę i cieszyła się na ich spotkania i na wiadomości ze świata, do których Vera Adamowa miała dostęp, pracując dla komendanta. Podczas tych krótkich chwil spędzonych razem, kobiety dowiedziały się, jak podobne były do siebie: Józefina i Vera były w prawie tym samym wieku. Przed aresztowaniem, zesłaniem, i wojną, miały podobny światopogląd, obie preferując płynięcie przez życie w wolnym tempie, którą to możliwość zapewniały dobre maniery i wykształcenie. Obie były zagorzałymi narciarkami. Obie kochały muzykę i teatr. Obie były praktyczne i kompetentne, entuzjastycznie nastawione do życia. Oboje miały wytrawne poczucie humoru. Obie straciły mężów w sowieckim systemie więziennym i obie miały dwójkę dzieci w świecie ogarniętym wojną. Ostatecznie ujawniły sobie nawzajem, że obie były Żydówkami.

Vera Adamowa była profesorem matematyki na uniwersytecie w Moskwie, kiedy wraz z mężem została aresztowana w 1936 podczas Wielkiego Terroru. Po roku w niesławnym więzieniu Lubjanka w Moskwie, została skazana na siedem lat ciężkiej pracy w Sołowkach, owianym złą sławą obozie na Morzu Białym, używanym przez Sowietów w celu propagandy, aby pochwalić się ich skutecznym systemem „resocjalizacji". Podobnie jak wielu zeków, Vera Adamowa została przeniesiona do innego obozu po rozpoczęciu kary—i tak znalazła się w maryjskich lasach. Nigdy nie dowiedziała się, gdzie został wysłany jej mąż lub co stało się z jej dziećmi, ale kiedy o nich mówiła, używała czasu teraźniejszego. — To jej sposób na utrzymywanie ich przy życiu — pomyślała Józefina.

Pewnego dnia na początku września, Vera Adamowa i Józefina spotkały się czekając na dystrybucję poczty. Zaczęły rozmawiać.

— Dobrą mamy dziś pogodę — powiedziała Józefina, jakby wpadły na siebie przy fontannie na środku cieszyńskiego rynku. Poranek nie był zimny, ani pylasty, ani gorący. W pogodzie tajgi, tego miejsca wysokich, gęstych drzew, taki dzień należało skomentować jako krótką chwilę ulgi. Z wizją uwolnienia na horyzoncie, Józefina czuła się, jakby mogła ponownie doświadczyć uczucia lekkości ducha, choć była wystarczająco powściągliwa, aby pozostać ostrożną. Tak wiele poranków w ciągu ostatnich dwóch lat było— w najlepszym wypadku—rozczarowujących.

Vera Adamowa skinęła głową. Na jej twarzy brakowało dzisiaj jej normalnego serdecznego uśmiechu. — Józefina Hermanowna, mam bardzo niepokojące nowiny — powiedziała, poprawiając włosy uciekające spod chusty, którą nosiła na głowie. Zachrypniętym szeptem spragnionego i zziębniętego zeka powiedziała Józefinie o tym, jak podsłuchała rozmowę pomiędzy komendantem obozu a oficerem NKWD, który przybył, aby ogłosić amnestię. — Jak zwykle, zasady zmieniają się tuż przed naszymi oczami. Będą wypuszczać tylko „prawdziwych" Polaków — powiedziała Vera Adamova, wyjaśniając, że Ukraińcy, Żydzi i Białorusini zesłani z miejsc, które kiedyś były Polską, byli teraz uważani za obywateli radzieckich, a tym samym nie kwalifikowali się do uwolnienia gwarantowanego przez amnestię. Żadna z kobiet nie wiedziała, co powiedzieć, ale Józefina wiedziała, co musiała zrobić.

Ona i jej dzieci musieliby udawać gojów. Józefina wzdrygnęła się na samą myśl tego, ale pamiętała również o swoim pragmatycznym rozsądku. Jej matka wychowała swoje dzieci w taki sposób, aby nie miały one jakichkolwiek oczekiwań empirycznego dowodu w kwestii wiary żydowskiej. Chciała, aby nosili w sercu swój judaizm i nigdy go nie kwestionowali ani nie porzucali. Karola Eisner była kobietą, która nigdy nie ukryłaby swojego żydowskiego pochodzenia, ani nigdy nie zgodziła na to, by jej rodzina się od niego dystansowała.

Co by jej matka pomyślała o sytuacji, w której się znaleźli? Józefina rozważyła swoje opcje: przyznanie się do bycia Żydami oznaczało zmniejszenie szans na wyjazd, a tym samym zwiększenie szans na to, że nie przeżyją. Udawanie gojów oznaczało zwiększenie prawdopodobieństwa wyjazdu i zmniejszenie prawdopodobieństwa śmierci. Mimo to, gdyby Karola wiedziała, o czym myślała jej córka, byłaby zaniepokojona i złamałoby to jej serce. Józefina przeprosiła matkę w milczeniu. — Nie przechrzcimy się — obiecała.

Nazwisko Kohn mogło ich wydać, pomyślała Józefina, a nawet jeśli nie, tak niemiecko brzmiące nazwisko mogło spowodować Piotrowi trudności w zaciągnięciu się do wojska. Już dawno temu przestali mówić po niemiecku, kiedy ktokolwiek mógł ich usłyszeć, a oboje dzieci było urodzone w Polsce i mówiło płynnie po polsku. Ale udawanie osoby o wierze rzymskokatolickiej wymagało dużej przytomności umysłu, aby skutecznie przekonać innych o tym, że byli prawdziwymi gojami. Gdyby zostali wystawieni na próbę, musieliby wiedzieć choć trochę o byciu Chrześcijanami. Nie było zajęć, na które mogli się zapisać, nie było książek do przeczytania, nie było egzemplarzy Nowego Testamentu, z których mogli się uczyć. I nawet gdyby takie rzeczy były dostępne, praktykowanie jakiejkolwiek religii było zakazane w Związku Radzieckim i uważane za przestępstwo. Z tego powodu, żaden z zeków nie mówił o Bogu. Nikt nie modlił się na głos. Ci, którzy próbowali, ryzykowali karę.

Jedna ze starszych Polek, Agata, która pracowała w pralni i mieszkała w tym samym baraku, co Józefina i Suzanna, została wysłana do celi po tym, jak strażnik przyłapał ją na mamrotaniu pod nosem słów modlitwy dziękczynnej przed posiłkiem. Gdy wróciła po pięciu dniach w izolatce, Agata była wygłodzona, ale jej wiara pozostała nienaruszona. W ciągu czasu, który spędziła w celi, nie dostała nic, poza jedną niewielką porcją chleba i zupy. Agata modliła się dalej, ale w ukryciu. Zarówno Józefina, jak i Suzanna oddały kobiecie część swoich skromnych przydziałów, kiedy wróciła do baraku.

— Czy mogłabyś nauczyć nas czegoś o swojej wierze? — zapytała ją pewnego dnia Józefina, szeptem, kiedy jadły swoją poranną zupę. Zaoferowała kobiecie połowę swojego chleba.

Agata zgodziła się na pomoc, ale nie chciała porcji chleba Józefiny. — Robię to, ponieważ wy również jesteście dziećmi Bożymi — wyjaśniła. — Poza tym, jako Żydówka, znasz już podstawy chrześcijaństwa. — Jeśli chodziło o inne szczegóły, wyjaśniła — o kolejności rzeczy w mszy, albo o tym, co kto w niej robi—nikt z dowodzących w Związku Radzieckim nie przyzna, że je pamięta. — Przez kilka kolejnych miesięcy, Agata nauczyła je, jak uklękać i jak wymawiać katolickie modlitwy i, puszczając żartobliwie oczko Piotrowi i Suzannie, jak udawać, że śledzą mszę świętą nawet jeśli tak naprawdę nie rozumieją, co się dzieje lub co jest mówione.

PÓŹNĄ JESIENIĄ 1941 R.

JÓZEFINA MUSIAŁA ROZWIĄZAĆ DRUGI PROBLEM, co wymagało znacznie więcej wysiłku. Nie było dla niej trudnością, aby ćwiczyć myślenie i mówienie po polsku, czy powtarzać w milczeniu katolickie modlitwy, kiedy stała i była liczona w zonie. Najważniejszym jednak zadaniem było pozyskanie niezbędnych dokumentów tożsamości i tranzytowych, podpisanych i opieczętowanych przez właściwego urzędnika. Dokumenty te były realizowane w miastach, a podróże do takich miejsc poza obozem pracy oznaczały negocjacje o zgodę komendanta obozu, a następnie staranie się o środki, aby tam dotrzeć. Sprawę komplikował także fakt, że opcje transportowe były ograniczone; wojna określała, czyje zapotrzebowania były priorytetem; i nie istniała porządna sieć komunikacyjna. Brakowało papieru, co czyniło zorganizowanie niezbędnych dokumentów podróży jeszcze trudniejszym. Wszystkie zeki wiedziały, jak przepisy potrafią się arbitralnie zmienić, ponieważ zmieniały się cały czas—normy były stale dostosowywane, przywileje zawieszane, podstawowe prawa usuwane. Co oznaczało, że coś, co więzień dostał—na przykład wcześniejsze zwolnienie z obozu—tak samo szybko mogło zostać mu odebrane.

Miesiące pomiędzy ogłoszeniem amnestii a faktycznym czasem wyjazdu były emocjonalną ziemią niczyją—obszarem gdzieś pomiędzy niecierpliwym wyczekiwaniem a zdenerwowaniem. Józefina pracowała z determinacją, którą starała się ukryć, aby nikt jej nie zauważył i nie ściągnął na nią odwetu strażników lub tych zeków, którzy nie byli zwalniani. Razem z Piotrem zbierała informacje o tym, z kim musieli porozmawiać, komu zapłacić, i jak przedostać się z jednego punktu do drugiego. Wkradła się w łaski szefa obozu, oferując swoje hafciarskie zdolności w zamian za pozwolenie na podróż do Joszkar-Oła, stolicy Republiki Mari El. Mężczyzna, w momencie nieoczekiwanej szczodrości, wcisnął Józefinie w rękę sporą ilość rubli. Nie wymienili żadnych słów. Dzięki temu gestowi znowu poczuła swoje serce, to ożywienie, kiedy otwiera się ono lub łamie. Zacisnęła palce wokół podarunku.

Krok po kroku, Józefina zebrała tyle, ile mogła w kwestii środków umożliwiających wyjazd. Suzanna spędzała każdą dodatkową chwilę czasu na cerowaniu skarpet, płaszczów oraz plecaków. Piotr zbierał drzewo do swoich komet podczas pracy w lesie. W końcu nadszedł czas, aby udać się do Joszkar-Oła. Józefina czekała na tę podróż z czymś podobnym do utęsknienia, uczuciem, które umykało jej od czasu opuszczenia domu. Jechała wozem zaprzęgniętym w konia, prowadzonym przez mężczyznę Mari, który dostarczał towary do obozu pracy i był pewnym dalekim krewnym Natalii. Na początku była zachwycona, kiedy ruszyli w trasę, a następnie znaleźli się w miejscu, gdzie budynki i sklepy potwierdzały istnienie miejsca zbliżonego do cywilizacji. Lecz po początkowej radości ujrzenia ludzi w płaszczach bez naszytych na nim więziennych numerów, i po tym, jak zapach herbaty i palonego drewna zaczął się ulatniać, Józefina zauważyła, że w Joszkar-Oła było wielu Polaków, załatwiających dokładnie te same sprawy, co ona, a wszyscy oni byli zdesperowani i głodni.

Józefina wkroczyła do budynku, w którym wydawano dokumenty tranzytowe. Długa kolejka poruszała się powoli, tak jak Józefina się spodziewała. Nie miało to jednak znaczenia, ponieważ w środku było ciepło, i chociaż nikt nie mógł powiedzieć, że polscy zesłańcy stojący w kolejce byli szczęśliwi, to byli oni o tyle bliżej wydostania się z pełnych smutku miejsc, w których wcześniej ich uwięziono. Doznali również krótkiej chwili wytchnienia od marznięcia w lasach, choć niepracowanie oznaczało mniej jedzenia. Józefina dotknęła ukrytej kieszeni wszytej wewnątrz jej płaszcza, wyczuwając palcami zawinięte ruble ukryte w jej środku. Nauczyła się sprawnie oceniać swoje otoczenie z zachowaniem pełnej dyskrecji. Teraz zeskanowała pomieszczenie w poszukiwaniu sprytnych złodziei, którzy bardzo lubili takie miejsca. Decydując, że niebezpieczeństwa nie było, wsunęła palce do kieszeni i odseparowała ilość banknotów, których oczekiwała, że będzie potrzebować na zdobycie pozwolenia na podróż.

— Następny — wezwała jedna z urzędniczek. Jej twarz była apatyczna, a ton niezbadany. Kolejka posunęła się o krok do przodu.

Józefina obserwowała nosy przyciśnięte do szyby, za którą urzędnicy decydowali o losie tych, którzy zjawili się tutaj, aby ubiegać się o zezwolenia na podróż. Obserwowała rozmowy, jedną po drugiej, w których niewielu z urzędników praktykowało albo uprzejmość, albo zasady obsługi petentów.

— Dlaczego nie masz wystarczająco dużo pieniędzy, ty głupia Polko? — słyszała, jak jeden z urzędników zapytał starszą kobietę, której w jakiś sposób udało się przetrwać nie tylko pociągi, ale także późniejszą niewolę w obozie pracy. Polka, ośmielona swoją nową wolnością, i na tyle dojrzała, aby nie troszczyć się już o to, jaka kara mogła ją spotkać z rąk państwa radzieckiego, spojrzała po prostu urzędnikowi w oczy.

— Zapomniałam, obywatelu naczelniku, że wolność musi być kupiona — odpowiedziała. — Jak głupia byłam, myśląc, że praca, którą tutaj wykonałam, wystarczy na to, aby mnie zwolnić.

— Nie masz wystarczającej ilości na papiery tranzytowe. Twój wniosek o przekroczenie granicy jest odrzucony — odparł urzędnik.

Brzemię przyziemnego życia było wywyższane na nieznane wyżyny w Związku Radzieckim, pomyślała Józefina. Jeśli kupowanie chleba było dla przeciętnego obywatela codzienną lekcją niepewności i niedoborów, złożenie wniosku o wyjazd gdziekolwiek było dla zeka gimnastyką absurdu. Józefina poczuła się mdło. Co, jeśli ona nie będzie miała wystarczająco dużo pieniędzy? Nie miała przepustki na nocleg w mieście, a nawet, gdyby ją miała, gdzie miałaby się zatrzymać? Oznaczałoby to powrót do obozu jak pies z podkulonym ogonem ... tylko po to, aby musieć się starać o zdobycie większej kwoty, a następnie na nowo organizować wyjazd do miasta.

Józefina przypomniała sobie w tej chwili o obrączce ślubnej, sprzedaży której odmówiła Leonidowi Petrowowi we Lwowie. Pierścionek leżał nietknięty w jej bucie przez osiemnaście miesięcy jej niewoli. Na części jej stopy, która naciskała w obrączkę podczas wszystkich codziennych godzin stania i chodzenia, pojawił się odcisk. Józefina spojrzała na swoje ręce. Jej palce stały się tak dramatycznie wychudzone, że nawet, gdyby Juliusz nadal żył, nawet jeśli któregoś dnia mogli znowu być razem, wiedziała, że obrączka nigdy nie pozostałaby na jej palcu.

W końcu nadeszła jej kolej przy okienku.

Urzędniczka, przed którą stanęła Józefina była w jej wieku; jej policzki były zaokrąglone, ale wyblakłe z braku właściwego odżywiania i aktywności fizycznej. Na palcu serdecznym nosiła cienką miedzianą obrączkę, a jej gęste kasztanowe włosy były krótko ścięte. Jeśli spotkałyby się w innych okolicznościach, przeszło przez myśl Józefinie, czy mogłaby rozwinąć się między nimi, jeśli nie przyjaźń, to przynajmniej znajomość nieobciążona okropnymi lękami, które podżegała wojna?

— Droga Pani — odezwała się urzędniczka zmęczonym, ale nie nieuprzejmym głosem, — W czym mogę pomóc?

— Chcę po prostu wrócić do domu, obywatelko naczelniczko — odpowiedziała Józefina.

Ta deklaracja, wygłoszona tak beznamiętnie, poruszyła urzędniczkę w jakiś sposób.

— Może Pani do mnie mówić towarzyszko — odrzekła, a jej wyraz twarzy zmiękczał i stał się prawie niezauważalnym uśmiechem. Józefina wiedziała, że ta kobieta widziała przed sobą polską uchodźczynię w brudnym, obdartym choć pocerowanym płaszczu, ale podejrzewała, że urzędniczka rozpoznała w niej również kobietę pozostałą bez męża, matkę w średnim wieku, tak naprawdę podobną do niej samej—kobiety uwięzionej okolicznościami historii—która postanowiła uratować swoje dzieci za każdą cenę.

— Proszę o Pani pozwolenia. Ile rubli Pani ma? — zapytała urzędniczka.

Być może była taka, jak większość mężczyzn i kobiet pracujących tutaj, pomyślała Józefina, z których każdy był odpowiedzialny za swój mały przydział trybów komunistycznej maszyny, i sam bał się aresztowania. Ci funkcjonariusze, jak wiedziała, mogli być pociągnięci do odpowiedzialności za omyłkowe zezwolenie wrogowi stanu na ucieczkę lub uniknięcie „resocjalizacji". Ponieważ bali się o ich własną wolność, wykonywali skrupulatnie pozornie najbardziej banalne zadania. Woleli odmówić komuś zezwolenia, biletu lub dokumentów identyfikacji, zamiast nagiąć zasady i prawdopodobnie ponieść tego konsekwencje.

Ale nie ta urzędniczka; nie tego razu. Ta kobieta była rozsądna.

Dopuszczała możliwości zmiany okoliczności, sugerowała rozwiązania. Józefina uznała to za jeden z rzadkich momentów opatrzności, które uwydatniały dobroć i szczodrość ducha, wciąż istniejące w świecie skupionym na wojnie. Było to jedno z doświadczeń, o których ślubowała nie zapomnieć, aby zachować swoją własną ludzkość, i do liczenia których przygotowała osobną nić z węzełkami po tym, jak zostali wypuszczeni z pociągów, które rozpoczęły okres ich niewoli. Jak na razie na tej nitce były tylko cztery węzły, ale każdy z nich był osobnym widokiem na świat poza więzieniem.

Józefina wcisnęła zawilgocone banknoty w dłoń urzędniczki. — To wszystko, co mam, towarzyszko — powiedziała.

Kobieta przeliczyła ruble. — Wystarczy — odparła, rozpoczynając wypełnianie wniosku o wydanie dokumentów tranzytowych. Poprosiła o imiona i nazwiska Józefiny oraz dzieci, a następnie odnotowała ich narodowość (polską), religię (rzymskokatolicką) i miejsce przeznaczenia (Taszkent, gdzie miało swoją siedzibę Wojsko Polskie).

Następnie Józefina skierowała się w stronę dworca kolejowego. Było to wczesnym popołudniem, i zaczął sypać lekki śnieg. Szła powoli, starając się nie przyciągać uwagi, mając nadzieję, że więzienny numer przyszyty do klapy jej płaszcza był wystarczająco dobrze ukryty pod prostym szalem, którym nakrywała swoją ogoloną głowę, znak rozpoznawczy każdego zeka. Po raz pierwszy od chwili przybycia do Związku Radzieckiego czuła niepewność towarzyszącą publicznemu upokorzeniu. Jakże ironiczny był fakt, pomyślała Józefina, że te rzeczy, które powinny były budzić wstyd—jej niesprawiedliwe aresztowanie i uwięzienie, przymusowa praca i głód—nie wywoływały w ludziach za to odpowiedzialnych nawet krzty zażenowania. Nawet kierownik obozu, którego szczodrość zapewniła jej możliwość przybycia do Joszkar-Oła, wykonywał swoją pracę, jakby trzymanie mężczyzn i kobiet w niewoli, w nieludzkich warunkach, było czymś całkowicie normalnym, a czymś zupełnie nienormalnym okazywanie innym współczucia, dobroci, i szacunku.

Uwagę Józefiny przyciągnęło zamieszanie przez dworcem kolejowym. Pracownicy NKWD zatrzymywali Polaków, którzy przybyli tam kupić bilety. No i jest, pomyślała, dzisiejsza przeciwność losu. Wszystkie dni w maryjskim obozie pracy wyróżniały się co najmniej jedną, a zazwyczaj dużo większą ilością przeszkód. Zobaczyła, jak jeden z mężczyzn, który musiał ważyć nie więcej niż dziesięcioletnie dziecko, został uderzony przez wysokiego sowieckiego żołnierza, wykonującego polecenia oficera NKWD, który miał zbyt dużo wolnego czasu i okrucieństwa w swoim sercu, i był motywowany obowiązkiem wypracowania swojej własnej normy. Mężczyzna leżał na ulicy, wijąc się z bólu. I choć Józefinę oburzyła ta scena, wiedziała również, że udzielenie mężczyźnie pomocy, albo nawet spojrzenie na niego, lub odwrócenie się i odejście przyciągnęłoby więcej uwagi i uniemożliwiło jej wypełnić swoją misję na ten dzień. Lepiej było iść dalej, starając się pozostać ukrytą na oczach wszystkich.

Dotarła do drzwi do stacji, niezauważona, tylko trochę wstrząśnięta, i blisko zdobycia swojego celu.

— Dokumenty — odezwał się głos za nią.

Odwróciła się i ujrzała członka NKWD odpowiedzialnego za akt przemocy wobec polskiego mężczyzny. Jej szal zsunął się, a część jej więziennego numeru na płaszczu stała się widoczna.

— Tak, obywatelu naczelniku — powiedziała ulegle, podając mu swoje dokumenty i niedawno zatwierdzone pozwolenie tranzytowe.

— Jesteś więźniarką? — zapytał. Kartkował papiery z wyrazem pogardy na twarzy.

Józefina skinęła głową.

— Ohydną Polką? — Był wyższy niż ona, i spojrzał na nią z góry.

Ugryzła się w język, co sprawiło, że do jej oczu napłynęły łzy—coś, co jak już się nauczyła, było czasem rzeczą użyteczną.

— Pewnie jesteś też głupią Żydówką — powiedział. — Co oznacza, że nie możesz wyjechać—wiesz o tym?

Józefina pokręciła głową. Mężczyzna zapytał, czy jej „nie" było odpowiedzią na pytanie o to, czy była Żydówką, czy na pytanie o to, czy wiedziała, że polskim Żydom nie wolno było wyjeżdżać. Chciał wprowadzić ją w potrzask, i łzy, te, które ukrywały się w jej wnętrzu od ostatnich dni sierpnia 1939, zaczęły zalewać jej wychudzoną twarz.

Widziała, że oficer NKWD był dumny ze swojego zręcznego przesłuchania. Spojrzał na papiery tranzytowe, i podniósł je w taki sposób, że zaczęły opadać na nie płatki lekkiego śniegu, które zdążyły już rozmazać jedno lub dwa ze świeżo wypisanych słów. Józefina myślała, że zacznie krzyczeć. — Proszę, obywatelu naczelniku — odezwała się, powstrzymując wściekłość i strach, które mogły wykrzywić jej ton i ją wydać — proszę pozwolić mi wyjaśnić, ale może w środku, gdzie obywatel naczelnik będzie mógł usiąść.

Odburknął i wepchnął papiery do jej rąk, a ona szybko, ale ostrożnie osuszyła je, złożyła i umieściła w swoim płaszczu. — Trzymanie was tutaj nie jest warte chleba, który wam dajemy — odparł. — Ale żeby wejść do środka, musisz mi zapłacić.

— Tak, oczywiście, obywatelu naczelniku — odpowiedziała. Józefina sięgnęła do wnętrza płaszcza do ukrytej kieszeni i zręcznie wydobyła z niej sporą ilość rubli w banknotach, które sprezentowała oficerowi NKWD. Natychmiast wybuchł śmiechem. A potem zrobił to, czego nigdy się nie spodziewała, wpychając rękę do jej płaszcza i macając, bez żadnego wstydu, w poszukiwaniu ukrytej kieszeni.

— To tutaj ukrywasz wszystkie pieniądze, ty plugawa Polko? — zapytał, a uśmiech znikł z jego twarzy.

Józefina zdołała wydukać odpowiedź. Jej twarz była czerwona od wstydu.

— Nie słyszę, parszywa kobieto — powiedział, przedłużając poszukiwanie wewnątrz jej płaszcza, jego ręka szorstka na jej kościstym ciele.

— Tak — prawie krzyknęła. Ludzie patrzyli na nich; czuła ich wzrok, ich ciche oskarżenia, ich współczucie.

Oficer znalazł ukrytą kieszeń i wydobył z niej cały pakiet rubli. Pochylił się do ucha Józefiny i wyszeptał. — Masz szczęście, że to wszystko, co ci zabrałem — powiedział —masz szczęście, że jesteś zużyta i do niczego się nie nadajesz. Wyprostował się i kazał jej się usunąć, czy nie widziała, że blokuje drzwi?

Józefina weszła do hali dworca i natychmiast udała się w kierunku ławki, gdzie mogła usiąść i ochłonąć. Nie mogła płakać; nie mogła pozwolić, aby jej numer więzienny był widoczny; nie mogła przeliczać wszystkich sposobów, na które została właśnie upokorzona. Przez krótką chwilę zamknęła oczy i wyobraziła sobie siebie jako młodszą, silniejszą kobietę. — To ty — powiedziała sobie — to kobieta, która podniesie się i kupi bilety kolejowe dla siebie i swoich dzieci, za obrączkę schowaną w swoim prawym bucie.

I tak właśnie Józefina Kohn zrobiła po podniesieniu się z ławki. Stanęła w kolejce, zsunęła but ze stopy, wyciągnęła obrączkę i zacisnęła ją w dłoni. Kiedy nadeszła jej kolej, spokojnie poprosiła kasjera o trzy bilety z Joszkar-Oła do Tockoje, gdzie, jak słyszała, mieli zgłaszać się ochotnicy do wojska. Kiedy wyciągnęła rękę ze złotym pierścionkiem, zobaczyła w oczach kasjera, który go wziął, żądzę tej błyskotki. Józefina zastanowiła się, czy sprzedawca biletów kolejowych mógł zobaczyć na jej twarzy nadzieję na wolność, albo to, że jej cena była warta rozstania z ostatnią rzeczą, która utrzymywała jej męża przy życiu w jej myślach.

4 STYCZNIA 1942 ROKU, REPUBLIKA MARI EL

BYŁA PIERWSZA NIEDZIELA STYCZNIA. DLA zeków był to dzień wolny, pierwszy od co najmniej dwóch miesięcy. Dla Suzanny i jej rodziny i innych Polaków, którym udało się zdobyć niezbędne dokumenty do opuszczenia obozu, był to dzień wyjazdu. Papiery i bilety były schowane w ich płaszczach. Ich plecaki były zapięte, a ubrali się w wiele warstw ubrań. Mieli wnet opuścić obóz pracy w Maryjskiej Autonomicznej Socjalistycznej Republice Radzieckiej, gdzie żyli prawie niczym. Suzanna wiedziała, że jej matka nie obejrzałaby się za siebie ani raz po ich wyjeździe. A jeśli obie z nich miały przetrwać podróż, wiedziała, że żadna z nich nigdy więcej nie wspominałaby o niej.

Kiedy Suzanna powiedziała, że wkrótce wyjeżdża, Natalia słabo się uśmiechnęła. Suzanna chwyciła rękę dziewczyny Mari, i umieściła w niej jedyny skarb, który Mama pozwoliła jej zachować tego dnia, kiedy sprzedała większość swojej biżuterii we Lwowie. Był to maleńki medalion, prezent od cioci Grety. Był ładny—emalia na blasze—ale niespecjalnie cenny. Ale Suzanna wiedziała, że w obozie pracy dziewczyna Mari mogłaby go użyć któregoś dnia, aby dostać coś, czego nie miała, czego mogła potrzebować. A jeśli nawet nie miał być to podarunek użyteczny, być może przypominałby Natalii, że przyjaźń była nadal możliwa w tych mrocznych czasach. Medalion pozostawał do tej pory w ukryciu—najpierw w bucie Suzanny, a potem w dziurze wydrążonej w jednym ze słupków jej pryczy.

— Żebyś o nas pamiętała — powiedziała Suzanna. — Zobacz, on się otwiera. — Pokazała Natalii, jak użyć paznokcia, aby podważyć klapę medalionu. Wewnątrz były dwa małe rysunki, przedstawiające Suzannę i Józefinę. Zostały one naszkicowane przez Herr Sinaibergera w jego willi w Skoczowie. Było to latem. Suzanna siedziała w ogrodzie. Mama rozmawiała z Helen, żoną Herr Sinaibergera. Dookoła latały oczywiście pszczoły, i niezwykle przyjemnie było siedzieć w cieniu z zamkniętymi oczami i słuchać ich bzyczenia, kiedy unosiły się nad kwiatami. Zanim została zmuszona ukryć medalion, Suzanna lubiła go otwierać i patrzeć na portrety. Nauczyła się na pamięć wyrazów twarzy, które naszkicował Herr Sinaiberger, tego, jak rozjaśniały je uśmiechy obu kobiet i ich oczy, patrzące prosto przed siebie. Była pewna, że będzie w stanie nieść w swoim sercu—gdziekolwiek mieli się znaleźć—obraz siebie i matki, szczęśliwych. Nie potrzebowała już tych szkiców. Poza tym, medalion był jeszcze jedną więzią z miejscem zwanego domem, miejscem, którego, jak wyczuwała Suzanna, miała nigdy więcej nie ujrzeć. I było to coś, co mogło okazać się bardziej cenne dla Natalii.

— Wyglądamy inaczej, bo dużo się wtedy uśmiechałyśmy — wytłumaczyła Suzanna.

Natalia spojrzała na nią. — Ja mam dla ciebie tylko to — powiedziała, wyciągając małe zawiniątko z kieszeni. Suzanna rozpoznała tkaninę i zrozumiała, że jej przyjaciółka oddarła mały kawałek z kolorowej chusty, którą zawsze nosiła. Zawinięte w materiał były liście herbaty, towar niezwykle cenny w obozach. Suzanna chciała powiedzieć swojej przyjaciółce, że nie mogła przyjąć takiego podarunku, ale starsza dziewczyna nalegała. — Na wypadek, gdybyś znowu zachorowała — powiedziała. Natalia wzięła dłoń Suzanny w swoją. — Nie zapomnij o mnie.

Piotr rozejrzał się po raz ostatni wokół baraku, w którym mieszkał przez ostatnie osiemnaście miesięcy. Inne zeki były na swoich pryczach. Niektórzy spali, inni rozmawiali po cichu albo palili. Władimir Antonowicz polerował swoje buty. Przestał, kiedy Piotr zbliżył się do jego łóżka.

— Piotr Ilicz — powiedział — Życzę ci szczęścia.

Piotr skinął głową.

— Mam coś, co może ci się przydać — powiedział starszy mężczyzna, i wyciągnął coś schowanego w przestrzeni między pryczą a jego materacem.

Wręczył Piotrowi mały plik czystych kartek, niezdarnie zszytych razem w notatnik. — Znalazłem to — wyjaśnił. — Myślę, że tobie przyda się bardziej, niż mnie.

Piotr trzymał w notatnik przez chwilę w rękach, a następnie

ukrył go w kieszeni, którą jego matka doszyła do jego płaszcza, kiedy mieszkali, jakkolwiek krótko, w pokoju we Lwowie na trzecim piętrze. Wydawało się, jakby tamten świat należał do innego stulecia. Wiedział, że ich wyjazd ze Związku Radzieckiego nie będzie przypominał wakacyjnej wycieczki. On, jego matka i siostra musieliby podróżować pieszo, na zewnątrz, skazani na łaskę żywiołów. Pociągi i ciężarówki, na których pokładzie mieli się znaleźć, byłyby zapełnione przez innych uchodźców. Obijaliby się, podróżując na wozach. Nikt nie mógł zagwarantować im zakwaterowania, a jedzenie... cóż, nic nie mogło być aż tak złe jak jedzenie w obozie, ale zdawał sobie również sprawę, że żywność mogła okazać się trudna do zdobycia poza bramami obozu.

— Dziękuję, Władimir Antonowicz. Obywatelu naczelniku, to był zaszczyt, aby z wami pracować. Żałuję, że nie mogliśmy się spotkać w innych okolicznościach.

— Bardzo przedsiębiorczy — powiedział brygadier, a potem się uśmiechnął. Podniósł buty i szmatkę, której używał do ich polerowania. — Nie musisz zawsze być stachanowcem, Piotr Ilicz. Żyj po prostu dobrze, jeśli jesteś w stanie.

Pierwszy przystanek w tym dobrym życiu znajdował się około 724 kilometrów na południowy wschód, gdzie Wojsko Polskie mobilizowało mężczyzn i kobiety, którzy zostali zesłani do obozów sowieckich. Józefina, Piotr, Suzanna i kilku innych zeków wyruszyło wozem do Joszkar-Oła. Tam wsiedli do pociągu jadącego do Tockoje. Śnieg opadał na nowo uwolnionych mężczyzn i kobiet, kiedy przywlekli się na stację. Mieli na sobie wytarte ubrania i sfatygowane buty, i trzymali mocno swoje małe, drogocenne tobołki. Mieli ze sobą chleb i, jeśli mieli szczęście, cenny kawałek kiełbasy lub cukru, zapasów albo od dawna ukrywanych, albo nowo nabytych. Byli poszarpani i zmęczeni, ale po raz pierwszy od długiego czasu chodzili wśród żywych, tak wolni, jak to było możliwe, z czymś podobnym do nadziei migoczącym w ich umysłach.

Krótki postój w rajskim ogrodzie

PIOTR OBSERWOWAŁ SPADAJĄCY ŚNIEG przez okno pociągu. Jak wielka była różnica pomiędzy ich odjazdem a tym, jak w to miejsce przybyli: choć ich pociąg był również bardzo zatłoczony, on, jego matka, i siostra podróżowali teraz jako pasażerowie z biletami, w normalnych wagonach z miejscami siedzącymi i oknami. Większość innych pasażerów spała. Piotr mógł tylko zgadywać, co wypełniało ich sny: być może rzeczy przynoszące radość, jak czysta pościel, miękkie futro psa lub kota, ciepłe jedzenie. Jego matka i siostra spały, opierając się o siebie. Chociaż byli tak blisko siebie fizycznie przez ostatnich kilka lat, Piotr nigdy nie miał okazji, aby przyjrzeć się którejkolwiek z nich dokładnie. Dobre maniery powstrzymały go przed wpatrywaniem się w kogokolwiek, a zwłaszcza matkę i Suzi.

Życzliwość i zdystansowanie jego siostry dodawały jej niezwykłej gracji. Skromność Suzanny czyniła ją jeszcze piękniejszą. Zasługiwała na więcej, pomyślał Piotr. Powinna siedzieć przy fortepianie grając Chopina, albo słuchać Wuja Arnolda, grającego fragment jednej z operetek, które tak bardzo kochał. Powinna chichotać i rumienić się, bo jakiś chłopiec na nią spojrzał. Plotkować z przyjaciółkami. Suzanna zasługiwała na miękkie poduszki i ładne ubrania, i czułość.

Domyślał się, że pewnie chciała któregoś dnia wyjść za mąż, mieć rodzinę. Mieć własną kuchnię, fortepian w dobrze zaaranżowanym salonie, elegancką porcelanę, biżuterię. Albo po prostu dobrego, życzliwego męża i posłuszne i pilnie uczące się dzieci.

Piękne rysy jego matki wyostrzyły się na jej mocno wychudzonej twarzy. Straciła włosy i nakrywała teraz głowę nijakim szalem. Piotr próbował sobie przypomnieć, jak wyglądała, kiedy mieszkali w Cieszynie. Była wtedy kobietą z klasą. Kobieta z klasą: to sformułowanie przywołało wspomnienie rozmowy—w kuchni mieszkania przy piekarni, pomiędzy Wujkiem Arnoldem a Ciocią Milly. Piotr przyglądał się obramowanemu zdjęciu ich dwojga, wykonanego w Wiedniu.

— To przed naszym ślubem — wyjaśniła Ciocia Milly. Dotknęła policzka Arnolda. Uśmiechnął się do niej. — Dziesięć lat spotykania się—aż trudno to sobie wyobrazić. Byliśmy tak szczęśliwi.

— Twoja Ciotka Milly była, jak mówią po angielsku, *a classy woman*, „kobietą z klasą" — powiedział Arnold.

— Była? — zapytała Milly z żartobliwym wyrazem niedowierzania na swojej pięknej twarzy.

Oboje roześmiali się. Piotr zawsze myślał, że ich miłość była czymś, czego można było dotknąć ręką. Tak czy inaczej, jego matka miała wcześniej klasę, tak, to było to słowo. A teraz, śpiąca, w tej krótkiej chwili wytchnienia od trudów, wyglądała na obciążoną wyczerpaniem i strachem.

Wyciągnął mały notatnik podarowany mu przez Władimira Antonowicza. Trzymał go w rękach i głaskał jego papier, błądząc myślami gdzieś indziej. Gdyby tylko miał ołówek i był w stanie szkicować, spróbowałby narysować śpiące twarze matki i siostry. Albo opisałby je. Jak dużo czasu minęło od kiedy po raz ostatni napisał jakiekolwiek słowa na kawałku papieru? Jego matka zajmowała się pisaniem wszystkich listów, kiedy byli w obozie. Papier był luksusem. Gdyby Piotr miał ten notatnik, kiedy był w obozie, możliwe, że zamieniłby go na jedzenie. Lub nowe buty. Jednak Władimir

Antonowicz tego nie zrobił. Piotr przypuszczał, że mężczyzna mógł czuć pokusę, aby opisywać to, co się działo w jego codziennym życiu. Ale tego nie zrobił. Teraz notatnik trzymał Piotr, ale nie miał ani ołówka, ani pióra, i nie było skąd zdobyć takich narzędzi. Odłożył plik stron do plecaka, rozparł się na siedzeniu i zamknął oczy.

Gdyby miał dodać wstępny wpis w dzienniku, być może Piotr napisałby, że podróżowanie w jakichkolwiek okolicznościach zawsze niesie ze sobą ryzyko. Podróżników rozpraszają rzeczy, których po raz pierwszy doświadczają, i często zmagają się oni z nieznanymi językami i obyczajami. Ale przemieszczanie się w czasie wojny, w kraju rządzonym żelazną pięścią—taka podróż gwarantowała zagrożenia, których nikt nie był w stanie przewidzieć. Być może napisałby proklamację— „Muszę być czujny", lub coś w tym stylu.

— To prawda — pomyślał Piotr, zanim w końcu zapadł w sen — muszę być czujny.

Wiele godzin później pociąg przyjechał do Kazania, przecinając zbieg Kazanki i Wołgi i zabierając nowych pasażerów. Następnie skręcił na południe, za Uljanowsk, gdzie rzeka się zawężała, i na Syzran, gdzie przekroczył Wołgę i udał się na wschód do Samary, a następnie znowu na południe, przybywając w końcu do Buzułuku. Przejechali ponad 675 kilometrów w ciągu dwudziestu czterech godzin.

Wszyscy polscy pasażerowie wysiedli z pociągu. Wielu z nich ubranych było w szmaty. Podobna ilość była zawszona lub cierpiała na wszelakie dolegliwości. Wszyscy byli głodni i wymęczeni. Wielu z nich z trudem potrafiło czuć cokolwiek poza wzrastającym poczuciem zguby spowodowanym wyczerpaniem i smutkiem, któremu nie ulegli w czasie swojej niewoli, ale o którym teraz, na wolności, byli w stanie rozmyślać. Każdy z nich, przypuszczał Piotr, chciał wrócić do czegoś przypominającego normalne życie—prawdziwego łóżka, porządnego jedzenia, opieki, lekarstw w czasie choroby. Zostali powitani przez przedstawicieli Wojska Polskiego i organizacji opieki społecznej, którzy zaprowadzili ich do ciężarówek i przetransportowali do siedziby głównej Wojska Polskiego w Kułtubance.

Budzenie się na nowo w namiocie lub baraku jakiegokolwiek obozu na terenie Związku Radzieckiego, zwłaszcza z brzemieniem więziennej przeszłości na duszy, było jedynie namiastkowym przybliżeniem normalnego życia. Ale, pomyślał Piotr, przynajmniej byli teraz w łagodniejszym klimacie, którego deszcz i błoto, choć irytujące, były niczym w porównaniu do śniegu i lodu w Okręgu Maryjskim. Liczni chorzy zostali przewiezieni do prowizorycznej lecznicy. Jeśli nie byli chorzy, wydawano im koc i kierowano do namiotów. Ich odzież była dezynfekowana. Sami kąpali się. Polskie kobiety, wydające jedzenie, również oswobodzone z obozów, zarządzały kotłami i wydawały gorącą zupę, gęstą od ziemniaków, a nawet małej ilości mięsa. Jedli przydziały prawdziwego chleba.

Dzień po ich przybyciu, siódmego stycznia 1942 roku, Piotr zaciągnął się do nowo utworzonego 26. Batalionu Piechoty, który był częścią 9. Dywizji. Był teraz członkiem Armii Andersa, nazwanej na cześć generała, który nimi dowodził, Władysława Andersa, który sam wcześniej przebywał w niewoli sowieckiej. Ponieważ Piotr był żołnierzem w tej armii, jego siostra i matka mogły opuścić z batalionem Związek Radziecki jako część niewielkiej grupy cywilów.

Czternastego stycznia o piątej nad ranem, batalion Piotra wyjechał. Jeśli ktoś byłby w stanie spojrzeć na peron stacji kolejowej z lotu ptaka, zauważyłby, jak futrzane czapki na głowach oficerów formowały długą wstęgę bobrzych skór. Żołnierze i cywile poruszali się w opadającym śniegu. Lokomotywa stała w swojej całej masywnej i czarnej okazałości—wielka, ciemna, dumna maszyna, do której Piotr żywił ogromne uczucie, jakby była zwierzęciem, a nie górą metalu. Drewno zostało już załadowane do pociągu, jak i jedzenie. Kiedy weszli na pokład tego ciężarowego transportera ludzi i towarów, Piotr był wniebowzięty, mogąc wreszcie ukryć się przed mroźnym powietrzem. Ich cel: Uzbekistan.

Podróżowali przez tydzień, najpierw przez pokryte śniegiem stepy Kazachstanu. Przez horyzont przewijały się od czasu do czasu lepianki i sanie ciągnięte przez wielbłądy. W Aktiubińsku wysiedli z pociągu i zjedli posiłek w ogromnej hali z niekończącymi się rzędami stołów. Podano im tam bulion z makaronem i rybę z kaszą.

— Prawie jak cywilizacja — powiedziała jego matka, odkładając widelec, rodzaj sztućca, którego żaden z zeków nigdy nie obozie nie widział na oczy.

W Taszkiencie do ich posiłku przygrywała sowiecka orkiestra. Piotr rozejrzał się wokół siebie. Oficerowie mieli teraz na sobie czyściutkie mundury dostarczone przez Brytyjczyków. Na twarzach niemal wszystkich polskich obywateli, którzy zostali zesłani przez Sowietów w piekło obozów pracy przymusowej, które miało zostać nazwane Gułagiem, malowało się niedowierzanie. Wszystkich męczyło to samo pytanie: jak ten sam rząd mógł załadować cię do przepełnionego wagonu, głodzić cię i harować niczym niewolnika w podłych warunkach, a następnie przysłać orkiestrę, aby świętować twój przyjazd po zwolnieniu? Na to pytanie mogli nigdy nie otrzymać odpowiedzi.

Zjawili się miejscowi Uzbecy, oferując rodzynki, jabłka, orzechy i granaty. Piotr był zafascynowany ich jaskrawo ubarwioną odzieżą i wyhaftowanymi krymkami, czworościennymi, lekko stożkowatymi nakryciami głowy noszonymi zarówno przez mężczyzn, jak i kobiety. Byli pięknymi, mocnymi ludźmi, których szczodrość wywołała w Piotrze uczucie pokory.

Pociąg przejeżdżał przez wioski i morelowe sady pokryte śniegiem. Zarówno żołnierze jak i cywile byli zdumieni, widząc załadowane towarami wielbłądy prowadzone na targ. Po obu stronach szerokiej drogi pokazywali sobie wzajemnie domki wykonane z gliny, z małymi drewnianymi drzwiami, ale bez okien. Jak wyglądały wnętrza takich konstrukcji? Kiedy przybyli do Marg'ilon dwudziestego stycznia o ósmej nad ranem, podpułkownik Gudakowski nakazał rekrutom umyć się i ogolić.

— Musicie godnie reprezentować naszą ukochaną Polskę — powiedział im.

Błoto pęczniało z każdym nowym opadem śniegu, deszczu ze śniegiem, lub samego deszczu, i było wszędzie, utrudniając poruszanie się, nie mówiąc już o utrzymywaniu czystości. Pomimo tego, podpułkownik chciał, aby zachowywali się w sposób wzorowy. Z tego powodu mieli doprowadzać do porządku nie tylko siebie, ale także swoje otoczenie. — Jeśli widzisz gruz, posprzątaj go — nakazywał im Gudakowski. Nikomu nie wolno było znajdować się na mieście po szóstej wieczorem. — A jeśli chcecie wyjść do miasta, musicie uzyskać przepustkę ode mnie lub mojego zastępcy — dodał. Złodzieje mieli odpowiadać przez sądem wojskowym. Żołnierze mieli być uprzejmi dla wojsk radzieckich. Trwały przygotowania do otwarcia lecznicy i świetlicy dla żołnierzy. Wymagano, żeby oficerowie i żołnierze brali udział w mszy świętej i innych nabożeństwach religijnych.

Matka i siostra Piotra były zakwaterowane z innymi cywilami, większość z nich w namiotach wydanych przez wojsko. Udało im się zdobyć dywaniki i koce, i starały się wykorzystywać wszystko, co miały do dyspozycji. Suzanna znalazła pracę w kuchni obozowej, a Józefina zaczęła szyć jedwabne spadochrony. Jedwab był produkowany i przędzony w tkaninę w Margi'lon od setek lat, a miasto, założone przez Aleksandra Wielkiego, było znanym przystankiem na słynnym Jedwabnym Szlaku pomiędzy Chinami i Europą.

W LUTYM SPADŁO WIĘCEJ ŚNIEGU i deszczu, co oznaczało dalszą mękę w błocie. Żołnierze zostali wytrenowani i stali się odpowiedzialni za rozładunek zapasów, pracując często po dziesięć godzin dziennie. Oficerowie uczestniczyli w wykładach. Czasami były koncerty. Żołnierze pili piwo robione z moreli i jedli pieczone klopsiki od ulicznych sprzedawców, kiedy byli w mieście. Nowi rekruci przybywali setkami. Na polu zostały postawione namioty, a zamiast na pryczach, świeżo upieczeni rekruci spali na matach wykonanych z liści eukaliptusa lub pomarańczy. Były zmarznięci, ale pogoda ocieplała się, i dobrze ich karmiono. Co ważniejsze, obecność innych wysiedlonych Polaków odnowiła ich duchowo. Choć nosili angielskie mundury i salutowali w sposób brytyjski, mówili, śpiewali i recytowali poezję po polsku. Uczęszczali na msze i wysłuchiwali przemówień wygłaszanych przez dowódców pułku. Mężczyźni golili się. Czyścili swoje buty i myśleli o czasach, w których mieli w rękach coś takiego, jak pasta do butów. Obserwowali nadejście wiosny—najpierw orkę, zazielenione pola i drzewa morelowe, szmaragdową pszenicę, a potem chór żab, tak jak w domu, po którym objęło ich uczucie głębokiej melancholii, kiedy zdali sobie sprawę, że wciąż w domu nie byli. Widzieli urwiste, ośnieżone szczyty łańcucha górskiego Tienszan, słuchali zawiłego śpiewu skowronka w locie, i zachwycali się, kiedy promienne światło wiosny podkreślało każdy detal dookoła. Byli w Kotlinie Fergańskiej, gdzie podobno miał znajdować się rajski ogród, Eden. Rozbawiła ich wizja Adama i Ewy przeskakujących przez kałuże błota. Błoto wyschło, a następnie roztopiła się na nim nowa warstwa śniegu, tworząc coś, co jeden z oficerów nazwał „kakao z piekła rodem".

W dniu dwudziestego trzeciego marca otrzymali rozkaz opuszczenia Marg'ilon w przeciągu dwóch dni. Pośpieszny wyjazd ze Związku Radzieckiego zarządził sam generał Władysław Anders. Na początku amnestii spotkał się on ze Stalinem, który, jak podejrzewał generał, negocjował uwolnienie Polaków tylko dla radzieckiej korzyści. Ponadto, Anders wiedział, że Stalin chciał, aby Wojsko Polskie zostało wysłane na front niemiecko—sowiecki. Wiedział również, że taki ruch oznaczałby śmierć niemal wszystkich polskich żołnierzy.

Anders był więziony w niesławnym więzieniu Lubjanka, i jak większość rekrutów w jego armii, był wygłodzony po swoim uwolnieniu. Mężczyźni nie byli gotowi na front. Nalegał zatem, aby polskie oddziały opuściły Związek Radziecki. Persja, okupowana od 1941 r. przez nowo sojuszniczych Sowietów i Brytyjczyków, była najbardziej logicznym wyborem, a Brytyjczycy zgodzili się na pomoc w wyposażeniu i wyszkoleniu wymęczonych polskich żołnierzy. Na początku tylko wojskowi przełożeni wiedzieli o tym, że będą kierować się do Persji, skąd mieli zostać wysyłani w różne miejsca: żołnierze na pole bitwy, cywile do obozów uchodźców w Teheranie. Oficerowie odpowiedzialni za nowych rekrutów musieli szybko zająć się organizacją tego wyjazdu. Sowieci oczekiwali zwrotu swojego sprzętu. Trzeba było złożyć listy wszystkich żołnierzy w pułku, rozdać mundury. Nie mieli wiele do zabrania ze sobą, więc byli gotowi prawie natychmiast.

Piotr przypomniał sobie, jak starannie jego rodzina pakowała się przed wyjazdem z Cieszyna, długo decydując, co zabrać ze sobą, a co zostawić. Spędzili co najmniej dwa dni wypełniając walizki, koszyki z żywnością i plecaki. Kiedy teraz wyjeżdżali, ich rzeczy były starannie zapakowane i powiązane w niecałą godzinę. Przypomniało mu to o czymś, co jego Wujek Ernst często powtarzał, odnosząc się do wyjazdów na wakacje: — Na odpowiednie zapakowanie torby przed wyjazdem potrzebne są całe tygodnie. Ale kiedy jesteś gotowy na powrót do domu, wypełniasz walizkę w mgnieniu oka, tak jakby armia rosyjska właśnie przybyła do miasta.

Opuszczając Egipt

PORANNY ŚPIEW PTAKÓW WYDAWAŁ SIĘ Suzannie zwiastunem szczęścia. Wraz z innymi uchodźcami i w towarzystwie nowo zaciągniętych żołnierzy była w drodze na stację Gorczakowo w Marg'ilon. Zauważyła miejscowych Uzbeków, siedzących na dywanach przed swoimi domami i rozmawiających przyciszonymi głosami, obserwujących, jak polscy mężczyźni załadowywali pociąg, podczas gdy kobiety i dzieci wchodziły na pokład. Radziecka orkiestra grała VII symfonię Szostakowicza.

W końcu była wiosna, a w ciągu dwóch tygodni miało nadejść święto Pesach. Suzanna myślała o Mojżeszu i jego starszej siostrze, Miriam, i o tym, jak musieli się oni czuć tuż przed opuszczeniem Egiptu. Prawdopodobnie, przypuszczała, wyjście żydowskich niewolników z Egiptu było sprawą bardziej gorączkową, niż mogło się to wydawać w czasie czytania Hagady w seder. Po pierwsze, była kwestia tego, w jaki sposób Żydzi dowiedzieli się o tym, że zostali wyzwoleni. Jak dowiedzieli się, kiedy mają ruszyć i w którym kierunku? Nie było poczty ani papieru, telefonów ani telegrafów. Suzanna wyobraziła sobie jedną osobę mówiącą drugiej, z jednego domu do następnego, w jednoczącym uczynku dzielenia się z sąsiadami wspaniałymi wieściami o ich nowo nabytej wolności.

Brakowało wtedy oczywiście nie tylko nowoczesnych metod komunikacji, ale również pociągów, ciężarówek, rowerów lub wagonów. Żydzi w Egipcie mieli tylko swoje własne dwie nogi, które miały wyprowadzić ich z niewoli.

Swoją własną transformację w osobę wolną, pomyślała Suzanna, mogła była prawie przegapić, jeśliby nie uważała. Proces stawania się nie-niewolnikiem nie był czymś tak triumfalnym, jak sobie wyobrażała. Pełen był planów, które mogły zawieść w każdej chwili, i zabarwiony losowym charakterem przemocy i śmierci podczas wojny i stałą niepewnością każdej godziny poza tą obecną. W rzeczywistości, pomyślała, prawdopodobnie już nigdy nie byłoby jej dane czuć niczego, co przypominało poczucie bezpieczeństwa, co kiedyś brała za pewnik, rzeczy, która należała teraz do jej przeszłości, nie istniała, jak jej ojciec, babcia, ciotka i wujek. Ta wolność wydawała się tak niepewna. Jak miała jej ufać? Piotr jechał na wojnę; nie chciała nawet myśleć o możliwości utraty swojego brata. A ona i jej matka udawały się na zachód, choć nie wiedziała jeszcze dokąd.

Jakby tego było mało, pośpiech, w którym opuszczali Związek Radziecki, był prawie namacalny w ich parciu na zachód, miasto po mieście, godzina po godzinie. Wiadomości dotarły do rekrutów i cywilów: byli w drodze do Persji, co oznaczało konieczność przekroczenia Morza Kaspijskiego. Suzanna zrozumiała, że obok nieśmiałej radości, którą obiecywała wizja wyzwolenia, wciąż pozostawało widmo jakiegoś nieszczęścia, popychając ich do celu tak szybko, jak było to możliwe. Jak Morze Trzcin w Księdze Wyjścia, Morze Kaspijskie miało być jedynym terenem oddzielającym ich od ich wrogów i wolności. Nadal było możliwe, przypuszczała, nawet prawdopodobne, że Sowieci aresztowaliby i postawili ich na nowo przed sądem, aby odesłać ich do obozów pracy, w których byli wcześniej uwięzieni.

Po załadowaniu pociągu ludźmi i towarami, zabrzmiała trąbka.

Na ten sygnał lokomotywa ruszyła, ciągnąc ze sobą na zachód jej zszargany, ale wypełniony nową nadzieją ludzki ładunek. Dzień był ciepły, a nastrój pasażerów przeplatał się pomiędzy ulgą i lękiem. Pozostawiali za sobą udrękę niewoli tylko po to, aby zanurzyć się po raz kolejny w morzu niepewności w obcym kraju, z jeszcze innymi zwyczajami i innym językiem gotowymi skomplikować wszystko, co w codziennym życiu można brać za pewnik. Suzanna wyjrzała na zewnątrz na przetaczający się za oknem uzbecki krajobraz naznaczony lepiankami o płaskich dachach. Brzegi strumyków obrastały rzędy drzew morwy. Woły ciągnęły drewniane pługi przez przyciemnione wiosną pola, to wszystko tak jakby należące do innej epoki. Przejeżdżali u stóp Gór Ałajskich i ich piętrzących się szczytów w kształcie egipskich piramid. Teren był rozległy i w dużej mierze niezamieszkany, ale nie dotknęły go bomby. Teraz, transport przejeżdżających żołnierzy dodawał widokowi koloru wojny. Myśli Suzanny powędrowały znowu do paschalnej historii.

Zawsze szczególnie podobał jej się fragment mówiący o Miriam, która przeprowadziła hebrajskie kobiety przez Morze Czerwone, grając jednocześnie na tamburynie i tańcząc. Mama i Miriam, pomyślała Suzanna, miały wiele wspólnych cech—obie były kobietami, które kochały muzykę, ceniły wolność, i wiedziały, jak znaleźć wodę w miejscu, w którym jej nie było. Mama utrzymywała ich przy życiu, kiedy byli internowani w obozach, i choć była teraz wyczerpana, zdołała również umożliwić im wyjście z tej niewoli. Suzanna wzięła rękę matki w dłoń i delikatnie ją uścisnęła. Jednocześnie obiecała sobie, że ponownie nakryje stół na seder, nawet jeśli będzie musiała to robić potajemnie.

Sederowy stół i jej rodzina siedząca wokół niego—to symbolizowało dla Suzanny wszystko, co utracili, od prawa bycia z ludźmi, których się kocha, do możliwości oddawania czci, otwarcie i bez obawy przed przemocą lub uwięzieniem, tradycji, którą przekazywali z pokolenia na pokolenie przez tak długi czas. Suzanna nauczyła się nie mówić o swoim żydowskim pochodzeniu podczas ich podróży po Związku Radzieckim. Nauczyła się nazywać swoje miasto używając jego polskiej nazwy, Cieszyn, a nie *Teschen*. Ale pomimo tego, mogła myśleć po swojemu. Nikt nie nadzorował jej umysłu. Dlatego też wspomnienie jej żydowskiej rodziny zebranej wokół stołu, przy którym mieli widziani byli również nieznajomi, aby uczcić niezwykłą historię swoich ludzi, krzepiło ją w czasie jej pobytu w obozach i teraz, kiedy opuszczała swój własny Egipt. — Z niewoli — pomyślała — bo byli w podobny sposób zniewoleni, i podobnie zmuszani do pracy. Oni również byli własnością państwa, jak przedmioty. Zostali wykorzystani i zużyci, niektórzy po prostu wyrzuceni, a teraz ona i Mama i Piotr byli w drodze do wolności. Było to niemal zbyt wiele do ogarnięcia.

Kozy pasły się na skalistych górskich zboczach. W mieście zwanym Turkmenabat wkroczyli do Turkmenistanu. Liczba zabudowań zmniejszyła się, a pociąg przemierzał pustynię Kara-kum, piaszczyste wydmy naznaczone gdzieniegdzie małymi, ostowymi krzewami. Tutejszy step nazywano Białym Stepem, ponieważ na jego powierzchni rozlane były olbrzymie białe plamy złóż soli. Domy, których było niewiele, były okrągłe lub prostokątne. Barany były trzymane w prostych zagrodach. Wielbłądy podnosiły głowy, kiedy mijał je pociąg, ich wzrok niewzruszenie łagodny. Suzanna miała wrażenie, że podróżuje przez krajobraz snu, w którym wszystko było skromne i pokryte bielą, i w którym zwierzęta wydawały się poruszać wolniej.

W mieście nazywanym Mary, cały transport wysiadł i zjadł kolację złożoną z zupy z makaronem, kaszy gryczanej, i konserwy mięsnej. Orkiestra wojskowa maszerowała wzdłuż torów, grając różne wersje żywego i szybkiego polskiego tańca. Grali oberka, który obok poloneza, mazurka, kujawiaka i krakowiaka był jednym z pięciu narodowych tańców Polski. Chopin zapożyczył niektóre z tych rytmów do swoich kompozycji. Muzycy przerwali na moment. Suzanna obserwowała żołnierzy, mężczyzn, którzy byli wcześniej wygłodzeni i zniewoleni, grających tę wspaniałą muzykę. Poczuła nagły przypływ wdzięczności, a nawet rodzaju miłości do nich, do swojego własnego przywileju gry na fortepianie, do samej muzyki. Pieśni Polski na pustyni, tak daleko od domu. Suzanna pragnęła zamknąć oczy i być przetransportowaną na jakieś przyjęcie w Warszawie czy Krakowie, gdzieś, gdzie światło odbija się od kryształów żyrandoli. Aby tańczyć z partnerem i nie martwić się zbyt wiele tym, czy ludzie przypuszczali, czy nawet wiedzieli, że jest Żydówką z polskiego miasta.

26 MARCA 1942 ROKU, ASZCHABAD

NASTĘPNEJ NOCY POCIĄG ZATRZYMAŁ SIĘ na kilka godzin w Aszchabadzie. Józefina wybudziła się ze stale przerywanego snu typowego dla długich podróży. Z okna zobaczyła żołnierzy ładujących chleb i zupę. Piotr był gdzieś pośród nich. Była dumna ze swojego syna—pracował bardzo ciężko. Dzięki jego poborowi byli teraz, nareszcie, na drodze do nowego życia. Jeśli chodziło o to, gdzie dokładnie mieli się osiedlić, Józefina wciąż nie była pewna. Persja miała być domem tymczasowym dla niej i Suzanny. Potrzebowała czasu na zebranie środków—pieniędzy, wiz, biletów, i tym podobnych—na wyjazd. I choć niepokoiło ją to, jak będzie mogła pracować w nowym kraju, do którego się kierowali, Józefina była nadal zdecydowana, że wyjadą do Anglii. Pamiętała artykuł o wyjeździe Sigmunda Freuda do Londynu w 1938 roku, który czytała siedząc przy stole w jadalni na ulicy Menniczej. Nie wiedziała jeszcze, że Freud zmarł trzy tygodnie po rozpoczęciu wojny, we wrześniu 1939 roku, tuż przed jej własnym przyjazdem do Lwowa. W swojej głowie Józefina wyobrażała sobie Londyn jako miejsce, gdzie będzie mogła odbudować swoje życie i stać się dumną obywatelką Anglii. Wyobrażała sobie schludny mały domek z ogrodem. Róże w lecie.

Psa witającego ją każdego ranka, z mokrym nosem i puszystymi uszami. Firanki. Teatr i koncerty. Spacery po parku. Gorące kakao w zimie. Porządny sklep z artykułami papierniczymi.

Kiedy podróżowali razem, zawsze kochała odwiedzać nowe sklepy papiernicze z Juliuszem. Znajdywali ciekawe papeterie, na których pisali listy podczas swoich konkurów i małżeństwa, do siebie nawzajem i do rodziny. Wszystkie te piękne arkusze papieru, płynne linie atramentu, słowa otrzymane w listach i uczucia, które wyrażały. Takie zajęcie, myślała teraz Józefina, było częścią języka wynalezionego przez ludzi, którzy byli sobie bliscy od długiego czasu. Ten język... zapomniała, jak go używać. Józefina zastanawiała się, czy kiedykolwiek będzie jej dane dowiedzieć się, co stało się z jej mężem. Choć obiecała sobie, że nigdy nie będzie rozpamiętywać utraty Juliusza, wydawało się, że był jedyną rzeczą, o której była w stanie myśleć. Tak często śmiali się razem. Chodzili razem wzdłuż tak wielu leśnych szlaków, alejek i korytarzy, miejsc, jak podejrzewała Józefina, w których nie postawiliby już nigdy stopy. Ich rozmowy przepełnione były czułością i ofiarnością. Tak jak ich własny język, którym porozumiewali się przez dwie dekady, obrazy związane z tymi chwilami zaczynały zanikać. Pewnego ranka, kiedy Józefina nie mogła przypomnieć sobie słów wiersza, który napisał jej mąż, z bólu omal nie utraciła zmysłów.

Przepływ żołnierzy i cywilów na zachód nabierał tempa. — Jak to się skończy? — zastanawiała się Józefina. Zbierała kawałki informacji i nowin od innych podróżnych, ale jedyne, co wszyscy wiedzieli, to to, że kierowali się w stronę Persji. Czuła pewną nerwowość, kiedykolwiek spostrzegła jednego z oficerów poruszającego się w nieokreślonym kierunku. Widziała coś w ich posturze i tym, jak pośpiesznie poruszali się w swoich niedopasowanych mundurach, z determinacją na twarzy. Wszyscy mężczyźni w obecnych pozycjach władzy mieli na sobie szmaty i powycierane ubrania, kiedy przybyli do centrum rekrutacyjnego. Wszyscy widzieli śmierć z bliska i chorowali przez głód, infekcje i zarazy. Teraz instruowali swoich podwładnych i próbowali rozwiązać wiecznie naglący problem ograniczonych racji żywnościowych. Józefina dowiedziała się w miarę wcześnie, że Wojsko Polskie było w trakcie ewakuacji żołnierzy i ludności cywilnej tego transportu, a nie tylko przemieszczenia ich w większe, bardziej gościnne miejsce niż zatłoczony i błocisty Marg'ilon. Nie byłaby zaskoczona, gdyby dowiedziała się—co później rzeczywiście nastąpiło—że Sowieci zwlekali w realizacji swoich obietnic, które zaoferowali Rządowi Rzeczpospolitej Polskiej na uchodźstwie i przywódcy jej armii, generałowi Władysławowi Andersowi.

Na razie jednak poruszali się naprzód, daleko od miejsca, w którym kiedyś byli, i Józefina mogła pozwolić swoim myślom błądzić pomiędzy wieloma wrażeniami z tej burzliwej podróży na zachód przez Azję Środkową. W głowie skomponowała list do swojej siostry, Elsy. „Najdroższa", zaczęła, „oto jestem, w krainie kolorowych tkanin, wielbłądów o długich rzęsach, granatów i moreli, przykucniętych lepianek. Orkiestry wojskowe grają dla nas muzykę podczas gdy wysiadamy i wsiadamy ponownie do pociągu. Jest tutaj cieplej niż tam, gdzie byliśmy wcześniej. Nie uwierzyłabyś w to, jak do tej pory wyglądały pory roku. Widziałam więcej śniegu w przeciągu tygodnia niż przez cały miesiąc w domu. Błoto przekracza wszelkie oczekiwania. Noc bez pluskiew jest cudem, przez który mogłabyś zacząć na nowo wierzyć w Boga".

Oczywiście nigdy nie napisałaby tego listu. Nigdy również nie miałaby okazji powiedzieć swojej siostrze, że kiedy się głoduje, zaczyna się tracić więcej niż kilogramy. Włosy. Zęby. Wspomnienia. Nie opowiedziałaby historii Kasi gorączkującej po nocach, lub o tym, że Suzanna prawie przegrała walkę z tą samą chorobą. Nie wyjawiłaby, jak bardzo bała się poddać, stracić nadzieję.

Zamiast tego, jeśli miałaby napisać list do Elsy, opisałaby uzbecką dziewczynę, którą zauważyła, tę z olbrzymią ilością warkoczów w swoich gęstych czarnych włosach. Była ona częścią grupy miejscowych, którzy zjawiali się na różnych stacjach na ich trasie, aby posłuchać orkiestry Wojska Polskiego na dworcu kolejowym. Uzbeccy mężczyźni nosili haftowane kapelusze i jaskrawe jedwabne przepaski wokół bioder. Kobiety nosiły amarantowe wełniane płaszcze z niebieskimi lub białymi jedwabnymi koszulami, lecz koszula tej dziewczyny była bladozielona. Większość innych kobiet była już matkami, pomyślała Józefina, ale ona, ona była najmłodsza, jeszcze niezamężna. Przypomniała sobie gładką, orzechowo—brązową twarz dziewczyny, podczas gdy pociąg oddalał się coraz bardziej od Uzbekistanu, po jego lewej stronie góry, po prawej niekończący się step. W szczególności jej wielkie, czarne oczy, które, przy braku kolczyków czy jakichkolwiek innych ozdób, były jaśniejsze i piękniejsze od jakiegokolwiek klejnotu, który Józefina kiedykolwiek widziała.

27–31 marca 1942 roku, Iskandar do Krasnowodzka do Bandar-e Pahlavi

Napięty harmonogram oznaczał, że oficerowie i żołnierze niewiele spali. Został im przydzielony obowiązek nadzorowania zorganizowanego przejazdu w kierunku Morza Kaspijskiego i utrzymywania porządku, ponieważ ograniczone racje były rozdzielane pomiędzy ludźmi, którzy do niedawna głodowali. Statek, który miał ich zabrać ze Związku Radzieckiego do Persji, miał odpłynąć z Krasnowodzka za kilka dni.

W chwili obecnej, pociąg telepał się dalej przed siebie w cieniu wysokich, szarych, urwistych szczytów, zdążając w kierunku Iskandar, wioski w cieniu gór Kopet-dag. Piotr dostrzegł wioskę w oddali, a kiedy ukazała się ona jego oczom, przyszła mu na myśl babka z piasku na trawiastym podłożu. Oficerowie z pośpiechem zabrali się do ustawiania rekrutów w „wydajne formacje", jak to nazywał ich kapitan. Kiedy wysiedli z pociągu, mieli się ustawić. Mieli mieć na głowach hełmy, starannie i po cichu ustawić swoje rzeczy na peronie, i stanąć na baczność. Bez żadnych rozmówek. Bez picia. Jedzenie miało zostać wyładowane pierwsze. Jeśli kobiety potrzebowały pomocy w rozładunku swoich rzeczy, żołnierze mieli jej dostarczyć. Zorganizowane miały zostać warty. Żołnierze stali na baczność. I nie zapominajcie, przypomniano im, aby salutować do sowieckich oficerów.

O 11:30 rano, dwudziestego siódmego marca 1942, transport przybył do Krasnowodzka. Żołnierze szybko i sprawnie opuścili pociąg i wraz z cywilami zostali zabrani do hali, wyglądającej na magazynową, gdzie zjedli gorący posiłek składający się z zupy i ryby, i wypili herbatę. Piotr miał szczęście odnaleźć w tłumie swoją matkę i siostrę. Ich trójka siedziała przez chwilę w ciszy, jakby wchłaniając gwar wielkiego budynku i podekscytowany nastrój w jego wnętrzu. Siedzący tam ludzie dzielili szczególny moment w historii, który w ostatecznym rozrachunku był po prostu kolejnym w szeregu dni, które miały stać się znane jako druga wojna światowa. Piotr miał już niedługo wyruszyć do walki. Choć wyobrażał sobie wojnę, kiedy był małym chłopcem, i słuchał uważnie opowieści ojca o bitwach Wielkiej Wojny i o tym, jak został on wzięty w niewolę przez Rosjan, Piotr nie wiedział, czego się spodziewać. Nie wiedział tak naprawdę nawet tego, jak powinien się w związku z tym wszystkim czuć, choć strach i podniecenie mieszały się w jego wnętrzu, czyniąc go mocno pobudzonym i jednocześnie trochę niepewnym.

Na Matkę i Suzi, jak wiedział, czekało więcej niewiadomych, i choć martwił go ten brak pewności przed nimi, wiedział również, że były do niego przyzwyczajone. Nie był pewien, co powiedzieć matce i siostrze na pożegnanie. Co można powiedzieć ludziom, z którymi dzieliło się swoje najbardziej intymne zwątpienia? „Bezpiecznej podróży? Do zobaczenia za miesiąc"? To, że nie mógł nagle znaleźć słów było dla niego nie do wytrzymania, ale wszystkim, o czym Piotr był w stanie myśleć, były wydarzenia, które pozbawiły go umiejętności stosownego pożegnania się. Ukrywali się w piwnicach, byli transportowani na wozach i wysyłani w pustkowia niczym czyjś majątek ruchomy, zapracowywani na śmierć w tajdze. Ze wszystkich ludzi, których Piotr znał lub których spotkał, one dwie znały go lepiej niż ktokolwiek inny. Były świadkami, z bliskiej odległości, jego przemiany z chłopca na mężczyznę. Widziały, jak przerażenie wyginało jego twarz w gorzkim szale i widziały, jak nauczył się odwracać wzrok i wyglądać na nieustraszonego.

Wziął ręce matki w swoje dłonie i spojrzał jej w oczy.

— Wszyscy będziemy znowu razem w Anglii, kiedy to się skończy — wymamrotał.

Józefina uśmiechnęła się. Jej twarz ledwo znalazła energię na to, aby uformować się w jakąkolwiek minę. Tak mocne było wyczerpanie, które ogarniało tak wiele kobiet, w tym jego matkę. — Pamiętaj, że kuzynka Hedwig mieszka w Londynie — powiedziała, uważając, aby nie powiedzieć zbyt dużo o przyszłości, której nie mogła przewidzieć, ale dając Piotrowi sposób na odnalezienie jej i Suzi.

Jego siostra płakała bezgłośnie, kiedy objęli się na pożegnanie. — Co, jeśli nigdy więcej się nie zobaczymy? — zastanawiał się. — Uważaj na siebie, Suzi — powiedział. Chociaż próbował zabrzmieć niefrasobliwie, aby nie pobudzać lęku siostry, Piotr przestraszył się nagle, że bez jego opieki przydarzy jej się krzywda. — Chciałbym zostać z wami — szepnął jej do ucha. W tym momencie Suzanna zaczęła szlochać, a jej chude ciało zatrzęsło się w jego ramionach. Był to pierwszy raz od bardzo długiego czasu, kiedy którekolwiek z nich pozwoliło takim uczuciom wypłynąć na powierzchnię. Piotr spojrzał na matkę i zrozumiał natychmiast okropne brzemię rodzica zmuszonego do bycia świadkiem cierpienia swojego dziecka.

— Będę bardzo uważać — odpowiedziała w końcu Suzanna, odstępując od Piotra i wycierając twarz rękawem. — Będę za tobą tęsknić, kochany bracie.

Kolejny poranek rozpoczął się od lekkiego deszczu. Od gór wiał silny wiatr. Na razie koniec ze słońcem, pomyślał Piotr, choć wiedział również, że miejsce, do którego zmierzali, byłoby znacznie lepsze od obecnego. Inni żołnierze rozmawiali o Persji, a większość z nich wyznawała, że nie potrafili jej sobie wyobrazić. Ale on potrafił. Jako chłopiec na początku lat 30., wraz ze swoim równie zainteresowanym ojcem, pilnie śledził wiadomości o wykopaliskach w Persepolis, miasta z VI wieku w pobliżu Shiraz. Niemiecki Żyd o imieniu Ernst Herzfeld, który mieszkał w Teheranie, był głównym archeologiem tej wyprawy, dopóki nie został zmuszony przez hitlerowców do opuszczenia swojej pozycji. Piotr czytał gorliwie o znaleziskach odkrytych we wspaniałym mieście Dariusza—płytkach pokrytych pismem klinowym, akweduktach, reliefach. Fascynowała go archeologia.

Kiedy Piotr był chłopcem, jego ojciec przeczytał mu angielskie tłumaczenie wielkiego perskiego poematu, *Mantq Al—Tayr*, czyli *Konferencji ptaków*. Piotr uwielbiał tę historię. Jej autor, Attar a Nishapur, zaczął swoje dorosłe życie pracując jako farmaceuta. Po wielu latach słuchania swoich klientów, dzielących się z nim swoimi radościami, tajemnicami i kłopotami, opuścił aptekę i wiele podróżował, spotkając się z różnymi sufickimi mistykami. Historia wydawała się być zagadką. Ale Piotr rozumiał teraz, że była to ważna opowieść o etapach oświecenia. Żałował, że nie mógł powiedzieć swojemu ojcu, jak udało mu się z czasem zrozumieć część nauki tej opowieści. Jeśli się skupił, mógł prawie usłyszeć Juliusza recytującego ją. Głos jego ojca—gładki, klarowny baryton—zaczynał zanikać, a Piotr zastanawiał się, jak coś tak wyjątkowego jak głos człowieka może umrzeć.

— Dawno, dawno temu — zaczynała się historia o ptakach, tak jak wszystkie opowieści, których dzieci uczą się od różnych ludzi w swoim życiu — Pewien dudek otrzymał zadanie poprowadzenia wszystkich ptaków na całym świecie na poszukiwanie ich legendarnego króla, Simorgha. — Dudek, jak wiedział Piotr, bo widział go kiedyś w Polsce, był ciekawie wyglądającym ptakiem wędrownym. Na głowie miał koronę z piór, która rozkładała się jak wachlarz w zalotnych demonstracjach i sytuacjach obronnych. Jego skrzydła były białe, jasnobrązowe, lub brązowe, z szerokimi czarnymi lub brązowymi paskami. Dudek miał charakterystyczny głos, który brzmiał jak jego angielskie imię, *hoopoe.*

Podczas swojej wyprawy, ptaki musiały przejść próby w siedmiu różnych dolinach. W pierwszej kolejności zostały poproszone o porzucenie wszystkiego, co było dla nich cenne. Tak jak ptaki, Piotr i jego rodzina musieli pozostawić za sobą rzeczy, które były dla nich ważne. W drugiej dolinie, ptaki zostały poproszone o wyrzeczenie się logiki i przyjęcie zamiast niej miłości do swojego serca. Piotr i jego rodzina spotkali nieznajomych, którzy przyjęli ich pod swój dach, przyszli im z pomocą, lub ich ocalili, czyniąc to z miłości i zwykłej ludzkiej przyzwoitości. Przyjęcie miłości do serca oznaczało również posiadanie nadziei i, wbrew wszystkim sprzecznym dowodom, on, jego matka, i Suzi wierzyli, że przetrwają i pewnego dnia opuszczą obóz pracy w Republice Mari El.

— Możesz sobie na pewno wyobrazić — zwykł mówić Juliusz, kiedy opowiadał historię — że kiedy ptaki dotarły na następną próbę, było ich już dużo mniej. — W trzeciej dolinie dowiedziały się, że wiedza o świecie jest bezużyteczna. Niektóre z nich odkrycie to zdezorientowało, i zgubiły one drogę. Ile razy widział Piotr wśród zesłańców wykształconych mężczyzn i kobiety—nauczycieli i profesorów, urzędników i prawników, kapłanów i rabinów—którzy zginęli, ponieważ nigdy wcześniej nie używali swoich rąk ani zdrowego rozsądku?

Czwarta dolina nazywana była oddzieleniem, a tam ptaki—jeśli planowały kontynuować wspólną misję—musiały wyrzec się posiadania i odkrywania. Bogactwa materialne i metody empiryczne były niepotrzebne przed obliczem Boga. Jeśli pierwsze cztery doliny do tej pory miały być przygotowaniem na przyjęcia Boga, to piąta i szósta dotyczyły zagadnienia samej wiary. Dla Piotra była to część historii, w której zaczynała ona stawać się niejasna. Kiedy ptaki dotarły do piątej doliny, w znacznie zmniejszonej liczbie, odkryły, że Bóg jest ponad wiecznością.

— Co to znaczy, Tato? — zapytał Juliusza Piotr, kiedy po raz pierwszy usłyszał historię.

Jego ojciec położył mu rękę na ramieniu. — Być może oznacza to, że Bóg nie może istnieć w granicach czasu, takiego, jakim my go rozumiemy.

Nawet po pierwszych pięciu próbach, niektóre ptaki były nadal wystarczająco dzielne, aby kontynuować, i w szóstej dolinie spotkały Boga, i zadziwiło je, kiedy odkryły, że nic nie wiedziały ani niczego nie rozumiały.

— Nie są nawet świadome samych siebie — wyjaśniał zawsze Juliusz w tym momencie historii. Piotr nie potrafił tego zrozumieć, kiedy był małym chłopcem. Ale w obozie pracy, kiedy pracował bardzo ciężko wycinając jedno drzewo za drugim, a jego chłód, pot, głód, i zmęczenie łagodziła adrenalina, była chwila, w której zapomniał, jak znalazł się tym lesie, pracując tak, jak to robił.

Tylko trzydzieścioro ze wszystkich ptaków na świecie dotarło do siedziby Simorgha, ale kiedy tam przybyły, ich król był nieobecny. Czekały. I czekały. W końcu, po długim oczekiwaniu, odkryły, że to one były Simorghiem, którego szukały. I w ten sposób ptaki zrozumiały, że siódma dolina była miejscem zarówno zapomnienia, jak i uwolnienia się od własnego ja.

— Szukały Boga, ale nie mogły dostrzec Boga, który był w nich, a także tuż przed ich oczami. Każdy ma wewnątrz trochę Boga — dodał Juliusz, kończąc historię. Zawsze miał w tym momencie poważny wyraz twarzy. Nie smutny, ani zmartwiony, ale głęboko refleksyjny. W twarzy Juliusza wyczytać można było również niezłomną życzliwość, i Piotr żałował, że nie potrafił rysować, aby zachować ją go od zapomnienia gasnącej pamięci.

Marzył, aby jego ojciec był z nim tutaj w tej chwili, obserwując z nim te starożytne ziemie, których historie fascynowały ich obu. Ale Piotr wiedział—w sposób, którego racjonalnie nie dało się wyjaśnić—że Juliusz nie żył, że znajdował się niejako w siódmej dolinie ptaków. Tęsknił za ojcem, a zwłaszcza za wszystkim, czego nigdy nie wysłuchał wystarczająco uważnie, jak opowieści ojca o jego dzieciństwie, jego poglądów na temat przyszłości, i jego opinii o świecie. Żal ten przemienił się w drążący ból w brzuchu Piotra. Chciał, aby jego ojciec mógł być przynajmniej pochowany w domu. Co to za świat, zastanawiał się, który odbiera człowiekowi prawo do godności, jaką zapewnia odpowiedni pochówek?

Przed wejściem na statek, który miał przekroczyć Morze Kaspijskie, między żołnierzami rozdzielono dodatkowe mundury. Ponieważ wyjeżdżający Polacy nie mogli opuścić ZSRR z radziecką walutą, oficerowie zebrali swoje ruble, które, jak im powiedziano, miały zostać przeznaczone na pomoc rodzinom, które pozostały w kraju. Piotrowi trudno było myśleć o tych ludziach, którzy dzisiaj nie wyjeżdżali, albo o tych, których nie dopuszczono by do kolejnej ewakuacji, jeśli taka miała w ogóle jeszcze nastąpić. Od innych rekrutów dowiedział się, że wielu polskich zesłańców nie otrzymało nawet wiadomości o amnestii. Liczba tych, którzy zostali deportowani, nie została jeszcze przeliczona, więc nie mógł wiedzieć o tym, jak kwestionowana byłaby po wojnie—czy to był milion czy półtora, czy też, według niższych oszacowań, kwestia „jedynie" kilkuset tysięcy? Część zesłańców przybyła z odległych obszarów Syberii i koła podbiegunowego. Niektórzy z tych, którzy dostali się do ośrodków rekrutacyjnych armii, nie zostali przyjęci. Inni zgłosili się o dzień za późno. Albo tydzień, albo miesiąc. Zostali opuszczeni, ci nieszczęśliwi uchodźcy, zmuszeni do szybkiego dostosowania się do swojej sytuacji, tak, jak musieli to robić od momentu, kiedy zamknęły się za nimi drzwi pociągu, zamykając ich w ciemności w czasie długiej podróży na wschód. Piotr dowiedział się później, że miały miejsce tylko dwie fale ewakuacji, pierwsza pomiędzy 24 marca i 2 kwietnia 1942, a druga pomiędzy 10 sierpnia i 1 września 1942. Po ostatniej ewakuacji Sowieci zamknęli granicę. Ponad 78 000 żołnierzy i 38 000 cywilów uciekło ze Związku Radzieckiego dzięki tym ewakuacjom. Piotr często powtarzał sobie wtedy, jakie szczęście miała jego rodzina, której udało się stać się częścią tych dziesięciu procent, którym udało się uciec.

Po południu podawano zupę i herbatę. Oficerowie instruowali żołnierzy. W oddali, góry zaczynały wyglądać coraz bardziej jak ogromne kratery na powierzchni księżyca—albo przynajmniej tego, jak wyglądał on w wyobraźni Piotra. Wiatr ustał. Wschodzący księżyc był na początku blady, jak niepełny krąg cienkiego metalu wklejony na powierzchnię ciemnego nieba. Orkiestra Wojska Polskiego intonowała swoją muzykę, a Piotr żałował, że nie mógł zapytać Suzi, co grali. Wraz z Mamą wsiadła ona na statek wraz z innymi cywilnymi kobietami. Teraz, żołnierze wypełniali balkony statku zielenią i szarością swoich mundurów i hełmów. Rekruci, owinięci w koce i przyciśnięci blisko do siebie, drżeli, czekając. Przynamniej mogli się przytulić do innych ludzi, pomyślał Piotr.

— Jak kobiety na targu — powiedział jeden z nich. Inny roześmiał się.

Ale nastrój Piotra był poważny. Zastanawiał się, czy mieli przechodzić dalsze szkolenia po dotarciu do Persji. Lub czy nagle wysłano by ich po prostu do bitwy. Żaden z nich nie mógł wiedzieć, co Hitler zaplanował dla swoich największych wrogów, Żydów i Polaków. Nikt nie mógł się spodziewać lat udręki, które przed nimi leżały. Fundamenty pracy niewolniczej i zagłady były krwawo wypracowywane w ich zrujnowanej ojczyźnie i w całej Europie, ale wojna była ich teraźniejszością i nie mogli wiedzieć o tym, co dopiero miało nastąpić.

Jednak w chwili obecnej, podróż przez Morze Kaspijskie do Bandar-e Pahlavi była stosunkowo krótka i nieburzliwa, z wyjątkiem braku wody i niedoboru żywności na pokładzie statku. W nocy wiał zimny wiatr. Przybyli do portu o godzinie 1:30 nad ranem. Z pierwszym światłem, Piotr—i wszyscy inni wyczerpani uchodźcy, którzy nie spali—ujrzeli śnieżnobiałe domy górujące nad zatoką. Dotarli do Persji. Rozładunek przeprowadzono szybko.

Zanim nadszedł poranek, stanęli na tej starożytnej, ale dla nich zupełnie nowej ziemi i wyruszyli wzdłuż szerokiej drogi wybudowanej w stylu europejskim w kierunku placu, gdzie otwarte były sklepy. Polacy byli zaszokowani normalnością handlu. Nie było kolejek po towary w sprzedaży: owoce, pierniki, chałwę, wędzone ryby, słodycze, ciastka. I wszystkiego było pod dostatkiem. Ludzie uśmiechali się do nich. Słońce ogrzewało ich plecy i twarze. Mężczyzna sprzedawał papierosy, a ich białe opakowania mieniły się we wczesnym świetle poranka. Jaskółki przelatywały nad ich głowami w tę i we w tę. Perscy sprzedawcy początkowo nie chcieli przyjąć małej ilości rubli, które niektórym udało się przemycić, ale ostatecznie to zrobili, wymieniając sowieckie banknoty na własną walutę, tomany i quirany.

Ich transport zabrano na wybrzeże, gdzie zasiedli na piaszczystej plaży i gdzie umyło ich morze. Brytyjscy żołnierze przynieśli wodę pitną i rozdali im ogromne mosiężne kubki pełne herbaty ze skondensowanym mlekiem. Przyszły tłumy perskich kobiet z koszykami pełnymi jaj, daktylów, ryb, olbrzymich pomarańczy. W samowarach gotowała się woda. Jedli porcje mięsnych konserw i australijskiego sera zapakowanego w puszki.

Żołnierze otrzymali zaliczkę w wysokości trzydziestu tomanów. Piotr udał się do miasta z grupą innych rekrutów, i zjedli soczystą jagnięcinę pachnącą przyprawami i pieczoną na rożnie—nazywano to kebabem. Pili wino, które smakowało jak daktyle. Niektórzy ludzie skarżyli się na ból brzucha po zjedzeniu tak dużych ilości. Piotr słyszał później o innych, którzy byli tak wygłodzeni i jedli tak szybko, że umarli. Natomiast wśród cywilów sporą liczbę zabrał tyfus, głównie dzieci, które pochowano na polskim cmentarzu w Bandar-e Pahlavi.

Spali pod czystym niebem w ciepłym, nocnym powietrzu. Wykąpali się, zostali zdezynfekowani i nakarmieni. Oficerowie rejestrowali nazwiska żołnierzy przy świetle księżyca. Listy zostały przygotowane. Żywność rozdzielona. Musztry wyćwiczone.

— Przed nami nowe życie — usłyszał czyjąś uwagę Piotr — życie, które jeszcze mieliśmy nie tak dawno temu.

Nie tak dawno temu: Piotr był zdumiony, kiedy doliczył się trzydziestu jeden miesięcy od dnia, w którym opuścili Cieszyn. Miał wrócić do Europy, na główną scenę teatru wojny. Jego matka i siostra miały jechać do Teheranu. Nie miał pojęcia, jak wszystko miało się ułożyć, wiedział tylko, że był chłopcem w wieku lat szesnastu, prawie siedemnastu, kiedy uciekli. A teraz był mężczyzną, i miał lat prawie dwadzieścia.

— Nie tak dawno temu — powiedział głośno do mężczyzny, który mówił wcześniej — a jednak tak dawno temu.

W kraju dzieci Estery

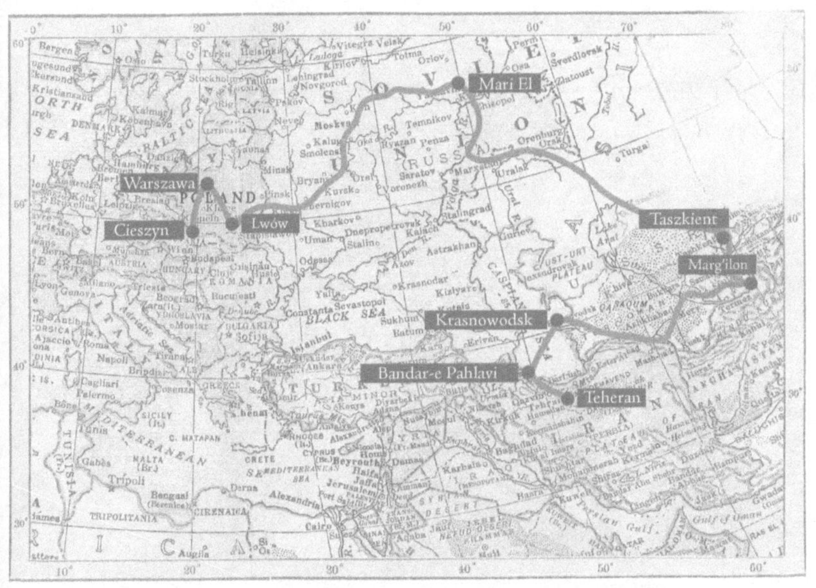

Portret dżentelmena w bordowym kabriolecie, Teheran

2 KWIETNIA 1942 / PESACH 5702, TEHERAN

WCZEŚNIE RANO, PIERWSZEGO DNIA PESACH, Soleiman Cohen prowadził swój bordowy kabriolet przez ciche jeszcze ulice Teheranu. Dżentelmen za kierownicą samochodu był znany i szanowany w całym mieście, a szczególnie podziwiany przez społeczność żydowską. Każdy widział, że Soleiman, dla dobrych przyjaciół i rodziny Soli, był modnie ubrany, zadbany, dobrze wychowany i elegancki. Ale ci, którzy dobrze go znali, wiedzieli, że dziełem jego życia—tym, co popędza człowieka do pracowania nad swoją spuścizną—było przynoszenie spokoju i radości otaczającym go ludziom. Oto człowiek, który w wieku lat trzydziestu siedmiu dorobił się honorowego tytułu *Khan*, co oznaczało, że byłby zapamiętany z głębokim szacunkiem. Jeśli był drobiazgowy, to dlatego, że zależało mu niezmiernie na pięknie w jego najbardziej osobistych i wewnętrznych formach. Zatem Soleiman uczynił ze swojego domu miejsce, gdzie przyjaciele i rodzina mogli przyjść i najeść się pysznego jedzenia, zbierając się w komfortowych pokojach w domu na Alei Pahlavi, gdzie mieszkał. Był człowiekiem, którego szczodrość nie kończyła się na jego krewnych lub znajomych—dawał hojne napiwki, płacił pracownikom na czas, a czasami z góry, i upewniał się, że zawsze było wystarczająco dużo jedzenia, aby można było podzielić się nim z domowymi pracownikami i sąsiadami. Soleiman wierzył, że słowo człowieka powinno zawsze być uczciwe, i że było rzeczą ważną, aby traktować ludzi z życzliwością i szacunkiem. Poświęcał czas na pielęgnowanie znajomości z właścicielami sklepów, zarządcami, i ludźmi, którzy dla niego pracowali. Jego rady zasięgali młodsi mężczyźni i wszyscy członkowie jego rodziny.

Czterodrzwiowy Ford sedan, którym jeździł, był czymś naprawdę pięknym. Jego białościenne opony i odbijający słońce blask ogłaszały człowieka o nienagannym guście. Każdy zatrzymywał się, aby popatrzeć na samochód, kiedy ten przejeżdżał obok. Dzieci machały, wołając do równie eleganckiego i szykownego kierowcy. Jazda z nim oznaczała, że człowiek czuł się jak członek rodziny królewskiej. Tego chłodnego ranka, Soleiman był jednak sam w swoim samochodzie. Dach był zamknięty, choć wolał go w wersji otwartej, aby czuć powietrze i słońce na swojej twarzy. Ale nad miastem nie uniosły się jeszcze pierwsze promienie, a Soleiman lubił również siedzieć wewnątrz ciepłego samochodu w zimne lub wilgotne poranki. Sprzedawcy w Alei Naderi jeszcze nie otworzyli swoich stoisk, ale mógł wyczuć dźwięki przebudzenia, które miały za chwilę uwolnić odsłaniane okna i otwierane drzwi. Na razie ludzie jeszcze śnili, albo dopiero otwierali oczy. Ten czas był jego ulubionym fragmentem dnia: lubił być obecny w te chwile, gdy zbierały się myśli i świat zaczynał nabierać ostrości, wyłaniając się z ciemności w łagodne poranne światło.

Kochał wszelkie uroczystości zwiastujące wiosnę. Zaledwie miesiąc wcześniej, irańscy Żydzi obchodzili Purim, deklamując historię odwagi Estery w ratowaniu perskich Żydów. Niektórzy udawali się na pielgrzymki do jej grobu w Hamadan. Królowała szczodrość: ludzie przekazywali środki na cele charytatywne. Dorośli dawali dzieciom monety. Kobiety wymieniały się tackami hałwy jako

Miszloach Manot, darem jedzenia wysyłanym do przyjaciół. Każda z nich miała swój rodzinny przepis, a Soleiman uwielbiał pomieszane aromaty szafranu, kardamonu, pistacji, migdałów i wody różanej, które wypełniały domy jego rodziny i przyjaciół.

Zaledwie osiem dni wcześniej, Persowie wszystkich wyznań obchodzili Nowruz, nowy rok. Na podwórkach zapalano ogniska, gdzie zabawa polegała na przeskakiwaniu nad płomieniami. Dzieci radowały się petardami, które strzelały, syczały i gwizdały na ulicach i w prywatnych ogrodach. Podczas tych uroczystości, Soleiman, zgodnie z tradycją, składał wiele wizyt u swoich bliskich. W ciągu każdej z nich, zachwalał ozdobne *haft-sin*, pochylał się, aby powąchać hiacynty ustawione na stołach, i zwracał uwagę na skrzynki trawy zdobiące parapety.

Cieszył się również świątecznym jedzeniem. Do potraw należało wiele wersji *aash-e reshteh*, noworocznej zupy z makaronem; najlepszy przepis na *khoresh* każdej rodziny; pieczony kurczak i bakłażany, kebaby, i imponujący wybór potraw z ryżu. Próbował ich wszystkich przy licznych stołach swojego licznego rodzeństwa i ich małżonków i małżonek. Soleiman prawił komplementy każdemu, kto cokolwiek ugotował, pytając, jak upiekli taką delikatną jagnięcinę czy kurczaka, albo czym przyprawili bakłażana tak, że miał taki wędzony smak i był tak słodki, albo chwaląc ich za wspaniałe *faludeh*.

Teraz nadszedł pierwszy dzień Pesach, ostatniego z wiosennych świąt. Soleiman jechał w kierunku Alei Istanbul, aby zabrać swoją matkę, wdowę Gohar Khanoum, na rodzinny seder odbywający się w domu jego starszego brata. Gohar mieszkała w przestronnym pokoju na pierwszym piętrze, który został podzielony na części do siedzenia, jedzenia i spania. W jednym z kątów w kuchni piętrzył się wielki samowar nagrzewany drewnem. Okna wychodziły na ogród z tyłu budynku.

— Teraz jestem tylko ja — powiedziała kiedyś swojemu synowi, kiedy zapytał, czy nie chciała korzystać z innych części domu. — Wszystko, czego potrzebuję i czego pragnę, mam tutaj.

Soleiman dawno nauczył się szanować życzenia swojej matki. Zawsze miała rację, co nauczyło go, że mądrość można często znaleźć w decyzjach, które mogą wydawać się skromne. Gohar była kobietą, która ceniła uświęcone tradycją zwyczaje perskich Żydów, ale ponieważ wyszła za mężczyznę, który otworzył się na kulturę zachodnią, odnajdywała się we współczesnym świecie zajmując dość specjalną pozycję. Nauczyła zatem swoje córki, jak miały dbać o swoich mężów, dzieci i domy, i jak przygotować tradycyjne potrawy, ale zachęcała je także do nauki—czytania, obcych języków—i wykorzystywania wszelkich zasobów, jakie były im dostępne, dla ulepszenia swojego życia. Była skromna i łagodna, ale nigdy nie bała się roześmiać ani wyrazić swojej opinii.

Znalazłby swoją matkę w schludnej i otwartej przestrzeni salonowej jej domu. Jej podłogi były czyste—lekko spryskane wodą i zamiecione—dywany wytrzepane, powierzchnie wolne od kurzu. Ani jeden okruszek nieprzaśnego chleba nie przetrwał przeglądu jej porządków przed Pesach, które często zaczynała tuż po Purim. Pomagało jej oczywiście jej pięć córek, wszystkie z nich zamężne. Czasami Soleiman zjawiał się, kiedy jedna lub kilka lub wszystkie pięć z jego sióstr tam były. Słyszał ich głosy przed otwarciem drzwi, rozmawiające o dzieciach lub potrawach, sąsiadach lub kuzynach i, obecnie, o wojnie. Kiedy jedna z nich się zaśmiała, cała reszta do niej dołączała. Kiedy Gohar przemawiała, jej córki słuchały.

Choć było jeszcze ciemno, lampa byłaby wyłączona, a Gohar drzemałaby lekko, siedząc w pozycji pionowej, otulona poduszkami jej ulubionego fotela wypoczynkowego. Jej okrycie byłoby zapięte na guziki, jej gęste, białe włosy pokryte wzorzystym jedwabnym hidżabem, a jej ręce spoczywałyby na małej paczuszce owiniętej brązowym papierem i związanej sznurkiem. W środku były smakołyki na

Pesach, których receptury czasami zdradzała szeptem swoim wnuczkom. Które z nich ja zapamiętają? Przez chwilę Soleiman ujrzał swój stan kawalerski jako źródło olbrzymiej samotności; to uczucie stawało się od jakiegoś czasu mocniejsze. Wiedział, że gdyby miał córkę, a jego matka wyszeptała jej do ucha jakieś tajemnice, ta córka zapamiętałaby wszystko.

Na małym staromodnym stoliku obok kanapy i fotela Gohar była miska wypełniona owocami i orzechami. Soleiman zawsze próbował jednego lub dwóch kawałków jej kuszącej zawartości. O tej porze roku znalazłby tam suszone figi i daktyle, jabłka, pomarańcze i pistacje.

— Soli, nie zjedz wszystkiego — skarciła go, choć oboje wiedzieli, że tylko się z nim drażniła, i nie przeszkadzałoby jej nawet, gdyby pochłonął wszystkie owoce i orzechy. Było to dokładnie to, co zawsze robił jego ojciec, zmarły już Haji Rahim Cohen, częstując się winogronami i wiśniami, migdałami i morelami, czymkolwiek, co było w sezonie, z owocowej miski. Ale ani ojciec, ani syn nigdy nie brali zbyt wiele.

Soleiman uśmiechnął się. — Masz szczęście, że masz taką matkę — powiedział sam do siebie. Tak było. Cicha mądrość Gohar, która znana była jako Babcia Jan, była znana w klanie Cohenów. Była uczciwa i pobożna, powściągliwa i nobliwa. Jej synowe podziwiały jej elegancką powściągliwość i brały jej doskonałe porady do serca. Zawsze zapraszały ją do siebie, ale ona nie chciała im się narzucać. Wszystkie wnuki kochały jej historie. Babcia Jan była sercem rodziny. Kochała ich ojca, Haji Rahima Cohena obfitą i prostą miłością. A on, Soleiman, kochał ją i był jej całkowicie oddany.

Nigdy nie krytykowała go za bycie kawalerem w wieku trzydziestu siedmiu lat. Gohar ceniła towarzystwo swojego syna, ale nigdy nie lgnęła do niego bez potrzeby. Rzadko wspominała o licznych pytaniach o jego dostępności jako potencjalnego męża. Od kiedy owdowiała dziesięć lat wcześniej, Gohar przyjmowała wielu gości w swoim domu, w tym matki atrakcyjnych dziewcząt w wieku zamążpójścia.

— Po prostu nie znalazł jeszcze swojej partnerki pisanej mu w niebie — Soleiman wyobrażał sobie tłumaczenia swojej matki, widząc ją przed swoimi oczami machającą ręką na sugestie, że Soli miałby poślubić którąkolwiek z proponowanych dziewcząt. Prawdopodobnie w takich właśnie chwilach podawała swoim gościom miskę z owocami, zachęcając do spróbowania tej pięknej pomarańczy, albo brzoskwini, albo moreli. — Słodkie i soczyste — mówiła, szeroko się uśmiechając, a jej wzrok sugerował, że nadszedł czas na inny temat rozmowy.

Soleiman zakładał, że jego matka chciała, aby znalazł sobie małżonkę. Podejrzewał również, że głęboko w swoim sercu wiedziała, że jej trzeci syn byłby rozdarty pomiędzy tradycją a nowoczesnością, wschodem i zachodem, Europą i Środkowym Wschodem. Znalezienie odpowiedniej panny młodej nie było kwestią dopasowania, ale czymś bardziej zbliżonym do cudu zesłanego z nieba.

Soleiman minął dwóch brytyjskich żołnierzy. Zainteresowanie hitlerowców ogromnymi irańskimi zasobami ropy budziło niepokój Aliantów. W 1941 roku Sowieci i Brytyjczycy najechali i zajęli Persję, usuwając Rezę Shaha i oddając władzę jego synowi, Mohammedowi. Polityka była tak bardzo skomplikowana, pomyślał Soleiman.

O tej wczesnej godzinie żołnierze z pewnością byli w drodze do jakiegoś zadania związanego z wojną. Czy mogło być prawdą to, co słyszał i czytał podczas wizyt w lokalnych kawiarniach i sklepach, o tym, że europejscy Żydzi byli spędzani jak zwierzęta gospodarskie i wysyłani do obozów? A może było gorzej? Pewnego wieczoru, nie tak dawno temu, słuchał oficera Armii Czerwonej, starszego mężczyzny, który przemawiał po francusku do tych, którzy zebrali się wokół niego. Soleiman, siedzący przy stole obok i mówiący idealnie po francusku, przysłuchiwał się z uwagą. Pomimo tego, że miał na sobie sowiecki mundur, mężczyźnie udało się zachować w swojej osobie odrobinę starej, arystokratycznej Rosji. Soleiman zauważył jego precyzyjne i przemyślane manieryzmy, sposób, w jaki odstawiał na stół szklankę lub zapalał papierosa. Miał perfekcyjnie przycięte białe wąsy. Był człowiekiem, którego można było spodziewać się zobaczyć w pomieszczeniu wyposażonym w srebrny samowar i pokryty aksamitem stół z marmuru. Pomieszczeniu, gdzie piło się herbatę ze szklanek otulonych w filigranowe koszyki, siedząc na mahoniowych meblach obitych tapicerką. Takiego to mężczyzny wysłuchiwano w tym momencie, kiedy opowiadał o masowym rozstrzelaniu, o którym słyszał. Opowiadał makabryczną historię o hitlerowcach, którzy zmuszali Żydów do kopania dołów, do których potem sami wpadali po tym, jak niemieccy żołnierze rozstrzelali ich z bliskiej odległości.

— Tysiące Żydów — powiedział mężczyzna. — Zabitych jeden za drugim, kulą w tył głowy.

Nie wyjaśnił, skąd to wiedział, ale z pewnością jako oficer miał dostęp do większej ilości informacji niż inni.

Dwa dni wcześniej, Soleiman siedział w Café Naderi, czekając jak zwykle na przybycie swoich przyjaciół lub znajomych. Usłyszał rozmowę dwóch brytyjskich poruczników. Uczył się kiedyś języka angielskiego, a następnie poprawiał jego znajomość w swoim własnym interesie, więc był w stanie śledzić rozmowę. Jego ojciec nalegał, aby wszystkie jego dzieci uczyły się różnych języków. — Nieważne co się stanie, lub gdzie się znajdziesz — lubił powtarzać Haji Rahim — umiejętność porozumiewania się z obcokrajowcami jest atutem.

Brytyjscy oficerowie rozmawiali o grupie polskich żołnierzy i uchodźców, którzy przybyli niedawno do Bandar-e Pahlavi. Tysiące mężczyzn, kobiet i dzieci, wszyscy internowani wcześniej w sowieckich obozach pracy.

— Wszyscy umierali z głodu — powiedział jeden z brytyjskich żołnierzy.

— Słyszałem, że Sowieci zmuszali kobiety do pracowania tak ciężko, jak ich synowie i mężowie — dodał drugi.

Pierwszy mężczyzna pokręcił głową. Jego wyraz twarzy był posępny.

— A teraz kolegujemy się z Józkiem Stalinem — powiedział drugi mężczyzna — facetem, który sam wysłał ich do tych obozów.

Drugi mężczyzna wziął duży łyk wody, a następnie zamieszał stojącą przed nim szklankę herbaty precyzyjnym ruchem osoby nakręcającej maleńki zegarek. — To rzekomo szczęście — powiedział.

Obaj mężczyźni zamilkli.

Soleiman zaparkował przed mieszkaniem matki i wyłączył silnik. Względna cisza świtu ustępowała pierwszym dźwiękom dnia. Ćwierkanie ptaków i coraz jaśniejsze światło sprawiało mu przyjemność.

— Człowiek, który słucha muzyki budzącego się świata a potem widzi rozpalający się świt — mawiał jego ojciec — jest człowiekiem, który osiąga wielkie rzeczy. — Haji Rahim Cohen należał do ludzi, którzy zawsze byli przebudzeni i ubrani, już po śniadaniu, i na zewnątrz, zanim słońce zdążyło wzejść w całości, oświecając poranną orkiestrę ludzi, maszyn, zwierząt, i materiałów. Był to dobry sposób, aby się odnaleźć, zanim cokolwiek się zrobiło lub powiedziało, zanim podjęte zostały jakiekolwiek decyzje.

Siedząc w swoim pojeździe, z jedną ręką w rękawiczce opartą na kierownicy, Soleiman myślał o tym, jak świat się zmienił, i jak ciągle się zmienia. Za jego życia—jego niecałych czterech dekad— Żydzi w Iranie zostali oddzieleni od swoich rodaków przez dekrety i mury getta. Kiedy skończył dwadzieścia lat, Żydzi zostali uwolnieni od ograniczeń, które zmuszały ich do mieszkania w *mahalleh*, czyli dzielnicy żydowskiej. Soleiman dorastał tam wraz z dziewięciorgiem rodzeństwa w dwupokojowym domu bez prądu lub instalacji kanalizacyjnej. Do *mahalleh* nie dopuszczano wody, a proces jej pozyskania nigdy nie był łatwy (trzeba było ją zdobyć, przechować, utrzymać w czystości, rozdzielić, zagotować). Kiedy przepisy zmieniły się w połowie lat 20., jego rodzina przeprowadziła się do dużego domu na rogu Alei Północnej Saadi i ulicy Hadayat.

Ostatecznie Soleiman i jego bracia założyli własne domy na najbardziej popularnych ulicach miasta, w dzielnicach niegdyś zakazanych irańskim Żydom. Ich nowe domy były wyposażone w kanalizację i prąd, i wypełnione dywanami i antykami. Założyli wspaniałe ogrody. Zatrudnili ogrodników, kucharzy, pomoc domową, kierowców, a we wszystkich domach oprócz domu Soleimana, również opiekunki do stale powiększającego się potomstwa.

Choć żyli teraz dobrze, jego rodzina pamiętała dni głodu. Widzieli na własne oczy efekty Wielkiej Wojny ogarniającej ich kraj: grunty rolne zostały zrujnowane przez inwazję armii rosyjskich i tureckich, systemy nawadniania zniszczone, zwierzęta gospodarskie wybite, zapasy żywności pozostawione, aby gniły w magazynach. Wszystko to skończyło się nieuniknioną klęską głodu, która zabiła jedną piątą irańskiej ludności. A przed tym wszystkim, kiedy prawie umierali z głodu w swoim ubóstwie, byli prześladowani przez ludzi, którzy fałszywie oskarżali ich o bycie przyczyną śmierci, burz, wymierania zwierząt w gospodarstwach. Biegali przez wąskie uliczki *mahalleh* do drzwi swoich mieszkań. Drzwi zbudowanych tak nisko, że trzeba było się schylić, aby przez nie przejść. Drzwi zbudowanych tak nisko, aby łatwo można było je zabarykadować w razie napaści.

Po zakończeniu wojny w 1918 roku, Brytyjczycy i Rosjanie pozostali w Persji. Była sprawa ropy, odkrytej w południowo—zachodniej części kraju przed dziesięciu laty, którą Anglicy chcieli kontrolować. I była też sprawa północno—wschodniej granicy, bramy do tego, co nazywano wtedy Rosyjską Federacyjną Socjalistyczną Republiką Radziecką, a obecnie Związkiem Radzieckim. Soleiman był wtedy trzynastoletnim chłopcem, jeszcze bez honorowego tytułu. Choć mieszkał w *mahalleh*, uczęszczał do jednej ze szkół założonych w Teheranie przez Alliance Israélite Universelle, organizację, której misją była pomoc w osiąganiu sukcesu Żydom w krajach takich jak Iran, gdzie mieszkali oni nadal oddzielnie i w nierówności.

Soleiman wyróżniał się w języku francuskim, języku nauczania w szkołach Alliance. Francuski był również językiem biznesu jego ojca, a Francja krajem, w którym Haji Rahim i jego wspólnik i szwagier, Dai Yousef, kupowali tkaniny, które sprzedawali w Teheranie. Po zakończeniu Wielkiej Wojny w 1918 roku, Haji Rahim zauważył bystre myślenie i talenty biznesowe swojego syna. Nawet będąc małym chłopcem Soli był spostrzegawczy, posłuszny i dociekliwy. Zadał właściwe pytania i rozumiał odpowiedzi. Był niezwykle inteligentny. Po ogłoszeniu pokoju, Haji Rahim zaczął wyczuwać nadchodzącą zmianę. Modernizacja była pierwszym krokiem do wyzwolenia zarówno z ubóstwa, jak i antysemityzmu, którego nie udało się wyplenić pomimo obecności Żydów w Persji od tysiącleci. Wiedział, że jego rodzina musiała dostosować swoją działalność do nowego wieku. Aby odnieść sukces, musieli zrozumieć zachodnie zwyczaje. Soleiman był młody, chętny, lojalny, a przede wszystkim niesamowicie pojętny. Został zatem synem wybranym, aby uczęszczać do szkoły za granicą, i Haji Rahim wysłał go do Ecole Pigier w Paryżu, gdzie zdobył certyfikaty w naukach handlowych i biznesowym angielskim.

Kiedy tylko Soleiman skosztował europejskiej nowoczesności, był zdeterminowany nie tylko przynieść ją do domu, ale odpowiednio ukształtować wokół niej swoje życie. Kiedy powrócił z Paryża, przywiózł ze sobą obrazy i historie o nowoczesnej, europejskiej metropolii: Było to miejsce zamieszkane przez ludzi bardziej zainteresowanych wiedzą i kulturą niż przesądami czy przestarzałymi tradycjami. Mężczyźni nosili zachodnią odzież, byli goleni przez balwierzy, grali w karty. Kobiety nie nosiły chust, a ich włosy i sukienki były często krótkie. Ludzie doceniali jednocześnie nowoczesność i elegancję dawnych wieków. Tańczyli, pili wino i alkohole z kryształowych kieliszków, jedli elegancko przygotowane potrawy, palili papierosy. Dyskutowali o polityce i sprawach międzynarodowych w otwartych przestrzeniach kawiarni i salonów. Kiedy wychodzili na miasto, byli specjalnie ubrani: Ubrania mężczyzn były uszyte z najlepszych tkanin, a sukienki kobiet z aksamitu lub satyny. Nosiły one długie sznury pereł i kolczyki. Jeśli paliły, ich cygarnice były misternie zaprojektowanymi dodatkami. Wszyscy prowadzili inteligentne rozmowy, kulturalnie, ale z pasją.

Soleiman przywiózł również do domu maszynę do pisania, który miała stać się pierwszym krokiem w kierunku skutecznej mechanizacji interesu rodziny. Mogli pisać na niej listy do europejskich dostawców, przygotowywać inwentarze i faktury w innych językach. Te drobne szczegóły były sposobem na wyróżnienie się w ich branży. Maszyna do pisania, tak jak jego kabriolet, wzbudzała zaciekawienie i szacunek wśród przyjaciół i członków rodziny. Jego ojciec był oczywiście zachwycony pomysłowością syna. Soleiman kontynuował swoje praktyki u boku Haji Rahima.

Senior rodu Cohenów był świadkiem wielkich zmian za swojego życia. Haji Rahim rozpoczął swoją działalność od handlowania z innymi Żydami w *mahalleh*, pracując nad swoją reputacją i środkami niezbędnymi do nabycia *hojreh*, czyli biura, w zabytkowym Wielkim Bazarze w Teheranie. Wraz ze swoim wspólnikiem, Dai Yousefem, podróżowali do Paryża przez wiele lat, wozami i pociągami. W początkach stulecia, wyprawy te trwały często do dziewięciu miesięcy, z podróżą tam i z powrotem. Załatwiali fałszywe papiery, które pozwalały im na opuszczenie *mahalleh* i podróżowanie za granicę. Przed wyjazdem, Haji Rahim i Dai Yousef pakowali perskie dywany, antyki, i rękodzieła do swoich waliz. Kiedy je sprzedali, kupowali bogate tkaniny, aby sprzedać je w Teheranie.

To właśnie wtedy Haji Rahim zmienił nazwisko rodziny z Kohan na wersję bardziej aszkenazyjską, Cohen, której używał podczas prowadzenia interesów w Europie. Haji Rahim oszczędzał swoje pieniądze. Troszczył się o wysoką jakość, i w bardzo krótkim czasie tkaniny, które przywoził z Francji—używane głównie do produkcji damskich czadorów—stały się sławne.

Kiedy Żydzi zostali uwolnieni od limitacji getta, Haji Rahim był jednym z pierwszych, którzy zaczęli wykorzystywać wcześniej niedostępne im możliwości. Kupił nieruchomość i zbudował duży, nowoczesny sklep w środku rozwijającej się dzielnicy handlowej. Nazwał go Magasin Kohan, korzystając z pisowni swojego nazwiska lepiej znanej Persom, i otworzył go na ulicy Lalezar, której wąskość zachęcała kupujących do przechodzenia z jednej strony do drugiej, gwarantując sklepom po obu stronach więcej ruchu. Tutaj, wraz z synami, obsługiwał rodziny wyższych klas, mieszkające w północnej części miasta pod śnieżnym baldachimem gór Elburs. Sprzedawali najlepszy francuski jedwab na centymetry. Kiedy rodzina potrzebowała wyekwipować swoje córki, wszystkie dziewczęta przychodziły do nich razem. Również matki i ciotki, wszystkie ukryte pod czadorami od czubka głowy do stóp. Magasin Kohan przepełniony był belami materiałów. Kiedy nadchodziły nowe dostawy, kobiety zbierały się tłumnie przed sklepem, chcąc być pierwszymi, które zobaczą i kupią nowy towar. Nawet po roku 1937, kiedy Reza Shah ustanowił prawa pozwalające kobietom zdjąć hidżaby, matrony i córki Teheranu wciąż pragnęły do swoich modnych nowych sukienek luksusowych tkanin, które znaleźć można było tylko w Magasin Kohan.

Haji Rahim był wielokrotnie wzywany do pałacu Rezy Shaha, gdzie prezentował damom dworu tylko najwyższej jakości jedwabie. Ostatecznie, Haji Rahim, dostawca tkanin dla rodziny królewskiej, miał zaszczyt stać się jednym z niewielu przedstawicieli społeczności żydowskiej biorących udział w Dniu Salaam z Okazji Urodzin Shaha, który miał miejsce w pałacu. W ten sposób miał protekcję, otrzymywał zlecenia, i mógł się rozwijać. Ale jak biblijny kuzyn Ester,

Mordechaj, który również służył perskiemu królowi, Haji Rahim pamiętał o tym, aby mieć otwarte oczy i uszy.

Rodzina odniosła całkiem spory sukces w nowej erze reform i żydowskiej emancypacji. Starsi synowie ożenili się i wyprowadzili z domu rodzinnego. Zakupili wolne działki, wyburzyli wszystkie zabudowania na tych gruntach i wybudowali nowe domy. Haji Rahim zaakceptował propozycję swojego trzeciego, nieżonatego syna, Soleimana, który chciał wybudować swój własny dom i mieszkać w nim jako kawaler. Taki kierunek życiowy był niespotykany, i choć Gohar po cichu życzyła swojemu synowi błogosławieństwa żony i dzieci, Haji Rahim przekonał ją, że takie postępowe myślenie przyniosłoby wszystkim wielki dobrobyt. — Żona i dzieci się znajdą — zapewnił ją — ale Soli musi najpierw sam znaleźć swoją drogę.

A POTEM NASTĄPIŁA TRAGEDIA. W 1932, Haji Rahim Cohen zachorował. Gohar obudziła się późno jednej nocy i zastała męża cierpiącego z powodu silnej gorączki.

— Jest mi chłodno — powiedział jej.

Jego żona owinęła go kocami. Nie minęła nawet chwila, kiedy sam zerwał z siebie wszystkie warstwy, pocąc się i czując ból w całym ciele. Zawinęła go raz jeszcze. Podawała mu wodę małymi łyczkami, przykładała kompresy, opiekowała się nim bez przerwy. Kiedy na jego ciele pojawiła się wysypka, wiedziała, że to tyfus. Dzień po dniu, wysypka rozlewała się po całym ciele, omijając jedynie twarz Haji Rahima, spody jego stóp i wnętrza dłoni. Nie było nic, co Gohar mogła zrobić, aby mu ulżyć. Z postępem choroby stał się przewrażliwiony na światło i zaczął majaczyć. Pewnej nocy spojrzał na żonę po raz ostatni, uśmiechnął się i zamknął oczy. Kiedy Soleiman przybył do domu następnego poranka, znalazł matkę kołyszącą głowę ojca w swoich ramionach. Haji Rahim wyglądał spokojnie, ale Soleiman czuł smutny ciężar jego śmierci.

Żałobnicy przybyli z bliska i daleka, aby złożyć hołd przywódcy społeczności żydowskiej i rodziny Cohenów. Przysłowie było prawdą, pomyślał Soleiman: kiedy człowiek umiera, na popiół spala się cała biblioteka. Wraz ze śmiercią Haji Rahima, całe tomy obróciły się w pył: historia o byciu Żydem w kraju muzułmańskim. Historia o człowieku z wizją. Historia długich historii, rzeczy, które nie miały sensu, takich jak nienawiść, i rzeczy, które oznaczały wytrwałość, takich jak miłość. Jako jeden z pięciu synów Haji Rahima, Soleiman miał obowiązek przeżyć nowe historie, zapisać nowe strony, rozdziały, książki; zbierać i pielęgnować nowe kolekcje.

Dlatego właśnie żył zgodnie z kodeksem etycznym, którego nauczył się od ojca, starszych braci i niektórych starszych członków wspólnoty. Odziedziczył przede wszystkim sposób bycia—bycia obecnym, bez względu na to, gdzie się znajdował. Jego uwaga i skupienie oznaczały, że potrafił rozpoznać i zająć się tym, co to potrzebowało. Kiedy widział cierpienie, dodawał otuchy, dyskretnie i taktownie. Kiedy napotkał niedostatek, dzielił się tym, co miał. Kiedy zobaczył coś, co było zniszczone, upewniał się, że zostało naprawione. A kiedy napotykał piękno, chronił je i pielęgnował.

Mówił kilkoma zachodnimi językami, utrzymywał się na bieżąco z nowoczesną kulturą, praktykował wyrafinowany styl życia. Od swojej rodziny nauczył się cenić uczciwość dobrych relacji i lojalności, którą one gwarantowały. Pobyt w Paryżu pozwolił Soleimanowi na nawiązanie głębokich i długotrwałych więzów z innymi perskimi Żydami, którzy wyjechali do Francji lub zostali tam wysłani przez swoje rodziny, aby zbadać możliwości zarobkowe. Bycie daleko od domu nauczyło go zawsze pamiętać o wszystkim, co było dobre w nim i w miejscu, z którego pochodził. Podczas pobytu we Francji nauczył się także sztuki bycia w towarzystwie i przyjmowania gości: wypracował w sobie grację i, wraz z nią, zamiłowanie do gier karcianych, muzyki, tańca, dobrego jedzenia, i alkoholu. Ponieważ Soleiman był zarówno Persem jak i Żydem, jego zabawy cechowały się umiarkowaniem. Tak więc lubił grać w karty, ale tylko na małe stawki; nie chodziło o zwycięstwo czy porażkę, ale raczej o spędzanie czasu z przyjaciółmi i cieszenie się dobrym życiem. Połączenie jego radości życia i poczucia przyzwoitości czyniło Soleimana specjalnym okazem człowieka.

Soleiman rozumiał znaczenie świetności. Było ona czymś, z czym nie można było przesadzić, aby nie stała się nieszczera czy konfliktowa. Bez niej można było być zapomnianym. Zbyt jej wiele i ludzie mogli cię unikać. Ale być specjalnym, wyróżniać się w odpowiedniej mierze—to było oznaką dystyngowanego człowieka. Lecz ponieważ Soleiman podróżował w swoim życiu, mieszkał i studiował za granicą, wiedział, że świetność znaczyła coś innego w dwóch światach, które zamieszkiwał. Wiedział, że dla Żydów aszkenazyjskich wiązała się ona z asymilacją, podczas gdy dla Żydów mizrachijskich była to kwestia zachowywania tradycji, ale też możliwości czynienia tego w tolerancyjnym środowisku. Co więcej, wybitność w kulturze irańskiej miała więcej do czynienia z honorowym charakterem człowieka, w szczególności z jego dobrymi uczynkami; w Europie, o osiągnięciach człowieka często decydowało jego bogactwo materialne.

Aby zatroszczyć się o obie te sfery, Soleiman kultywował się na biznesmena z reputacją sprawiedliwości, uczciwości, i towarzyskości. Rozwinął nieruchomość, budynek na rogu Alei Pahlavi, który nazwał swoim „małym Paryżem". Tam nadzorował budowę własnego projektu, inspirowanego architekturą, którą widział we francuskich miastach. Komercyjny budynek, ze sklepami z przodu i apartamentami powyżej, został wybudowana na części działki od strony alei. Nad nią były dwa piętra dużych mieszkań, wszystkie wyposażone w kanalizację, piece opalane drewnem lub węglem i przerośnięte kominy. Na tyle tych apartamentów był dziedziniec.

Na tyle budynku na Alei Pahlavi znajdował się dom Soleimana; w środku bujnego ogrodu migotał okrągły basen. Dom cechowały olbrzymie okna i drzwi; schody były szerokie i niestrome.

Samochód był trzymany niedaleko pokoju odźwiernego, gdzie mieszkał ogrodnik, Rahman. W języku angielskim, kolor brązowo—karmazynowego samochodu nazywał się *maroon*, od francuskiego słowa *marron*, oznaczającego „kasztan". Soleiman kochał ten kolor i słowa odpowiadające mu w każdym z tych języków. *Maroon* przywoływał na myśl claret, i tak jak to bordowe wino, przypominał o wyrafinowanym romantyzmie tych ziem, na których uprawiane są winogrona. Utrzymywał swój kabriolet w połysku i dobrej kondycji, i nigdy nim nie jeździł, jeśli nie był nieskazitelny wewnątrz i lśniący na zewnątrz. Miał nadzieję, że ludzie zapamiętaliby ten samochód jako symbol nowego wieku i jako symbol człowieka, który wyróżnił się na wszystkie możliwe sposoby.

Dom na Alei Pahlavi zamieszkiwał na stałe tylko jeden inny mieszkaniec—Bijou, średniej wielkości biało-podpalana suczka. Witała ona Soleimana każdego ranka, kiedy ten się obudził, i każdego wieczoru, kiedy wracał z pracy. Towarzyszyła swojemu panu w większości jego wycieczek wokół Teheranu, i szczególnie uwielbiała odwiedziny u jego matki. Gohar zawsze zachowywała na małym talerzyku parę skrawków mięsa dla psa.

— Nigdy mnie nie opuszcza, ale nie podąża za mną, kiedy się oddalam — powiedział kiedyś Soleiman swojej matce. — Kiedy wracam do domu, cieszy się na mój widok. Chodzimy razem na spacery, i mogę zajmować się własnymi myślami. Jeśli chcę towarzystwa, przychodzi do mnie. Więc po co mi żona, Babciu Jan? — zapytał, śmiejąc się. — Mam Bijou.

Soleiman myślał o psie, siedząc w swoim samochodzie. Bijou była dziś w domu, prawdopodobnie rozciągnięta na podłodze przy wejściu do kuchni, z głową na łapach, brwiami podrygującymi w zaciekawieniu, obserwując, jak kucharz przygotowuje śniadanie dla reszty służby w domu na Alei Pahlavi. Była cierpliwym i grzecznym psem, i znała doskonale sztukę żebrania bez zdradzania swoich zamiarów. Wiedziała, że w końcu dostanie coś smacznego.

Nad miastem rozwinął się nowy dzień. Powietrze pachniało dla Soleimana tak, jak powinien pachnieć kwiecień—zielenią, ale i śnieżnymi czapkami na wierzchołkach gór Elburs. Za tymi spektakularnymi szczytami znajdowało się Morze Kaspijskie, a poza jego wodami cały świat, teraz owładnięty zagrożeniem wojny. Kiedy po raz pierwszy przekroczył to pasmo górskie—przed Wielką Wojną— Soleiman był siedmio— lub ośmioletnim chłopcem. Pojechał aż do Paryża ze swoim ojcem i wujkiem. Świat nie był jeszcze w konflikcie.

Soleiman wysiadł z samochodu. Wiedział, że kiedy tylko wejdzie do mieszkania swojej matki, ona uśmiechnie się do niego. Ciepłej i bliskiej twarzy Gohar kiedyś niezmiernie by brakowało, szczególnie jemu. — Ale — powtarzał sam sobie — ona nadal tutaj jest, i nie nadszedł jeszcze dzień, w którym będzie tęsknił za jej uśmiechem, a poza tym dzisiaj jest dzień na cieszenie się życiem.

— Babciu Jan — powiedział, otwierając drzwi domu swojej matki — jestem.

Powiedz to górom

S OLEIMAN POMÓGŁ SWOJEJ MATCE WSIĄŚĆ DO bordowego kabrioletu zaparkowanego pod jej mieszkaniem. Dokładnie w tej samej chwili, dziewczyna z Polski rozprostowała swoje długie nogi w namiocie w obozie dla uchodźców. Obie te niewielkie czynności miały miejsce pierwszego dnia Pesach w różnych częściach Teheranu. Dziewczyna ułożyła różne małe przedmioty w kształcie koła w niewielkim rogu namiotu. Za tydzień miała skończyć szesnaście lat, ale była już tak mądra jak babka.

W czasie swoich krótkich spacerów wzdłuż wybrzeża Bandar-e Pahlavi, gdzie uchodźcy wylądowali przed wysłaniem ich do Teheranu i innych perskich miast, Suzanna Kohn znalazła pióro, muszelkę, garść trawy, pestkę daktyla, trochę wodorostów, i liść drzewa. Wczoraj wszystkie te przedmioty stukały o siebie nawzajem w jej kieszeni, kiedy siedziała w autobusie, który poskakiwał powoli na niebezpiecznej drodze do Teheranu. Symbolizowały one dla niej elementy umieszczane na talerzu sederowym: kość, jajko, gorzkie zioła, charoset, warzywa, i sałatę. Nikt, kto mógł zajrzeć do wnętrza jej namiotu, z całą pewnością nie rozpoznałby tej intencji w jej aranżacji. Ot, kilka przypadkowych przedmiotów znalezionych na plaży przez dziewczynę, która przeżyła sowiecki obóz pracy przymusowej i była teraz wyzwoloną uchodźczynią. Ale dla Suzanny, która czuła ukłucia wygnania, te małe rzeczy ułożone w koło były częścią jej obietnicy nakrycia stołu na seder, bez względu na to, gdzie miała się znaleźć, w jej pierwszy Pesach jako wolnej osoby.

SUZANNA OBSERWOWAŁA SWOJĄ MATKĘ, POGRĄŻONĄ we śnie, przez większość ich podróży przez góry Elburs. Zdecydowała się również jej nie budzić, bo lepiej było, żeby mama nie widziała stromej i krętej drogi z autobusowego okna. Czasami Suzanna żałowała, że nie mogła podróżować w jednej z wielu krytych ciężarówek transportujących uchodźców cywilnych z wybrzeża Morza Kaspijskiego do stolicy Iranu. Ci pasażerowie nie musieli przynajmniej obserwować stresującej trasy, którą podróżowali. Karawana autobusów i ciężarówek posuwała się powoli do przodu, jeden za drugim, po wąskich drogach przecinających góry. Płaty śniegu i lodu czyniły podróż jeszcze bardziej nieprzewidywalną i niebezpieczną.

Chciała, aby Piotr był dalej razem z nimi. Suzanna przyzwyczaiła się do jego obecności, do bezpieczeństwa i pewności gwarantowanych przez silną, dobrą osobę o miłym charakterze, zdrowym rozsądku i niezwykłej bystrości. Jeśli byłby tutaj, potrafiłby pewnie nazwać ptaka przelatującego nad ich głowami. Lub może podzieliłby się częścią swojej wiedzy o historii Persji. Albo opowiedział jej legendę o Simorghu, który uratował chłopca pozostawionego samemu sobie na jednym z górskich szczytów. Gdyby jej rodzina udała się w podróż do tego kraju przed wojną i w innych okolicznościach, wszystkim te góry bardzo by się podobały. Zapierały jej one dech w piersiach, choć była trochę przestraszona, jadąc po ich śliskich, wąskich zboczach. W tak stromych i spektakularnych miejscach mieszkał Bóg. Ale nawet jeśli znajdowali się w miejscu blisko nieba, Suzanna pozostawała czujna w czasie podróży, co na pewno zrobiłby również jej brat. Albo co zaleciłaby Mama, gdyby nie spała.

Kiedy ich oczom ukazała się góra Dąmawand, uchodźcom zaproponowano wyjście z transportów, rozprostowanie nóg i przyjrzenie się legendarnemu szczytowi. Suzanna spojrzała na krajobraz i poczuła się niemal magnetycznie przyciągnięta przez ten słynny i święty wierzchołek pokryty śniegiem, który wznosił się ze środkowej części gór Elburs, przejmującego tła miasta Teheran. Chciała przemówić do tych gór, opowiadać im o swoich bólach i sukcesach, tak jak kiedyś mówiła do Beskidów w Polsce, kiedy była małą dziewczynką. Jedyna różnica tkwiła w tym, że tajemnice, którymi teraz chciała się podzielić z tym pasmem olbrzymich, pokrytych śniegiem szczytów, były dużo bardziej poważne. Z czasem, Suzanna miała zrozumieć, że ten szczególny moment był symbolem odcięcia—od udręk niedawnej przeszłości—i chwilą, która obdarzyła ją hartem ducha, którego potrzebowała, aby zbudować swoje nowe życie na obcej ziemi.

Po przybyciu do głównego obozu dla uchodźców w Teheranie napotkali uporządkowany chaos, charakterystyczny dla miejsc, w których nieszczęście spotyka się z ofertami pomocy. Grupy pomocnicze Wojska Polskiego, wojsko brytyjskie, i szereg międzynarodowych i żydowskich organizacji humanitarnych zajmowały się rejestracją nowo przybyłych. Kiedy czekała, stojąc w jednej kolejce po drugiej, Suzanna obserwowała innych uchodźców szukających swoich bliskich. Zbyt wiele twarzy zapadało się w rozczarowaniu, kiedy nie znajdywały dziecka, małżonka, małżonki, rodzica, partnera lub przyjaciela wśród nowo przybyłych cywilów. Tyle smutku przelewało się przez obóz. I dlaczego? Dlaczego ta wojna nie mogła się zakończyć, a wraz z nią wszystkie cierpienia, które ze sobą przyniosła? Suzanna wiedziała, że nie było jej dane znać odpowiedzi na te pytania, ale nie byłaby w pełni człowiekiem, jeśliby ich nie zadawała.

Kiedy przydzielono im namiot, urządziły się w nim i usnęły. Ale zanim Suzanna zamknęła oczy, przygotowała swój potajemny, symboliczny „talerz" sederowy i nakryła go rogiem swojego koca. Jutro miał być pierwszy dzień Pesach.

NASTĘPNEGO RANKA JÓZEFINA I SUZANNA udały się do stołówki. W kolejce przed nimi stał ojciec z synem. Mężczyzna, jak przypuszczała Józefina, był mniej więcej w wieku Juliusza; chłopiec miał lat dziesięć, może jedenaście. Kiedy odwrócili się i ujrzeli dwie kobiety stojące za nimi, mężczyzna szarmancko zaoferował przepuścić je przed siebie.

— Jak bardzo miło z Pana strony — powiedziała Józefina. Była wyczerpana. Czuła się tak, jakby wszystkie koszmary wreszcie ją doścignęły, przytłaczając jej oczy, twarz, i serce głębokim zmęczeniem. Potrzebowała odpocząć, i to przez długi czas. Życzliwość tego małego dobrego uczynku nieznajomego człowieka zwróciła jej uwagę.

— Droga Pani — powiedział mężczyzna, wyciągając rękę. — Doktor Naftali Lekarz, do Pani usług. Ale proszę mnie nazywać Nick. — Uśmiechnął się. Chłopiec przylgnął do rękawa jego kurtki. — To mój syn, Alek — wyjaśnił. Podobnie jak wszyscy chłopcy i dziewczęta pośród uchodźców, ten chłopiec był do niedawna kompletnie wygłodzony.

Józefina ucieszyła się, kiedy Suzanna zrobiła krok do przodu. — To bardzo szlachetne, że oddał nam Pan miejsca w kolejce — powiedziała. Uklękła, aby móc zwrócić się do chłopca twarzą w twarz. — Tobie również dziękujemy, Alek. Hmmm . . . — zastanowiła się. — Sądzisz, że mają tu jakieś słodycze?

Spojrzał na ziemię i pokręcił głową z wyglądem strudzonego zawodu, jak gdyby chciał powiedzieć, że nie był w ostatnim czasie nigdzie, gdzie słodycze były dostępne, a już na pewno nikt ich w miejscach, w których był, nie rozdawał.

Józefina zobaczyła, jak jej córka wydobyła z kieszeni płaszcza kawałek rachatłukum. Jakiś czas wcześniej, dobroczynna perska kobieta podarowała im małe pudełko wypełnione słodyczami. Zanim Józefina i Suzanna zdążyły jej podziękować, strażnik odgonił irańską kobietę.

— Mam tu coś, co myślę, że ci się spodoba — powiedziała Suzanna, wręczając cukierki Alkowi.

Jego oczy rozszerzyły się, kiedy odwinął woskowy papier, którym owinięte było rachatłukum. Było bielutkie, obtoczone cukrem pudrem i drobną mąką, słodkie, miękkie i cytrynowe w środku. — Dziękuję — powiedział nieśmiałym głosem. Widać było, że chłopiec nie był przyzwyczajony do takich gestów. Nieznajomi nie dzielili się jedzeniem w obozie, w którym przebywał razem z ojcem.

— Skąd jesteście? — zapytała Józefina.

— Z Warszawy, z pochodzenia — odpowiedział Nick. Jego oczy były smutne, ale nadal było w nich trochę światła. Józefina zaczęła dostrzegać takie rzeczy w Polakach, którzy wydostali się ze Związku Radzieckiego. Widziała wielu, których oczy były otępione lub bez życia, którzy patrzyli na nią mętnym, dalekim spojrzeniem.

— Wysłano nas do Asino — powiedział Nick. — Za Ural, za Nowosybirsk... na Syberię.

Asino było znane, ale nie z dobrych powodów. Straszna czterotygodniowa podróż w jednym z wagonów, które znała, podróż gorsza niż ich samych (jeśli to można w ogóle było sobie wyobrazić), do zimniejszego miejsca, gdzie ludzi jeszcze bardziej zachłannie wyniszczał klimat, choroba, i barbarzyństwo strażników, i gdzie umierali jeszcze szybciej. Józefina odezwała się po krótkiej pauzie.

— Czy wyobraża sobie Pan, co ludzie będą myśleć? — zapytała. — Czy uwierzą nam, kiedy opowiemy im o miejscach, w których byliśmy, rzeczach, które widzieliśmy, o tym, jak zachowują się ludzie?

— Prawdopodobnie nie będą w stanie niczego sobie wyobrazić — odpowiedział Nick. — Ale proszę spojrzeć na to w ten sposób: wydostałyście się. Jeśli nie umieracie ani nie jesteście ciężko chore i na kwarantannie, przed wami lepsze czasy. Prędzej czy później. — Uśmiechnął się.

Józefina miała nadzieję, że miał rację. Dzięki tej krótkiej rozmowie zrozumiała też, że gdyby kiedykolwiek miała mówić o tym, gdzie była wraz z dziećmi, lub o tym, co przeżyli lub widzieli, byłoby to tylko w rozmowie z kimś, kto przeżył to samo. Przy wszystkich innych mówiłaby o tym skrótowo, upraszczając wydarzenia, aby te z ich części, których nie mogła znieść, zniknęły.

DOKTOR LEKARZ BYŁ POŁOŻNIKIEM, JAK dowiedziały się przy śniadaniu składającym się z herbaty i owsianki, a tutaj w Teheranie prowadził szpital w polskim obozie dla uchodźców. Owdowiał przed kilku laty, przed rozpoczęciem wojny. Alek miał zaledwie osiem lat, kiedy pierwsze niemieckie bomby spadły na Warszawę. Tak jak Kohnowie, Nick i jego syn uciekli od atakujących hitlerowców tylko po to, aby wpaść w niemiłosierne ręce Sowietów. Zostali zesłani w lutym 1940 roku. Jakimś cudem, tak jak Józefina i jej dzieci, przeżyli. I podobnie jak Józefina, Nick planował wyjechać do Anglii.

Podczas ich rozmowy, dr Lekarz napomknął mimochodem, że nie był zwolennikiem wieprzowiny. Józefina przytaknęła, i rozmawiali dalej, poprzez temat jedzenia, o swoim żydowskim pochodzeniu, nie przyznając się jednak, że byli Żydami.

— Ostatnie jabłka i miód jadłem we wrześniu w Warszawie — powiedział Nick.

— Moja matka robiła pyszne placki z ziemniaków i cebuli w grudniu — nadmieniła Józefina. Choć mówili tak, jakby wymieniali się przepisami, ta osobliwa rozmowa podobała się Józefinie. Jej absurdalność była tak niepoważna—i smaczna—że wywołała na krótko uśmiech na jej twarzy. W końcu oboje wyznali, że są Żydami.

— To śmieszne, prawda, jak Żydzi wydają się zawsze znaleźć swoich? — powiedział Nick. Powiedział Józefinie i Suzannie o tym, co słyszał o Warszawie i jej żydowskim getcie. Część jego rodziny nadal mieszkała w stolicy.

— Jeśli można to nazwać życiem — dodał. — Dziesiątki tysięcy ludzi w getcie warszawskim umiera z głodu. — Ponad 400 000 Żydów zmuszonych było mieszkać na powierzchni 3,36 kilometrów kwadratowych, po siedem, a czasem więcej, osób w pokoju. Wzniesiono trzymetrowe mury, aby zatrzymać ludzi w środku. — Może być tylko gorzej — powiedział Nick.

Oczywiście nie mogli jeszcze wiedzieć, jak bardzo. Ale właśnie wtedy Józefina poczuła ogromną wdzięczność za namiot, w którym mieszkała i stół, przy którym siedziała, porządną porcję gorącego jedzenia stojącego przed nią, zgiełk Teheranu poza obozem. Pomyślała o siostrze Juliusza, Grecie, i jej mężu, Ernście, i miała nadzieję, że nie byli wśród setek tysięcy za tymi wysokimi murami warszawskiego getta.

Józefina poczuła więź z tym nieznajomym, i czuła, że on myślał podobnie o niej. A kiedy ujawniła, że ona również była Żydówką z Polski, zrobiła to szeptem. Jaką ulgą było nie musieć już dźwigać tej tajemnicy. Przyznanie się do swojego żydowskiego pochodzenia było jak wypuszczenie bardzo długo wstrzymywanego oddechu. Na twarzy Suzanny również widać było ulgę.

— Herbata jest mocna i ciepła — powiedział Nick. — Parzona w tamtym samowarze. — Wskazał w kierunku rogu, gdzie w całej swojej statecznej okazałości stał wielki srebrny samowar. Był prawdopodobnie, jak przypuszczała Józefina, częścią czyjegoś posagu.

— To te małe przyjemności—godzina przeznaczona na picie herbaty i przekąski. Rozmowa... najzwyklejsze drobnostki. Ale trzymają nas one w przywiązaniu do naszego życia, trzymają nas w teraźniejszości — powiedziała Józefina. W całej tej krzątaninie, pomyślała.

Nick spojrzał na nią i uśmiechnął się. — Niektórzy teherańscy Żydzi pomogli otworzyć obóz dla żydowskich uchodźców — powiedział Józefinie. — Chcę zabrać tam Alka. Myślę, że jedzenie może być lepsze niż tutejsze przydziały. Prawdopodobnie również w bardziej rodzinnej atmosferze.

Perska gościnność jest dobrze znana, wyjaśnił Nick, choć Józefina mogła już doświadczyć szczodrości nieznajomych w Iranie, i ją docenić. Żydowskie agencje humanitarne, dodał Nick, przeznaczyły środki na pomoc swoim żydowskim braciom i siostrom w Teheranie. — Może obie Panie mogłyby się tam udać — powiedział.

Józefina kiwała głową, kiedy mówił, wdzięczna za informacje i jego sugestię. Ale myślała o tym, jak dziwne czasami było życie. Jej syn, Piotr, był w tej chwili w drodze do Palestyny ze swoimi rodakami, przedstawiony w dokumentach jako katolik, podczas gdy ona i Suzanna były w Teheranie wśród Irańczyków, planując pozbyć się za chwilę tych właśnie masek, aby skorzystać z pomocy charytatywnej przeznaczonej dla Żydów.

— Oczywiście — odpowiedziała w końcu Józefina. — Oczywiście, że również tam pójdziemy. — W końcu nadzieja była znacznie mniej męcząca niż rozpacz.

Mała naprawa świata

Jedenaście dni po Pesach, Soleiman pił swoją poranną kawę w Patisserie Park, kiedy ujrzał zbliżającego się swojego przyjaciela, Haji Aziza Elghaniana. Ubrany w dwurzędowy garnitur i krawat, Haji Aziz wszędzie chodził pieszo, a kiedy odwiedzał przyjaciół lub rodzinę, zawsze przynosił im kwiaty. Dziś miał w dłoni garść kwiatów jaśminu. Delikatne płatki kontrastowały z jego poważnym wyrazem twarzy.

— *Kwush-āmadi*, mój przyjacielu — powiedział Soleiman, podnosząc się, aby powitać Haji Aziza. Pogawędzili trochę, a kiedy Haji Aziz powiedział, że ma coś ważnego do omówienia, obaj mężczyźni udali się do domu Soleimana. Kucharz ułożył pachnące płatki na powierzchni miski z wodą na stole śniadaniowym. Wypili herbatę i zjedli lekki, puszysty chleb z białej mąki o nazwie *nan barberi* z serem feta i wiśniową konfiturą. Haji Aziz opowiedział o swoich troskach w sprawie polskich uchodźców.

— Słyszałem, że przybędzie ich jeszcze więcej — powiedział. — Najpierw do Bandar-e Pahlavi, a następnie do Teheranu. — Problemy organizacyjne były ogromne, wyjaśnił Haji Aziz. Jeśli ludzie nie zdecydują się pomóc, wybuchnie kryzys.

Haji Aziz był człowiekiem szanowanym w społeczności persko—żydowskiej, i zaczął już mobilizować zamożniejszych Żydów w Teheranie do pomocy w zapewnianiu schronieniu i wykarmieniu żydowskich uchodźców.

— Żołnierze wyruszą dalej — wyjaśnił swojemu przyjacielowi — ale ludzie starsi i schorowani, kobiety i dzieci ... oni na razie tu pozostaną. — Byli niedożywieni, wyjaśnił Soleimanowi Haji Aziz. Niektórzy umierali. Była wśród nich spora liczba sierot. Niektórzy albo wcześniej, albo teraz chorowali na tyfus i ospę. Uchodźcy potrzebowali wszystkiego: żywności, odzieży, opieki medycznej, mydła, koców, pieniędzy.

— Przede wszystkim, Soli — powiedział, rzucając spojrzeniem wokół dużego i komfortowego domu swojego przyjaciela — jest wiele kobiet i dzieci, które potrzebują domów. Nie jest dobrze, zwłaszcza dla Żydowskich kobiet i dziewcząt, kiedy mieszkają w namiotach ... jak żołnierze.

Soleiman nie tylko od razu zrozumiał, co proponował jego przyjaciel, wiedział—jak wie zwykle większość prawdziwie dobroczynnych ludzi—że zaoferuje pomoc, zanim zostanie o to nawet zapytany. Jako zamożny kawaler, Soleiman obfitował w nowoczesne zasoby, przestrzeń, i jedzenie. — Oczywiście, Haji Aziz — odpowiedział. — Oczywiście, że pomogę ... mogę nawet wziąć do siebie rodzinę.

Skończyli śniadanie. Wiśniowa konfitura pozostawiła w ustach Soleimana czysty, wczesnoletni posmak. Ogrodnik Rahman kupił *nan barberi* w piekarni tuż przed otwarciem sklepu; zawsze wybierał najcieplejsze i najlepiej wypieczone smakołyki. Mieli szczęście obfitować w takie przyjemności, podczas gdy inni byli bezdomni i głodni.

Z pewnością, dumał Soleiman, rodzina, którą przyjmie do swojego domu będzie tęsknić za jedzeniem z ich kraju. Soleiman wiedział, że wiśnie, które również uwielbiał, były częścią polskiej kuchni. Być może uchodźcy zostaliby w Teheranie przez zbliżający się wiśniowy sezon. W międzyczasie, postawi przed swoimi gośćmi słoik domowej wiśniowej konfitury w czasie ich pierwszego śniadania w jego domu, aby sprawić im trochę przyjemności małym smakiem ich ojczyzny. Stół ozdobi świeżymi kwiatami z ogrodu. Wyśle pomoc domową, aby odświeżyła sypialnie dla gości i upewniła się, że ręczniki zostały złożone prosto ze sznura, kiedy pachniały jeszcze słońcem. Soleiman sam umieści kostkę specjalnego lawendowego mydła z Francji w łazience.

— Już robię w głowie listę tego, co trzeba zrobić — powiedział Soleiman.

Haji Aziz poklepał przyjaciela po ramieniu i uśmiechnął się. — *Nan barberi* jest bardzo świeży — powiedział. Dotknął ust i podbródka serwetką, złożył ją, i położył obok swojego talerza. — *Mersi. Khaylna mamnūn... tashakkur. Moteshakeram... bisiyār moteshakeram*, Soleiman — powiedział, wykorzystując wszystkie możliwe sposoby w języku farsi na powiedzenie dziękuję i wyrażenie nieprzebranej wdzięczności.

Słońce świeciło jasno. Oboje mężczyźni podnieśli się i udali w stronę drzwi, a następnie do bordowego kabrioletu Soleimana. Mimo, że był to piękny wiosenny dzień, na tej przejażdżce nie opuszczał on dachu. Podejrzewał, że pasażerowie, którzy mieli z nim wracać, mogli chcieć prywatności.

Soleiman pojechał do posiadłości należącej do Haji Aziza i jego szwagra Haji Mirzagha. Haji Aziz wyjaśnił po drodze niektóre z kwestii praktycznych. Robotnicy rozbili namioty na terenie majątku. Starcy i młodzi mieszkali razem w tych tymczasowych kwaterach. Rozdzielono odzież przekazaną przez agencje humanitarne z Ameryki i Europy. Wszystkiego, rzecz jasna, brakowało. Ci, którzy byli chorzy, otrzymali lub byli w trakcie otrzymywania opieki medycznej. Pielęgniarki i lekarze pracowali przez całą dobę. Bracia Elghanian chcieli zapewnić uchodźcom zdrową, świeżą żywność— warzywa i owoce, ryż i dania z kurczaka, i wszelkie rodzaje *khoresh*.

Ale bez względu na to, ile żywności zostało przygotowane, nigdy jej nie wystarczało. Pomimo tego, powiedział Haji Aziz z refleksyjną nutą w głosie, choć każdy dzień był niepewny, do codziennego życia uchodźców powoli wracał pewien rodzaj normalności. Dyskutowano o planach wysłania żydowskich sierot do Palestyny.

Te dzieci, powiedział Haji Aziz, przeżywały wiele trudności przez swoje doświadczenia w obozach. Większość z nich nikomu nie ufała. Wiele chowało jedzenie, które otrzymały. Niektóre uciekały i kryły się, kiedy nadchodziła pora, aby wejść na pokład transportu lub udać się do lekarza. Niektóre były dzikie, zdezorientowane, poranione. Wszystkie były poranione, w taki czy inny sposób. Mówiono o otwarciu szkoły, nawet jeśli miała być ona środkiem tymczasowym. Na razie dzieci miały lekcje w bardzo prowizorycznej klasie w namiocie. Wiele z nich miało kłopoty z koncentracją.

Soleiman zaparkował samochód przed bramą posiadłości Elghanianów i obaj mężczyźni udali się w kierunku domu. Niektórzy z uchodźców wyszli z namiotów, aby zobaczyć tego człowieka, którego nazywano Zbawicielem. Staruszka z chustą na swojej ogolonej głowie, ubrana w sukienkę i zapięty wokół niej zbyt ciasny sweter, zawołała do niego. — Panie Aziz — powiedziała — *Mersi, mersi.*

W głównym budynku, parter i kuchnia zostały przekształcone w centrum operacyjne, gdzie uchodźcy zbierali się, pili herbatę, i szukali pomocy u przedstawicieli agencji żydowskiej, którzy przybyli, aby jej udzielać. Soleiman słyszał ludzi mówiących w języku farsi, po polsku, francusku, angielsku, a czasami rosyjsku. Rozpoznał słowa w jidysz, a nawet niektóre po niemiecku. Wieża Babel przyjechała do Teheranu, pomyślał. Wszystkie te języki wymawiane w jego mieście były dowodem ogromnego zasięgu wojny. Nikt nie został oszczędzony. Rozbicie widoczne w uchodźcach—ich wychudzone sylwetki, używane ubrania, skromne mienie, niepewność i tragedia ich bezdomności—stworzyły w Soleimanie pragnienie zapewnienia im nie tylko zakwaterowania i jedzenia, domowych konfitur i pachnącego mydła, ale ukojenia. Choć chciał pomóc im wszystkim, wiedział, że mógł zająć się tylko kilkoma.

Przeszli obok pokoju połączonego z tym głównym. Soleiman ujrzał przelotnie wysoką, elegancką młodą kobietę, która czytała grupie małych dzieci siedzących przed nią. Większość chłopców i dziewczynek wierciła się lub głośno śmiała, jakby już nie wiedzieli, jak słucha się bajek. Kilkoro spało. Były czyste i ubrane w nowe ubrania, ale ich ogolone głowy i ziemista cera opowiadały inną historię. A ich oczy—szerokie, przygnębione, uciekające, niektóre puste—opowiadały jeszcze inną.

— Te dzieci są jeszcze zbyt małe na szkołę — powiedział Haji Aziz. — A ta niezwykła dziewczyna czytająca dla nich jest córką kobiety, którą chcę ci przedstawić.

Józefina Kohn siedziała na małej kanapie w pokoju, który służył jako salon. Na krześle obok niej siedziała Heshmat Khanoum, żona Haji Aziza. Obie kobiety popijały herbatę, wymieniając się co jakiś czas kurtuazyjnymi uwagami po francusku, ale siedziały głównie w ciszy, ponieważ nie znały swoich wzajemnych języków. Mimo to, dla Józefiny było to niezwykle kulturalne, aby znaleźć się w salonie, z dywanem pod swoimi stopami, pijąc prawdziwą herbatę z prawdziwej porcelanowej zastawy. Józefina podziwiała kształt cukierniczki; użyła maleńkich srebrnych szczypczyków, aby wybrać jedną z małych kostek. Ale zamiast wrzucić ją do herbaty, Józefina dyskretnie włożyła cukier do ust. Potem wzięła łyk silnej, czarnej herbaty.

Wiedziała, że jej perska gospodyni ją spostrzegła, życzliwie udając, że tak się nie stało. — *C'est plus doux comme ça* — wyjaśniła Józefina — w ten sposób jest bardziej słodka. — Wraz z Suzanną ćwiczyła swój francuski od momentu przybycia do Teheranu.

— *Oui, on fait pareil ici* — odpowiedziała Heshmat Khanoum. W Iranie tak również słodzi się herbatę. Józefina uśmiechnęła się, ucieszona towarzystwem kobiety, która sprawiła, że czuła się komfortowo. Po raz pierwszy od rozpoczęcia wojny poczuła, że jej ramiona się zrelaksowały.

Otworzyły się drzwi.

Haji Aziz przedstawił dżentelmena, którego ze sobą przyprowadził. — Madame Kohn, *je vous présente* Monsieur Cohen — powiedział. Jego akcent był doskonały dzięki wieloletniej pracy z Alliance Israélite Universelle.

Zbieg okoliczności ich imion, dwóch różnych sposobów pisania *kohen*, nie umknął niczyjej uwadze. To, że ich imiona były takie same, było jednym z tych niewielkich zbiegów okoliczności, takich, które warto brać sobie do serca.

— *Mesdames, bonjour* — powiedział Soleiman. Ujął rękę każdej z kobiet, zaczynając od Heshmat Khanoum, i pocałował je. — Jak gdybyśmy były członkiniami rodziny królewskiej — pomyślała Józefina, uśmiechając się.

Chwila wydawała się pełna znaczenia. Ale Józefina nie mogła zdecydować, czy nauczyła się rozpoznawać kluczowe życiowe momenty w czasie wojny, lub czy ich niedawne wyzwolenie z obozów nadawało wszystkiemu, co się działo, blasku nobliwości i uroku. Widziała wyraźnie, że była w pokoju z ludźmi wysokiego kalibru. Przez chwilę wydawało jej się, że może się rozpłakać, ale jej dobre obyczaje stanęły rzecz jasna na wysokości zadania.

— *Messieurs* — odpowiedziała. Po tym, jak Soleiman wypuścił jej rękę ze swojej, usiadła. — *Enchantée* — powiedziała. I rzeczywiście była zachwycona. Józefina czuła, że ten mężczyzna miał odgrywać ważną rolę w bliskiej przyszłości jej i Suzanny. Po raz pierwszy od bardzo długiego czasu, nie musiała snuć hipotezy o tym, co miało za chwilę nastąpić. Lata ciągłych prób przewidywania konsekwencji każdej małej decyzji nauczyły ją, że to właśnie te niewielkie niewiadome czyniły życie interesujące jeszcze przed wojną. Usiadła z powrotem i dla odmiany pozwoliła sytuacji rozwinąć się samej.

Obaj mężczyźni usiedli, rozmawiając po francusku, z uprzejmości dla Józefiny. Heshmat Khanoum nalewała herbaty. Wezwała służącą i przemówiła do niej w farsi głosem niewiele głośniejszym od szeptu. Kobieta wyszła, a kiedy wróciła, przyniosła ze sobą talerz owoców, wypieków, czekoladek i orzechów.

— Proszę, Madame — powiedział Haji Aziz, wskazując ręką na tackę słodkości, gustownie udekorowaną przy brzegach płatkami kwiatów. — Proszę się częstować.

Józefina wybrała kawałek słodkiego pieczywa i pomarańczę. — *Le monde est rond, comme une orange* — pomyślała. — *Świat jest okrągły, jak pomarańcza* — głupiutka rymowanka, której używała kiedyś z przyjaciółmi, ćwicząc francuski. To przyjemne wspomnienie z jej dziewczęcych lat ucieszyło Józefinę, a nieco absurdalne okoliczności jego pojawienia się w obecnej rzeczywistości sprawiły, że uśmiechnęła się sama do siebie. Spojrzała na pomarańczę na swoim talerzu, dołeczki na jej skórce, jej miąższ z całą pewnością soczysty i pachnący. To nie był pierwszy taki owoc, którym ostatnio się częstowała, ale w jakiś sposób wiedziała, że ten będzie najlepszy.

Wraz z Suzanną były w Persji od dwóch tygodni. Józefina czuła wdzięczność na każdym kroku. Jak większość polskich uchodźców, nauczyła się i używała wraz z córką słowa *mersi*, aby dziękować Irańczykom, których spotykały. Od obozu w Bandar-e Pahlavi do pierwszego obozu w Teheranie, a teraz tego miejsca, nie przestały wyrażać swojej wdzięczności w różnych językach—angielskim do brytyjskich pośredników, polskim do pań z Kobiecej Pomocy, francuskim i czasami angielskim do przedstawicieli żydowskich organizacji humanitarnych. Ale to ich perscy gospodarze byli najszczodrzejsi, dając, ponieważ chcieli lub mogli, a nie dlatego, że przydzielono im zadanie udzielania pomocy jako części armii, korpusu dyplomatycznego, lub jakiejś organizacji. Irańskie kobiety—żydowskie i muzułmańskie— same decydowały się wychodzić ze swoich domów. Dzieliły się koszami owoców i innej żywności. Mężczyźni oferowali pomoc we wszystkich zajęciach, od stawiania namiotów do kierowania ciężarówkami, które utknęły w koleinach w czasie transportu ludzi.

W farsi było wiele sposobów, aby powiedzieć dziękuję, dumała Józefina, trzymają pomarańczę w dłoni i wchłaniając jej orzeźwiający zapach. *Moteshakeram* oznaczało „jestem wdzięczna". *Bisiyār moteshakeram*—„jestem niezmiernie wdzięczna". *Khaylna mamnūn* oznaczało „jestem wielce zobowiązana". A *tashakkur* oznaczało po prostu „dziękuję".

— *Moteshakeram* — powiedziała, wymawiając słowo najlepiej, jak potrafiła.

Soleiman Cohen patrzył na Haji Aziza popijającego swoją herbatę i odstawiającego filiżankę na spodek. — Madame — powiedział — Pan Cohen zaoferował zakwaterowanie wysiedlonej rodzinie. — Nikt nie był pewien, kiedy ktokolwiek będzie w stanie wyemigrować do innych miejsc, wyjaśnił, ale ponieważ tak wielu dodatkowych uchodźców miało przybyć do Teheranu, starali się umieścić jak najwięcej z nich w domach prywatnych, na tak długo, jak było to potrzebne. — Miałem nadzieję, że Pani i Pani córka mogłyby być jedną z tych rodzin — powiedział.

— Byłyby Panie moimi gośćmi, Madame — dodał Soleiman. — Pomogę Paniom na wszystkie możliwe sposoby. — Spojrzał na Polkę. Jak u prawie wszystkich innych uchodźców, których widział w posiadłości Elghanianów, włosy Józefiny Kohn były niedawno ostrzyżone. Nie nosiła ona nakrycia głowy, a jej włosy zaczęły odrastać ciemnym, delikatnym meszkiem. Jej twarz, jak zauważył, była kiedyś dumna i dystyngowana, ale cokolwiek to było, co stało się z nią od początku wojny dwa i pół roku temu, przekształciło ją. Teraz wyglądała na wyczerpaną, jak gdyby żadna ilość odpoczynku nie zmiękczyłaby nigdy linii wokół jej oczu i ust, z których każda powstała przez jakiś smutek lub zmęczenie, których sam nigdy by nie doznał. Natomiast jej postura była absolutnie doskonała, znak, że nie dała się całkowicie złamać tragicznym okolicznościom. Wytrwałość kobiety poruszyła Soleimana.

— Byłabym zaszczycona, Panie Cohen, przyjąć Pańskie uprzejme zaproszenie — powiedziała Józefina Kohn. Udało jej się uśmiechnąć w prawdziwie szczery sposób.

Haji Aziz wstał i wygładził swoją marynarkę. — Pójdę po Mademoiselle Suzannę, aby również ją przedstawić — powiedział. Spojrzał na zegarek. — Wydaje mi się, że skończyła już czytanie dzieciom.

Po opuszczeniu pokoju przez Haji Aziza, Józefina odezwała się raz jeszcze. — Tak się składa, że dziś są urodziny mojej córki — powiedziała. — Nie mogę sobie wyobrazić niczego, co sprawiłoby jej więcej radości niż Pana hojny dar gościnności.

Soleiman uśmiechnął się.

— Ile ma lat? — zapytał.

— Szesnaście.

Haji Aziz powrócił z córką Madame Kohn. Jej włosy były bardzo krótkie, ale lśniące i ciemne. Podobnie jak jej matka, Suzanna Kohn zachowała perfekcyjną posturę. Poruszała się z płynną gracją i samokontrolą.

— Mademoiselle Suzanna skradła wszystkie nasze serca — powiedział Haji Aziz.

Nie było trudno zrozumieć, dlaczego. Dziewczyna była wysoka i bardzo ładna. Kiedy usiadła obok matki, Soleiman zauważył ślady młodszej kobiety, którą Józefina Kohn była kiedyś. Jakich koszmarów były świadkami; w jakich warunkach cierpiały? Czuł pogardę dla każdego, kto którejkolwiek z nich zrobił krzywdę. Musiały być bardzo inteligentne, aby przetrwać do tej pory. I bardzo pomysłowe.

— Byłem obcy na nieznanej ziemi — powiedział Soleiman — ale z całą pewnością, Madame, nigdy nie musiałem być aż tak odważny i bystry, jak Pani lub pani córka.

Ich piątka popijała herbatę, częstowała się owocami i słodyczami, i rozmawiała—francuski Suzanny był nieco zaniedbany, ale

Soleiman zauważył, jak szybko zrozumiała tok ich dyskusji. Mimo to, matka wyjaśniła dziewczynie, w mieszance polskiego i niemieckiego, że opuszczają obóz dla uchodźców. Słysząc to, twarz Suzanny rozpromieniła się, i kiedy Pani Kohn wymówiła imię Soleimana i wskazała na niego, jej córka rzuciła mu krótkie spojrzenie.

— Małe dzieci będą tęsknić za Mademoiselle Suzanną — powiedział Haji Aziz.

— Jestem pewna, że ona za nimi również — odpowiedziała Józefina Kohn.

Zapadła krótka cisza—jej rodzaj wypełniony myślami, których nie wymawia się na głos. Soleimana ogarnęło nagle uczucie wątpliwości, którego rzadko doświadczał. Nie konsultował się z matką, Gohar, zanim spontanicznie zgodził się, aby przyjąć do siebie dwie europejskie kobiety. Czy to była właściwa decyzja? Co myśleliby albo powiedzieli ludzie? Haji Aziz wydawał się myśleć, że było to całkowicie normalne, i Soleiman popierał rzecz jasna tę ideę. Haji Aziz wiedział, jak bardzo jego przyjaciel uwielbiał przyjmować w swoim domu gości, i że przyjęcie uchodźców do domu na Alei Pahlavi było czymś zupełnie naturalnym dla syna Rahima Cohen.

Im dłużej Soleiman wyobrażał sobie rozmowę ze swoją matką, tym lepiej słyszał jej naleganie na to, aby zachował się w sposób dobroczynny i miłosierny. W jego głowie, miękki, ale stanowczy głos Gohar powiedział mu, że to nie była jedynie słuszna decyzja, ale najważniejszy czyn, którego mógł się podjąć, aby pomóc naprawić świat złamany przez wojnę i nienawiść. Przypomniał sobie wtedy o historii, którą Gohar wymyśliła dla swoich dzieci i wnuków. Nazwała ją „Opowieścią o Wszystkich Wspaniałych Fragmentach", i za każdym razem, kiedy ją opowiadała, dodawała do niej nowe szczegóły, tak że kiedy nadszedł czas, aby to jej wnuki wysłuchiwały epickiej historii, zdążyła się ona bardzo rozrosnąć i skomplikować.

— Był sobie kiedyś chłopiec, który mieszkał w *mahalleh* i kolekcjonował kawałki połamanej ceramiki i szkła wszędzie, dokąd tylko

się udawał — zaczynała się opowieść. Gohar raczyła swoich słucha-
czy relacjami fantastycznych wypraw chłopca—lub dziewczynki,
w zależności od jej publiczności: od zapachów szafranu i wody różanej, dywanów i tkanin na Wielkim Bazarze w Teheranie, kanałów
i basenów w Ogrodzie Eram w Szirazie, do plastrów melona i mocnej
herbaty sprzedawanych w targowych namiotach na Placu Naqsh-e
Jahan w Isfahanie, i spektakularnie srogich ruin Persepolis. W każdym z tych miejsc, bohater historii zbierał fragmenty—dawno roz-
bitej kamionki, poluzowanych płytek, okien i luster—każdy z nich
nasycony historią życia, za pamięć o którym był teraz odpowiedzialny on. Dorastając, zdecydował, że zebrał tyle fragmentów, że musiał
coś z nimi zrobić. Więc zbudował artystyczną mozaikę; ludzie przybywali zza gór i morza, aby podziwiać wspaniały monument, który skonstruował, aby uczcić historie ludzi, których imiona zostały
zapomniane.

    — Zachować czyjeś imię — Gohar mówiła zawsze na końcu
historii — to tak, jakby naprawić małą część świata.

Kiedy skończyli pić herbatę, matka i córka udały się po
swoje rzeczy. Józefina pożegnała się najpierw z Nickiem Lekarzem.
Wiedziała, że Suzanna chciała podarować Alkowi kawałek czekola-
dy. Jej córka zapytała wcześniej ich gospodarzy, czy mogła go wziąć
z obfitego talerza słodkości, który został im sprezentowany. Józefina rozmyślała nad propozycją pana Cohena: własny pokój w domu
wyposażonym w kanalizację i prąd—jakież to było niespotykane
szczęście. Zaskoczyło ją samą uczucie czekania na coś z niecierpliwością. Równie szybko, Józefina poczuła, że jej głowa i serce poruszały
się niczym zegarowe wahadło pomiędzy wizją odbierania jałmużny
a ciężarem kolejnego pożegnania. Niezależnie od tego, ile razy ćwiczyła takie zmiany, były one dla niej destabilizujące. Szczególnie dlatego, że każde pożegnanie miało miejsce w najgorszych możliwych
okolicznościach, i było zazwyczaj pożegnaniem na zawsze, opiętno-

wanym ryzykiem, i potencjalnie śmiertelnym. Cierpiała w swoim pragnieniu osiedlenia się gdzieś na stałe, wybudowania poczucia przynależności do jakiegoś miejsca. Nie potrzebowała dużo: dałaby radę z jednym wygodnym krzesłem, łóżkiem, wanną, kuchnią. Psem. Wystarczająco dużą ilością odzieży na różne pory roku. Miejscem na rozpalenie ognia. Kilkoma książkami do czytania i radiem. Nagle zachciało jej się śmiać, nie tylko dlatego, że byłoby to wspaniałe uczucie, ale ponieważ w ocenie swoich potrzeb odkryła, że stała się osobą dużo mniej wymagającą. Czy to oznaczało, że jej charakter zanikł? Czy musiała biernie przyjmować jałmużnę, lub czy mogła, jak nowoczesne kobiety, które podziwiała, zarobić na swoje własne utrzymanie? A co z jej córką? Czy Suzanna nie powinna również nauczyć się samowystarczalności?

Na razie Józefina odstawiła te myśli. Minęło zbyt dużo czasu, odkąd ktokolwiek z jej rodziny otrzymał coś przypominającego dobre wieści. Szła dalej w kierunku jednej z przybudówek, która służyła jako oddział szpitalny, gdzie najprawdopodobniej znalazłaby Nicka Lekarza. Suzanna udała się do namiotu po ich plecaki. To, że po raz pierwszy zapakowały te dwie płócienne torby we Lwowie, kiedy Juliusz jeszcze żył, było dziwną myślą. Teraz, plecaki były tylko luźno wypełnione niedawno podarowanymi ubraniami.

Żadnych książek. Żadnych szczotek lub grzebieni. Żadnych listów. Żadnych pamiętników. Żadnych zdjęć. Żadnych cennych przedmiotów.

Nick był na zewnątrz, kiedy zobaczył zbliżającą się Józefinę.

— To nasz szczęśliwy dzień — powiedziała Józefina. — Wielkoduszny człowiek zabiera nas do swojego domu jako gości.

— Mazel tov — odpowiedział Nick. — Mam nadzieję, że będziecie o nas pamiętać.

Józefina uśmiechnęła się. Wiedziała, że będzie za nim tęsknić. Przyzwyczaili się do wspólnego jedzenia śniadania i popijania herbaty, rozmów, poznawania się nawzajem. — Ćwiczymy naszą jowialność — myślała Józefina o ich krótkich, ale stabilizujących spotkaniach. Teraz zdała sobie sprawę, że budowali przyjaźń, coś, czego żadne z nich nie było w stanie osiągnąć w jakikolwiek trwały sposób w obozach pracy.

— Nie bądź taka posępna, Finka — powiedział Nick.

To, że użył jej zdrobnionego imienia podniosło ją na duchu. Wiedziała, że przekomarzał się z nią—choć może był na wpół poważny. Lecz jego komentarz pokazał Józefinie, że nie była już tak dobra w ukrywaniu swoich emocji.

— Wyślij mi swój nowy adres — powiedział pogodnie— i będziemy utrzymywać kontakt. To nie jest aż takie trudne.

— Gdzie jest Alek? — zapytała Józefina. — Wydaje mi się, że Suzanna ma coś dla niego.

— Znajdzie go w klasie.

— Do zobaczenia później, Nick — powiedziała Józefina. Wymówiła te słowa z czułością, której nie czuła od długiego czasu.

Krótka podróż z żydowskiego obozu dla uchodźców w posiadłości braci Elghanian do domu Soleimana Cohena przy Alei Pahlavi pozwoliła dwóm uchodźczyniom z Polski ujrzeć przelotnie jedną z bardziej znanych dzielnic mieszkaniowych Teheranu.

Za wysokimi murami, wyjaśnił pan Cohen, były prywatne domy z basenami i bogatymi ogrodami. Mijali wózki ciągnięte przez osły. Większość z nich przewoziła baryłki wypełnione wodą, w dostawie do mieszkańców tych ulic. Mleczarze jeździli na rowerach, a chochle przymocowane do dużych metalowych pojemników po obu stronach ich tylnych kół pobrzękiwały w czasie jazdy.

Dla Suzanny, ponowna jazda prywatnym samochodem, i to tak pięknym, była trochę jak mała podróż w przeszłość. Przypomniała sobie podróż z Warszawy do domu Kosińskich, w samochodzie ojca. Jak bardzo wtedy się bała, pomimo tego, że Tata był przy kierownicy. Jak niepoważny wydawał się teraz lęk przed tamtą podróżą, która była jedną z ostatnich chwil, które Suzanna spędziła z jej najbliższą rodziną w całości. Tęskniła za ojcem niezmiernie, ale wiedziała, że chciałby, aby siedziała teraz w tym samochodzie, zmierzając w lepszą przyszłość. Jej ostatnia podróż samochodem zabrała ją daleko od domu; ta wiozła Suzannę do jej nowego domu.

Pomyślała wtedy o Alku. Jak Kasia, był młodszy od Suzanny o pięć lat. I jak wszystkie dzieci, które przeżyły sowiecką niewolę, był już znacznie starszy, z twardością w oczach, którą odwrócić mogła jedynie bezwarunkowa miłość. Przed opuszczeniem obozu, Suzanna poszła do namiotu szkolnego i zapytała nauczyciela, czy może zamienić krótkie słowo z Alkiem. Jego uśmiech zamienił się w grymas, kiedy wyjaśniła mu, że wyjeżdżają, a zwłaszcza kiedy dodała, że miało to być już teraz.

— Zobacz, co ci przyniosłam — powiedziała delikatnym głosem. Wyjęła ze swojej kieszeni czekoladę. Alek uśmiechnął się.

— Będę musiał jeść ją powoli — powiedział chłopiec. — Bo nikt inny nie daje mi słodyczy.

Suzanna przytuliła go. Żadne z nich nie mogło odgadnąć przyszłości. Tego dnia nie mogli przewidzieć, że ich owdowiali rodzice wezmą znowu ślub, ani nie mogli sobie wyobrazić, że kiedykolwiek gdzieś się ustatkują, a co dopiero w przytulnym domu w kraju innym od Polski, gdzie oboje byli dziećmi. Przed taką przyszłością było jeszcze wiele objazdów. Suzanna nie myślała zbyt wiele o tym, gdzie dokładnie leżała jej przyszłość, ale jadąc przepięknym samochodem swojego gospodarza przez ulice Teheranu była pewna, że jeden rozdział jej życia się kończył, a kolejny zaczynał.

Rozważała o tym, co to znaczy. Pan Cohen, jak przypuszczała, był wystarczająco zamożny, aby przyjąć do siebie rodzinę uchodźców. Jej matka powiedziała jej, że będą mieszkały w jego domu, choć nikt nie wiedział, jak długo takie rozwiązanie mogło trwać. Dla Suzanny były to urodziny, których nigdy by nie zapomniała. Umyłaby się w prawdziwej łazience. Spała w prawdziwym łóżku. Jadła przy prawdziwym stole. Budziła następnego dnia i robiła to wszystko ponownie. Nie była w stanie w pełni sobie wyobrazić, jakie to by było przyjemne lub co miało stać się dalej, ale pozwoliła sobie cieszyć się teraźniejszością bez myślenia o tym, co jeszcze się nie stało.

KIEDY PRZYBYLI DO DOMU SOLEIMANA Cohena na Alei Pahlavi, po schodach zbiegł dużymi susami pies, zachwycając Mamę, która natychmiast wybuchła łzami. Suzanna nigdy nie widziała swojej matki pokazującej publicznie swoje emocje. Ale cały proces celowego zapominania, którym zajmowała się od ostatnich dni sierpnia 1939, dotyczył również jej ukochanego psa, Helmuta.

— Bijou — powiedział Soleiman Cohen. Pies rozumiał, że matka Suzanny potrzebowała zobaczyć merdający ogon i poczuć mokry nos na swojej skórze.

— Co za słodki mały piesek — powiedziała Mama, głaszcząc miękki pyszczek Bijou. I choć na jej twarzy lśniły łzy, uśmiechała się bez najmniejszego wysiłku.

Pan Cohen wydawał się ucieszony, widząc jednego ze swoich gości czującego się już jak w domu. Wezwał pomoc domową i wydał kobiecie polecenie w farsi. Zaprowadziła Suzannę i Józefinę do dwóch pokoi obok siebie i natychmiast odeszła. Wróciła z dwoma strojami pokojówek, jedyną damską odzieżą dostępną w domu kawalera. Gosposia nie mówiła po francusku, a Józefina i Suzanna nie znały farsi. Tak więc Suzanna i jej matka nie mogły zrozumieć wyjaśnień kobiety, która zapewniała, że te stroje były tymczasowe.

Suzanna była zdezorientowana. Mama nie powiedziała jej nic o pracy w domu tego pana. Ale może ona źle zrozumiała. Nie byłby to pierwszy raz, kiedy prawie już pojmowała oczekiwania, zasady, czy geografię jej otoczenia, tylko po to, by dowiedzieć się, że w jakiś sposób się pomyliła. Podczas wszystkich ich podróży na wschód, jeszcze dalej na wschód, na zachód i południe, znaczenie rzeczy stawało się obce i niejasne. Na przykład, podczas ich wojennego wygnania, psy, jedne z najbardziej ukochanych, pozostawionych w domu luksusów, stały się bezpańskimi zwierzętami, z którymi trzeba było walczyć o jedzenie. W obozach były groźne, z długimi zębami. A teraz, w Teheranie, stały się ponownie ich towarzyszami.

Tak czy inaczej, jakie to miało znaczenie, jeśli nie rozumiała w pełni ich sytuacji? Jej pokój był piękny i czysty i nie musiała go z nikim dzielić. W tym domu nie musiała się martwić, że jej rzeczy zostaną skradzione—nawet jeśli nie miała ich wiele. Suzanna nie musiałaby się martwić przestraszonymi i samotnymi uchodźczymi dziećmi, które drapały, gryzły albo uciekały. Nie było żołnierzy, których należało unikać. Nie było rozkazów. Nie było rzeczy niemożliwych do pokonania. A przede wszystkim, tutaj mogła powiedzieć, że była zarówno Żydówką jak i Polką, co oznaczało, że mogła być sobą, szesnastoletnią żydowską dziewczyną, która została wysiedlona ze swojego domu na zachodzie Polski.

Wraz z matką umyła się, ubrała, i znalazła drogę do kuchni. Później, Suzanna śmiała się wspominając ich pierwszy dzień w domu na Alei Pahlavi. Ona i mama, ubrane w proste, wykrochmalone stroje sprzątaczek. Udały się do kuchni, co zaskoczyło kucharza i jego pomocników. Nikt nie wiedział, co powiedzieć tym dwóm obcym kobietom, nie mówiąc już o tym, w jaki sposób to zrobić. Mama podeszła prosto do blatu, podniosła nóż leżący obok koszyka cebuli i przystąpiła do ich siekania. Suzanna zajęła miejsce przy zlewie i zaczęła myć garnki i patelnie. Z czasem wszystkie osoby w kuchni wypracowały wspólny rytm pracy.

Do czasu, rzecz jasna, kiedy Pan Cohen odkrył, gdzie były. Suzanna dowiedziała się później, co wydarzyło się po drugiej stronie ściany kuchni. Ich gospodarz, ubrany w marynarkę i krawat, siedział sam przy dużym stole, coraz bardziej zakłopotany, nie wiedząc, dlaczego jego goście nie zjawiali się na kolacji. Po pół godzinie oczekiwania, wysłał gosposię na ich poszukiwanie. Najpierw sprawdziła wszystkie sypialnie na piętrze, spojrzała nawet do schowków.

Sfrustrowana, sprawdziła wraz z innymi pracownikami pokoje na dole, aż w końcu dotarła do kuchni. Znalazła tam oczywiście obie uchodźczynie, pracujące nad przygotowaniem tego, co miało być ich własną powitalną ucztą. Soleiman Cohen zjawił się, gdy tylko został poinformowany.

— *Non, mesdames* — powiedział delikatnie. — Dopóki jesteście w moim domu, dopóki jesteście w Teheranie, przez cały czas waszego pobytu w Iranie, jesteście moimi gośćmi. *Les invitées ne travaillant pas.* Goście nie muszą pracować.

Suzanna usłyszała głos swojej matki, najpierw dziękujący uprzejmemu mężczyźnie, a potem mówiący coś o tym, że nie była w stanie przyjąć jego dobroduszności bez utraty swojej godności. — *Nous avons besoin de travailler. Nous voulons être independentes. Surtout ma fille.* — Suzanna nie rozumiała wtedy tych słów, była prawdę mówiąc bardzo pogubiona sprawą ze strojami sprzątaczek, ale Mama wszystko wyjaśniła kilka dni później. Ważne było, aby nie polegać na innych, zwłaszcza na niezamężnych mężczyznach. Ponadto, zarówno ona, jak i Suzanna musiały pracować, aby się utrzymać. — Pewnego dnia opuścimy Teheran i wyjedziemy do Londynu, Suzi — przypomniała jej matka. — A żeby tam się dostać, będziemy potrzebowały pieniędzy.

Ta biedna gosposia, pomyślała Suzanna, kiedy kolacja się skończyła i kiedy sama wróciła do przydzielonego jej pokoju. Miała nadzieję, że kobieta nie czuła się zawstydzona. Otwarła okno. Poniżej był ogród, okrągły basen i mały, jednopokojowy dom strażnika. Nocne powietrze było chłodne i pachniało jak wiosna w górach. Był to zapach znany Suzannie, który pokrzepiał ją i przypominał jest o miejscu, które kiedyś było jej domem. Ale kiedy wiatr podniósł się i przyniósł ze sobą zapach jaśminu, dla Suzanny bardzo szybko stało się jasne, jak daleko była od Cieszyna. Czy kiedykolwiek powróciłaby w tamte strony? zastanawiała się. Nie była sobie tego w stanie wyobrazić, ponieważ w jej umyśle jej Cieszyn stał się hitlerowskim miastem, gdzie wszystko się zmieniło. Były to słowa z listu Milly, które umknęły czarnemu atramentowi cenzorów. Koniec wojny wciąż wydawał się Suzannie rzeczą niemożliwą, i wciąż z trudem wierzyła w to, że udało jej się przeżyć zło, którego była świadkiem.

Jednak tutaj była w teraźniejszości, i mogła skoncentrować się na pięknie: Łóżko było posłane świeżo wyprasowaną pościelą, miękkim kocem i prawdziwą poduszką. Bukiet kwiatów—róż, gałązek jaśminu, lilii—stał obok, kontrastując z resztą pokoju i jego mebli. Wazon i kwiaty zostały przez kogoś wybrane; być może samego Pana Cohena, pomyślała Suzanna, rozumiejąc, że kwiatowa kompozycja była przesłaniem czułości i obietnicy—czymś, co należało chronić. Lawendowe mydło pachniało na jej skórze. Kąpać się w prawdziwej wannie, z gorącą wodą i ręcznikami—to przechodziło wszelkie oczekiwania. Była pewna, że Mama też to doceniła. Ktoś, prawdopodobnie ta biedna gosposia, wyłożyła na toaletkę małą niebieską puszkę kremu Nivea, szczotkę do włosów i grzebień, a także małą butelkę perfum. Takie proste, wyjątkowe rzeczy, które, tak jak przesycone zapachami wiosenne powietrze, wydawały się jednocześnie zwyczajne i obce. Suzanna dotknęła lekko każdego z tych przedmiotów, aby upewnić się, że były prawdziwe. Gładki, ciemnoniebieski metal puszki Nivea, srebrny uchwyt i prawdziwe włosie szczotki. Gładkie zęby szylkretowego grzebienia. Pompka rozpylacza na butelce z perfumami.

Suzanna ułożyła się w wygodnym łóżku w czystej, miękkiej nocnej koszuli. Rozmyślała o wieczorze. Kolacja, po tym, jak wraz z Mamą usiadły w końcu przy stole, była czymś, czego nigdy w życiu nie doświadczyła. Światło świec załamane przez kryształowe kieliszki rzucało falujące cienie na ich nakrycia i aranżacje kwiatów i misek z owocami. Krzesła były miękkie i wygodne, a na podłodze leżały najbardziej kunsztowne, ręcznie tkane dywany, które Suzanna kiedykolwiek widziała. Chciała zdjąć buty i poczuć na gołych stopach ich niebieską i beżową wełnę.

Ich gospodarz, ten wielkoduszny pan Cohen, był człowiekiem posiadającym to, co jej rodzice nazywali „charakterem", cechę widoczną w jego posturze, elegancji jego ruchów, kącie nachylenia jego głowy, kiedy słuchał z uwagą, rozważnym sposobie mówienia. Pan Cohen był dżentelmenem, i to w sensie słowa, którego Suzanna nauczyła się od swojej rodziny—był zarówno wyrafinowany, jak i solidny—zarówno w swoich opiniach, jak i w swoim umyśle i ciele. Suzanna natychmiast poczuła się zrelaksowana w czasie kolacji.

Podczas posiłku, z radia dobiegały dźwięki klasycznej perskiej muzyki, z jednym śpiewakiem, bębnem, i melodiami, których nuty wygrywały szarpane lub uderzane struny. Suzanna zauważyła proste, rytmiczne schematy muzyki, jej szybkie tempo i obfite ornamentacje. Nacisk kładziony był na rytm, symetrię, i repetycję w różnych tonacjach. Przypomniała sobie o fortepianie w ich domu—czy kiedykolwiek położyłaby znowu dłonie na jakimkolwiek instrumencie? Pomimo tego, że bardzo pragnęła znaleźć się w domu w Cieszynie, gdzie wszystko wróciłoby do stanu sprzed wojny, w tej właśnie chwili cieszyło ją słuchanie bogatych melodii innej kultury, jej ożywionych, rześkich piosenek przepełnionych formalną, poetycką strukturą.

W swojej uprzejmości, Pan Cohen opowiedział im o instrumentach: Nazywały się *dombak*, *tar*, i *santour*. *Dombak* był bębnem. *Tar*, wyjaśnił, przypominał lutnię. A *santour* był rodzajem cymbałów wykonanych z drewna orzechowego, z siedemdziesięcioma dwiema strunami. — To narodowy instrument Iranu — powiedział.

Dom przy Alei Pahlavi miał serce, które promieniowało szczęściem osobą Pana Cohena, człowieka, który przyjął Suzannę i jej matkę do swojego domu i swojego stołu. Jego szeroka wiedza i prawdziwa uprzejmość intrygowały ją. Wchłaniała gościnną atmosferę, która przypominała jej dawne życie w Polsce. Choć Suzanna była wdzięczna za jedzenie, gościnność, i swojego kulturalnego gospodarza, smuciło ją, że przy tym pięknym stole powitalnym nie siedział jej brat. Piotr powinien być tutaj, myślała, aby z nią i Mamą spożywać ich pierwszy prawdziwy posiłek dla uczczenia ich wolności. Tata również kochałby ten dom, sposób, w jaki ubierał się Pan Cohen, błyszczący samochód, którym jeździł. A przede wszystkim, jej ojciec doceniłby to, że Pan Cohen sprawił, że ona i Mama czuły się jak w domu. Suzanna wiedziała, że Tata już nie żył, choć nigdy nie śmiała o tym wspominać. Nie miała pojęcia, żadnych wskazówek w kwestii tego, jak żyć z taką wiedzą. Nie mogła umieścić kamienia na jego grobie, ponieważ nie wiedziała, gdzie został pochowany ... albo czy w ogóle został pochowany. Żadne z nich nie mówiło o jego śmierci. Ale i ona i Mama i Piotr wyczuli, głęboko w sobie, każdy samemu, jego cierpienie i ostateczny koniec.

Kiedy podano pierwsze danie, Suzannę z jej zamyślenia wydobył mocny zapach kurkumy połączony ze słonecznym, cytrusowym aromatem. Pan Cohen nazwał danie *chelow abgusht*. Ani potrawka, ani zupa, zaczynało się od *tah-dig*, ryżu przypieczonego w klarownym maśle na dnie garnka, następnie polewanego gorącym bulionem pełnym kawałków delikatnego kurczaka. Przybrane suszoną cytryną w proszku, danie było wyśmienite i odżywcze. Suzanna zrozumiała od razu, być może przez dokładny sposób, w jaki Pan Cohen opisywał to, co jedli, że była to jego ulubiona domowa, kojąca potrawa. Później, kiedy była mężatką z dziećmi, Suzanna robiła swoją własną pełną smaku i unikalną zupę z kurczaka faszerowanego ryżem z kurkumą i kminem. Ale teraz była gościem, któremu usługiwano, jakby był ważnym dostojnikiem odwiedzającym dwór współczesnego księcia. Była odurzona aromatem ryżu Basmati, parującego niczym świeżo upieczony chleb, i charakterystycznym zapachem szafranu, którym był przyprawiony. I była zachwycona różnymi smakami perskich potrawek zwanych *khoresh*, podawanych na dużych talerzach. Suzanna i jej matka spróbowały ich wszystkich, a Pan Cohen cierpliwie tłumaczył każde danie.

Deser składał się z petit fours i wypełnionych kremem ciastek mille-feuille z Patisserie Park, podawanych z herbatą. Przez chwilę

        KIM DANA KUPPERMAN

Suzanna zapomniała, że nie była w domu. Przestała myśleć o tym, kogo brakowało, a nawet o tym, gdzie była, lub jak się tutaj znalazła.

— *Joyeux anniversaire*, Mademoiselle Suzanna — powiedział ich gospodarz. Życzył jej wszystkiego najlepszego z okazji urodzin. Uśmiechnęła się.

Teraz, leżąc na łóżku w swoim własnym pokoju, zadowolona z tak wspaniałych urodzin, przesuwała palcami po pościeli. Nie wiedziała, że tak bardzo brakowało jej komfortu jej miękkich, czystych krawędzi. Suzanna nie była pewna, czy będzie w stanie zasnąć. Jeśli położyłaby się późno, mogła odpocząć rano tak długo, jak tylko chciała. Nie musiała nigdzie być ani spieszyć się na żaden pociąg; nikt na nią nie czekał; nie byłoby pobudki i nikt nie wyganiałby jej na dziedziniec na sprawdzenie obecności w zonie. Nagle zastanowiła się, czy późne wstanie, cokolwiek to tutaj oznaczało, mogło być odebrane jako nieuprzejme. Czego ich gospodarz od nich oczekiwał? A od niej? Ciemna plątanina myśli zalała głowę Suzanny. Po raz kolejny czuła się zdezorientowana. Bała się, ponieważ nie wiedziała, jak ma się zachowywać. Jej bicie serca przyspieszyło i z trudem łapała oddech. Czuła się jednocześnie zimna i rozgrzana. Ból zacisnął jej klatkę piersiową.

— Mamo! — zawołała.

Nie minęło dużo czasu, zanim jej matka owinęła się w szal i przyszła do niej.

Usiadła na łóżku i przytuliła swoją córkę. — Suzi? — powiedziała delikatnie. Dziewczyna nauczyła się płakać po cichu.

Płacz zawsze zaczynał się tak samo—nagłą paniką spowodowaną nierozumieniem, jak się zachowywać lub działać, aby nie narazić na niebezpieczeństwo lub postawić w trudnej sytuacji siebie, Mamy lub Piotra. Po lęku nadchodziła rozpacz, wydobywająca się z głębi jej ciała ciężkimi, falującymi, bezdźwięcznymi szlochami. Czasami Suzanna wzywała pomocy lub krzyczała, budząc się ze swoich koszmarów.

Teraz dygotała. Atak minął. Mama dotknęła jej czoła, na wszelki wypadek. Ale Suzanna wiedziała, że nie ma gorączki.

— Może za dużo zjadłaś — powiedziała łagodnie jej matka. — Spróbuj odpocząć, Suzi.

Dwa życia, łączące się w jedno

Lato 1942 roku, Teheran

JÓZEFINA BYŁA WDZIĘCZNA ZA GOTOWOŚĆ Soleimana Cohena na bezwarunkowe zapewnienie jej i Suzannie schronienia, i to na tak długo, ile potrzebowały, aby powrócić do życia podobnego do tego, którym cieszyły się przed wojną. Czuła się zmuszona dać wyraźnie do zrozumienia, że jej niezależność i godność znajdowały się przez to na szali. Kiedy zaoferował jej stanowisko zwierzchniczki jego personelu, Józefinę ucieszyła jego wielkoduszność. Stanęła na wysokości zadania i kierowała sprawami posiadłości na Alei Pahlavi, choć służący zostali już wcześniej skrupulatnie wyszkoleni do wykonywania takich zadań przez pana Cohena.

Wstawała wcześnie i towarzyszyła ogrodnikowi Rahmanowi w drodze do piekarni, chociaż wybór wypieków pozostawiała jemu. Samo bycie w miejscu, gdzie chleb był pieczony i sprzedawany, koiło Józefinę, która, będąc dzieckiem, spędzała tyle czasu, ile tylko mogła, w piekarni ojca. Ostatni list od jej bratowej, Milly, nie zawierał nic poza złymi wieściami. Piekarnia i młyn Eisnerów zostały zarianizowane, a Milly i jej mała córka eksmitowane z mieszkania nad firmą. Co gorsza, jej ojciec zmarł w grudniu 1941 roku. Szczegóły śmierci Taty zostały wymazane piórem cenzora, i Józefina nie poznała prawdy o niej aż do zakończenia wojny. Jej ojciec, Hermann Eisner, upadł na lodzie pod koniec grudnia, na ulicy Głębokiej, gdzie Józefina mieszkała z Juliuszem w pierwszych latach ich małżeństwa, i gdzie Piotr i Suzi stawiali swoje pierwsze kroki. Ponieważ był Żydem, Hermann Eisner musiał czekać na karetkę z żydowskiego szpitala w Orłowie. Spędził sześć godzin leżąc w rynsztoku w temperaturach poniżej zera. Józefina nie mogła przestać myśleć o okrutnym zbiegu okoliczności—Orłowo było nie tylko miejscem, gdzie jej rodzice wzięli ślub i najpierw mieszkali, ale również miastem, w którym urodziły się ich pierwsze troje dzieci, w tym ona sama. Tuż po przybyciu do szpitala w Orłowie, Hermann zmarł.

Józefina szła na targ z kucharzem, gdzie wybierali najlepsze owoce i warzywa, a czasami najdelikatniejsze kawałki jagnięciny. Co za przyjemność, myślała, wdychając aromatyczne melony i podziwiając gładkie bakłażany. Upewniała się, że kwiaty były idealnie ułożone i wprowadziła do jadłospisu europejskie potrawy, i była zachwycona, kiedy Pan Cohen próbował jej sznycli, strudlów, i palaczinek.

Z czasem, kiedy udało jej się lepiej zaaklimatyzować do codziennego życia w Teheranie, Józefina zajęła się również na nowo wychowaniem swojej córki w sposób przypominający ich przedwojenne życie. Formalna edukacja Suzanny została przerwana, co ją niepokoiło. Co więcej, Józefina stała się niezwykle wrażliwa w kwestii ich pobytu w domu niezamężnego mężczyzny. Suzanna była atrakcyjną młodą kobietą i, w tym kraju, w wieku zamążpójścia.

— Warto mieć na uwadze — mówiła do córki — że kawaler z kapitałem może poszukiwać żony. — Dała wyraźnie do zrozumienia, że chciała dwóch rzeczy dla Suzanny: Po pierwsze, aby nie liczyła na małżeństwo jako drogę do niezależności. Choć mąż powinien być dobrym żywicielem, byłoby najlepiej, gdyby był on do swojej przyszłej żony podobny—wiekiem, obyczajami, społecznością, i językiem. Józefina była niewzruszenie przekonana, że kobieta powinna wyjść za mąż dopiero po tym, jak dojrzeje i wejdzie w dorosłość, nie wcześniej. To miłość, mówiła swojej córce, a nie konieczność czy wygoda, powinna prowadzić dwie osoby do wymienienia się tak ważnym przyrzeczeniem. Po drugie, dla każdej kobiety było rzeczą ważną, aby zdobyć jakąś praktyczną umiejętność, a najlepiej taką, którą zajmować można się gdziekolwiek. Anglia pozostała celem dla Józefiny, który wybrała dla siebie i swoich dzieci, i czy Suzanna pamiętała, że Piotr zaproponował, aby tam się spotkali? Teheran był tylko tymczasowym przystankiem dla nich obu, powtarzała wielokrotnie.

— Krawiectwo byłoby dla ciebie idealne, Suzi — powiedziała. — Masz już duże doświadczenie z szyciem. A tutaj mamy w końcu wysokiej jakości tkaniny i nici.

Suzanna skinęła głową.

— Pan Cohen znalazł kobietę, która przyjmie cię na praktykę — powiedziała Józefina. — Nazywa się Madame Lya i jest bardzo popularną krawcową. — Józefina zauważyła entuzjazm w twarzy córki.

— Czy mówi po francusku? — zapytała Suzanna. Ćwiczyła swój francuski codziennie z młodszą siostrą Pana Cohena, Talat, który uczyła również Suzannę perskiej kuchni. Kochała wizyty u Talat, kobiety starszej od niej o dziesięć lat, mądrej, cierpliwej, i delikatnej. Talat była osobą, która bardzo lubiła się śmiać, a jej siostrzane towarzystwo przynosiło Suzannie nie tylko radość, ale również poczucie normalności w jej przerwanym życiu.

Madame Lya była rumuńską Żydówką, wyjaśniła Józefina, i tak, jak większość wschodnioeuropejskich kobiet w Teheranie, mówiła po francusku.

GDY TYLKO JÓZEFINA I SUZANNA wypracowały sobie wygodną rutynę, zaplanowano przedstawienie ich innym członkom rodziny Cohenów. Soleiman nie chciał przytłoczyć swoich dwóch podopiecznych dziewięciorgiem swojego rodzeństwa i ich małżonkami i dziećmi; dlatego zasugerował, aby spożyli nieformalny posiłek z jego matką, jego dwoma starszymi braćmi i ich żonami, i Talat i jej mężem. Podkreślił, że Józefina i Suzanna miały uczestniczyć w tym małym przyjęciu w charakterze *les invitées*; chciał, aby bawiły się wspaniale jako goście honorowi podczas jednego z regularnych obiadów, na których często gościł swoją rodzinę.

W czasie takich posiłków około południa, Soleiman zwykle podawał *poulet rôti* i *frites*, a następnie sałatkę z pokrojonych pomidorów i ogórków i plasterków cebuli, przyprawionych oliwą z oliwek, cytryną, solem i pieprzem. Potem proponował swoim gościom wybór owoców i deserów w stylu europejskim, podawanych ze specjalną mieszanką herbaty Earl Grey, Darjeeling i Assam, przyprawioną kardamonem i drobną ilością wody różanej.

Gohar przybyła wcześnie razem z Talat i jej mężem, Rouhollah, którego Soleiman zaprosił do salonu, gdzie pili szkocką whisky, rozmawiali, i czekali na przybycie dwóch starszych braci Cohen. Józefina i Suzanna oraz kobiety przeniosły się do pokoju gościnnego. Talat pomogła swojej matce usadowić się w dużym fotelu.

— Nareszcie się spotykamy — powiedziała Gohar w farsi do uchodźczyń, otaczając je swoją przenikliwą, ale ciepłą uwagą.

Józefina uśmiechnęła się. Suzanna pochyliła głowę i nie mogła dostrzec życzliwego spojrzenia starszej damy.

— Dziecko — powiedziała Gohar delikatnie — nie musisz okazywać mi takiego poważania. — Talat roześmiała się delikatnie i szturchnęła Suzannę, aby ta podniosła głowę.

Dziewczyna z Polski nie była już dziewczyną, zauważyła Gohar, kiedy ciemne oczy Suzanny spojrzały w jej wiekową twarz. W rzeczywistości była całkiem uroczą młodą kobietą, pełną szacunku i ciepła, pomimo strasznych rzeczy, które przeżyła. Widziała w niej cechę, którą nazywała nie-kruchością: silne, ale jednocześnie niewinne i wyciszone obejście Suzanny było rodzajem talizmanu, którego chciało się dotknąć—nie na szczęście, ale dla poczucia oparcia. — Niektóre z perskich dziewcząt mogłyby czegoś się nauczyć od takiej młodej panny — pomyślała Gohar. Od razu polubiła Suzannę, a w jej twarzy widziała wdzięczność za to, że została tak bezwarunkowo przyjęta do domu i kultury tak bardzo innych od jej własnych. Po raz pierwszy, Gohar zrozumiała coś o swoim synu, Soli: z powodu jego przywiązania do swojej rodziny i kultury, oraz jego edukacji we Francji—która miała miejsce w mniej więcej tym samym wieku, w którym Suzanna była teraz—uwikłał on swoje życie pomiędzy różnymi kulturami. Musiał w tej dziewczynie z Polski widzieć coś, co w nim samym potrzebowało kiedyś ochrony, kiedy budował życie w obcym kraju przed tymi wszystkimi laty.

Gohar wyczuwała w tym opatrzność: Suzanna weszła w życie jej syna w sposób tak naturalny, że można było tego nie zauważyć; wszystko związane z jej osobą wydawało się doskonale pasować do obecnej sytuacji. Talat tylko ją chwaliła, i Gohar rozumiała, dlaczego.

— Czy mój Soli zastanowiłby się teraz nad małżeństwem? — dumała. Ta polska dziewczyna—tak naprawdę kobieta, poprawiła samą siebie Gohar—byłaby idealną żoną. Suzanna i Soli przystępowaliby do takiego związku ofiarując sobie swoje niepowtarzalnie ukształtowane, ale podobne charaktery. Uzupełnialiby w sobie nawzajem swoje mocne i słabe strony, tak jak ona, tradycyjna Żydówka z Kashan, uzupełniała nowoczesne doświadczenia jej światowego, urodzonego w *mahalleh* męża z Teheranu. A poza tym, pomyślała Gohar, świat potrzebował tolerancji, która pozwalałaby wiązać się mizrachijskim i aszkenazyjskim Żydom; był to warunek możliwości naprawy świata, tego była pewna.

Talat rozmawiała po francusku z Suzanną. Śmiały się razem jakby były siostrami, myślała Gohar. Wiedziała, że jej najmłodszej córce podobała się rola starszej siostry, uczenie dziewczyny, jak gotować perskie potrawy i słuchanie jej opowieści o dalekim kraju, z którego musiała uciec. Gohar pomyślała o Józefinie. Ta kobieta straciła tak wiele; czy chciałaby, aby jej dziecko pozostało w tym obcym miejscu? Choć Soli mógł dać Suzannie wszystko, czy jej matka zgodziłaby się na to?

Gohar dotknęła delikatnie dłoni Józefiny i poprosiła Talat o przetłumaczenie jej słów. — Musi Pani być bardzo dumna ze swojej córki — powiedziała. Ku jej radosnemu zaskoczeniu, Polka odpowiedziała słowem *moteshakeram*.

Pewnego dnia, niedługo po wizycie Gohar, Soleimanowi udało się porozmawiać z Suzanną w samotności. Czy zgodziłaby się spędzić z nim popołudnie z herbatą i tańcem w najbliższą niedzielę w Café Naderi? zapytał.

Spojrzała bezpośrednio w jego oczy przed odpowiedzią, a kiedy Soleiman spojrzał w jej twarz—pełną światła przezwyciężającego smutki, których zaznała, o nieśmiałym uśmiechu i naturalnie zarumienionych policzkach—poczuł nagle nieoczekiwane wrażenie ciepła w swojej klatce piersiowej.

— *Tashakkur* — odpowiedziała, uśmiechając się jeszcze szerzej. — Byłabym zaszczycona, Monsieur Cohen — powiedziała. — Moja matka będzie naturalnie chciała nam towarzyszyć.

Jej wymowa farsi poprawiała się; prawdopodobnie uczyła ją Talat. Ale wyglądało to również, jak gdyby zastanowiła się najpierw porządnie nad swoją decyzją, co uspokoiło nieco Soleimana. Co o nim myślała ta dziewczyna z Polski? zastanawiał się. Był tylko o kilka lat młodszy od jej matki. Czy to jego wyrafinowanie uważała za atrakcyjne? Jego wiedza o cierpieniu była niczym w porównaniu z jej doświadczeniami, ale być może wyczuła ona głęboką empatię, którą do niej żywił, i która umożliwiała mu wyobrażenie sobie mrozu, strachu, głodu i rozpaczy, które przeżyła. Wyobrażał sobie, że z niewielką ilością instruktażu, Suzanna mogłaby wkrótce zacząć wchodzić na salony i przyciągać wszystkie spojrzenia. A ze względu na jej niewymuszoną skromność, jej piękno—a myślał przede wszystkim o tym pięknie ukrytym w jej głębi, pięknie, które chciał wywabić na zewnątrz, pielęgnować i chronić za wszelką cenę—urzekłoby wszystkich.

W NIEDZIELĘ PRZYJĘCIA *THÉ DANSANT*, Soleiman Cohen siedział naprzeciwko Suzanny i obok Józefiny w Café Naderi. Każdy, kto był kimkolwiek w Teheranie uczęszczał do Café Naderi. Kiedy przechodziło się przez drzwi lokalu, czuło się, jak gdyby opuściło się Iran. Dym zagranicznych papierosów wypełniał pomieszczenia delikatniejszym, bardziej wyrafinowanym zapachem niż ciężki irański tytoń zawijany w gruby papier. Powietrze przesiąknięte było zapachem świeżych wypieków i tureckiej kawy. Pisarze, intelektualiści i dziennikarze zajmowali zarezerwowane stoliki w kawiarni. Oficerowie wojsk alianckich i personel wojskowy i rządowy uwielbiali ją jako miejsce, które oferowało oazę normalności w wojennej rzeczywistości. Goście w Café Naderi dyskutowali między innymi o polityce, pogodzie, literaturze, i muzyce. Ciekawscy Irańczycy lubili widzieć, kto był w środku, i zbierać wiadomości i plotki podsłuchane od gości przy innych stołach. Café Naderi była miejscem, gdzie chodziło się nie tylko po najnowsze wiadomości o wojnie, ale również dla nawiązania kontaktu z Europejczykami. Było to również idealne miejsce na randkę.

Soleiman nie ogłaszał rzecz jasna Józefinie, że w jego zrozumieniu była przyzwoitką, a on był z jej córką na randce. Wywyższył on do poziomu sztuki swoją zdolność oceny ukrytych uczuć i nastawienia innych ludzi. Dzięki temu, Soleiman wyczuł, że Józefina nie akceptowała niektórych zwyczajów mizrachijskich, a w szczególności tych dotyczących wieku małżeństwa dziewcząt. — W Europie — mówiła, bez owijania w bawełnę — młoda kobieta prawie nigdy nie wychodzi za mąż przed dwudziestym rokiem życia.

Musiałby przekonać Józefinę o cechach, które podziwiał w jej córce: jej wytrwałej prawości, tym, jak była obiecująca—nie tylko w kwestii własnego przetrwania, ale także wyciągnięcia ręki do różnych pokoleń i miejsc na świecie, wywierania wpływu na ludzkie życie, które byłoby owocem ich związku. Wiedział, że wyrażenie takiego zamiaru, szczególnie wobec tej przyszłej teściowej, wymagało czasu. Którego naprawdę nie mieli, ponieważ szybka interwencja na drodze Suzanny do stania się kobietą była kwestią kluczową. Gojenie ran spowodowanych rozbiciem jej rodziny mogło zacząć się od utworzenia jej własnej.

Potrzebowała możliwości kształcenia, które Soleiman był w stanie jej zapewnić. Nie kształcenia uniwersyteckiego—takie swobody nie były jeszcze częścią świata, w którym żyli, choć Soleiman obserwował to, w jaki sposób rzeczy zmieniały się przez wojnę, jak na przykładzie kobiet dołączających do siły roboczej w krajach, w których mężczyźni wyjechali do walki. Nie, zamiast tego, wyobrażał sobie Suzannę kultywującą nauki innego rodzaju, rodzaju, który wydawał mu się ważniejszy, jeśli chodziło o jego nieprzemijające dziedzictwo, rodzaju, który mógłby mieć wpływ na setki, może nawet tysiące ludzi, w większości jej potomków. Najpierw trzeba było odbudować jej zaufanie do innych, wiarę, i rytuały budujące stabilność w jej życiu i środowisku. Soleiman wyobrażał sobie, że połączą wyrafinowanie i równowagę, będące nieodłącznymi elementami obu ich kultur. Ta młoda kobieta, jak zauważył, miała temperament, który zdumiewał swoją delikatną prawością, intuicją, i skromnością. Jeśli dana byłaby jej okazja, w czym miał nadzieję jej pomóc, Suzanna mogła stać się kobietą, której opinie i porady byłyby poszukiwane i cenione przez innych przez długie lata, nawet po jej śmierci. A ona z kolei ofiarowałaby mu opiekę i towarzystwo; błogosławieństwo dzieci; i, miał nadzieję, oddanie zrodzone z miłości i szacunku.

PO PODANIU HERBATY, W CAFÉ Naderi rozpoczęła się muzyka. Zespół grał walca, a Pan Cohen zaprosił Józefinę do tańca. Stanęła, świadoma ludzi, którzy na nich patrzyli, i zbliżyła się do parkietu. Nagle zrozumiała, że w oczach gości kawiarni, tańczyła walca z dostępnym kawalerem.

— Tak długo już nie tańczyłam — powiedziała.

— Zdecydowanie Pani nie zapomniała — odpowiedział Pan Cohen.

Jego objęcie—zarazem mocne i delikatne—zaskoczyło Józefinę, przypominając jej o tym, jak bardzo brakowało jej Juliusza, jego dotyku, pokrzepienia jego dobrych rad. Milczała. Muzyka przeniosła ją w piękne kołysanie walca. Zastanawiała się, czy ten taniec był wstępem—choć wahała się powiedzieć, nawet do samej siebie, do czego. Czy Pan Soleiman Cohen był zainteresowany nią, uchodźczynią zatrudnioną w roli kierowniczki służby w domu kawalerskim? Pomysł był absurdalny.

— Madame Kohn — powiedział, przywracając Józefinę z powrotem do rzeczywistości. — Czy pozwoli mi Pani po tym tańcu zatańczyć z pani córką?

Była oczarowana jego pytaniem, choć nie zdawała sobie w tej chwili sprawy, że oboje myśleli o różnych rzeczach. W tym momencie w głowie Józefiny rozwinęła się wizja przyszłości: w niej, miała poślubić tego dżentelmena, który był najwyraźniej zdolny do zapewnienia jej dobrobytu i bycia ojcem dla jej córki. — Oczywiście — odpowiedziała. — Suzanna nauczyła się tańczyć w młodym wieku. Ponieważ jest bardzo utalentowaną pianistką, potrafi też wspaniale tańczyć.

Zeszli z parkietu i wrócili do stołu. Kiedy Józefina usiadła, Pan Cohen wyciągnął rękę do Suzanny.

— Mademoiselle, czy zechciałabyś ze mną zatańczyć?

Józefina zajęła się nalewaniem sobie kolejnej filiżanki herbaty, więc nie spostrzegła zarumienienia rozpływającego się w policzkach córki. Ale kiedy podniosła wzrok i spojrzała na parkiet, zrozumiała natychmiast, że przyszłość, którą wyobrażała sobie u z udziałem Pana Cohena, była zupełnie błędna.

Soleiman umieścił swoją prawą rękę na plecach Suzanny, a jego pewność siebie w tym geście wydawała się Józefinie imponująca. Jego lewa dłoń była otwarta, a kiedy ujął w nią dłoń Suzanny, zrobił to tak, jakby trzymał w ręce najdelikatniejszy kwiat. Jej córka była od niego wyższa, ale postura Soleimana była tak perfekcyjna, że patrzyli sobie prosto w oczy. Inne pary ustąpiły im miejsca, i Soleiman Cohen tańczył z Suzanną wzdłuż parkietu, jak gdyby zatrzymał się czas i tańczyli ze sobą przez całe życie.

Początkowo mina Józefiny spochmurniała. — Jak on śmie! — Takiemu związkowi nigdy nie dałaby swojego błogosławieństwa. — Co on sobie myślał? — Ale właśnie w tym momencie ujrzała oblicze swojej córki, ani uśmiechnięte, ani rozmarzone, ale pełne szczęśliwego umiłowania. Chociaż Józefina był zaskoczona i nieco rozczarowana tym, że sama nie okazała się być przedmiotem uwagi Soleimana Cohena, nie mogła się oprzeć uczuciu nagłej radości, kiedy ujrzała Suzi z tak ogromnym zadowoleniem promieniującym z jej twarzy. Te dwa sprzeczne uczucia były nowością dla Józefiny, i nie była ona całkiem pewna, jak je ze sobą pogodzić. Na razie, być może, najlepiej było nie mówić zbyt wiele.

Wojna, jak zrozumiała dużo, dużo później, zmieniła jej psychikę, choć nigdy nie miała ochoty rozwodzić się nad szczegółami tej transformacji, odrzucając upodobanie współczesnego świata do terapii rozmową, fenomenu propagowanego przez Sigmunda Freuda, człowieka, którego praca zawodowa była dla niej kiedyś ważna, tak jak opera, jazda na nartach, czy pozowanie do portretu. — Co Freud mógł o niej wiedzieć? — myślała. Zamiast o sobie rozmawiać, prowadziła uporządkowane życie — wypełnione po brzegi kielicha, jak lubiła mówić.

Z czasem miała zrozumieć swoją mieszaną reakcję na zaloty Pana Cohena do jej córki jako efekt nieporozumienia spowodowanego latami egzystencji ogarniętej lękiem, a tym samym jej tendencji do nadopiekuńczości, którą otoczyła swoje dzieci przez lata, które spędzili w ucieczce i w niewoli. A jeśli tego—dwóch reakcji na okoliczności poza jej kontrolą—było mało, zaczynała się kształtować dorosła wrażliwość Suzanny, uformowana już wcześniej przez trzy lata we wschodnich krainach tajgi, a teraz w środkowo—wschodnim kraju, Persji. Józefina nie mogła jeszcze w całości zrozumieć, jaki wpływ na Suzi miała utrata ojca w tak młodym wieku. W jej głowie, jej córka była zazwyczaj wciąż nastolatką, choć wiedziała, że fakt posiadania typowych nastoletnich myśli po horrorze ich zesłania i niewoli, i wszystkich strat, których doświadczyli, był rzeczą niemożliwą.

Suzanna, zauroczona muzyką i tańcem, trzymała się kurczowo ciepłego uczucia szczęścia, które przez tak długi czas było dla niej nieuchwytne.

— Twoja twarz promienieje — powiedział Pan Cohen, miłym i serdecznym tonem. — Wydaje mi się, że jesteś szczęśliwa.

Uśmiechnęła się, trochę nieśmiało, i skinęła głową. We wszystkich swoich dziewczęcych marzeniach o konkurentach, nigdy nie wyobrażała sobie mężczyzny takiego jak Soleiman Cohen. Tańcząc tak blisko niego, spostrzegła czyste rogi mankietów jego koszuli. Podziwiała kanty w jego spodniach, proste jak ostrze noża. Jego czarno-biały jedwabny krawat był perfekcyjnie zawiązany. *Pochette* złożona w kieszeni jego dwurzędowej marynarki pachnęła subtelnie wodą kolońską. Był gładko ogolony. Jego ręce były gotowe, aby uchwycić czyjąś dłoń lub otworzyć komuś drzwi. Na wszystkie te sposoby przypominał jej ojca. Ale jednocześnie jej uczucia w stosunku do niego były uczuciami kobiety, co, w sposób dość osobliwy, pozwoliło jej zrozumieć smutek własnej matki; utrata małżonka takiego, jak jej ojciec, musiała zdruzgotać Mamę, myślała Suzanna, tańcząc w ramionach dżentelmena.

Był znakomitym tancerzem, co nie zaskoczyło Suzanny, ale sprawiło, że jeszcze bardziej ją ujął. Wcześniej tańczyła tylko z chłopcami, w większości tyczkowatymi i niepewnymi, i nigdy nie tańczyła z dorosłym mężczyzną, z którym nie była spokrewniona. Czuła się bezpiecznie w jego obecności, tak jakby mogła być sobą, choć wiedziała, że wciąż dorastała, przez co bycie sobą oznaczało, że nie zawsze znała odpowiedzi na wszystkie pytania. Wiedziała, że była na swój sposób nerwowa, choć dobrze to ukrywała. Przy Panu Cohenie i jego siostrze Talat nie musiała nic ukrywać. Jak wielu uchodźców, Suzanna starała się nie wybiegać myślą zbyt daleko w przyszłość i niechętnie robiła plany. Stałe przypomnienia jej matki o osiedleniu się w Anglii po wojnie zaczęły ją drażnić, choć nigdy nic nie mówiła. Co, jeśli wojna nie skończyłaby się nigdy? Co, jeśli miała trwać przez długie lata? Czy każdy miał zawiesić swoje życie w oczekiwaniu na pokój? Czy Mama nie widziała, że mieszkały w raju tutaj, w Persji? Nacisk na piękno w kulturze irańskiej—od ogrodów i owoców po dywany i jedwab, poezję i muzykę—pokrzepiał i pobudzał Suzannę, która zaczęła czekać z niecierpliwością na przebudzenie każdego poranka w Teheranie.

— Jestem bardzo szczęśliwa — odpowiedziała, ośmielając się spojrzeć głęboko w oczy Pana Cohena. — Zapomniałam, jak to jest.

Zatańczyli jeszcze jednego walca przed powrotem do stołu. Suzanna była rozgrzana od łagodnego wysiłku tańca. Siadając, zauważyła rozczarowany wyraz twarzy swojej matki, choć nie mogła znać przyczyn przygaszenia Józefiny. W tej samej chwili, jeden z przyjaciół Pana Cohena zatrzymał się przy ich stole wraz z żoną i Mama trochę się ożywiła. Po zapoznaniu, para dołączyła do nich i spędzili resztę popołudnia omawiając wszelkiego rodzaje sprawy, od wojny po ceny niektórych towarów i materiałów; i od strojów członków zespołu do jakości *café glacé*, jednego z najsłynniejszych deserów Naderi.

Wojna, wojna, myślała Suzanna, zadowolona, kiedy temat zmienił się na coś bardziej przyziemnego. Mogła dyskutować o lodach waniliowych polanych espresso i miała wiele do powiedzenia na temat mody. I choć znała się dużo lepiej niż większość ludzi na wywołanym wojną bólu, i zmaganiach w życiu normalnych ludzi, takich jak ona, czuła się niezdolna do wyrażania swoich opinii. Kto mógłby być zainteresowany tym, co miała do powiedzenia szesnastoletnia dziewczyna?

Na razie jednak siedziała przy stoliku w Café Naderi, oglądając pary na parkiecie. Jej matka i perska kobieta rozmawiały po francusku, dyskutując o kwiatach i owocach oraz o tym, jak utalentowaną krawcową była Suzanna. Czy Madame Kohn słyszała, zapytała kobieta, że sklep Madame Lya ma większe obroty niż kiedykolwiek wcześniej? Soleiman Cohen uprzejmie wysłuchiwał opowiadanej po persku historii swojego przyjaciela. Suzanna rozumiała wystarczająco dużo, aby wiedzieć, że mężczyzna opowiadał zabawną historię. Nagle, Soleiman Cohen zaczął się śmiać.

Ze wszystkich cech jego charakteru, śmiech Soleimana Cohena był zjawiskiem najbardziej wyjątkowym. Suzannę ujął obecny w nim dźwięk czystego uniesienia, który wzywał każdego, kto go usłyszał, do kontemplowania jego jedynego celu: dzielenia się faktem, że życie było zarówno bogate, jak i wspaniałe. Nawet jeśli nie usłyszało się— lub, jak w przypadku Suzanny, nie zrozumiało—historii czy żartu, intonacja śmiechu Pana Cohena sprawiała, że ludzie chcieli do niego dołączyć. Tego późnoletniego popołudnia, ten śmiech nie tylko zrelaksował Suzannę, ale również obudził w jej sercu odrobinę magii, co było uczuciem jednocześnie obcym, jak i nieodpartym.

Przez kilka tygodni po niedzielnym *thé dansant* w Café Naderi, dla Soleimana było jasne, że Józefina nie była zadowolona z jego zainteresowania jej córką. Po wypełnieniu wszystkich codziennych domowych obowiązków, wracała do swojego pokoju. Często wychodziła spotykać się z innymi polskimi uchodźcami. Suzanna była często bardzo cicha podczas tych wieczorów spędzonych samotnie z Soleimanem, pozostawiając mu zadanie nawiązywania rozmowy, które celowo ograniczał on do tematów takich jak jedzenie, pogoda, lub jej szkolenie na krawcową.

Chociaż Soleiman doceniał prywatne chwile z Suzanną, był w pełni świadomy raczej nieaprobującego nastroju Józefiny. Musiał znaleźć sposób na naprawienie tego, co groziło destabilizacją harmonii domu. Nie mógł poprosić Józefiny o zgodę na poślubienie Suzannę, bo wiedział, że powie nie, a wtedy wszyscy znaleźliby się w kłopotliwej sytuacji bez wyjścia. Jedynym rozwiązaniem w głowie Soilemana była propozycja małżeństwa przedstawiona bezpośrednio Suzannie. Poza tym, Józefina, która była europejska i nowoczesna, najprawdopodobniej była zwolenniczką—jeśli nie publicznie, to przynajmniej w swoim sercu—takiej progresywnej, europejskiej metody oświadczyn. Późnym popołudniem na początku września Józefina była poza domem, a Soleiman zaprosił Suzannę na spacer w ogrodzie.

— Podoba Ci się tutaj w Teheranie? — zapytał.

— Tak — odpowiedziała — jest tu zupełnie inaczej, niż w Polsce, ale bardzo mi się tutaj podoba. — Wskazała na ośnieżone szczyty pasma Elburs, piętrzące się w oddali. — Szczególnie lubię patrzeć na góry. Przypominają mi trochę o domu. — Suzanna usiadła na skraju małej sadzawki w ogrodzie i dotknęła powierzchni wody palcami. — Kocham też tę wodę — powiedziała. — W domu zawsze lubiłam spotykać się z przyjaciółmi przy Studni Trzech Braci lub przy fontannie na Rynku. I była też rzeka Olza, którą przekraczaliśmy idąc w odwiedziny do dziadków... — w tym momencie jej twarz nabrała melancholijnego koloru. — Kocham wodę — powiedziała, z uśmiechem rozjaśniającym jej twarz, a Soleiman podziwiał elegancję, z którą powróciła do rzeczywistości.

Starał się wyobrazić ją sobie w drodze na spotkanie z przyjaciółmi w mieście, które ledwo był w stanie naszkicować w swoim umyśle. Zaledwie trzy lata temu była tą młodą dziewczyną, odnajdującą swoją drogę w brukowanych, jak sobie wyobrażał, uliczkach małego, sennego polskiego miasteczka, które w całości teraz utraciła. Po raz kolejny był zdumiony tym, jak szybko Suzanna stała się kobietą.

— Czy jesteś w stanie sobie wyobrazić zbudowanie tutaj swojego domu? — zapytał Soleiman. Nie zdawał sobie sprawy, dopóki nie skończył wymawiać tego zdania, że wstrzymywał oddech. Przez jego serce przeszło uczucie lekkiego niepokoju. Z jednej strony czuł się odpowiedzialny za tę młodą kobietę; z drugiej, chciał, aby czuła to samo wobec niego, kochała i doceniała mężczyznę, który przed nią stał. Przez krótką chwilę, Soleimana Cohena wypełniło nieznane mu uczucie obawy.

Suzanna spojrzała na niego powściągliwym, ale bezpośrednim spojrzeniem i nabrała powietrza, zanim się odezwała. — Ja już jestem tutaj w domu — odpowiedziała z czułością, której Soleiman się nie spodziewał. — Ale boję się, że moja matka może nie chcieć tutaj zostać, i nie mogę sobie wyobrazić rozstania się z nią . . . Ale nie wyobrażam sobie również, żebym mogła tutaj nie być . . . z tobą. — Z jej oczu popłynęły ciche łzy.

W poważnych momentach, Soleiman zazwyczaj starał się odwrócić uwagę od smutku. Często robił to, mówiąc coś zabawnego w najbardziej dogodnym i przemyślanym momencie, wywołując śmiech, wykorzystując humor dla złagodzenia wszelkiego napięcia. Zamiast tego, wziął rękę Suzanny w swoje dłonie i pogłaskał ją. Oboje siedzieli w ciszy, aż jej łzy ustały.

W opadającym zmierzchu słuchali ćwierkania ptaków, osadzających się w swoich gniazdach na wieczór. Soleiman zaoferował Suzannie swoją poszetkę, a ona użyła jej do osuszenia swoich policzków. Ujął jej lewą dłoń w swoją i sięgnął do kieszeni po pierścionek, który wcześniej tam umieścił. Suzanna ułożyła chusteczkę na swoich kolanach i odwróciła się w jego stronę; widział, że zauważyła zmianę w jego zachowaniu, i podobała mu się wrażliwość, z którą czytała ludzi wokół siebie. Kiedy podniosła do niego swój wzrok, przemówił.

— Mademoiselle Kohn, czy wyjdziesz za mnie? — Kiedy powiedziała „tak", wsunął pierścionek zaręczynowy na jej palec i ujął jej dłoń w swoją.

Trzymali się nadal za dłonie, kiedy wróciła Józefina. Westchnęła, widząc pierścionek na palcu swojej córki, choć Soleiman zauważył, że nie był to głośny odgłos irytacji, ale raczej oznaka rozczarowania.

— Świat się nie kończy, Madame Józefina, tylko dlatego, że kocham Pani córkę. W rzeczywistości jej to dopiero początek jej nowego życia. Proszę dać nam swoje błogosławieństwo i pozwolić złączyć się razem jako rodzina.

Józefina milczała.

Soleiman znowu przemówił. — Mamy tutaj dwa życia, łączące się w jedno, tak, jak powinno być — powiedział. — Obiecuję, że będę dbać o Pani córkę i że uczynię ją szczęśliwą.

Józefina zwróciła się do Suzanny. — Suzi, chcę dla ciebie tylko tego, co jest najlepsze. — Zatrzymała się, patrząc poza mury dziedzińca w stronę gwiazd pokrywających teraz nocne niebo.

— Zostanę z wami do zakończenia wojny — powiedziała Józefina — i pomogę wam w każdy możliwy sposób. Panie Cohen, kocham moją córkę. — Odwróciła się i poszła na górę.

Dwa światy, jedna miłość

Zaręczyny pomiędzy Soleimanem Cohenem i młodą Polką o imieniu Suzanna Kohn zostały ogłoszone tuż przed Rosz Haszana w roku 1942, ku wielkiemu rozczarowaniu każdej perskiej rodziny żydowskiej w Teheranie, która miała nadzieję, że ich córka poślubiłaby szarmanckiego i cieszącego się powodzeniem trzeciego syna Haji Rahima i Gohar Khanoum. Miejscowe plotki były błędne—to nie starsza Pani Kohn została pobłogosławiona zainteresowaniem długoletniego kawalera, ale jej córka.

Józefina nie słuchała plotek, i choć nie zgadzała się w pełni z planami małżeńskimi Suzanny, czuła pewnego rodzaju dumę z nieustępliwości córki. — Jest chyba bardziej podobna do mnie, niż mi się wydawało — pomyślała. Ostatecznie, rozpoczęcie nowego życia było wyborem Suzi—kim była Józefina, aby jej w tym przeszkadzać? Nie mogła sobie jednak wyobrazić swojego najmłodszego dziecka kwitnącego w Teheranie, najpierw jako żona i matka, a następnie jako wzór dla wielu młodszych kobiet, które miały szukać jej rady. Tym, co widziała przed sobą Józefina, był związek dwóch osób z dwóch zupełnie różnych światów: Suzanna była młodą, czasem naiwną, zasymilowaną aszkenazyjską dziewczyną, która dorastała ze służbą domową i pochodziła z habsburskiej enklawy zwanej Cieszynem, miejsca, które w tym momencie w historii nie istniało. Soleiman Cohen był starszym, bardziej tradycyjnym mizrachijskim Żydem z Teheranu, nowoczesnym i zamożnym mężczyzną, zgoda, ale człowiekiem, który wychowywał się w ubóstwie *mahalleh*. Józefina nie była dumna z powodów swojej dezaprobaty dla ich związku, ale trzymała się jej mocno, ponieważ symbolizowała ona, jak zrozumiała, kiedy była dużo starsza i w końcu potrafiła to odpuścić, ostatnią pozostałość jej przedwojennego życia.

Suzanna wielokrotnie prosiła o błogosławieństwo matki.

— Mamo, proszę... — powiedziała, ubierając się na swój ślub. Józefina spodziewała się tej prośby. — Powiedz, proszę, że cieszysz się naszym szczęściem.

— Chcę cię widzieć zadowoloną, i chcę oczywiście, abyś znała radość — odpowiedziała Józefina — ale nie widzę, jak możesz być szczęśliwa w tym kraju z człowiekiem o tyle od ciebie starszym.

— Każdy oprócz ciebie—matka Soleimana, cała jego rodzina— akceptuje nasze małżeństwo — powiedziała Suzanna.

Nie tylko Suzi brzmiała bardziej dojrzale niż kiedykolwiek w swoim życiu, pomyślała Józefina—matka i córka prowadziły też bardzo szczerą i dojrzałą rozmowę.

— Oczywiście, że ją akceptują — pomyślała Józefina — moja córka jest idealną panną młodą.

Udało jej się uśmiechnąć przez krótką chwilę. — Pozwól mi pomóc ci zapiąć guziki — powiedziała, z czułością, której do tej chwili nie potrafiła okazać. — Powinnaś być dumna, że uszyłaś tak przepiękną suknię ślubną — dodała.

SUZANNA I SOLEIMAN PRZYRZEKLI SOBIE wierność pod chupą ustawioną na dziedzińcu domu przy Alei Pahlavi. Pomimo wojny i jej niekończących się niedoborów i smutków, ślub był wspaniałym wydarzeniem, pachnącym kwiatami, obfitym w jedzenie, i radosnym nadzieją. Świętowanie ich małżeństwa było tylko początkiem najważniejszego daru miłości, którym Soleiman planował obdarować swoją oblubienicę. Wszystkim innym gościom wesele zapewniło mile widzianą chwilę ulgi od niezmiennie tragicznych wiadomości o cierpieniu spowodowanym wojną, która szalała w Europie, Afryce i Azji. Wielu członków rodziny Suzanny, jej przyjaciół i sąsiadów zmarło lub zostało internowanych w obozach, ale nie miała się dowiedzieć o tym kto, jak, kiedy, czy gdzie przez bardzo długi czas.

Jej brat, Piotr, pisał listy z frontu. Suzanna żałowała, że nie mógł pojawić się na ślubie. Jego ostatnia przepustka miała miejsce w listopadzie, kiedy przyjechał do Teheranu, aby odwiedzić swoją matkę i siostrę i, unikając wzroku Mamy, świętować zaręczyny Suzanny. Kiedy Piotr był w Teheranie, ich matka była trochę mniej sztywna, a jej uwaga została odwrócona nieco od rozwodzenia się nad wyborem, który podjęła jej córka. Piotr lubił Soleimana Cohena i otwarcie popierał małżeństwo.

— Przynajmniej nie sprzeciwi się, kiedy już staniesz przed rabinem — powiedział do swojej siostry, kiedy siedzieli razem w ogrodzie jednego wieczoru.

Brat i siostra roześmiali śmiechem typowym dla rodzeństwa, który uwalniał dzieci od przejmujących zmartwień wzbudzanych przez rodziców. Suzanna nigdy nie kochała swojego brata bardziej, niż w tej chwili. Choć Piotr chronił ją przez okrutne czasy, które razem przeżyli, jego humor łagodził teraz podział pomiędzy nią a Mamą, emocjonalną przepaść, która wydawała się Suzannie jeszcze bardziej bezlitosna, niż deportacja czy bycie internowaną. Beztroska Piotra pozwoliła Suzannie uwierzyć, że konflikt pomiędzy matką i córką mógł się skończyć. Na nich wszystkich czekało życie poza granicami obecnej chwili, ale najważniejsze było, aby cieszyć się tym, co było teraz.

Po ceremonii, nowożeńcy usiedli do swojego portretu ślubnego, a Suzanna myślała o zdjęciach, które pozostawili za sobą uciekając z Cieszyna. Jej dwóm ciotkom prawdopodobnie udało się uratować niektóre z rodzinnych zdjęć, ale Suzanna nie sądziła, żeby kiedykolwiek udało jej się te zdjęcia ponownie pooglądać. Myślała o tych obrazkach, blaknących w jej umyśle, z których większość była wykonana w czasie rodzinnych okazji—odwiedzin w domu jej dziadka, kiedy Ciotka Elsa i Wujek Hans przyjeżdżali do Cieszyna, jazdy na nartach i wycieczek w góry z jej kuzynami, a nawet wycieczki na polowanie z Wujkiem Arnoldem i Ciocią Milly. Te miejsca ze zdjęć były teraz częścią Trzeciej Rzeszy. Chociaż Suzanna nie wiedziała o tym, pozując w studiu fotograficznym w Teheranie, ludzie byli rozstrzeliwani lub grzebani, lub ukrywali się, w lasach i górach, w których ona, jako młoda dziewczyna, zbierała dzikie kwiaty, pływała, i obserwowała króliki.

Nie istniały żadne zdjęcia Suzanny od trzynastego roku jej życia. Jak wielu, którzy uciekli w czasie wojny i ją przetrwali, nie przyniosła do swojej ostatecznej ostoi żadnych zdjęć dokumentujących jej dzieciństwo, żadnych dowodów na to, że żyła w czasie przedteraźniejszym. Jeśli przeżyć nie dało się uchwycić samymi słowami, jak można było kultywować pamięć bez zdjęć? Zastanawiała się, jak naprawdę ważne były takie pamiątki. Co ludzie robili w czasach starożytnych, kiedy nie było środków na utrwalanie podobizn ludzi, ani zachowanie pisemnych relacji wydarzeń? Wiedziała oczywiście, że zachowywali oni tylko zbiorowe opowieści—historię i mitologię, legendy, większość w wersji ustnej, choć niektóre, jak Tora jej wspólnoty lub wyryty pismem klinowym kamień z Kodeksem Hammurabiego, znane w formie pisanej. Ale jak można było wszystko zapamiętać?

Do portretu ślubnego wykonanego tego dnia, Suzanna zasiadła z bukietem lilii calla w rękach, które spoczywały na jej kolanach. Miała na sobie prostą, ale elegancką białą suknię z dekoltem ozdobionym klejnotami, zdobionymi ramionami i długim trenem. Jej gęste, ciemne włosy podkreślały jej idealnie proporcjonalną twarz.

Jej szyja udekorowana była perłami. Welon był ozdobiony kwiatami z białego jedwabiu. Soleiman stał po jej lewej stronie, jego prawa ręka za jego plecami, a lewa trzymająca parę białych rękawiczek. Ubrany w smoking i białą muszkę, przypiął do klapy swojej marynarki świeży kwiat z ogrodu.

Fotograf polecił nowożeńcom, aby spojrzeli na niego, choć można było powiedzieć, że para patrzyła w przyszłość. Żadne z nich nie wiedziało, co ich czeka, ale oboje mieli nakreśloną wizję tego, czym była miłość, szacunek, i opieka, i tego, jak ważnym było budowanie wspólnej filozofii życia, filozofii wypełnionej nadzieją.

Kiedy Suzanna siedziała na krześle fotografa, nie wiedziała jeszcze, że zdjęcie wykonane w dniu jej ślubu miało kiedyś wisieć w najważniejszym miejscu w jej ostatnim domu, niczym niezmiennie obecne wspomnienie przeszłości. Choć miały być to dla niej szczęśliwe chwile, nie mogła ich sobie jeszcze wyobrazić. Nie mogła wyobrazić sobie wszystkich wnuków i prawnuków patrzących na ten obraz, każdy z nich z własnym sentymentem do czegoś, co im kiedyś gotowała, lub sposobu, w jaki wymawiała jakieś słowo, albo tego, jak lubiła ich przytulać, gdy płakali lub spali. Każde z tego potomstwa pamiętałoby to ślubne zdjęcie na swój własny sposób, niektórzy z westchnieniem, niektórzy w szeptach, niektórzy w milczącym oczarowaniu, ale wszyscy w zachwycie nad parą stojącą przed ich oczami, ich przodkami, którzy przybyli z dwóch różnych krajów, i dwóch kultur, ale którzy znali tylko jedną miłość.

Dzień jej ślubu był w jego chwili najszczęśliwszym momentem życia Suzanny. Doświadczyłaby wielu innych podobnych chwil radości, jak obiecał jej nowy mąż, tak wielu, dodał, śmiejąc się jednego wieczoru, że musiałaby wybierać, które z nich zapamiętać na zawsze.

La vie en rose

SUZANNA BYŁA BABCIĄ, KIEDY POWRÓCIŁA DO części gór Elburs, w której nie była od czasu podróży autobusem z Bandar-e Pahlavi jako nastolatka. Był to rok 1942, trzy lata od wybuchu wojny i trzy lata do jej zakończenia. Była wtedy polską uchodźczynią wyzwoloną z obozu pracy przymusowej w Związku Radzieckim. Teraz była obywatelką Iranu z trójką dzieci i trzema małymi wnukami. Sowieckie obozy pracy nareszcie zniknęły, ale Zimna Wojna nadal trwała. Przez świat przetaczał się chaos, powodując wielkie cierpienia, i czasami nawet wywołując zgorszenie, ale było to nic w porównaniu z tym, czego Hitler i Stalin dokonali w Europie w przeciągu tych sześciu lat pomiędzy rokiem 1939 a 1945. — Dwudziesty wiek zrujnował Europę — pisał amerykański poeta, ale Suzanna zawsze myślała, że to Europa zrujnowała XX wiek. Ale to było nieważne, teraz mieszkała na Środkowym Wschodzie. Lubiła swoje życie. Jej rodzina, którą zbudowała z dżentelmenem z Teheranu, była solidna, jak same góry. Miała dwóch synów—jednego, który ukończył studia w Anglii, i kolejnego, który szedł właśnie do szkoły średniej—i córkę, która dała jej troje wnucząt.

Suzanna zapamiętała w szczególności jeden moment z tej wizyty w górach Elburs. Kiedy patrzyła w kierunku dolin i szczytów pasma, zerwał się wiatr; jego zapach w jej włosach przeniósł ją na nowo do jej pierwszej podróży do Teheranu. Jeśli przymrużyła oczy, mogła prawie zobaczyć przed oczami dziewczynę, którą wtedy była, jak rozprostowuje kości na poboczu drogi z innymi uchodźcami, podziwiając szczyt Damawand, a w jej żołądku ekscytacja splata się z lękiem. Mogła prawie czuć się tak, jak ta dziewczyna, tak zdeterminowana do podróży przed siebie w nowe życie, które miało zaoferować jej coś zupełnie innego od tego, co do tej pory znała. Mogła prawie słyszeć to, co słyszała ta dziewczyna, kiedy muszle i kawałki kamieni w jej kieszeni stukały o siebie, stłumione warstwą materiału. Mogła prawie przypomnieć sobie to, o czym myślała ta dziewczyna: że była w autobusie jadącym przez góry, a w swojej kieszeni ukryła skarby z plaży; jej matka spała; jej brat był w podróży ze swoim oddziałem. A ona, Suzanna, choć jeszcze tego nie wiedziała, jechała w stronę domu.

Co się z nimi stało: Epilog

Po zakończeniu wojny, Józefina [Eisner] Kohn wyszła ponownie za mąż i osiadła w Londynie. Nikt nie wie, jak—lub czy w ogóle—została poinformowana o morderstwie swojego męża, Juliusza. Zmarła w 1977 roku w wieku siedemdziesięciu siedmiu lat. Cała trójka rodzeństwa Józefiny—Elsa [Eisner] Uberti, Arnold Eisner, i Hans Eisner—przeżyła wojnę. Elsa pozostała wdową, zamieszkałą w Argentynie, blisko jej dzieci i wnuków, które wstąpiły w małżeństwa i założyły własne rodziny, osiedlając się pod Buenos Aires i w Urugwaju. Zmarła w 1975 roku w wieku osiemdziesięciu lat. Arnold, który spędził większość wojny jako uchodźca cywilny na Węgrzech, został deportowany w 1944 r. do nazistowskiego obozu koncentracyjnego. Pod koniec wojny w 1945 r. został wyzwolony przez Armię Czerwoną i powrócił do żony i córki w Teschen (który stał się Cieszynem), osiedlając się po czeskiej stronie rzeki. Zmarł w 1973 roku w wieku siedemdziesięciu pięciu lat. Hans ożenił się w 1940 roku, i wraz z żoną wyemigrował najpierw do Kanady, a potem do południowej Kalifornii, gdzie urodzili się jego dwaj synowie. Zmarł w 1969 roku w wieku sześćdziesięciu trzech lat.

W roku 2018 było ponad stu żyjących potomków czworga dzieci rodziny Eisnerów. Piotr i Suzanna byli jedynymi potomkami ze strony rodziny Kohnów, którzy nie tylko przeżyli wojnę, ale mieli dzieci, wnuki, i prawnuki.

Piotr Kohn pozostał w Wojsku Polskim przez całą wojnę, służąc najpierw jako saper, a następnie jako członek korpusu inżynieryjnego. Walczył w słynnej bitwie pod Monte Cassino we Włoszech i został odznaczony za swoją służbę. Zanim został zwolniony z wojska, awansował na stopień do podporucznika. Po wojnie został zdemobilizowany w Anglii, ale później osiedlił się w Jujuy, w północno—

zachodniej części Argentyny. Był dwukrotnie żonaty i miał trzech synów, ośmioro wnuków, a w stanie na rok 2018, dwoje prawnuków.

Suzanna i Soleiman Cohen mieli dwóch synów i córkę. Żyli szczęśliwie w Teheranie, a następnie w Shemiranie przez trzydzieści sześć lat. Wraz z nadejściem irańskiej rewolucji zmuszeni byli opuścić Iran w 1978 roku i, po raz drugi w swoim życiu, Suzanna została wygnana ze swojej ojczyzny. Osiedlili się w Santa Monica w Kalifornii. Soleiman zmarł w 1986 roku w wieku osiemdziesięciu jeden lat; Suzanna zmarła w 2016 roku w wieku dziewięćdziesięciu lat. Mieli ośmioro wnuków, a w stanie na rok 2018 piętnaścioro prawnuków. Mottem Suzanny, które powtarzała swoim gościom, rodzinie, i przyjaciołom, było „Ciesz się życiem".

Posłowie

Rabin Zvi Dershowitz

Moja ostatnia podróż do Cieszyna, gdzie rozpoczyna się ta oto opowieść, miała miejsce w 1939 roku, ale bardzo dobrze pamiętam, że zajęło mi tylko około dwudziestu minut przejście spacerem od dworca kolejowego do mieszkania moich dziadków na głównej ulicy miasta, Saská Kupa [Saska Kępa] 19. Będąc dziesięcioletnim chłopcem, byłem w pewien sposób świadomy, że rzeczy nie były takie same, jak podczas wielu innych podróży, które odbyliśmy do Cieszyna z mojego miasta rodzinnego, Brna w Czechosłowacji, aby odwiedzić rodziców mojej matki, Rosę i Izaaka Schleudererów. Nic jednak nie powstrzymało mojego dziadka od zabrania mnie do miejscowego sklepu, aby kupić mi trochę moich ulubionych śledzi, ułożonych w ogromnej drewnianej beczce.

Jednak bałem się! Przekroczyliśmy granicę czesko-polską w zupełnie nowym miejscu. Zmianę czuło się nie tylko dlatego, że była prawie północ 31 grudnia 1938 r., chwilę przed nowym rokiem. Prawda była taka, że moi rodzice postanowili zostawić za sobą nie tylko stary rok, ale wszystko inne.

Teraz, patrząc wstecz, nie mogę sobie wyobrazić, jak moi rodzice, Aaron i Aurelia, mogli pozostawić swoje tak wygodne życie w Brnie: domową służbę, wyjazdy do opery, głębokie zaangażowanie w życie synagogi. Byli żarliwymi syjonistami, którzy należeli do organizacji sportowej Makabi i spędzali niedziele w żydowskim klubie. Ale zamknęli te drzwi za sobą i, z kilkoma jedynie walizkami, wyjechali w poszukiwaniu nowego świata.

Cieszyn był miastem rodzinnym mojej matki. Jej rodzice mieszkali po zachodniej, czeskiej stronie rzeki. Jej siostra Regina—wraz z mężem, Jakobem, i dziećmi, Dankiem, Nelly i Moniu, mieszkała we wschodniej, polskiej połowie miasta. Przekraczałem most graniczny na Olzie tak często, że strażnicy dobrze mnie znali. Nie były potrzebne ani paszporty, ani wizy. Tylko uśmiech i powitanie. Ale w czasie tej ostatniej podróży w 1939 roku obie połówki Cieszyna należały do Polski.

Powiedziano mi, żebym uważał w czasie spacerów. Kiedy zobaczyłem graffiti—„Żydzi do Palestyny"—nabazgrane na murach, antysemityzm stał się dla mnie jasny. Nie mogę zliczyć, ile razy zostałem nazwany mordercą Chrystusa. Czasami, kiedy spacerowałem z ojcem, było bezpieczniej przejść na drugą stronę ulicy, kiedy zbliżaliśmy się do kościoła. Ale mnie samego w tym czasie bardziej interesowały historie mojej matki o dorastaniu w Cieszynie: jak grała w siatkówkę w miastowej drużynie Makabi; jak starannie w jej domu przestrzegano tradycji żydowskich: i jak, pomimo tego, że w szkołach uczono po niemiecku, językami używanymi w domu były jidysz, czeski, i polski.

Którymkolwiek językiem przemawiano, działo się to przede wszystkim wokół ciepłego, przyjemnego nakrycia stołu. Posiłki—dobre, koszerne, żydowskie potrawy—były sercem domu, wokół którego zbierała się cieszyńska rodzina mojej matki. A częścią jedzenia podawanego w czasie tych posiłków był, rzecz jasna, chleb. Rzadko kiedy myślałem o chlebie na stole dziadków, dopóki nie musiałem zebrać informacji, aby odprawić ceremonię pogrzebową Suzanny Cohen, dnia 13 kwietnia 2016. Rozmawiając z jej kochającą rodziną, odkryłem nie tylko, że Suzanna pochodziła z Cieszyna, ale że jej dziadek od strony matki był właścicielem i operatorem młyna i piekarni i, w sposób bardzo unikalny, stemplował swoje inicjały—*HE*, czyli Hermann Eisner—na każdym bochenku chleba, który on i Arnold, jego syn i wspólnik, sprzedawali.

Ten niemal nieznaczny szczegół stał się magicznym ogniwem, które w mgnieniu oka uświadomiło mi, że moi cieszyńscy dziadkowie kupowali chleb u bliskich krewnych Suzanny. Nagle, więc między tymi dwiema rodzinami stała się prawdziwa, a przez to bardzo znacząca. W społeczności tak małej, jak Cieszyn, znało się osobiście—i najprawdopodobniej bardzo dobrze—ludzi, od których prawie codziennie kupowało się produkty, nad którymi odmawiano modlitwę *ha-motzi*. Obie rodziny prawdopodobnie znały się wzajemnie. Prawdopodobnie klaskali na przedstawieniach teatralnych, płakali na weselach i pogrzebach, i modlili się w synagodze w tym samym czasie.

Moja matka wyjechała z Cieszyna do Brna, a potem z Brooklynu do Jerozolimy. Suzanna Cohen udała się z Cieszyna do Lwowa, do sowieckiego obozu pracy, potem do Teheranu, a w końcu do Santa Monica. Cieszyn był punktem startowym dla obu rodzin. Optymizm, wiara, miłość do rodziny i wspólnoty, i dążenie do pełnego radości życia było celem, który osiągnęły one obie.

—Rabin Zvi Dershowitz
Los Angeles, Kalifornia

Od autorki

Tragedia jej życia była wynikiem jej tożsamości,
ale to właśnie jej tożsamość okazała się jej zbawieniem.

Richard Cohen, mówiąc o swojej babci,
Suzannie (z domu Kohn) Cohen

Ta książka opowiada prawdziwą historię w formie powieści historycznej. Starałam się odtworzyć prawdziwych ludzi (choć większości z nich nie ma już z nami), wyobrażając ich sobie na tle konkretnych krajobrazów historycznych i społecznych. W szczególności skupiłam się na tym, jak kobiety i mężczyźni w tej historii mogli myśleć i reagować na nagłe sytuacje rozwijające się w ich życiu w czasie rzeczywistym. Jest oczywiście niemożliwym dokładne oddanie emocji i reakcji innych, zwłaszcza, kiedy istnieje niewiele zachowanych wspomnień związanych ze szczególnym tokiem wydarzeń w danym okresie. Fabuła tej książki, czyli to, co dzieje się z ludźmi w tej historii, jest rekonstrukcją, którą starałam się wybudować z jak największą dokładnością historyczną. Z tego powodu oparłam się na faktach z historii i analiz, osobistych, auto-biograficznych i fikcyjnych narracjach (z mediów drukowanych, graficznych i filmowych), dokumentach genealogicznych dotyczących rodzin Kohnów, Eisnerów i Cohenów, a także na nagraniach i wywiadach z członkami rodziny.

Całość skutków Szoah nie zostanie nigdy poznana, ponieważ tak wiele ludzkich historii zostało utraconych. Wiele z nich nigdy nie zostanie opowiedzianych, ale niektóre, choć blaknące, nadal są dostępne i czekają na to, aby ktoś je zapisał. Uczestniczenie w misji zapisania właśnie tej historii było dla mnie wyjątkowym błogosławieństwem.

—Kim Dana Kupperman
Clarksville, Maryland

Uwagi dotyczące pisowni nazw i słów

Nazwy miejsc

Polska / Czechy
Nazwy miejsc i ulic Cieszyna i Českiego-Těšína są odpowiednio polskie lub czeskie. Dzięki temu czytelnicy, odwiedzający ten region mogą łatwiej poruszać się po ulicach, o których mowa w opowieści.

Iran
Nazwy ulic w Teheranie i Shemiranie to nazwy używane przed irańską rewolucją w 1979 roku.

Transliteracja słów w języku farsi

Jeśli słowo w języku farsi, perskim, lub arabskim pojawia się w *Webster's Collegiate Dictionary* (np. *kebab*), to ta właśnie pisownia jest używana. W innych przypadkach transliteracje słów w farsi są zaznaczone kursywą i pisane zgodnie z poniższymi źródłami:

- *Food of Life: Ancient Persian and Modern Iranian Cooking and Ceremonies*, Najmieh Batmanglij: nazwy większości perskich potraw w tekście
- *Light and Shadows: The Story of Iranian Jews*, pod redakcją Davida Yeroushalmi: słowa, nazwy i imiona dotyczące perskich Żydów
- *Esther's Children: A Portrait of Iranian Jews*, pod redakcją Houmana Sarshara: słowa, nazwy i imiona dotyczące perskich Żydów
- *Encyclopedia Iranica* (w sieci): słowa, nazwy i imiona nie ukazujące się w żadnym z powyższych źródeł

Uwagi na temat Cieszyna

Miasto Cieszyn położone jest po obu stronach rzeki Olzy i znajduje się na zachodnio-śląskich wyżynach, w rejonie Beskidów. Cieszyn jest sercem historycznego regionu Śląska Cieszyńskiego, najbardziej południowo-wschodniej części Górnego Śląska. Od 1653 roku do końca I. wojny światowej w 1918 roku, Cieszyn był stolicą Księstwa Cieszyńskiego, terytorium Imperium Habsburgów. Przed 1653 r. miastem rządziła dynastia Piastów. W 1920 roku Śląsk Cieszyński został podzielony pomiędzy dwoma nowo utworzonymi republikami, Polski i Czechosłowacji—mniejsze, zachodnie przedmieścia Cieszyna stały się częścią Czechosłowacji jako Český-Těšín, a większa część miasta dołączyła do Polski jako Cieszyn. Oba miasta łączą trzy mosty.

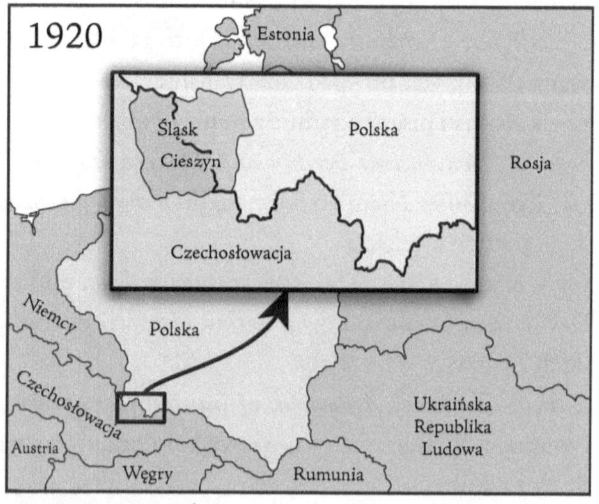

Mapa przedstawia Śląsk Cieszyński w okresie międzywojennym.

Podziękowania

W IELE OSÓB POMAGAŁO W TWORZENIU tej książki. Najważniejszymi były wkłady potomków rodzin Eisnerów i Kohnów z Cieszyna, oraz rodziny Cohen z Iranu.

Za czytanie wczesnych wersji książki i dzielenie się trafionymi redaktorskimi propozycjami i/lub za dzielenie się zdjęciami, wspomnieniami, rozmowami, wyrazami dobrej woli, i za szczodrą, niezrównaną życzliwość, dziękuję: Joan i Edwardowi Cohen, Denise i Houshangowi Souffer, Doritte i Alfredowi Cohen, Tricii i Jasonowi Pantzer, Lisie i Richardowi Cohen, Virginie i Markowi Cohen, Negarowi i Davidowi Soufer, Linie i Farshidowi Pournazarian, Simie i Raminowi Asadegan, Orianie i Davidowi Fink, Diandrze Cohen, Amandzie Pantzer, Lauren Pantzer, Caroline Pantzer, Arii Pournazarian, Tinie Pournazarian, Kayli Pournazarian, Danielowi Azadegan, Danie Azadegan, Matthew Soufer, Yasmin Soufer, Susan i Irajowi Cohen, Fraideh i Dr Massoudowi Cohen-Shohet, Farhadowi Kohanim, Philippe Cohanim, Simin Nemen, Davidowi Foruzanfar, Ebrahimowi Victory, Davidowi Eshagian, Rhondzie Soofer, Karen i Rogerowi Kohn, Pedro Kohn, Janie i George'owi Emerson, Ricie i Stevenowi Emerson, Silvii i Efraimowi Halfon, Claudio Uberti, Livii i Rodolfo Cassini, Marinie Uberti, Evie Szuscik, Silvie Szuscik, Beacie Szuscik, Margharecie Talerman, Dokhi Monasebian, Beatrice Simkhai, i Benniemu Simkhai.

Do osób spoza rodziny, które przyczyniły się do realizacji tego projektu, należą: Ronnie Ross i Nayelis Guzman; Philip Warner i jego zespół w Family Archive Services, ze szczególną wdzięcznością dla wytrwałej i przemiłej Ewy Pękalskiej; rodzina Erica Bettera (ze szczególnym uwzględnieniem Eriki [Better] Heim); pułkownik Kris Mamczur; Sean Carp; Igor Derevyaniy z Muzeum Pamięci Narodowej Ofiar Okupacji we Lwowie; profesor Janusz Spyra i Muzeum

Śląska Cieszyńskiego w Cieszynie; rabin Zvi Dershowitz; rabin Yoni Greenwald; Daniel Tsadik; Richard Pipes; Carol Leadenham, Irena Czernichowska i Maciej Siekierski z Hoover Institution w Uniwersytecie Stanford; personel archiwów narodowych w Pradze; moi przyjaciele i przyjaciółki, również po fachu, Penelope Anne Schwartz, Mary Lide, Eugenia Kim, Rachel Basch, Howard Norman, Baron Wormser. Mój mąż, Sami Saydjari, zapewniał mi podczas mojej pracy bezwarunkową miłość i wsparcie.

Książka ta nie byłaby również możliwa bez pracy innych pisarzy, kronikarzy wojny, historyków specjalizujących się w Szoah, Gułagu, wojskowych aspektach dwóch wojen światowych, Polsce, i Iranie. Chylę czoła szczególnie przed tymi, którzy przeżyli Gułag i terror hitlerowski, i których wspomnienia lub zeznania dopilnowują tego, aby przyszłe pokolenia nigdy o nich nie zapomniały.